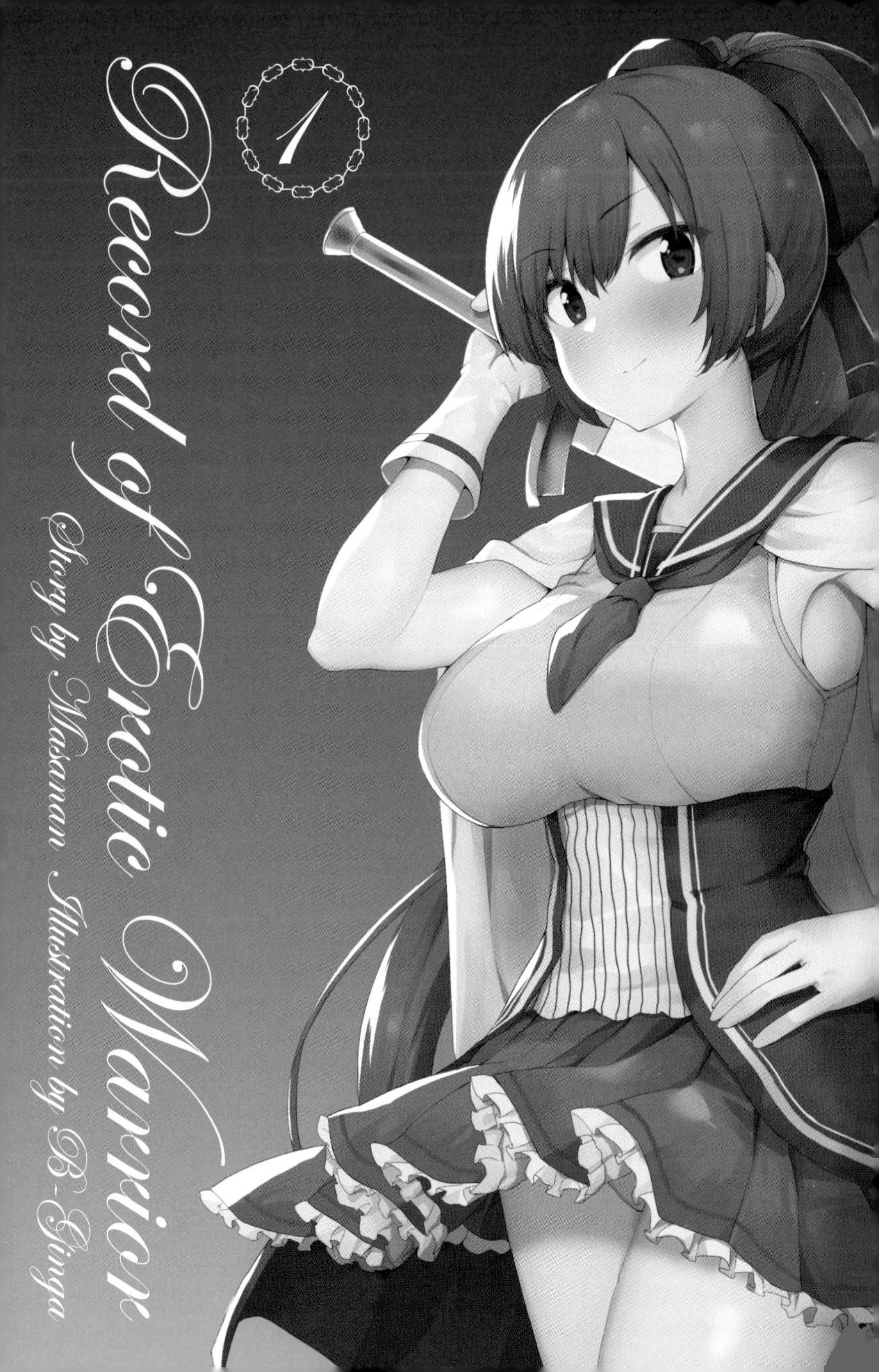
1
Record of Erotic Warrior
Story by Masanan Illustration by B-Ginga

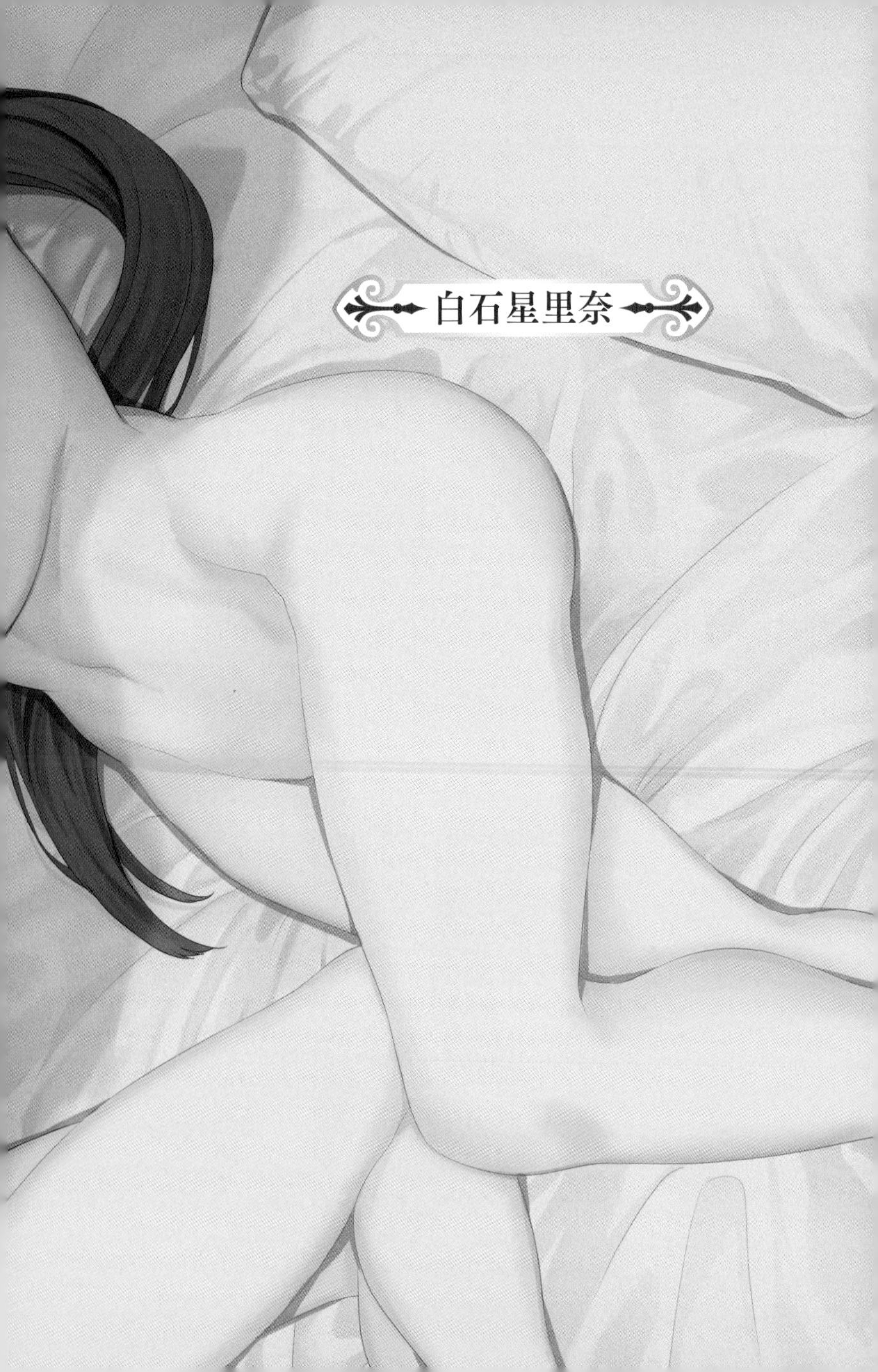
白石星里奈

ミーナ

客がどよめくので何気なく司会の方を見ると、
商品は女の子だった。
犬耳の美少女が、鎖に繋がれている。垂れた耳以
外は普通の人間で、粗末な布の服を着ていた。
「おい……ここは奴隷も扱うのか？」

エロいスキルで異世界無双

Record of Erotic Warrior

著：まさなん
イラスト：B-銀河

Contents

ＤＴに捧ぐ――

序章　それでも勇者ですので

✧プロローグ『ネットの闇』で見つけたRPG

明かりを消した薄暗い部屋で、パソコンのモニタだけが浮かぶように煌々と光っている。カチカチとマウスをクリックする音が光陰《とき》に響く。

「なんか、面白い事ねーかなー」

ネットを適当に漁っていくが、面白そうな漫画は全部読んだし、ほぼすべてのアニメも視聴済みだ。

動画は他人の養分《アフィ》になりたくないし、広告が邪魔《ウザい》。

ゲームもどれだけやったか分からないほどだが、どうも最近のは面白くない。

某掲示板で釣りをやるのも飽きた。

だから暇《ヒマ》だ。

無職DT引きこもりにとって、暇は敵である。残業続きの正社員様から見れば贅沢な悩みかもしれないが、退屈は退屈。

もちろん、働いたら負けだと思っているから、求職活動はしない。

昔は真面目に働いていた事もあったが、ブラック企業のデスマーチに嫌気が差して俺は会社を辞めた。

外に出ないから、トラックに撥《は》ねられる事も無い。

「お？　ふーん、懐かしいキャラメイキングだな」

　RPGっぽいサイトを見つけたが、ボーナスポイントを筋力や魔力に割り振るタイプ。

　スタートもしてないのに、いきなりキャラメイキング画面になっているが、最近のブラウザゲームも課金をしてもらおうとあの手この手をやってくるな。

　暇だし、ちょっとだけ遊んでやろう。

　絶対に課金しないけど。

　適当に数字の横のプラスマイナスをクリックして18ポイントを割り振ってみた。

種族　ヒューマン　男
筋力　15　＋－
俊敏　11　＋－
体力　14　＋－
魔力　6　＋－
器用　8　＋－
運　9　＋－
ボーナス　0

　筋力《STR》と体力《VIT》を多めに振った戦士タイプ。俊敏《AGI》や器用《DEX》もおろそかにしないバランス重視。

　器用さって命中率に影響したりするもんな。

　魔力はデフォルトの数値のままだ。

　ついでに、他の種族も選べるのかと思って、種族やヒューマンの文字の辺りをクリックしたが、何も起きない。固定のようだ。

　下にある【次へ】のボタンは押さずに右上の【やり直す】をクリック。

種族　ヒューマン　男
筋力　7　＋－

俊敏　7　＋－
体力　8　＋－
魔力　6　＋－
器用　7　＋－
運　6　＋－
ボーナス　27

「お、ランダムボーナスか……」

数値がリセットされ、ボーナスポイントが今度は27まで増えた。基本の能力値も若干変わっているが、7が平均かな。

ボーナスポイントの上限が知りたくなったので、【やり直す】を連続でクリック。
12、8、3、10、21、7、9、15、11、15。
「ちぇっ、さっきのが一番良かったってオチか？」


20超えはなかなか出てこないようだ。

11から15ポイントが出やすい感じ。

ま、こっちはいくらでも時間はある。

「おりゃあああ！」

指三本で左クリック連打。某ネトゲで自称チーターを張っていた俺が会得している高度なテクだ。

連射付きコントローラーには負けるが、それよりも凄い事ができる。

「ここっ！」

ボーナスポイントの十の位に全神経を集中し、数字の9が見えたところで、手をさっと放した。

ボーナスポイント　99

来たよ、コレ！

狙ったところで連射を止められる俺ってひょっとして世界ランカークラスじゃね？

さすがにこのスキルはごく一部のゲームでしか

役立たないんだけども。

これ以上の数値は出ないと判断して、ポイントを割り振る。

筋力　24　＋－
俊敏　23　＋－
体力　24　＋－
魔力　23　＋－
器用　23　＋－
運　23　＋－
ボーナス　0

……うーん、ボーナスポイントは多かったが、割り振るとイマイチだな。だが、極振りをやって失敗したら悲しいし。

一応、割り振りを調整して確かめてみたが、50が最大のようだ。

【次へ】のボタンを押す。


ピッと、シンプルすぎる電子音が鳴ったが、おいおい、そんなんじゃ課金者は集まんねーぞ。俺もまだプレイすると決めたわけじゃない。

画面がすぐに切り替わり、ローディング時間が無かったのは好感が持てる。ま、このキャラ絵も無いショボ画面でローディング時間が長かったら炎上するわな。

「ほー。スキルもランダムボーナス制か」

このゲームでは、予《あらかじ》めランダムでいくつかの初期スキルが与えられ、さらにボーナスポイントを消費して自分で好きなボーナススキルも選べる様子。

【二段斬り】【フェイント　レベル1】

これが現在、右側のスキル欄に表示されている初期スキル。ボーナスポイントは14だ。

左のリストには戦士系、魔術士系などと項目が並んでおり、ボーナススキルは系統別に整理されている様子。

まずは戦士系から中のスキルを覗いてみる。


【体当たり】【ぶちかまし】【タックル】【大外刈り】【張り倒し】【突っ張り】【跳びヒザ蹴り】【回し蹴り】【ローキック】【ミドルキック】【ハイキック】【後ろ回し蹴り】【かかと落とし】【横薙ぎ】【縦斬り】【袈裟懸け】【バリツ】【突き】【小手】【燕返し】【斬鉄剣】【分身剣】【次元斬】……


ずらーっとたくさん並んでいるのでスクロールさせて見ていくが、何ともごちゃ混ぜで統一感が無いなあ。柔道や剣道、相撲あたりの技も入っているし。RPGに突っ張りって。

でもこれ、本当に全部、攻撃モーションが入ってるのか？　テキストオンリーのゲームじゃないだろうな？

つーか、誰かの自作ゲーに思えてきた。

まあいい、もうちょっとだけ付き合ってやるか。暇だし。

一番強そうな感じがしたので【次元斬】にカーソルを合わせるが、文字はグレーのまま。どうやらポイントが足らないようだ。む、右上にちっちゃく、必要スキルポイント５０００って出たな。そりゃ無理だ。

持ちポイントは14だし。

これはどうやっても初期からは選べない感じのスキルだ。じゃあ、メイキングで出すなよ……と思うのだが、課金すれば取れるのかね。

課金チャージのボタンは見当たらないのだが、まあいい、俺は課金なんてやらないし。

別のスキルにカーソルを合わせていくが、最低の必要ポイントは1。【縦斬り】や【突き】が１ポイントで取れるようだ。ま、こんなの、わざわざスキルにしなくても、技と呼べるような難易度でもないよな。

多彩なスキルの数を売りにしているのだろうし、そこは生温《なまあたた》かく見守ってやろう。

【戻る】のボタンを押して、次は魔術士系のスキルを見ていく。


【ファイアボール】【アイスニードル】【ウインドカッター】【サンダーボルト】【ロックフォール】【ファイアウォール】【アイスランサー】【ウインドストーム】【アースクエイク】【ブリザード】【スリープ】【テンプテーション】【スタンクラウド】【デス】【ウィードトラップ】【ディテクト】……

まあ、割とオーソドックスな呪文が並んでいる。名詞じゃなくて動詞がそのまま使ってあったりもするが、カタカナ和製英語に細かいツッコミを入れても野暮ってもんよ。


「む、解説が出ないのか。これはちょっとポイントの高いスキルは冒険だな……」

普通なら、ポップアップか別ウインドウにスキルの解説が出ると思うが、このゲームはそこまでの親切設計ではないようだ。そこはマイナス評価。

【ファイアボール】にカーソルを合わせてみたが、必要スキルポイントは3ポイントと高め。他の呪文も戦士系より少しポイントが高めに設定されているようだ。

【ディテクト】が1ポイントだったが、敵の位置を探るとか、そんなしょぼい呪文なんだろう。

僧侶系の呪文のリストも適当に見て、次は盗賊系。

「お、【スる】かあ」

これだけ多くのスキルがあるゲームなら、盗むは当然あるだろうと思ったが、【スる】とか。ちょっとツボったので、クスッときた。

【罠外し】【鍵開け】の必須スキルは3ポイント。

これ、盗賊職を選ばなくても取れるって事なのかね。だとすると、取っておきたいスキルだな。

どうせ、俺はソロプレイだし。

「んん？　お、おいおい……フェラって」

下にスクロールさせていったが、【フェラチオ】【言葉責め】【縛る】【スパンキング】【痴漢】【盗撮】【ロウソク】と、それ系のスキルが出てきた。

何だよ、これ、真面目なRPGかと思ったのに、そっち系かよ！

チッ、それを早く言えっての。

プレイ確定！

第一話　怪しいブラウザゲーでキャラメイキング

でも、年齢認証も無かったのに18禁ゲームとは。

それは後々、問題になるだろうに無謀な業者もいたもんだ。

ま、俺は通報しないけど。

いや、パスワードを吸い取る悪質な業者かな？

普段使うパスワードはやめて、メールアドレスも使ってないヤツにしておこうっと。

もちろん、クレジットカードの番号を要求されたら、即プレイ中止だ。

俺はそんな甘ちゃんプレイヤーじゃないぜ？

机の上からメモ帳を取りだし、良さそうなスキルをメモっておく。

ゲームにわざわざメモなんて、と思うかもしれないが、俺はゲームであっても本気を出す。

だが、ゲーム以外で本気を出した事は無い。

パソコンのメモ帳だと、ウインドウを切り替えた時に不具合が出る時もあるし、画面を見ながらメモれるアナログのメモ帳、最強。

もちろん、攻略サイトも利用するけどね。

さっそく、攻略サイトも見てみようと思ったのだが。

「むう、このゲームのタイトルが、表示されてないな……」

これは、アレだ。たぶん、メイキングが終わってスタートしたときにオープニングが始まるヤツなのだろう。ちょっとした演出だ。

じゃあ、せっかくキャラメイクで99のボーナスを出したんだし、ここはスキルも頑張っておくか。

ブラウザゲーだからセーブは不要だと思うが、油断はできない。

【やり直す】のボタンを、少しドキドキしながら押す。

これで、さっきの筋力なんかのステータスまで全部戻されたら、泣く。

「おしっ！　セーフ！」

ボーナスポイントと取得済みスキルだけが変化し、基本能力は変化しなかった。

他に戻るようなボタンは無いので、最初からのやり直しは利かないようだが。一応のリセマラ対策はしてあるようだ。キャッシュを消してまで頑張ろうとは思わんが。

スキル選びも一度決定したらやり直せないと思うので、ここは慎重に選ぶとしよう。

まずは、ボーナスポイントがどこまで幅があるのか、チェックだ。

「おりゃあああ！」

マウスを三本指で連打。

数値は、12、15、8、11、14、4、1、5、7、14……と、20以下ばかり。

「チッ、あんまり選べないのか……？」

しばらく、粘ってみる。こっちは時間はいくらでもあるし。

「38か……迷うところだな」

そこそこ高い数値が出た。今までの出方からすると、悪くない数値だ。

ま、もう少し、粘るか。

カチカチカチカチ。

…………。

あー、やっちまったか？

20以上は、たまにしか出ない。

たぶん、このスキルのボーナスポイントは40が最高なのだろう。

「ちょっと、トイレ」

仕切り直して、精神統一して、もう一度クリック。

ひたすらクリック。

俺、いったい、何をやってるんだろう？　面倒だなあ、退屈だなあと思い始めてきたが、それでもクリック。

どうせ暇だし、良いスキルとボーナスが出るまで最低でも三日は粘るつもりだ。

「おっと、35か……悪くはないが」

ボーナスポイントの方は二千分の一くらいの確率を引き当てていると思う。

問題は取得済みのランダムスキル。

「ショボい……」

【ダッキング　レベル2】と【小銭感覚】と【昼寝】。

昼寝ってなんだよと。

MPでも回復するのかもしれないが、昼寝にスキルが必要な世界なんて嫌だ。

ダッキングはボクシングの回避技で、前に屈んで相手のフックやストレートを躱《かわ》すヤツ。まあ、ボクシング以外でも応用は利くだろうが、それで世界が取れるようなスキルじゃない。

念のため、リストを開いて【ダッキング　レベル3】にカーソルを重ねてみたが、必要ポイントは4だった。

こんなの経験値貯めてレベルを上げた時に選べば、低レベルでもすぐ取れそうな感じだし。

……その辺、どうなのかね？

まさか、レベルが上がっても、スキルがもう取れないってタイプのゲームなのか？

だが、【次元斬】が５０００ポイントで、初期からはどうやっても取れない感じだから、レベルアップで取得できるはずだ。

【小銭感覚】はちょっと分からないが、素直に受け取るなら、小銭の量を手のひらに掴《つか》んだだけで把握できると。

ゲームでは小銭の取得率が上がるとか、敵を倒した時にゲットできるお金が数パーセント上がるとか、その程度だろう。小銭だし。

……ゴミスキルだな。

スキルをたくさん設定して、まあ、開発者がノリノリで入れちゃったんだろう。

【昼寝】はキャラのそれっぽい動きが付いて、見て楽しむだけのネタスキルか。

いらねー。

なので、リセット。

【やり直す】をクリック。


「おりゃあああ！」

連打するが、いい加減、飽きてきた。

三日は粘ると言ったが、ありゃ嘘だ。

エンターテイメントであるゲームにおいて、苦行とか、本末転倒だし。

「あっ！　くそ」

今、70台が出たが、油断していて、クリックで数値を流してしまった。

なんだよ、出るんじゃないか40以上。

だが、確率的には、二万分の一とかだろうな。

もうかれこれ三十分以上、連打してるし。

「ふう」

少し肩を回して、深呼吸。

もう一度だ。

カチカチカチカチ。

そろそろ来るかも、という予感がしたので、ここからはちょっとゆっくりカチカチ。

出ないな。来そうな感じはしたが俺の勘違いだ。

ま、予知能力なんて持ってねえし。

このゲームでは【予知】があったので、取っておきたいところだ。

アクション系のＲＰＧだと、まず役に立たないだろうけど。

せいぜい、回避率が上がるだけかな。まあ、想像力をかき立てられるスキル。

【透視】とか、現実に使えたら面白いのになあ。

「むっ！　っしゃあ！　来たあ！」

またしても99が出た。

取得済みのランダムスキルは、【獲得スキルポイント上昇　レベル５】と【根性　レベル２】と【レアアイテム確率アップ　レベル４】と【器用さＵＰ　レベル２】。

最初より多い。根性って体力でも上がるのかね。内容や性能は分からないままだ。

「だが、これはアレかもな。課金コースへ直行させようという業者の仕込みか」

一定時間粘ると、とんでもないボーナスポイントが誰でも必ず出るみたいな。

だいたい、二回も99が出るのはおかしい。

まあ、別にペナルティは無いだろうし、課金しない俺にとっては、ちょっと自慢できる数値だな。自慢するフレンドは一人もいないけど。

さて、後はスキルの取得だ。予め、良さそうなのをメモっているので、必須なのから取っていく。

まず、【獲得経験値上昇】。

それだけでレベルの上がりが早くなるんだから、レベル上げが中心のＲＰＧにおいては超お得なスキルと言えるだろう。

気になるのは、このスキルの表示の色が黄色なんだよな。取ったら、ペナルティでもあるのかね？

まあ、変わったスキルが軒並み黄色や赤だったので、レベルアップではなかなか取得できないレアスキルという事なのかも。

だったら、余計に取っておかないとな。

5ポイント消費なので、余裕。クリック。

「お？」

【獲得経験値上昇　レベル1】と右の取得済みウインドウに表示されたが。これって、まだ追加のレベルアップが利くのか？

カーソルを左のリストに合わせてみたが、ふむ、まだ行けるようだ。消費ポイントは倍の10。

うーん、取りたいスキルはたくさんあるが、まあ、レベルが上がればスキルポイントは貯まると思うし。これもレアスキルだから取っておいて損は無いはずだ。

【獲得経験値上昇　レベル2】にした。

もう一度、左のリストのスキルを選んでみると、消費ポイントはさらに倍の20。倍々で増えていく様子。

レベル4まで取れる感じだが、このスキルはひとまず置いておこう。

盗賊系のスキルリストを選び、【目利き】を確認する。消費ポイントは3だ。

一度戻り、その他のリストを選び、【鑑定】を確認する。こちらの消費ポイントは1だ。

うーん、どちらも似たようなスキルだが……。

【目利き】は物の価値や真偽や用途を見分ける、【鑑定】は……やっぱり同じ事か。

ま、異世界モノのラノベでは、【鑑定】がセオリーだから、安いし、こちらから取ってみるか。

【目利き】は白色だが、こちらは【赤色】でレアスキルっぽいし。

ゴミスキルだとしても1ポイントで済むし。これで持てるスキルの総数が決まっていたら大問題だが、やたらスキルの数があるし、ウインドウも大きいし、たぶん大丈夫だろう。

【鑑定　レベル1】を取得。

まあ、レベル1じゃたぶん、役に立たないんだろうな。レベル3まで上げておこう。このスキルの取得ポイントは倍々ではなく、レベル毎《ごと》に1、3、6、9ポイントと増えていくようだ。

10ポイントを消費した。これで使用したスキルポイントは全部で25。まだ俺のポイントはたくさん残っている。

んー、どれを選ぶか迷っちゃうねえ、フフフ。

その他のリストから赤色のスキルを見ていく。メモったときには赤色を気にしていなかったが、レアから取る方がたぶん、良いはずだ。


【スキルリセット】【獲得スキルポイント上昇】【スキル凍結】【スキル変更】【スキル強奪】【スキル開発】【スキル消滅】【スキルコピー】【スキル停止】【クラスチェンジ】【クラスツリー】【クラス融合】【クラス解放】【クラスガチャ】【MP吸収】【HP吸収】【MP変換】【MP譲渡】【HP譲渡】【MP回復】【HP回復】【予知】【予感】【神託】【予言】【予測】【予報】【予見】【看破】【変身】【解説】【不老】【不死】【毒耐性】【麻痺耐性】【石化耐性】

……


強烈なのはやっぱり【スキル強奪】だよな。PK《プレイヤーキル》があるゲームなんだろう。他のプレイヤーから恨まれるのは必至だが、運営は大丈夫なのかね？

カーソルを合わせて消費ポイントを見てみるが、やはり30ポイントとお安くはない。

どれだけの確率でぶんどれるのか、レアスキルもぶんどれるのか、ちょっと分からないので、これは後回しにする。

【獲得スキルポイント上昇】はもうすでにレベル5を持っているからか、色がグレー表示になっており、これ以上は取れない様子。

最高レベルが5って事か。ま、キャラメイク時だけの縛りかもしれないが。

気になるのは、【スキルリセット】か。

もし、これが、取得済みのスキルをいったん白紙に戻して、ポイントにそっくり還元できるとすれば、心強いスキルとなるだろう。

お試しで新しいスキルを取ったり、レベルを上げて、気に入らなかったら、これで元に戻せるわけだし。

だが、そう簡単に行くかな？

ペナルティとして、ポイント数がリセット前より減ったり、まあ、無いとは思うが、ただ単にスキルを消しちゃうだけだと完全に地雷スキルとなる。

ちょっと分からないから、取れないなあ……。

必要ポイントは20か。ここは保留で。

次、【クラスチェンジ】。

これは、ファイターやナイトから自由に職業《クラス》を変えられるようなスキルだろう。

やはりペナルティについては不明だが、こちらは、適当にクラスを変えても、気に入ったクラスでレベル上げしていけば挽回できそうだし、特に問題は発生しないんじゃないかな。

必要ポイントは30で、コレもちょっと迷う。

【クラスツリー】。

これは、なんなのかね？　上級職の枝分かれや転職条件が分かったりするんだろうか。

要らない気がするなあ。

必要ポイントは１００だし、どのみち今は取れないけど。残りの職業《クラス》系スキルもよく分からない。

ポイントも無茶苦茶高いから、どうでもいいや。

【毒耐性】は別に白色スキルで良いと思うが、毒消し草があるだろうからこれも要らない子だな。

【石化耐性】や【即死耐性】あたりは欲しくなるが、くっ、ポイント高ぇ。５００とか、３０００とか、だからそれを初期リストに入れんなと。

　はいはい、課金様は強い強い。

【ＭＰ吸収】関係は、魔術士系を選ぶなら、役に立ちそうだが。

【予知】は似たようなのがたくさんあるが【予報】だけは取らないぞ。天気が分かっても意味ねえ……。

　他にはあんまりめぼしいものが……。


ん？


【解説】とか、いいんじゃね？

　ポイントは１ポイント。お得だ。取っちゃえ。

【解説　レベル１】を取得。残り73ポイント。

　期待してスキルにカーソルを合わせたが、解説してくれない……。

　ま、そんなもんだろう。

【予知】を取ろうと思ったが、１０００ポイントで無理だった。

　一番安い【予感】で我慢しておく事にする。３ポイントか。よし。

【予感　レベル１】を取った。

　どうせこれもレベル４くらいまで上げないと実用的じゃないんだろうけど。

「ま、こんなもんかな」

　途中から迷って面倒になってきたので、テキトーに良さそうなのを選んだ。

【獲得経験値上昇　レベル２】
【鑑定　レベル３】
【解説　レベル１】
【予感　レベル１】
【スキルコピー　レベル１】

【クラスチェンジ　レベル１】
【スキルリセット　レベル１】

【スキル強奪】はポイントが足りなくなったので、10ポイント安いコピーの方にした。戦闘中だけしかスキルをコピーできないのかもしれないが、まあいい。

これでボーナスポイントはすべて使い切った。

確認して、【次へ】のボタンをクリック。

画面が、ふあーっとフェードアウトして白くなり、俺は意識を失った。

✧第二話　眼鏡っ娘の神様

ん？

えっと。

俺は今、何してた？

周りを見回すが、真っ白で何も見えない。

「んんん？」

ふわふわと浮いてる感じだが、うおっ⁉

俺の体が無い！

え？　夢なの？

「あ、お目覚めですねー」

どこか間の抜けた少女の声が聞こえてきた。

「だ、誰だ？　どこにいる？」

急に他人の声が聞こえたので俺もビビる。

「あ、はい、私はこの世界の神で、あなたの目の前にいますよ」

ううん、神って。

自分で神と言っちゃう奴は病気か危ないヤツだろ。

「いいえー、本当に神なんですぅー。まともですぅー」

「うるさい。とりあえず、語尾を伸ばすのやめろ」

イラッとくるので注意する。

「は、はいー。あわわ」

ダメダメな神だな。

「それで、俺になんか用か？　と言うか、ここ、どこだ？」

「あ、はい。ここはですねぇ、私の存在する場所と言えば良いのか、名前は言葉にできないんですけどぉ」

「はあ？」

「と、とにかくですね、沢渡《さわたり》さんは厳正なる抽選の結果、異世界へ転生できるようになりましたー！　おめでとうー！　わー、ぱちぱち」

自分でパチパチなどと言う女にはリアルで初めて出くわしたが、小馬鹿にされてるようでムカッとくるな。

「おい、そんな怪しい抽選は要らんし、引いた覚えもねえよ。だいたい、俺は秋月《あきづき》で名前が違うんだが？」

「えっ!?　あれ？　あれれぇ？　ホントですねえ。秋月靖彦《やすひこ》さん。あれー？」

「ま、付き合ってられん。帰り道は、むむ、この部屋から出られないのか？」

移動しようとするが、体が無いので、ふわふわと。俺の意識が漂っている感覚。

「あ、はい、あなたに移動する能力は無いので、もう少し待っててくださいね。大丈夫、ちゃんと送り届けますから」

「じゃあ、さっさとしてくれ。どうせ夢だろうけどな」

「いえ、現実ですよ。でも、困りました。えっと、どうもこちらの手違いで、違う魂を引き寄せちゃったみたいなんですけど……」

「じゃあ、沢渡だったか？　俺は元の場所に戻して、そいつを呼べば良いだろ。俺はゲームで忙しいんだ」

そう言えば、今からあのキャラメイクのゲームをやるつもりだった。今、思い出した。

「あ、それがですね……とっても言いにくい事なんですけど……あなたの魂をカスタマイズして別次元に移動させちゃったので、元の場所へは……」

「は？　戻れないってか？」

「ええ。そうなりますすね……」

「どうするんだよ」

「ご、ごめんなさい」

「いや、謝るとかいいからさ、俺を体に戻せ。元通りにな」

「……で、できません～」

「は？　あ？」

殺意が湧く。間違えた挙げ句に、体戻せないとか。

何言ってくれちゃってるの、コイツ。

「ご、ごめんなさいぃ～」

つかんで首をキリキリ締め上げてやろうかと思ったが、今の俺には手が無い。

「お、落ち着きましょうねー」

「落ち着けるか、馬鹿野郎！」

「ひゃっ！」

「お前、善良な市民の魂をミスで戻せねえとか、どうするんだよ。俺は元の世界で死んでる事になるんだろ？」

「ええと、いえ、たぶん、つじつまを合わせるために、存在自体が消えちゃった感じになってるかと」

「どっちでもいい。それで、俺はいつまでこうしているんだ？　元の世界に戻せないにしても、新しい体を要求する」

「あ、はい、それでしたら、大丈夫です。元々、こちらの世界の大地に、転生させる予定でしたから。じゃ、お一人様、ご案内って事でー」

「待て」

「う」

「お前、今、何事も無かったように俺を転生させて終わりにしようとしたな？」

「い、いえ、ええと……」

「そこはお詫びの印に、お前が全裸で俺にフェラチオするとか、なんかあるだろ？」

チョロそうな神様なのでゴネてみる。

「ふええっ！　あの、さらっと凄い事、言うんですね、その、ふぇら、うう……そういうのはダメですぅ」

「じゃ、全裸だけで勘弁してやるから、姿を見せろ」

「えぇ？　うーん、本当に全裸だけで勘弁してくれるんですね？」

「おう。男に二言は無ぃ」

脱いだら、ちょっと触ってやろう。

「なな⁉　お触りはできません～」

「む」

心の声が読めるのか。じゃ、さっさと脱げよ、ほら。ぐちょぐちょにするぞ？

「うう、分かりました、分かりましたからぁ。変な事、考えないでくださいぃ」

光の中に、中学生くらいの水色の長髪の美少女が全裸で胸を隠しながら出てきた。神のくせになぜか大きな丸い眼鏡を掛けている。割とグラマー。

「お前、随分と若いな」

「はい、まだ神様になったばかりなので。元も若いですし」

「ふーん。じゃ、手をどけろ」

「えぇ？」

「裸を見せると言ったよな？」

「うぅ……じゃ、じゃあ」

「うむ」

女の子が恥ずかしそうに手をどける。

色白で、すべすべした感じの健康的な肌。形の良い乳房に、乳首はピンク。

ちょっと近づいてみたくなったので、下から近寄る。

「あっ！　えぇ？　動けるんですか？」

「みたいだな。どれ」

「ひゃあぁ、そ、そんなところから、覗かないでくださいぃ」

彼女の股下に視点が移動できたので、そこからぐっとアップで迫る。

「やぁん、それ以上は、来ないでぇ」

「フフフ。うおっ!?」

さらに近づくと、いきなりバチッと電撃のような痺れが走った。

「あっ、大丈夫ですか？」

「な、なんだ、今のは、いてててて……」

「もう、私の体に触るからですよ。お触りはダメって言ったじゃないですか。あなたの魂の階位では、下手したら私が吸収しちゃうんですから」

「え？　それは怖いな。俺が消えるって事か？」

「はい、完全にではなくて、同化なんですけど……」

ま、どっちにしても、このすっトロい喋りの神の一部になるのは嫌だ。

「私も、えっちぃ人は嫌ですぅ」

「ふん。じゃ、約束だ。きちっと転生させてもらおう。おっと、人間だよな？」

雑魚モンスターに転生させられたら、目も当てられない。

「はい、健康体の同い年くらいの人間なので、安心してください」

「むう、同い年か……どうせなら、若い美形の奴にして欲しいが」

俺はもう四十過ぎだし、冴えない顔で最近は抜け毛も気になっている。

「うーん、そうすると器を新しく用意しないとダメですし、魂が上手く定着しないかも……」

「そこをなんとか」

「えっと……どうしてもと言うなら、若い肉体にしますけど、何かの拍子に魂が抜けちゃっても怒らないでくださいね」

「いや、怒る」

「えー？」

当たり前だろ。

「それ、抜けたらどうなるんだ？　死ぬとか？」

「はあ、上手く魂が戻せれば気絶くらいで済むかなーと」

「じゃ、ダメだ。他に手は無いのか」

「んー、じゃあ、寿命を延ばして、肉体ももう少し健康にしますから、それでどうでしょう？」

「不細工なままでか？」

「えっと、秋月さんはそれなりに魅力的だと思いますぅ」

「うるせーよ。お前、本心で言ってないだろ」

「ぎくっ」

「神様が嘘ついていいのかよ」

「えっと、あの」

「はー、傷ついた。俺は一度も女の子にモテた事が無いのに、またこっちの世界でもモテずに馬鹿にされるんだろうな。あー、やってらんねー。しかも間違いで、色々やり残したままで強制かよー、かー」

別に元世界に未練があるわけでも無いのだが、こっちでも似たような環境だと萎《な》える。

「いえ、あの、わ、分かりました。では、スキルを付けましょう。モテモテの」

「ほう。よし、それで手を打とう」

「わーい。じゃ、もう時間も無いですし、ぱぱっとやっちゃいますねー」

「あっ、美人にしっかりモテて、バッチリ最後までできるスキルじゃないとダメだぞ！」

この神は抜けてそうなので不安だ。

「ちゃんと分かってますぅ。美人さんにだけ、そうですね、秋月さんが望む相手を惚れさせるようにしておきます。じゃ、そーれ。いってらっしゃーい」

「あ、おい、やっぱり他にもスキルを、うおっ！」

俺の意識が急にどこかに吸い込まれる感じで、また俺は意識を失った。

◇◆◇◆◇

「むっ⁉」

今度は下から淡い光が浮き上がるような感じで出ており、地面を見ると、それは何かの魔法陣のようだった。模様が青白く光っているが、光がだんだんと弱くなり、消えた。

「おおっ！　成功したぞ！」

周りが暗かったのですぐには気づかなかったが、何人かの男がそこにいる様子。

むう、何なんだ。

どうでもいいが、俺は全裸だった。

誰得だよ……。

「ささ、勇者様、こちらへ」

きらびやかなローブを着た男が前に出て、俺に布をかぶせる。

今、勇者って言ったよな？

なるほど、そういう場所か。

「どこへ連れて行くつもりだ？」

「まずはお着替えを。それに、この魔法陣はまだ、動いておりますので」

「むむっ」

慌ててそこから降りる。また変なところに飛ばされては敵わん。

「いえ、ご安心を。それは一方的に呼び出すだけのものです」

「ふうん？　む？　なんか明るくなってきた

ぞ？」

「ええ。また一人、来るようです。おお、これは、先ほどより強き力」

む、俺より強いってか？

そのまま魔法陣を眺めていると、白い光が円柱状に下からほとばしり、その光が消えると、代わりに一人の若い女性がそこに立っていた。

やはり、全裸で。

さっきの眼鏡っ娘神より、グラマー。

むう、モデルみたいな美人だな。

「んん？　ここは、えっ！　きゃあっ！　何で裸なのよ！」

彼女も事情は分かっていなかった様子で、裸と気づいて慌てて自分の体を両手で隠す。

ふふ、いいもんが見られたぜ。

「この！」

「うおっ！　ぐべっ！」

その全裸少女の腰の入ったストレートパンチをモロに食らい、俺はまたまた意識を失った。

第三話　召喚された六人の勇者達

「うう……」

「おお、お目覚めですか、勇者様」

「ああ、くっそ、あの女、思い切り殴りやがって」

女とは思えぬ重いストレートだった。

「申し訳ございません、我らがもっと手際よくご案内していれば」

ローブ姿の男達が丁寧に謝った。

「それはいい。それで、俺はこれからどうすればいいんだ？」

見ると、すでに服は着せてくれたようだ。白い布地の、半袖のシャツとステテコっぽい感じのズボン。いや、まんまステテコだな。

ちょっと服が安っぽいが、気絶していたから簡

単な服しか着せられなかったか。

「は、勇者様方にはまず、国王陛下と謁見して頂きます。事情を説明致しますので」

「分かった」

まあ、こういう世界だ。俺もその手のネット小説はたくさん読んだから、展開はお見通しだ。

魔王を倒してくれ、ってヤツだな。

あるいは、魔王がいないけど呼び出して、呼び出した勇者を上手く利用して他国を侵略しようという感じの。

いずれにせよ、まずはこの国の王の話を聞いてからだろう。

「では、こちらへ。他の勇者様はすでに陛下と謁見されております」

「なに？」

くそっ、そこは、俺を待ってから謁見だろうに。

これで、情報の伝達漏れがあると俺が不利だ。

あの女、覚えてろよ。

「国王が話す内容は、きちんと俺にも伝えてもらうぞ？」

俺はローブの男に言った。

「それはもちろん。抜かりはございませんのでご安心を」

この感じだと、こいつらは、初めての勇者召喚でもなさそうだ。

毎年やってそうな感じ。

だが、そうなると、勇者のありがたみも薄れるだろうしな。

さて、どこまで支度金がもらえるものやら。

「ふむ、来たか」

大きな広間に案内されると、そこには重臣達に囲まれた国王と、それに五人の勇者がいた。

多いな、勇者。

「余はアルベルト＝グラン＝バーニアだ。この国、バーニアの国王である」

ヒゲまで白い総白髪のかくしゃくとしたジジイが良く通る声で名乗った。

「良く来た、勇者よ」

さて、どう対応したものか。他の五人は跪《ひざまず》いていないし、そう礼儀はうるさく言われない様子。

何せ、世界を救う勇者様だ。国王と対等でもおかしくあるまい。

ここはまず、強気で行く。叱られたら、謙《へりくだ》れば良い。わざわざ呼び寄せたんだ、無礼だからと言ってもいきなり手打ちにはしないだろう。

「俺の名は秋――――いや、アレックだ」

せっかくの異世界だ、ここは俺の真名を使わせてもらおう。ゲームしか使うとき無いし。

「ええ？　あなた、日本人よね？」

俺を殴った張本人が聞いてくる。バカ正直に教えてやる必要は無い。たぶん、この五人、俺のライバルなんだろうし。

「さてな」

とぼけておく。

「ええ？」

こいつは日本人で間違いないだろう。だが、その割に染めたのか、赤毛に近い茶髪だ。瞳の色も、かなり赤い。

「ふふ、まあ、別の世界の人間かもしれないから、それでいいじゃないですか」

やや線の細い金髪碧眼の青年が笑顔で言う。チッ、美形だな。

「僕の名前はエルヴィン＝クルトン。エルでもエルヴィンでもお好きにどうぞ。イギリスの大学生だ。よろしく」

流暢な日本語を喋っているが、ま、異世界の言語に勝手に翻訳されているのだろう。

握手を求めてきたので、応じてやる。

仲良くするつもりは無いけどな。

だが、いきなり敵にしてもまずい。

「私は白石《しらいし》セリナよ。星の里の奈良と書いて、星《せ》里奈《りな》。桜風《おうふう》女学院三年生。よろしく」

俺を殴った白石は、肩をすくめて軽くため息交じりで挨拶してきたが、ため息をつきたいのはこっちだ。

女子校生のくせに、年上の俺にタメ口とか。

最近の若い親の教育はなっとらん。「星」と書いて「セ」と読ませるあたり、キラキラネームだからな。

コイツは握手を求めてこなかった。俺も求めない。

「オレ、高山《たかやま》ケイジ。ケイジって呼んでくれよな！」

中学生くらいのやや背の低い少年が、ニッと弾ける笑顔で握手を求めてきた。こういう冒険が一番楽しそうな年頃だが、ポカもやりそうな感じだ。

さて、ここはコイツの生き残れる世界なのかね。

握手はしてやった。

「私は、小島博《こじまひろし》、外科医をやっています」

医師か。こういう奴が召喚されるのは珍しい気がするな。怪我をしたときには世話になるかもしれない。少し神経質そうな感じだが、愛想は良くしておくか。

と言っても、俺としてはうなずく事しかできないんだけど。小島は三十代くらいか。

「僕は、坂崎伸也《さかざきしんや》。シンって呼んで欲しいかな。へへ」

この中では俺と一、二を争う感じの不細工が、お前には似合わないだろうという愛称を要求する。

まあいい、名前の通りだしな。

見た感じ、頭は良さそうには見えないし、専門学校生かフリーターといった感じ。まだ若い。猫背のおかっぱ頭。

「では、顔合わせも済んだ事だ。アレックのためにもう一度説明するとしよう。ここはバーニア王国。大陸の中程にある小さき国だ。勇者殿を魔法陣で呼び出したのは他でもない、いずれ復活するであろう魔王を倒して欲しいのじゃ」

ふむ、まだ魔王は復活していないのか。なら、時間的な余裕はありそうだな。

「そなたらにはその力が宿る。ただし、すぐには無いし、モンスターを倒して強くならねばならん。ここまではいいかの？　おお、魔法についてだが」

「いや、魔法は理解している。それは省略してくれても構わない。俺にも使えるな？」

「それは試してみない事にはわからん。勇者には魔法を使える者もいれば、使えない者もいるのでな」

「む……そうか」

勇者なら無条件で使えると思ったが。

「アレックさん、見て。これが魔法だ──四大精霊がサラマンダーの御名の下に、我がマナの供物をもってその炎を借りん。【ファイアボール！】」

エルヴィンがその場で天井に向けて右手をかざすと、そこから小さな火の玉が飛び出て天井に当たった。

当たったところがちょっと黒くなっている。

ふむ、ちょっとしょぼいが、火の玉の魔法だな。

俺にも使えると良いが。

エルヴィンはすでに炎の魔法を会得しているか。

「良い」

呪文を使った事で近衛兵が緊張して構えたが、国王が片手で制した。

慌てた風でもないし、おそらくここにいる護衛の方が俺達より強いな。

「では、話を続けるぞ。この世界にはモンスターと呼ばれる魔物が街の外に巣くっておる。特にダンジョンには強いモンスターがひしめき合っておるから、注意が必要じゃ。もっとも、それを倒せば勇者は瞬く間に成長し、より強き力を手にする事ができる。ゆえに、自分の力量に見合ったダンジョンに装備を調《ととの》え挑むが良かろう。モンスターは人を見ると襲ってくるから、すぐに分かるはずだ」

だいたい、この手の異世界モノのRPGとほぼ同じだな。重要な事を聞き逃しても困るので、うなずいて聞いておくが、勇者は神殿やギルドで転職できるという事の他は、特に注意すべき事柄も無かった。ただ、この国の法律を犯せば、牢獄に入れられる羽目になるし、勇者を狙う盗賊もいるそうで、あまり特権的な存在ではない様子。

それもそのはずで、勇者は数年に一度、司祭の助言に基づいて召喚の儀式が行われ、この国だけでも二十数人ほどの勇者がいるという。

量産型勇者か……ま、それなら俺も特に何かを課される事は無いだろうから、のんびりできて良い。

他にも細々とした説明が続いた後、国王が言う。

「では、他に質問が無ければ、望みの武器と、支度金を渡そう」

武器か。すでにこの広間に剣や杖、弓などが運び込まれていたが、どれにすべきかね。ま、後から変えてもいいんだし、ひとまず使いやすそうな短剣、ショートソードだろうな。

俺はショートソード、白石とケイジはロングソード、シンは弓矢、小島はナイフ、エルヴィンは杖を選んだ。

「次は金だ」

配下が硬貨のたくさん入った袋を持ってきたので少し期待して中を見てみたが、全部銅貨。

「おー、すっげ、お金かあ。これ、いくらくらいなんだろ」

　浮かれているのはケイジだけだ。

　小島とシンはあからさまに顔をしかめているが、この二人、ふむ、スキル持ちか。

「それは百ゴールド、そなたらの価値で言えば、十日分の生活費となろう」

「えっ！　それだけ？」

「もっと支援をしたいところではあるが、財政事情も苦しくてな。モンスターや隣国から王国を守るので手一杯なのじゃ」

　そんな事を言う国王だが、いくら何でも、もう少しくらいは支援できるだろう。ケチくさい。

「ああ……そっかあ。よし！　じゃ、オレがモンスターを全部やっつけてやるよ！　なんたって勇者だもんね！」

　ケイジが握り拳を作って言う。

「ふふ、ケイジは頼もしい事だ。先ほども言ったが、モンスターを倒せば、魔石などでそれなりに金も手に入る。後は冒険者ギルドに加入して金を稼ぐと良いだろう」

「分かったよ、王様！　冒険者ギルドだね！」

「うむ。ではお前達の活躍を期待しておる。下がって良いぞ」

　広間を立ち去るときに、ふと俺は後ろを振り向いたが、ニヤリと笑った国王の表情が気になった。

「よし、冒険者ギルドだ！」

　ケイジが元気よくダッシュしていく。ま、やる気があるのは良い事だ。

「みんなは、本当に冒険者になるつもりなのかい？」

　広間を出たところで、小島が聞いた。

「ええ。なんだかおかしな事になってしまったけど、お金、稼がないといけないみたいだし」

　白石は適応力高いな。女子校生なら、泣いて帰りたいなんて言っててもおかしくないと思うが。

「別に敵を倒さなくても、医者の小島先生は生活していけるかもしれないけど、冒険者ギルドには入っておいた方が良いと思いますよ。何かと」

シンが愛想笑いを浮かべながら言う。

「ううん、しかしな……帰る方法、調べてみるか」

ま、好きにすれば良い。小島の方はなんだか疲れている様子だ。普通にショックだったんだろう。

「私も、帰る方法を探すの、手伝いますよ。みんなも手伝ってくれるわよね？」

白石がそう言って俺達を見るが。

「もちろん」

エルヴィンは笑顔でうなずく。

「ああ、ええ」

シンも軽くうなずいているが。

「俺はお断りだ」

「ええ？　どうしてよ」

俺は元世界に帰るつもりは無いし、あの眼鏡っ娘神と話した感じでは、帰る方法は無い。ただ、これを言ってしまうと、こいつらがパニックを起こしかねないからな。

別の理由を挙げておくか。

「外にはモンスターがウヨウヨいて、俺達はろくに金も持ってないんだ。まず、この世界で暮らせる目処を立てるのが先だ。ま、別に邪魔はしないから、調べたい奴は好きなだけ調べてくれ。ただし生活に困ってもそれはお前らの自己責任だがな」

勇者一行と言う事で、仲間だと頼られても困るので、そう突き放しておく。

「む、困ったときは助け合うべきなのに、協調性の無い人」

「やる事をやらずに遊んでおいて、金を貸せと足引っ張る連中に協調性が有るとは思えないがね」

「む」

「ま、まあまあ、アレックさんの言う事も一理ある。じゃあ、まずは冒険者ギルドだね。なんでこんな事になったのやら、やれやれ……」

外科医として使い道のありそうな小島が早々に詰んでもらっても困るし、ま、これでいいだろう。俺の方に余裕ができれば、小島を手助けしてやって、命の保険にするつもりだけど。


城を出て、兵士が教えてくれた冒険者ギルドに向かう。

「翼と靴の看板のでっかい建物……あった！　きっとアレだよ！」

「あ、待ってケイジ君！」

白石が止める間もなくケイジが一足先に突っ走ってしまったが、元気なのは良いとしてもガキは扱いにくそうだ。

一足遅れて全員でその大きな建物の中に入ると、顔に傷のある荒くれ者と言った感じの、むさ苦しい男達があちこちにたむろしていた。

うえ、絡まれそうで怖い。


「お、見ろよ、新入りがやってきたぜ」

「なんだあいつら、危なっかしい装備だな。革鎧も着けてねえのか」

せめて革鎧は支給して欲しいと俺も思うが。

「おーい、みんな！　ここで受付してくれるってさ！」

浮かれているケイジが俺達を大きな声で呼ぶが、先ほどから目立って仕方ない。

「おい、坊主、ここは子供が遊びに来る場所じゃねえぞ。家に帰ってママのおっぱいでも吸ってな」

案の定、からかってくる奴がいるし。

「何だと！　オレはそんな歳じゃないし、勇者なんだぞ！」

うわあ、嫌なフラグを。

一瞬、静かになった冒険者達が、どっと笑い声を上げる。

「はっはっ、聞いたか、勇者だってよ」

「そういえば、今年も呼び出すって言ってたな」

「あんな使えねえ連中、王様もどうかしてるぜ」

「何がおかしいんだよ。勇者は強いんだぞ！」

「ほお、じゃ、坊主、オレと手合わせしてみようや」

大きな斧を持ったヒゲ面の男がケイジの前に立つ。

「よーし」

ケイジが王様からもらった剣を抜いた。

第四話　勇者の実力

「待って。ケイジ君、怪我をしたら大変だし、今はやめておいた方がいいわ」

白石が止める。妥当な判断だな。

「なんで止めるんだよ。ちょっと力を試すだけだってば」

ツンツン頭のケイジは自分が負けるとは思っていないらしい。

「ううん」

「やるなら、表でやってくれよ。それから、ギルド登録をしてない奴は一般人だ。怪我はさせるな」

職員がカウンターの向こうから落ち着いたまま声を掛けるが、これだと冒険者同士の喧嘩は日常茶飯事のようだ。

やれやれ。

「じゃ、坊主、待っててやるから、さっさと登録を済ませろ」

「む、いいよ？」

「ケイジ君、本当に止《よ》した方が良い。これはゲームじゃないんだよ？」

小島も止める。

「分かってるって。でも、オレ、筋力に全部振ってるから、たぶん、あのおっちゃんより強いよ」

ケイジが言う。コイツも、あのキャラメイクをやったのかな。むむ、俺もあの設定になっているとしたら、まあ、可能な範囲で最高のキャラメイクだから、あれ以上にはできないが……もうちょっとスキルを見ておくべきだったたか。

失敗した。

「いや、何を言ってるんだ。どう見たって向こうの方が力があるじゃないか」

「まあまあ。おじさん！　これでいい？」

ケイジがカウンターで職員に羊皮紙を見せて聞く。

「どれ、ううん、カゴシマ？　聞いた事が無い街だがまあいいか。字が汚いなあ。これは勇者って書いたのか？」

「うん！」

「じゃ、書き直しだ。戦士にしておいてやろう」

「ダメダメ、勇者なんだから」

「そうだとしても、それは、なんと言うか……ここで登録できる職業じゃないんだよ。勇者も転職するからね」

「んん？　ああ、そんな事も言ってたっけ。じゃあ、今はそれでいいよ」

「ああ。じゃ、少し待っててくれ」

「早くしてよ！」

「ケイジ君、君は日本語で書いたのか？」

小島が聞く。

「そうだよ」

「むう、それで通じるのか……」

「こっちの字も読めるし、不思議ね。日本語とは違うみたいだけど。ああ、エルヴィンはどうなの？」

「たぶん、君達と同じように見えてるよ。だって、普通に君達、英語で喋ってるじゃない」

「ええ？　日本語なんだけど」

「ふふ、じゃ、僕にそう聞こえるだけなんだろうね。不思議だけど、便利で助かるよ」

そういう事なら、さっさと今のうちに俺も登録をしておくか。どのみち、必要だしな。

「登録を頼む」

カウンターの隣で暇そうにしている受付の男に言う。

「じゃ、これに記入してくれ。勇者はダメだぞ。適当に戦士で構わないから」

「職業は勝手に書いて良いのか？」

「上級職はダメだが、後は自由だ」

「ふうん」

渡された羊皮紙に名前とクラスと出身地、年齢を適当に書き込む。

クラスは戦士、出身地はこの王都の名前、エルラントにしておいた。

「すみません、僕も登録、いいですか」

シンが言う。

「じゃ、これに記入して」

他の三人も登録をして、カードができるのを待つ。

「ほれ、待たせたな、坊主」

「遅いよ。待ちくたびれた。へえ、これが冒険者カードかぁ。かっけー」

ケイジが受け取って無邪気に喜んでいるが……。

「じゃ、坊主、表に出ろ。冒険者の洗礼ってヤツをやってやろう」

「お、いいねえ。お手柔らかに頼むよ！」

「ううん、ねえ、止めなくて良いの？」

白石が俺に言うが。

「止めたければ止めろ。ま、殺しはしないだろう」

そう言う。

「危ないようなら、止めに入れば良いけど、僕ら、魔王を倒せるんでしょ？　強いと思うんだけどなあ」

エルヴィンも甘い考えだが、王の話を注意深く聞いていれば、モンスターを倒して強くなるのが大前提だと分かるだろう。それに、数年に一度呼び出し続けている勇者が二十数人しか残っていない事を考えると、半数はおそらく死んだと見るべきだ。

「少し、見学してくる。カードができたら呼んでくれ」

係員にそう告げて、俺達も表に出る。

「よし、バルガス！　勇者のクソ共にここの流儀を教えてやれ！」

「坊主、勇者なら負けんなよ！」

野次馬が早くも集まってきて、活況だ。

「ええと、ステータスオープン、お」

シンが横で、そんな事を言うが、そう言えば、それでステータスが呼び出せると王様が言っていたな。

シンのステータスは俺には見えないので、俺も呼び出して大丈夫だろう。

〈名前〉アレック　〈レベル〉1
〈クラス〉勇者／村人　〈種族〉ヒューマン
〈性別〉男　〈年齢〉42　〈HP〉53／53
〈MP〉52／52　〈TP〉52／52　〈状態〉通常
〈EXP〉0　〈NEXT〉10　〈所持金〉100
〈基本能力値〉
〈筋力〉24
〈俊敏〉23
〈体力〉24
〈魔力〉23

〈器用〉23
〈運〉23
〈所有スキル〉
【獲得スキルポイント上昇　レベル5】【獲得経験値上昇　レベル4】【器用さUP　レベル2】【レアアイテム確率アップ　レベル2】【解説　レベル2】【鑑定　レベル3】【根性　レベル1】【予感　レベル1】【スキルコピー　レベル1】【クラスチェンジ　レベル1】【スキルリセット　レベル1】【魅了☆　レベル3】Ｎｅｗ！
〈装備〉
『青銅のショートソード』『布の服』

やはりか。

俺がキャラメイクしていたキャラのステータスだ。

【魅了☆　レベル3】が新しく付いているが、あの眼鏡っ娘神が約束を守ったらしい。ただ、もうちょっとレベル高くても良いだろうに。

ホントにこれでモテるのか？

白石の態度を見る限り、効果ゼロなんだが。

「む？」


『魅了☆　レベル3』

【解説】

このスキルの所有者に対して、年頃の異性は心を強く惹きつけられる。

効果は永続的。


ほほう。【解説】のスキルが発動したか。どうやら俺が意識を集中させるだけで、自動で解説してくれるようだ。それは便利なのだが、肝心の魅了の効果が出てないよ？

くそ、モテモテじゃなかったのかよ。あの眼鏡っ娘神め。

「じゃ、行くぞ！」

「ハッ、来やがれ！」

おっと、ケイジと冒険者の戦闘が始まってしまった。

ステータスから意識をそちらに向けたが、ステータスは自動的に俺の意を汲んで消えてくれた。便利だ。

「ぶちかまし！」

ケイジがそう叫んで突っ込むが、冒険者は素早く右に動いてそれを躱した。

「あっ！　くそっ！　動け！」

ケイジは体の向きを変えようとしているようだが、体が硬直している感じ。何だ？

「ハッ、バカが。レベルが低いくせに隙のデカいスキルなんて使うからだ。ほらよ！」

冒険者が横からケイジに蹴りを入れる。

「うわっ！」

凄い勢いでゴロゴロと転がったケイジ。

「いってー……」

どうやら大丈夫そうだが、すぐには起き上がれない様子。

「ちょっと！　子供相手に手加減無しってどういう事よ！」

白石が怒るが。

「ああ？　手加減はしてやってるだろうが。本気でやってりゃ、とっくに殺してるぜ？」

「む」

「文句があるなら相手してやるぞ。かかってこい」

「じゃあ私が」

「待った。君が行くというなら、僕が代わりに出よう」

エルヴィンが白石を制して前に出る。

そして杖を構えた。呪文を使う気か。

「ふん、魔術士か。俺は構わねえが、街中でぶっぱなすと勇者でも牢獄行きのはずだぜ？」

「む、そうだった」

王様が注意事項で言ってたな。街中では攻撃魔法は使えない。

「それで、どうするんだ？　そっちの嬢ちゃんがやるか？」

「いいや！　杖で戦う」

「ハッ、この俺様も舐められたもんだぜ」

冒険者がそう言って、斧を振り上げる。

「いけない！　避けて！」

白石の言うとおり、あんなのをまともに食らったら、木の杖なんて役に立ちゃしない。だが、エルヴィンも初めからそのつもりだったのか、上手く躱《かわ》した。

「よしっ！　うわっ！」

エルヴィンが後ろに吹っ飛んだ。

なんだ？　今、確かに躱したってのに。

「速い……！」

「さあ、次はどいつだ！」

冗談じゃない、俺は行かないぞ。だいたい、ケイジが勝手に仕掛けた喧嘩みたいなもので、俺は無関係だ。

「その辺にしておけ、バルガス。レベル1の初心者を相手にしてもお前の名は上がるどころか、小馬鹿にされるだけだぞ」

細身の剣士が言う。

「ちっ、それもそうだ。坊主、レベルが上がったらまた相手してやるぜ」

「くっそー、なんでだよ！　なんで勇者がこんな弱いんだ！」

ケイジが悔しそうに叫んだが、これが現実。

この世界の勇者は特別な存在ではない。

そういう事だ。

第五話　ソロプレイ

あれから対策を話し合おうと言い出した白石や小島の誘いを断った俺は、一人で宿屋にいる。

レベル1が何人つるんでもどうしようもない。

とにかくレベルだ。

レベルがすべてだ。

RPG世界なら、レベル上げをしないとお話にならない。

異世界に戸惑《とまど》ってるような奴や、勇者が負ける理由を理解できない奴は足手まといでしかない。

勇者でも死んだら終わりだろうから、助け合っていこうなんて甘い考えも通用しない。

やるか、やられるか。

それだけだ。


いかに安全マージンを取りつつ、効率の良いレベル上げができるか？

それを考えた場合、低レベルの大人数はおそらく不利だ。

モンスターを一匹倒した時の経験値がパーティー全員に同じ数値で入るならいいが、それなら大部隊を組んでのレベル上げ制度がすぐに確立されるはず。

王様がその話を持ち出さず、各自の自由に任せたという事は、モンスターを倒した時の経験値は分配方式、しかも、高レベルの奴がより多く取ってしまうシステムなのだろう。あるいは、ラストキルを取らないと上がらないか。

そうなると、ある程度のレベルに到達するまでは、弱いモンスターを相手にソロで狩った方がいいだろう。ラストキル方式だった場合は、高レベルの奴と組んでラストキルを譲ってもらえば良いが、まだ確証も無いし、ろくに持ち金も無い俺達と組んでくれるパーティーなどいるものか。

冒険者達の勇者に対する態度を見ても丸わかりだ。


念のため、宿屋の店主にも聞いてみたが、駆け出しの冒険者は近場でスライムやゴブリンを倒しつつ、採取や街中の雑用クエストをこなしていくようだ。

厄介なのは、クエストを完了しただけでは冒険者ランクと所持金が上がるだけで、レベルは変わらないと言う事。

装備を少し調えたら、やはりモンスターを倒していかないと、強くはならないし、安全が確保できない。ＰＫだってあるだろうしな。街中で暮らしてりゃ殺されないなんて保証は無い。

「くそっ、もっとマシな異世界が良かったぜ」

文句を言っても始まらないのは分かっているが、愚痴らずにはいられない。

ま、俺はいくつか有用であろうスキルを取っている。

これからスキルポイントが手に入っていくはずだが、優先的に経験値スキルと必要に応じて戦闘系のスキルを取っていくとしよう。


翌日、不味いパンとスープを腹に押し込んで、防具屋を覗いてみた。

一番安い木の盾は五十ゴールド。革のベルトが鋲《びょう》で打ってあり、腕に通して使う代物で、左手がそれなりに自由になるタイプ。がっちりと固定できるかどうかは怪しいし、木では斧も防げないと思うが、無いよりはマシだ。

俺の持っている【鑑定　レベル３】を使ってみる。

〈名称〉木の盾　〈種別〉盾　〈材質〉木材

〈防御力〉10　〈防御範囲〉7％　〈重量〉1
【解説】
小さな木の盾。
カバーできる範囲が狭いが、無いより安心。
初心者でも扱える軽さ。
自分が唱える呪文の一部で、その効果や発動を阻害してしまう。

この様子だと、防具の種類は気を付けないと魔法が使えなくなる様子。

ま、エルヴィンの【ファイアボール】を見る限り、呪文はあまり期待できないな。

あの場では手加減していたかもしれないが、威力は感じられなかった。

どちらにしろ、俺は呪文のスキルを取っていないから、少しスキルポイントに余裕ができたら、考えるとしよう。

木の盾を購入した。これで残りの生活費は四日分だ。

次の防具は革鎧が百八十ゴールドなので、金が足りない。上半身を覆ってくれる防御範囲36％の防具なので、金が貯まったら早めに手に入れたいところだ。

冒険者ギルドに向かう。他の勇者はいないようだ。朝が早いから、絡んでくる冒険者も少ないだろうと思ったが、結構な数の冒険者がいた。

「お、勇者の兄ちゃんか。他の連中はどうした？」

その場にいた冒険者の一人が聞いてきた。

「さあな」

無視して怒らせてもマズいので答える。ただし、素っ気なく。

「もう死んでるなんてのはよしてくれよ、さすがに寝覚めが悪い」

「生きてるはずだ。それ以上は俺も知らん」

目を合わせず、話しかけてくんなというオーラを全開にしていると、それを察したのか話しかけてきた冒険者も去っていった。

ふう。

カウンターの前が空いたので、そこに行ってギルド職員に話しかける。

「初心者向けの金を稼げるクエストをやりたいんだが」

「じゃ、これだな。稼げるって訳じゃ無いが、お前さんの装備なら、これが無難だ」

ギルド職員が一枚の羊皮紙を見せてくれた。薬草採取のクエスト。

「アロエ草十枚でたった五ゴールドか。もっとマシなのは無いのか？」

「そこの掲示板に貼り出されてるから、嫌なら好きに自分で選んでくれ。ただし、お前さんの冒険者ランクは最低のＦだからな。ファーストランクしか受けられんぞ」

「ちょっと見てくる」

カウンターを離れ、掲示板を見に行く。

……………。

ろくなのが無かった。

ゴブリン討伐十匹で十ゴールド。

稼げる金額はどれも似たり寄ったりだ。

鎧を手に入れるまでは戦闘はなるべく避けた方が良いと判断しているので、諦めてカウンターに戻る。

「その薬草、見せてもらえるか」

「これだ」

まんまアロエだな。

「分かった。集めてくる」

「なるべく、街の近くにしておくんだぞ。森に行けばたくさん生えてるが、敵もいろんなのが出てくる。お前のレベルじゃまず無理だ。囲まれたらさっさと逃げろ。逃げるのは難しくないはずだ」

「分かった」

職員のアドバイスをありがたく受け取り、街の入り口へ向かう。そこでは槍を持った兵士が門番をしていた。兵士は俺を見るなり話しかけてきた。

「見ない顔だが、新顔の冒険者か？」

「そうだ」

「じゃ、近場で薬草でも集めるんだな。間違っても森の中に入ったりするなよ？　不意打ちを食らえば初心者はあっと言う間だ」

「分かっている」

「冒険者カードを見せてくれ」

「なぜだ？」

「そりゃ、帰ってこないようなら、捜索隊を出さなきゃならないからな」

なら、門番とは仲良くしておいた方がいいかもしれない。

「ふうん。アレックだ」

「よし、じゃ、日が暮れるまでには戻れよ」

「ああ」


まずは街道沿いに歩いてみる。アロエは生えていない。

ま、すぐそこに生えてたら、クエストなんかにはならないか。

周囲にモンスターがいないか、そこも注意していたが、見当たらない。

エンカウント率は低めか。少し安心した。

「む、スライムか……」

道の脇に、透明なゼリー状の物体を見つけた。大きさは五十センチほど。プルプルとゆっくりだが、動いている。

しまったな。採取のクエストだから、モンスターの情報を集めてなかった。

だが、俺にはスキルがあったな。

【鑑定　レベル３】だ。


【解説】

〈名称〉スライム　〈レベル〉１　〈ＨＰ〉４

ゼリー状のモンスター。

色によって強さが違う。

透明は最も弱く、動きも鈍い。

時折、消化液を飛ばして来る。

臭い。


相手はレベル1か。ちょうど良い相手だ。

これに勝てないとなると、パーティーを組むなり、装備を考えなきゃいけないが、まあ、ともかくやり合ってみるか。

「すー……」

精神統一し、スライムの動きをよく見る。相手は俺に気づいていないのか、関心が無いのか、あるいは感知できないのか、プルプルとゆっくり向こう側へ移動しているだけだ。

「行くぞ！」

緊張するので、気合いの声で自分を奮い立たせ、青銅の剣をスライムに向けて振り下ろす。


びしゃっと水が俺の顔に飛び散った。

「うえっ！　臭っ！」

ドブのような臭い。慌てて顔を拭い、スライムから離れる。

消化液という事だが、別段、皮膚が溶けたりはしていない。

大丈夫そうだ。

今度は勢いを付けず、スライムを青銅の剣の先でつつく。

切れたスライムは液体を流し出しながら、ぺしゃんこになった。

むう、あっけないな。

これで終わりか。

勝利のファンファーレも鳴らないし、まあ、いちいちそんなのが鳴っても鬱陶しいか。

スライムを観察するが、ボフンと白い煙が立ち上り、液体も綺麗に消えてしまった。

そこには草むらがあるだけで、他は何も無い。

モンスターは倒すと煙に変わる、か。これは王様から聞いた通りだ。

周囲に敵がいない事を確認し、俺は自分のステータスを確認する。

ステータスオープンと唱えなくても、ウインドウを開ける様子。

〈EXP〉1　〈NEXT〉9

経験値は1か。しょぼいなあ。まあ、あの弱さならそんなもんだろう。ろくに反撃もしてこなかったし。

俺のHPも減っていないので、コイツを狩ってレベルを一つ上げておくのもいいだろう。

アロエ草は後回しにして、スライムを探してみる事にした。

「よし、いた」

同じ色のスライムを見つけ、今度は振りかぶったりせず、剣の先で突き刺すだけに留《とど》める。

あっと言う間に倒せた。

「おいおい、楽勝じゃねえか」

もうスライムだけ一万匹倒してレベル上げしてやろうかな。レベルが一定以上になると経験値が入らなくなるかもしれないが、ノーリスクというのは大きい。

ドロップは出なかったが、レベルは上げておきたいところ。

さらにスライムを探し、残り一匹で待望のレベルアップというところまで来た。

「よし、これでレベルアップだ。うわっ！」

ノーダメージで倒せると思っていたので、不用意に近づいたが、スライムがいきなり俺の顔に向けて液体を飛ばして来やがった。

しかもそれが目に入った。

「うおっ！　目がぁ！　目がぁ！」

沁《し》みる。ヤバい、しかも目が見えない。スライ

ムはどこだ⁉

「落ち着け！　今助けてやる」

男の声が聞こえたので、パニックが収まった。

ふう。

「よし、スライムは倒してやったぞ。これで目を洗え」

「ええと」

「上を向け」

水を顔にかけられ、瞬きをして、ようやく、まともに目が開けられるようになった。

苦笑している冒険者が目の前にいて、水筒を収めている。

「お前、初心者か」

「はい、昨日冒険者になったばかりで」

「そうか。じゃ、良い勉強になっただろう。スライムも油断して前から行くとさっきみたいな事になる。せめて盾で顔は隠しておくんだな。スライムに限らず、基本だぞ？」

「ええ、アドバイス、ありがとうございます」

「うん。でだ、命の恩人とまでは行かないが、助けてやったよな？」

「ああ……」

金を出せと言う事か。

「ちなみに、相場はおいくらぐらいで……」

「そうだな、まあ、そう言うのは気持ちだから、命の恩人なら持ち金の半分とか、そのくらいだが、一割でいいぞ」

「手持ちの一割だと四ゴールドになるので……十ゴールドで」

「ちっ、たったそれっぽっちか。まあいい、命あっての物種だ。最初は慎重に行け。慎重すぎるぐらいがちょうど良い」

「はい。ありがとうございました」

……やれやれ。

レベルを確認したが、まだ上がってない。ラストキルは必須のようだ。あるいは、経験値が１しかないモンスターだから、分配できなかったか。

さて、これからどうするか。

第六話　初クエストの報酬

いったん、俺は宿に戻る事にした。

水筒に水を入れておかないといけない。また同じ事になったときに、目を洗えないと危ないからな。

道具屋で水筒を見たが、一番安い袋のタイプで十ゴールド。それしか買えないので、ついでに布の袋も買い、井戸で水袋の方に水を入れて、再び、フィールドに出る。

今度はしっかり盾で顔をかばい、スライムの進行方向の後ろから近づいて攻撃。

問題無く倒せた。


『レベルが1つ上がった！』

『レベルが2になった』

『攻撃力が2上がった！』

『防御力が2上がった！』

『スピードが2上がった！』

『最大HPが5上がった！』

『最大TPが1上がった！』

『スキルポイントを12ポイント獲得』


意識の中に、そんな表示がずらずらっと流れた。

レベル一つでHPが一割アップか。攻撃力や防御力の上がりは少ない気がするが、低レベルだからこんなものなのか。

TPの意味が分からなかったので、意識を集中してみるが、解説が出た。


〈ステータス名称〉

『TP』

【解説】

通称、テクニカルポイント。

スキルを使用すると消費する。

疲労すると消耗し、必要ＴＰが足りないと、スキルが使えなくなる。

魔法系スキルはＭＰに依存し、ＴＰは消費しない。


ふむ。

ＴＰとは技ポイントと言う事らしい。

だが、俺が使っているのは【解説】や【鑑定】くらいだし、消費も激しくない様子。

確認したが現在消費したＴＰは、６ポイント。一割程度しか減っていない。

戦闘用のスキルを覚えたら、少し残量に注意を払う必要があるが、今は良いだろう。

さて、さっそく新しいスキルを……いや、フィールドでシステムをいじっていて、モンスターに不意打ちを食らっては敵わない。宿の自分の部屋でじっくりやるとしよう。

俺は宿に戻る事にした。


誰も入ってこないように部屋の鍵を掛け、ベッドに腰掛ける。

スキル画面を頭で念じると、すぐに呼び出せた。

現在、俺が持っているスキルはこれだけだ。

【獲得スキルポイント上昇　レベル５】【獲得経験値上昇　レベル２】【レアアイテム確率アップ　レベル４】【器用さUP　レベル２】【鑑定　レベル３】【根性　レベル２】【解説　レベル１】【予感　レベル１】【スキルコピー　レベル１】【クラスチェンジ　レベル１】【スキルリセット　レベル１】【魅了☆　レベル３】

解説の使い方も分かっているので、【スキルリセット】に意識を集中してみる。今すぐリセットする必要は無いが、使い勝手が良いスキルなら、これから先、頻繁に使ってカスタマイズしていきたいが……。


『スキルリセット　レベル1』

【解説】

持っているスキルを初期化してポイントに還元できる。

ただし、レベル1では一生に一度きり。

還元されるポイントは半分になる。


……。


あちゃー。使えねー！

一度で終わりってそれじゃリセットの意味がない。

ゴミスキルかよ。

マジか。

やっちまった。ゲームじゃ役立ちそうだったが、こっちの世界じゃレベル上げも楽じゃ無いだろうしな。

おいおい、20ポイントも無駄に使っちまったぞ。くぅ～。

まあいい、無かった事にしよう。気にしなければいいんだ。

一生使わねえよ、こんなクソスキル。

続いて、【スキルコピー　レベル1】

これも20ポイントもつぎ込んじまったんだが……。

おそるおそる、意識を集中……。


『スキルコピー　レベル1』

【解説】

他人が持っているスキルをコピーする。

ただし、相手のスキルレベルに関係なく、取得するとレベル1のスキルとなる。

すでに所持しているスキルには発動しない。

確率は極めて低い。

相手がスキルを使用した時は確率が上がる。

固有スキルは不可。


　ふうむ……まあ、確率次第かな。ポイントは消費せずにコピーできるようだし、特にデメリットが無い。

　相手の使用時に確率が上がるのなら、コピーしやすいのは効果が目に見えるアクティブスキルだけかな。まあ、そんなもんだろう。

　次だ。


『クラスチェンジ　レベル1』

【解説】

職業《クラス》を変更できる。

ただし、レベル1は一生に一度きり。

また、転職条件を満たしている職のみ。

転職後も転職前の知識や経験を失わない。


「くっそ！　なんだこれ⁉」

　30ポイントもつぎ込んだのに、そりゃねーよ。

　スキル選びをやり直したい……。


『スキルをリセットしますか？』


　と、脳内に表示が浮かんだので、慌てて『いいえ』にする。冗談じゃ無い。ここでスキルリセットを使っても、49ポイントしか還っちゃこない。使えるスキルには変更できるかもしれないが大損だ。

　レベルが上がればスキルポイントも余裕が出るし、そこで改めてこのスキルレベルを上げて使えるようにできるのかどうか、賭けに出る事を考えるか。

それまでは封印だ。

後は……。

『根性　レベル2』

【解説】

根気が必要な場面で自動的に発動する。

「チッ、曖昧だな……」

ま、自動発動のパッシブスキルだから、放っておいても有利に発動してくれるだろう。

俺は根性なんて無いから、無いよりマシだ。

さて、これからだ。12ポイントのスキルポイントをレベルアップで手に入れたから、ここからきちんと取っていかないと。

なにせ、文字通り生死を左右しそうだからな。

選ぶのは……まず、スキルポイントをより多く手に入れられるスキルだろう。

早めに【獲得スキルポイント上昇　レベル5】を強化しておけば、それだけ多くのポイントが手に入るわけだから、どんどん有利になって、他の奴に差を付ける事ができる。

決まりだな。

まだ総合レベルは2だし、スライムを倒していれば3か4にするのは簡単だろう。総合レベルの方が上がりにくくなってきたところで、戦闘系スキルや生活系のスキルを取っていけば良い。ポイント無しでいけるスキルコピーもあるしな。

俺はさっそく手持ちの【獲得スキルポイント上昇　レベル5】に意識を集中する。これはスキルポイントで選んだのではなく、ランダムで手に入れている初期スキルだ。

「うえ、グレー表示かよ。Maxっぽいな……」

意識を集中しても、獲得に必要なポイントが出てこない。他のスキルだと、必要ポイントが足りない状態でもポイント数は表示されるので、こりゃどうやってもこれ以上は上げられないのだろう。残念。

とすると、先ほどレベルが上がった時にもらえたスキルポイントは普通の人間よりかなり多いはずだ。後でそれとなく他の冒険者に確認しておくか。


だが、ますます、スキル選びに慎重さが求められてしまう。

さんざん悩んだ末に、俺は【薬草識別　レベル1】【薬草採取　レベル1】【気配探知　レベル1】を5ポイント支払って獲得した。

いずれも白色の普通のスキルだが、気配探知は少し高めの3ポイントの消費だ。

残りの7ポイントは、今は残しておく。今は思いつかないが、状況によって急に必要になるスキルもあるだろうからな。

まだこっちは右も左も分かっちゃいない初心者、慌ててポイントを使い切ってまた後悔するのは止めにしたい。


「またお前か」

門番は何度も行ったり来たりする俺に少しあきれ気味だが、それ以上の興味は無い様子だ。ま、いちいち文句を言われたり笑われても鬱陶しいだけだからな。それでいい。

街の外に出て、クエスト用の薬草を探す。もう昼過ぎだし、宿代くらいは稼いでおかないと、数日で飢え死にしかねない。

「お、役に立ったか？」

今まで気づかなかった場所に、アロエが生えているのを見つけた。近寄って根元から引っこ抜き、布の袋に入れていく。

時々、周囲にモンスターがいないかよく確認して、アロエを集めていく。日が暮れて来た頃には三十枚ほど集める事ができた。

この調子ならどうやら飢え死にはしなくて済みそうなので、ほっとする。

「おお、初心者にしては手際が良いな」

冒険者ギルドに持っていくと、受付のおっさんがそう言って褒めてくれた。

たった三十ゴールドの儲けだが、ちょっと誇らしい。

すると、隣のカウンターにドサッと大きめの革袋が置かれた。中に何かがズッシリと入っている様子。

「ゴブリンの牙よ。換金して頂戴」

見ると、白石だった。

第七話　他人の活躍

「なっ、お前達、たった一日でこんなに狩ったのか？　信じられん……」

革袋を見て職員が目を丸くする。

「だって、ゴブリンって本当に雑魚なんだもの。レベルも四つも上がったし、余裕余裕」

白石は陽気な笑顔で言った。

「へへ、おっちゃんにもオレっちの活躍したところ、見せてやりたかったぜ。ゴブリンをばったばったと薙ぎ倒し！」

ケイジが楽しそうに、投げ飛ばす動作を付けて言う。

「アレックさん、あなたも一仕事、終えたようですね。そっちはどうでしたか？」

エルヴィンが爽やかな笑顔で話しかけてくるが。

「……こっちはまあまあだ」

平静を装って言うが、くそ、こっちはスライム相手に苦戦したっていうのに、もしかしてパーティー優遇のゲームなのか？

「ふーん？　ま、一人でもやれてるようだし、どうでもいいんだけど」

白石がそう言うが、それならスルーしろよと。

「それより、小島の姿が見えないが、アイツはどうした？」

気になったので聞く。少し神経質そうな医者だったが。

「それが、もう少し、こっちの世界を調査したいって、お城の方へ行ったわ」

「ふうん。そうか。だが、早めにレベル上げはさせておけよ」

「そのつもりだけど、あなたには関係ないでしょ」

「そうだな」

「別にいいじゃんか、オレ達勇者仲間だろ？　仲良くやろうぜ」

ケイジが言うが、恥ずかしいから勇者なんて口にしないで欲しい。周りの冒険者も俺達を見てニヤニヤしてるし。昨日のやられっぷりはもう冒険者の間では有名なのだろう。最悪だ。

「ところで、仲也君……シンは見かけませんでしたか？」

エルヴィンが俺に聞いてくるが、シンも別行動を選んでるようだ。だが俺の知った事じゃあない。

「さあな」

アイツは早めにステータスを確認するなど、ゲームについては詳しそうだったし、すぐに死ぬとも思えないが。

「そうですか。どうです？　僕らはこれから酒場で夕食を取る予定なんですが。ちょっとした祝勝会って事で」

「ハッ、俺は遠慮しておくぜ。ゴブリンを倒したくらいで喜んでちゃ、先が思いやられる」

悪態をついて言うが、はっきり言って、みんなとワイワイやるのは苦手だ。酒場は悪い奴に絡まれそうだし。

「何よ、偉そうに」

白石もムッとして腕組み。

「お、そうだな。やっぱドラゴンあたりを倒さないとなあ。ねえ、明日はドラゴンを探しに行こうよ」

ケイジが「正気か？」と疑うような事を言うが。

「ええ？　うーん、さすがに、今の私達には無理じゃないの？　強いって聞いたけど」

白石も少し困った顔になる。

「そうだね。ケイジ君、ドラゴンはまた今度にして今日は初勝利って事でいいんじゃないかな」

「ああ、うん、そうだね！」

エルヴィンが上手くあしらった。単純なガキだ。

「待たせたな。ゴブリンの牙、百二十個。レアアイテムの赤い牙も二十二個あるから、全部で三百四十ゴールドだ。確かめてくれ」

「ええ。うーん、たったこれっぽっちか」

大きい銅貨を受け取った白石が言うが、イラッと来るぜ。まさか、俺の取り分を見た上で当てつけてるのか、コイツ？

「ご飯、足りそう？」

ケイジが心配そうに聞くが、それだけあれば、ひと月は腹一杯食えるはずだ。

「大丈夫だと思うわよ。ね？」

「ああ、充分足りるさ。じゃ、アレックさん、また」

「ああ」

「おっちゃん、またなー！」

「アレックと呼べ！」

誰がおっちゃんだ。ま、年齢としてはいい歳こいたおっちゃんなのだが。

いつの間にか、俺も歳食ってたなあ。

「あの顔でアレックって言われてもねえ」

「いいじゃないか」

小声で言った白石がムカつくが、今はアイツの方が三つくらいレベルが上だろうしな。放っておこう。

あ、しまったな……あいつらのスキル、【鑑定】で覗き見しておけば良かった。【鑑定】でスキルまで見えるのかどうかは分からないが、【スキルコピー】もあるしな。

ギルド職員が聞いてきた。

「まだ何か用かい？」

「ああいや」

ここにぼーっとしてても怪しまれるので、ひとまず立ち去る事にする。

俺は気が小さいのだ。

【鑑定】や【スキルコピー】は、物陰からこっそり、気づかれない時にやるとしよう。


宿屋に戻り、カウンターで暇そうにしていた主人を試しに【鑑定】してみる。

〈名前〉宿屋の店主　〈レベル〉？
〈クラス〉商人　〈種族〉ヒューマン　〈性別〉男

おい……そんだけかよ。ま、ある程度予想はしていた。このスキル、まだレベル3だしな。

それとも、【鑑定】は相手の能力を見るのには向いてないのかな。自分のステータスは詳細に見られるが、これはスキルじゃないだろうし。

「お客さん、何か私の顔についてますかね？」

「いいや。ちょっと聞いてみるが、アンタの得意スキルってなんだ？」

「そうですね、客の顔を一度見たら忘れない、名前も覚える、後は計算かな」

そのスキルをちょっと見せてくれと言いたくなったが、不審がられそうだし、そんなスキルはコピーしても役に立ちそうに無い。

「この辺りで凄いスキルを持ってる奴を知ってるか?」

「凄いスキル、ですか。まあ、スキルと一口に言っても、色々ありますからねえ。剣術や魔法、治療……そうそう、この王都で一番有名なのはランスロット様でしょう。鉄の鎧も切り裂く剣のスキルを持ってるそうですよ」

「ほう。その人は、今どこに?」

「お城か見回りでしょう。騎士隊長ですから」

「ふうん。そうか、分かった。邪魔したな」

鉄を斬るとは、なかなかのスキルじゃないか。ぜひとも手に入れたいところだ。明日、ちょっと城に行って聞いてみるか。


翌日、城に行ってみたが、隊長は忙しいからと、ろくに取り次いでもくれず追い返されてしまった。

まあ、量産型勇者じゃあな。しかもまだ俺のレベルは2だ。

仕方ないので、冒険者ギルドにクエストを受けに行く。それなりに強そうな冒険者も見かけたが、ちょっと俺から話しかけるのは無理。こっそり後ろから【鑑定】してみたが、レベルもスキルも見えなかった。

……スキルコピー系、あまり使えないんじゃないのか?

ふう。それなら、もっと役に立ちそうなスキルを自力で取っておくんだった。くそ。

これからだ。


毒消し草を集める採取のクエストを受けて、街の外へ向かう。

一枚につき一ゴールドなので、アロエ草よりこっちの方が割が良い。

まんま紫蘇《シソ》のような薬草を探し、すぐに見つける事ができた。
これは、あれだね、無理に戦闘せずに暮らしていてもいつかPKの存在を考えると、それは取
……いやいや、PKの存在を考えると、それは取れない選択だ。
気を引き締めないと。

後ろに気配を感じ振り向くと、小柄な人型のモンスターがいた。手に木の棒を持っているが、コイツがゴブリンだろう。一対一なら、大丈夫か。

念のため、【鑑定】。

〈名称〉ゴブリン　〈レベル〉2　〈HP〉10
【解説】
人に近い姿のモンスター。
身長は大人でも一メートルほどで、力は弱い。
それなりの知能を持つが交渉には応じない。
群れで行動する事もあり、その場合は注意が必要。

よし、楽勝の相手だ。たぶん。

周りに他のゴブリンがいない事を確認した俺は、主導権を握ろうとこちらから駆け込んで剣で斬りつける事にした。

「いええいっ！」

気合いの声と共に、上から振り下ろす。

「ギャッ！」

ゴブリンも木の棒で反撃しようとしたが、俺の振り下ろした剣が胸に直撃して後ろに吹っ飛ぶ。

「ギィイ！　ギーッ！」

痛がっているのか怒っているのか、よく分からないが、ゴブリンは尖った牙を見せながら威嚇しつつ起き上がってきた。

スライムよりはちょっと強いな。

だが。

「せいやっ！」

今度は真横に剣を振る。力を入れすぎて、剣が

すっぽ抜けてしまったが、その前にゴブリンに命中したので事なきを得た。倒れたゴブリンはすぐに煙と化して、小さな牙がその場に残された。

これを冒険者ギルドに持っていけば、安いが金になる。

ステータスを確認したが、経験値は3だ。スライム三匹分だから、こっちの方が割が良い。

「ちょっと、ゴブリンを探してみるか……レベルも早く上げたいしな」

群れは要注意だが、単独の奴なら俺にも倒せる。

迷子になってはしゃれにならないので、街道からあまり離れないよう注意しつつ、ゴブリンと毒消し草を探す。

「お」

いた。こちらに背を向けているゴブリンを見つけた。

問題が無いか周囲を一度確認し、音を立てないように忍び足で近づいていく。

「ギッ!?」

くそ、気づかれた。だが、先制攻撃は頂くぞ！

「はあっ！」

気合いを込めて剣を振る。この剣、結構重いんだよな。

「ギャッ！」

上手く命中。それにしても、俺は剣術なんてやった事も無かったのに、不思議と、それなりに剣が扱える。

「よしっ！」

良い感じだ。牙を拾って布袋に入れ、再びゴブリンを探し回る。

「んん？」

今、女性の声が聞こえた気がしたが。

見回すが、誰もいない。少し先に見通しの悪い草むらがあり、あまり近づきたくはないが。

「誰か！　助けて！」

む、やっぱりいた。背の高い草むらの反対側だろうか。トラブルの予感がありありなので、慎重に近づく。

「へっへっ、騒いでも誰も来やしないぜ」

「いやぁっ！」

むむ、草むらの向こうに、服を脱がされている若い女性と、革鎧を着た二人の男が見えた。

ふむ……。どうやら、女性が悪党に襲われているようだが。

第八話　レイプ

この世界、警察はいないんだよなあ。携帯電話で110番というわけにも行かない。

仕方ないね。

何も見なかった事にしよう。うん、それがいい。

ヒーローなら割って入って格好良く助けるところだが、俺は違うものね。

え？　お前、勇者じゃないのかって？

ご冗談を。

この世界の勇者はその辺の冒険者に遊ばれるほど弱いんだ。

二人の男は腰に剣をぶら下げているし、俺よりはレベルが高いだろう。二対一ではとても勝ち目が無い。

「や、やめて、ああっ！」

うお、もう突っ込むのか。

もうちょっと前戯《ぜんぎ》をしっかりやって、女性を気持ち良くして欲しいのだが、二人の男はテクニックも無さそうだ。

「あっ、あっ、あっ！　んっ！」

乱暴に後ろから突き上げる男と、なすすべも無い女性。もうちょっと美少女で歳が若かったら良かったのだが、まあ、それなりに若いし、不細工な女性でもない。

「ふう、よし、交代だ」

早っ！

「へっへっ、じゃ、俺は前からな」

「いやあっ！」

前からのしかかる男。むう、ちょっとその角度だと、おっぱいが見えないんですが。

横に回り込みたくなったが、見つかったら事だ。その場で茂みに隠れたまま俺はじっと見つめる。

「ふう、なかなか良かったぜ」

もう終わりかよ……。

「うう……」

「いいか、俺達の事は兵士に言うんじゃないぞ。言ったらタダじゃおかねえから、分かったな！」

「は、はい、言いませんから、どうか、命だけは」

「いいだろう。行くぞ」

服を直し、何でも無かったように悠々と立ち去る男二人組。

何ここ、こういう世界なの？

レイプやりたい放題？

ふーむ。

周囲を見回す。

誰もいない。

ま、やめておこう。俺の好みのタイプじゃないし、兵士に訴え出ない保証も無い。

この女性も可哀想だし、さも今やってきましたという顔をして街まで送ってやるのが良いだろう。

彼女が服を整えたところを見計らい、近づく。

「あの……」

どう声をかけたものか。考えてなかったので言い淀《よど》む。

「ひっ！　きゃあ！　だ、誰か、助けて！」

「えっ？　い、いやいや、落ち着いて下さい。僕は助けに来た方で、襲う方では無いですよ！」

警戒するのも無理はないと思うのだが、くそ、下手に声かけるんじゃ無かった！

「そこまでよっ！」

女性の前に見知った美少女が飛び込んできて、俺の前に立ちはだかる。

職業勇者、白石星里奈だった。

格好良い登場だが、まずいな。

「ま、待て、誤解だぞ？」

「どう誤解なのかしら？　兵の詰め所でじっくり聞かせてもらおうじゃない」

そのまま勇者一行に連行された俺は、兵士達に厳しい尋問を受ける羽目になってしまった。幸い、あの女性がきちんと事情を把握していて、俺はレイプに参加していなかった事を証言してくれたようだ。夕方になってようやく解放してもらえた。

彼女が幼い美少女ではなくて本当に良かった。


だが、さすがに俺も納得いかないので、その足で酒場に行ってみる。

白石達がテーブルで酒を飲んでいるのが見えた。その前に立つ。

「む。あなた、まさか逃げ出してきたの？」

「違う！　冤罪《えんざい》が晴れて、解放してもらえたんだ」

「ええ？」

「やっぱり。仮にも勇者として召喚された人ですからね。僕は信じてましたよ、アレックさん」

エルヴィンが同情するような顔で言うが、本心はどうだかね。どことなく偽善者っぽいからコイツもあんまり信用できない。

「それで白石、お前は俺に何か言う事は無いのか？」

「むう、ごめんなさい」

「ハッ！　それだけ？　下手したら、牢獄に入れられてたかもしれないんだぞ？」

「でも、そうはなってないでしょう。私はまだ疑ってるから」

「この……」

どうしてくれようと思ったが、やっていないという証拠を示すのは難しい。

「まあまあ、誤解が解けて良かったですよ。あの女性が証言してくれたんですよね？」

エルヴィンが聞いてくる。

「だろうな。彼女に聞いてみろ。俺は犯人じゃあない」

「そう。ええ、じゃあ、信じてあげるわ」

「その上から目線がムカつくな。お前の勘違いのせいで、俺は一日、酷い目に遭ったんだが？」

「殴られたの？」

「いいや。大人しく吐かないと、切り捨てるぞと脅されはしたがな」

「そう。じゃあ、悪かったわ。これで、お酒でも飲んで。奢るから」

「そんな端金《はしたがね》で済ませるのか。それと、お前、女子校生だったよな？」

「むう、大目に見てよ。こっちの法律じゃ、十五歳以上の飲酒は合法なんだから」

「じゃ、食事もまだですよね？　アレックさん、何を注文しますか？」

「いや、不愉快だ。俺はお前達とは食事は共にしない。じゃあな」

元の世界なら慰謝料を求めて裁判くらい起こしてやるところだが、こちらの法整備を考えると、それも無理だろうし。

白石も顔は良いが、アイツはダメだ。性格がアウト。

宿屋でパンとスープをむしゃくしゃしながら食べ、自分の部屋のベッドで寝転ぶ。

「チッ、今日は危なかったぜ」

神様ありがとう。あそこで俺も俺も、とレイプをやっていたら、今頃牢獄入りだ。重ね重ね、幼い美少女でなくて良かった。

すぐ助けに入らなかった後ろめたさもあるので、牢獄に入れられなくてほっとしたと言うのが正直なところ。

でも、あの強姦魔の二人組に立ち向かうのは無理だ。俺はまだ弱い。

「そういや、経験値はどうなったかな」

あれから見てなかった。

確かめたが、次のレベル3までは、残り3ポイント。ゴブリン一匹分だ。

このペースなら、レベル10くらいは簡単に行きそうだ。その時のスキルポイントの合計は120ポイントくらいかな。

消費の大きいスキルは無理としても、小さめのスキルならたくさん取れそうだ。

ただ、ポイントが小さいスキルは、取ってもあまり効果が無さそうだからなあ。

「ん？　おお」

スキルを何気なく閲覧していると、俺に新しいスキルが付いているのを発見した。

【レイプ　レベル１】Ｎｅｗ！
【脅し　レベル１】Ｎｅｗ！
【覗き見　レベル１】Ｎｅｗ！

【レイプ】と【脅し】はあの二人組のスキルをコピーできたようだ。簡単だな。しかも、結構な確率だ。

【覗き見】は、あいつらが持っていたのか、それとも、俺がやって覚えたスキルなのかちょっとははっきりしない。

どちらにしても使い道の分からないスキル。

【縦斬り】や【横薙ぎ】はスキル無しでも使えるんだが……その辺、どうなのかね？

スキルがあればより上手くできるのか、何かもっと違う特典があるのか……。

【解説】で新しく手に入れたスキルを見てみたが、まんまその行動の解説なので、特に目新しい事は無かった。

【レイプ】の次のレベルに必要なポイントは4で、【脅し】と【覗き見】は2ずつ。レイプはまあ、脅しよりは難易度が高いからな。その辺もポイントにきちんと反映されているようだ。

俺はさっそく【レイプ】のレベルを――上げずに、【気配探知】をレベル2に上げた。

だって、非戦闘用の、遊びみたいなスキルにポイントつぎ込んでる余裕は無いっての。

白石がこちらにやってきたのに気づかなかったし。

まずは、あれだ、この街の可愛い美少女を探してからでないと、ゲフン、ゲフン。

これで余ったスキルポイントは1。次はレベルが上がってからだな。

どうせ明日には上げられるだろう。

✧第九話　ウサギ狩りと赤玉

今日もいつものように冒険者ギルドの掲示板を確認する。俺が受けられるランクはFだけだ。ろくなのがない。

「ウサギ狩りにしてみるか」

カウンターに行き、詳細を確認。ギルドからの依頼《クエスト》なので、特に期限も無く、毛皮の数が集まった時点で持ってくればいいという。普通の獣なら解体も必要なのだろうが、こちらの世界のモンスターは倒すと素材がドロップし、毛皮と肉に分かれるそうだ。

街の外に出て、ウサギを探す。すぐに見つかった。ピンク色のデカいウサギ。体長は一メートル近い。

コイツ、強そうだな……。

クエストの適正レベルは3以上という事で、一つ足りてないのだが、一匹でも倒せれば、すぐレベルが上がるはずだ。

そろそろ革鎧も欲しいし、金も貯めておきたい。

このビッグピンクラビットの毛皮は一枚三ゴールドで売れるから、今までの敵より割が良いのだ。

「い、行くぞっ！」

逃げられる前に自分を奮い立たせ、青銅の剣を振り上げて突っ込む。

ウサギは身構えると、勢いよくこちらに向かってジャンプしてきた。

「ぐあっ！」

俺は胸にウサギの頭突きを食らい、痛さに怯《ひる》む。

やっぱ、コイツ、強え。

大人しくゴブリンでレベル上げしておけば良かった。

だが、今更だ。コイツは自分から襲ってくるので、背を向けて逃げるのはやめた方が良いだろう。

逃げ切れる自信が無い。

「おらあっ！」

渾身の力を込めて、剣を横に振るう。しっかりと柄を両手で握りしめ、すっぽ抜けで武器を失わないように気をつける。

何とか一度目は当てたが、二回目は素早く避けられた。

くっそ、ウサギのくせに躱すとか。

スピード、いや、命中率か？　その辺のスキルも必要そうだ。

スキルポイントがいくつあっても足りねえ。

む？

ひょっとして、コイツからもスキル、盗めるんじゃないだろうか？

【鑑定　レベル3】を使う。初見の敵には最初に使うべきだが、忘れてたな。

〈名称〉ビッグピンクラビット　〈レベル〉3
〈HP〉12
【解説】
大きなピンク色のウサギ。
身長は一メートル前後で、動きが速い。
性格は凶暴で、人間に対してアクティブ。

HPが12か。やはりゴブリンよりは強い。HP以上に、素早いのがキツイ。

それに、【鑑定】を使っても、コイツのスキルまでは見られないので、あまり意味が無い。

「くそっ！」

結構ダメージをもらってしまったが、何とか倒しきった。

ピンク色の毛皮がドロップする。


『レベルが1つ上がった！』

『レベルが3になった』

『攻撃力が3上がった！』

『防御力が1上がった！』

『スピードが3上がった！』

『最大HPが6上がった！』

『最大TPが2上がった！』

『スキルポイントを16ポイント獲得』


レベルが上がった。

ステータスの上がりは、数値の幅が若干変動しているので、固定ではなくランダム要素があるみたいだ。それほどブレ幅が大きくないので、予測は立てやすい。

経験値は俺の計算だとウサギは一匹につき5ポイントだ。スライム五匹分。ゴブリンが3ポイントだから、そちらと比べても割は良い。

だが、レベルが上がってもHPは回復していない。回復しないタイプの世界らしい。

回復するなら結構無理が利くし、経験値を調整して、厳しい場面でレベルアップして凌《しの》ぐと言う手も使えるのだが……。

「ちい、コイツをメインに狩るのは無理……いや、薬草があったな」

ギルド職員に薬草の使い方も教わったので、半信半疑ながら、もっていたアロエ草を口に入れて噛んで食べる。

苦い……。アロエってこんな味だったか？

「お？　楽になったな。痛みも軽くなった。ほー」

きちんと回復してくれるようだ。念のため、ステータスを見たが、HPは全快している。

「よし！」

ついでに、スキルリストを開いて、【運動神経　レベル1】と【動体視力　レベル1】を取った。両方、5ポイントずつの消費。

素早い相手だと、この手の運動能力が上昇するスキルがあった方が良い。

「ふむ、やはり、能力UPスキルだな」

少し剣を振って確かめてみたが、二つとも、念じて使うアクティブスキルではないようだ。

常時発動型なら、使うタイミングなど、特に気にしなくてもいい。

それほど動きが良くなった気はしないが、元々運動をほとんどしてこなかったから、その感覚も掴めていないだけだろう。

こんな事なら、ランニングでもしておけば良かった。

ま、この世界でもやるつもり無いけど。

体力上昇もスキルで取れるし。

再び、ウサギを探す。いた。

「そりゃ！」

こちらに向かってくるので、戦闘に持ち込むのは簡単だ。

「よし、行ける、ぐおっ⁉」

ノーダメージで倒せるかと思ったのだが、また体当たりを食らってしまった。コイツ、結構な力で跳んでくるんだよな。

それでも薬草を採取しつつ、一匹ずつ地道に倒して行き、レベルをさらに2つ上げた。途中、ドロップの肉が持ちきれなくなったので、スキルリストを確認したが、【アイテムストレージ　レベル1】があった。

10ポイント消費して取っておく。パッと持ち物を別空間に入れたり出したりできるので非常に便利だ。

「ん？　なんだこれ」

十二匹目のウサギを倒した時、赤いビー玉のようなものがドロップした。

毛皮の方が良かったので、ちょっとがっかりするが。

とにかく【鑑定】してみよう。

〈名称〉素早さの宝玉（小）
〈種別〉能力上昇アイテム
〈材質〉魔石　〈重量〉1
【解説】
使用すると永久的に素早さが上がる魔石。
使用後の宝玉は消滅する。

ほほう。レアアイテムってヤツだな。スキルは【レアアイテム確率アップ　レベル４】を持っているのに、なかなか出ないから、ほとんど確率が変わらないゴミスキルかと思ったが。

これは良い値段で売れる【予感】がする。

使ってもどうせ素早さもほんのちょっとしか上がらないんだろうし、今はちまちました能力値より、良い防具が欲しい。

冒険者ギルドで値段を聞いてみるか。

日が暮れてきたので、そこで狩りを中止し、街に戻ってギルドにウサギの毛皮を出す。

「ほう、駆け出しにしては、良く取ってきたな」

ギルド職員のおっちゃんが褒めてくれた。

「まあな、ゴブリンを狩って満足してる連中とは違うからな」

ちょっと優越感。

「ああ、それなんだが、他の勇者一行は今日はウサギと芋虫を狩ってたそうだぞ。毛皮の数もお前さんより多い」

「なにっ⁉　チッ、そうかい」

「ああ。悪い事は言わない、まだレベルも近いはずだから、あのパーティーに入れてもらえ」

「お断りだ。俺はソロだからな」

「ま、好きにすれば良いが、ソロは生存確率が低いぞ？」

「むう。とにかくお断りだ。それより、シン……おかっぱの弓持ちも一緒だったのか？」

「いや、例の三人組だけだったよ」

「ふうん、そうか」

シンは別のところで狩りをやってるんだろうか？　ギルドにも来ずに？　ま、気にしても仕方ないか。

「じゃ、これが報酬の百五ゴールドだ。受け取れ」

大きな銅貨を一枚と、五円玉みたいな鈍い黄色の黄銅貨を五枚、受け取った。防具を買うにはまだまだ足りないが、十日分の宿代を稼げたのは大きい。

「ああ、そうだ、この赤い玉が落ちてたんだが、何か分かるか？」

ギルド職員に見せる。素直に教えてくれればそれでよし、騙してぶんどろうとするなら、クエストの受注も少し考えた方が良いだろう。

「なっ！　これは！」

ギルドのおっちゃんが驚いたが、かなりのレア物らしい。

何を言うか、黙って待つ。

「よく見つけたな……。これは能力が上がる宝玉だ。魔法や薬と違って、レベルアップと同じようにずっと効果があるんだ。まあ、ほんの少しだから、一つや二つじゃ変わった気はしないと思うが」

「そうか。で、いくらで売れるんだ？」

「む、売るのか……。普通は、験担《ゲンかつ》ぎもあって、見つけた冒険者はすぐ使うからな。そいつを見たのは何年ぶりかな。売れば結構な値段になると思うが……待ってくれ、確かクエストに宝玉の蒐集《しゅうしゅう》があったから、調べてみよう」

ふむ、ここのギルドは信用できそうだな。このおっちゃんだけかもしれないが。

「宝玉一つにつき、金貨一枚、一万ゴールドだ。色の種類は問わない。Cランクの依頼だが、即時完了だから、そこは特例で受けられるぞ。だが、商人やオークションの方が高く売れるだろうな」

一万ゴールドか。

チッ、顔のニヤつきが止まらんが、ここはクールに行くぜ。

「そうか。オークションというのは？」

「月に一度、うちのギルドと商人ギルドの両方で行われる競《せ》りだよ。競りというのは……」

「いや、それは知ってる。いつ、どこで開催するんだ？　参加資格はあるのか？」

「ああ、開催日は別々だが、冒険者カードさえあれば、どちらも参加可能だ。ただし、貴重なアイテムじゃないと、門前払いだがな。この宝玉なら問題無い。ちょうど明日が商人ギルドのオークション開催日だから、そっちで詳しい事を聞いてみると良い」

「どっちが高く売れる？」

「うーん、うちで扱うのは武器や防具と素材、それに冒険用のアイテムがほとんどだが、向こうは魔道具や宝石や美術品なんかも入ってきて規模がデカい。ちょっと俺には判断が付かんが、商人ギルドの方かもな」

「礼を言う。商人ギルドで聞いてみる事にするよ」

「ああ。場所はその通りの先だ。うちはお前さん達新人が育ってくれりゃそれでいいから気にするな。だが、引退はまだ早いぞ。一万ゴールドなんて使い切るのは結構あっと言う間だ」

ふん、宿屋千日分で引退するわけねえだろ。心配しすぎだぜ、おっちゃん。

俺は片手を上げて分かったと合図し、冒険者ギルドを出た。

商人ギルドはレンガ造りの立派な建物で、冒険者ギルドより小綺麗だ。入り口に近寄ろうとすると、門番の二人の兵士が身構えて俺に聞いてきた。

「お前、商人か？」

第十話　オークション

「ああ、いや、冒険者だが、オークションについて聞きに来たんだ」

俺は二人の兵士に答える。

「なら、冒険者カードを見せてもらおう」

セキュリティチェックが厳しいね。その方が安心だ。

「これで」

「うむ。中でおかしな事はするなよ？」

「分かってる。話を聞くだけだ」

「じゃ、入って良いぞ」

中に入る。カウンターには等間隔に職員が座っており、相談に来たらしい商人を相手にそれぞれ話し込んでいる。空いているカウンターは無さそうだ。……順番を待つか。

丸テーブルに椅子があり、そこでお茶も振る舞われる様子。奥には豪華な革張りのソファー。内装に金をかけてるな。奥のＶＩＰ席に行く勇気は無いので、空いているテーブルに座ろうと思ったが、その前に女性の職員が話しかけてきた。

「お客様、商人ギルドに何かご用でしょうか？」

「ああ。オークションに出品したい物があって、詳しい話を聞きに来たんだ」

「ああ、そうですか……ちなみに、出品物は何を？」

俺を頭のてっぺんから足先までサッと値踏みして、どうやら厄介な勘違い客と思ったらしい。一瞬、女性職員の表情が陰る。フン、これを見やがれ。

「この宝玉なんだが」

「あっ！　失礼しました。では、奥の方へどうぞ。ご案内します」

ほう、ＶＩＰ扱いしてくれるようだ。いや、参ったね。

何人かの商人がチラッとこちらを見たのが分かったが、ちょっと小気味良い。

「こちらでお掛けになってお待ち下さい。すぐに担当者が参りますので」

「ああ、うん」

奥のソファーで座って待つ。右には階段があり、貴族らしい男が職員と一緒に降りてきたが、さらなるＶＩＰは上の階を使うようだ。

ふんぞり返らなくて正解だった。

「お待たせしました。お客様、オークションに宝玉を出品なさりたいそうですね」

頭にターバンを巻いた男の商人が笑顔でやってきた。

「ええ、これなんですが」

「ほほう、確かに。それでしたら、最低金額は五千ゴールド、手数料は売り上げ額の一割となります」

「んん？　冒険者ギルドでは一万の買い取り依頼が出ていたが？」

半値はいくら何でもぼったくりすぎだろう。

「ええ、ええ、ご安心下さい。最低金額はあくまでそれを下回らないように設定する形式上のものなので、そのまま落札されるというのはよほどの不人気商品でしかありませんよ。宝玉は高レベル冒険者の方々が予約を入れられるほど人気がありますし、貴族の方々もその美しさから観賞用として蒐集されますから、最低でも一万は下らないかと」

本当かね。商人ギルドと競り客がグルで、安く買いたたく可能性は残るんだよな。

「最低金額は変更してもらえないのか？」

「可能ですが、そうすると、手数料が倍になります。それでもよろしいですか？」

「ああ。一万二千ゴールドで頼む」

「分かりました。大丈夫だとは思いますが、お客様が最低金額を設定された場合、売れなかった場合でも一割の手数料を頂く事になります」

「むむ。前払いか？」

「いえ、後払いで結構ですよ。それに、信用して下さい。おそらく一万五千は堅いでしょう。売れますよ」

「分かった。ただし、売れなかったら手数料は負けてもらうぞ」

「分かりました。では、一万五千を下回った場合、私が手数料を全額負担致しましょう」

それなら大丈夫そうだ。

羊皮紙の預かり証書を渡してもらい、宝玉を預ける。

「では、明日の日没の鐘が鳴ったら、ここの裏手の建物においで下さい。そちらがオークション会場となっております。その預かり証があれば、無料で入場できますので」

値のつり上げや冷やかしを防ぐために、参加も有料らしい。

さーて、明日が楽しみだ。

いくらで売れるかね。


翌日、早く目が覚めてしまったので、宿の裏手にある井戸で顔を洗う。

服も新調したいところだが、借金してまで見栄を張るものでもないだろう。

宿の朝食、味気ないパンとスープを腹に入れて、ちょっと早いが、ウサギ狩りで時間を潰す事にする。

途中、原っぱに違うモンスターを見かけた。

「ん？　アレが芋虫か。でかっ！」

二メートルはあるだろう。動きは遅いようだが、あいつら、よくこんなのと戦ったもんだな。

人より大きい虫って。俺はちょっと怖いわ。

【鑑定】だけしておく事にする。

〈名称〉ビッグクロウラー　〈レベル〉4
〈HP〉50
【解説】
大きな緑色の芋虫。
体長は二メートル前後で、動きは遅い。
ノンアクティブ。

レベルはともかく、HPが高えな。微妙に厳しそうだ。ノンアクティブなので、手を出さない限り、追いかけて襲ってくる事は無いだろう。

革鎧を手に入れるまでは慎重に行く事にして、俺は戦わずにそっとその場を離れた。

「くそ、出なかったか」

今日も赤玉が出るかと期待してウサギを狩ったのだが、さすがにそこまで調子良くはいかないようだ。

次のレベルの必要経験値は多くなっているが、戦い方が分かってきたので、ノーダメージで倒す時も出てきて、効率が上がった。

レベルは2つ上昇。

切りも良いので、ここで狩りを終了して宿へ戻る事にした。今日のオークション、別に俺が立ち会わなくても良いはずだが、ちょっと様子は見ておきたい。

「お？　ウサギのスキルをコピーできたか」

【ジャンプ　レベル1】が所持スキルに増えている。体当たりくらいにしか使えない気もするが、まあいい。

昨日と合わせて、百匹くらい狩った気がするが、確率はどんなもんかね。もっと注意しておけば良かったが、戦闘中やフィールドで気を抜くわけにはいかないしな。

スキルポイントが51もあったので、【幸運　レベル4】を15ポイント支払って取った。オークションで値が上がる事を期待しての事だ。

残り36ポイントはまた後で考えよう。

まだ鐘は鳴っていないが、オークション会場へ向かう。

「アレックさん、どうも」

昨日の商人が俺を見つけてやってきた。名前はメルロだったな。変な名前だから覚えやすい。俺の宝玉が出品されるのは五番目だそうだ。自分のが売れるのを見届けたら他に用は無いし、さっさと宿に戻るとしよう。

「皆様、本日はお集まり頂いてありがとうございます。商人ギルド主催、今月のオークションをここに開催致します。まずは最初の品、無名の画家による貴族のご婦人の肖像画となっております。最低落札金額は一千ゴールドから。それでは、どうぞ」

「一千百！」

「一千二百！」

「一千四百！」

「さあ、一千四百。他にありませんか？　ありませんね。そちらの方に落札です」

むう、あんまり競り上がらないな。大丈夫かよ……。

「さて、二番目の品はこちら。ゴージャスに輝く黄金色の文鎮、遠くのお客様には分かりづらいかもしれませんが、ドワーフの職人によって精巧なカエルの装飾が付いております。ただし材質は黄銅ですのであしからず。最低落札金額は一千ゴールドから。それではどうぞ」

「一千百！」

「一千二百」

「一千二百、他にありませんか？　ありませんね。それでは一千二百でそちらのお客様に落札です」

木槌が打ち下ろされ、あっと言う間に捌《さば》かれていく。不安になったので隣に立っているメルロに問う。

「この調子で大丈夫なのか？」

「ええ、もちろん、まだオークションは始まったばかり。最初は大物は出てきませんし、お客様もまだ熱が入りませんから、いつもこんな感じのスタートですよ」

ならいいが、客に熱気が入らないと、俺の商品も最低落札金額の一割増しか二割増し程度で終わってしまいそうだ。メルロが手数料を負担してくれるとは言え、高く売れた方が良いに決まっている。

いっその事、俺もオークションに参加して、値をつり上げてやろうか。だが、それで使わないような品を購入する羽目になっても馬鹿馬鹿しい。それに自分の出品物に値を付けるのはさすがにまずいだろう。

「ああ、アレックさん、ご自分の品には値を付けられませんから、そこはご注意下さいね。他の品には参加されて構いませんが」

「ああ、そんなセコい真似はしないぞ」

だが、三番目と四番目の品もぱっとしない美術品で、売りに来る場所を間違えたかも知れない。四番目の品は買い手も付かなかった。

「売れないとどうなるんだ？」

「最低落札価格を下げて日を改めてと言う事になります。それにしても、今日はどうしたんだろう？　買いが入りにくいですね」

メルロもいつもと違う様子を感じ取ったか、周りの客を見ながら言う。

「集まりが悪いのか？」

「いえ、いつになくお客様が多いですよ。お目当ての品が後半にあるのかもしれませんね」

「ふん」

どうだかな。

「では、お待たせしました。本日最初の目玉商品、赤く光る素早さの宝玉、サイズは小。最低落札価格は一万二千から。それではどうぞ」

「一万五千！」

うお⁉

「二万！」

「二万五千！」

なんだよ、おい。あっと言う間に値が付くじゃないか。しかも冒険者ギルドの依頼の倍以上とは。

メルロを見たが、俺の顔を見てニヤニヤしてやがる。ああ、一万五千は堅かったな。

「二万七千！」

「二万八千！」

「三万！」

　どんどん値がつり上がっていく。さすがに三万となると普通の人間には手が出なくなるようで、値をつり上げる人間は絞られてきた。身なりの良い貴族と、鋼の鎧の冒険者、それに太った商人らしき男。この三人だ。

「三万二千！」

「三万三千！」

「四万！」

「「おおっ！」」

　これでは切りが無いと思ったか、貴族が値を一気につり上げた。冒険者は肩をすくめて、もう参加する意思がない事を明らかにした。太った商人の方は渋い顔。

「さあ、他にありませんか？」

　司会が太った商人に問う。

「四万二千！」

「「おお」」

「四万二千が出ました」

「四万五千！」

「……四万七千！」

「五万」

　おいおい。あの貴族は、スゲえな。すぐさまかぶせてくる。こりゃ相手が悪い。太った商人も、かぶりを振って諦めたようだ。

「では、五万で落札です！」

「おめでとうございます！　いやあ、これほど値が上がるとは、相場の倍は行ってますよ！」

　メルロも興奮気味に言う。運が良かったな。【幸運】のスキルがどこまで役に立ったかは分からないが、取っておいて良かったぜ。

「じゃ、どうすればいいんだ？」

「ええ、相手の支払方式を確認した上で、通常は一週間以内に決済が行われます。手数料が二割ですので、アレックさんの取り分は四万ですが、よろしいですね？」

「ああ。結構取られたな」

最低落札価格は変更しなけりゃ良かった。こんなに高く売れるとは思ってもみなかったしなあ。

「でも、他で売るよりはオークションの方が値が付きますし、何より安心です」

メルロはここの商人だからか、そんな事を言う。俺もそこはうなずいておいた。

四万ゴールド。宿屋四千日分だと、日本円で四千万円くらい行くか？

ま、これで浮かれちゃ駄目だ。堅実に行かないとな、堅実に。

第十一話　奴隷を衝動買いしたのだが

「それではアレックさん、後の手続きはこちらでやりますので、お金が揃ったらご連絡しますよ。そちらの預かり証はそれまでそのままお持ち下さい」

「分かった。ん？」

客がどよめくので何気なく司会の方を見ると、商品は女の子だった。

犬耳の美少女が、鎖に繋がれている。垂れた耳以外は普通の人間で、粗末な布の服を着ていた。

「おい……ここは奴隷も扱うのか？」

俺はメルロに聞いた。

「はい。それほど頻繁では無いですが、たまに出てきますね。それにしても状態が悪い。病気かもしれませんし、アレは売れないでしょうね」

「むう……」

床に座っている彼女は、どうも元気が無く、薄汚れている。商品として出すなら、せめて体を洗って見栄えの良い服を着せてやれば良いのに、奴隷の扱いはこんなものなのか。

「この犬耳族の奴隷は、最低落札価格は三万となります。それではどうぞ」

「高いな」

「いえ、奴隷としてはそれほど高くありませんよ。女の奴隷は、五万や十万は普通ですので」

「そうか」

女の奴隷は、それ目的だろうから、高値になるようだ。

彼女も自身の境遇に絶望しているのか、床を見つめたまま、動こうとしない。

「三万一千」

「三万二千」

他の客は淡々と値を告げていく。

「三万二千が出ました。他にありませんか？」

宝玉の代金が四万、俺には確実に入る予定だ。

だとすれば、買えない事もないか……。

だが、いや、よせ。下手な同情や欲で高い買い物をしても、後が困るぞ。

でも、顔は割と、いや、かなり俺の好みなんだよなぁ……。

他の客はあまり関心が無い様子だ。おかしいぞ、お前ら。

「奴隷は、一般の冒険者でも買えるのか？」

メルロに聞く。

「ええ、むしろ、冒険者の方が、荷物持ちや前衛としてよく奴隷を連れておられますよ。獣人は戦闘にも向いてますし。もし、ご興味がおありでしたら、奴隷商人も紹介しますが」

「ふむ」

どう考えても、メルロに奴隷商人を紹介してもらい、そこで良い奴隷を買うのがいいだろう。

だが、俺にはなぜか、彼女が気になってしまった。

なんと言うか、買わなければいけない、そんな直感だ。

ええい、ままよ。金はあるし、また稼げば良い。

「三万五千！」

言ってから、三万三千にすれば良かったと後悔したが、もう遅い。値下げコールなんて御法度だろうしな。

「三万五千が出ました。他にありませんか？　ありませんね。そちらの冒険者の方に落札です」

「ううん、あまり良い買い物とは言えませんよ？」

「分かってる。奴隷の注意事項、教えてくれるか」

「はい、もちろん。奴隷は生き物ですので、寝床と食事を用意してやる必要があります。これを怠ると法で罰せられる事もあるので注意して下さい。弱っても薬を与える義務はありませんが、奴隷を死なせると周りの人間から良い顔をされませんし、宿屋の主人から嫌われますから、それもご注意を。死体は宿屋の主人に聞けば、掃除人を有料で手配してもらえるはずです。墓地は――」

「おい、メルロ、俺はアイツを殺す気は無いんだが？」

どうにも余計な説明の気がしたので俺はそこでやめさせる。

「ああ、失礼。ええ、奴隷は左腕に刻印を入れられています。奴隷紋と言うモノです。あれがあると主人に逆らえなくなります。手続きはこちらでやりますが、所有権の書き換えを済ませれば、彼女はあなたの命令を聞くでしょう。ただし、反抗的な者もいるので、決死の覚悟で反逆されないよう、注意が必要ですよ」

「決死の覚悟と言うが、逆らったら、死刑にでもなるのか」

「ああ、ええ、そういう刑罰もありますが、奴隷紋を入れられた時点で、主人には逆らえない苦痛の魔力が働くんです。無理矢理逆らうと死に至る事もあるので、たいていの奴隷は反抗的な態度を取るだけで、襲ったり逆らう事は滅多にありません」

「ふむ、文字通りの奴隷ってヤツか」

「ええ」

「じゃ、手続きの場所に案内してくれ」

「分かりました。こちらへどうぞ」

別室へ案内され、そこで茶を飲みつつ座って待っていると、先ほどの犬耳少女が引っ張られてやってきた。抵抗はしていないが、手荒な扱いだな。

「では、アレックさん、彼女の奴隷紋をあなた用に書き換えますから、手を出して下さい」

「こうか？」

彼女の左腕の上に手をかざす。

「ええ。では、少し我慢を」

針でちくっと刺された。

血を一滴だけ落として、それで充分のようだ。

左腕の奴隷紋が一瞬赤く光ったが、なるほど、魔法の一種か。

「これであなたが彼女の主人です。こちらが所有権の証明書となります。控えはこちらでも保管しておきますので、万が一の時にはお問い合わせ下さい」

「分かった。じゃ、代金の方は俺の宝玉の代金から差し引いておいてもらえるか」

「ええ。それから、奴隷にも税金が掛かりますので、来年の支払い時、三月にはご注意下さい」

「む、高いのか？」

「平民が千二百ゴールド、奴隷は半値の六百ゴールドです」

「むう、そうか。分かった」

貯金しておかないとまずそうだな。どうせこの世界の勇者は、税の免除なんて特権は無いんだろうし。

「じゃ、おい、お前、名前は？」

「………」

けだるげにうつむいたまま、答えない奴。

「ミーナと言うそうです。おい、ミーナ、この方が新しいお前のご主人様だぞ」

メルロが言い聞かせるが、反応無し。大丈夫かな？

「じゃ、こっちだ」

ミーナの手を引いてみる。大人しく付いて来た。

「じゃ、腹が減っただろう。宿で夕食にしよう」

「………」

返事が無い。コイツ、喋れないのかな。むう、こんなのに三万五千もつぎ込んじまった……俺はアホか。

宿屋へ連れて帰る。

「む、お客さん、奴隷を買って来たんですか？」

宿屋の主人はあからさまに嫌そうな顔だ。

「そうだが、何か問題があるか？」

「もうちょっと小綺麗なのを買って来てもらえれば文句も言いませんがね。ノミが湧いても困るので、うちに入れる前に洗ってもらえますか」

本当にペット扱いだな。実際、薄汚れた彼女は、病気やノミを持っててもおかしくない感じだ。やれやれ……。

「ああ、そうだな。湯を用意してくれ。金は出す」

「分かりました。それと、部屋が同じでも一人分はちゃんと頂きますよ」

「じゃあ、これでいいな」

十ゴールドを支払う。

「毎度。じゃ、湯を沸かしますから、部屋に入れずに、裏手で待ってて下さい」

納屋の方へミーナを連れて行き、そこでお湯を待つ事にする。

「ああ、言ってなかったが、俺はアレックだ。よろしくな」

「…………」

ふう。何だろ、完全に無視されると精神的にも辛いよね。

ミーナを観察するが、薄汚れた肌。耳は垂れていて、くすんだ灰色だ。ショートヘアの髪も同じ灰色。しっぽもついてるが、さすが異世界だ。他は人間と全く変わらず、手の指もちゃんと五本ある。

服はほつれてぼろぼろの布の服。

顔は美形だが、無表情で目が死んだ魚のようだ。

「！」

本物かどうか確かめたかったので、ちょっとしっぽを触ってみると、ビクッと反応した。自分の両手でしっぽを隠すように押さえ、こちらを睨《にら》んでくる。

「悪かった。俺は獣人を見るのは初めてでな。しっぽを触るのは、まずかったか？」

ミーナは不機嫌そうにこちらをじいっと睨んでから、小さくうなずいた。

「お前は、言葉が喋れないのか？」

「……いいえ」

沈んだ声だったが、可愛らしい透き通った声だった。

「なんだ、喋れるなら早く言え。意思疎通もダメなのかと少し心配したぞ」

「…………」

また黙《だんま》りか。

「お前がどうして奴隷になったかは聞かない。色々あったんだろうしな。だが、お前は俺に買われたんだ。これからは俺が主人としてお前の面倒を見るから、要望があれば言葉でちゃんと言え。俺ははっきり言って、女の扱いや奴隷の扱いなんて知らないからな。言わないと待遇も良くなりようが無いぞ？」

「別に、どうだって……」

「そうか、まあ、気に入らない時があれば、先に口で言ってくれ。いきなり襲いかかられても、アレだからな」

「奴隷は、奴隷紋がある限り、主人には逆らえないわ」

「苦痛の魔法が掛かるんだったか？」

「ええ。アレには、逆らえない……」

顔をしかめて痩せた片腕を押さえるミーナは苦痛魔法を経験済みのようだ。

「酷い事をされたのか？」

「…………」

ま、問い詰めて、どうにかなる事でも無いか。

しかし、宿屋の親父、遅えな。間が持たないっつーの。

恋愛経験ゼロの俺に、初対面の女の子と話せとか、いきなりハードすぎる。

ここはスキルに頼るべきだな。

何か良いスキルがないか、見ておく事にしよう。

✧第十二話　スキルでミーナと会話

ミーナとコミュニケーションが取れるスキルが欲しい。

該当するスキルを探せるかどうか心配だったが、ぱぱっといくつか、頭に浮かんできた。自動的にソートも掛けられる様子。便利だな。


【獣使い】【奴隷使い】【ナンパ】【カウンセリング】【統率】【カリスマ】【絶対服従】【撫でる】【仲間想い】【絆を結ぶ】【読心術】【口説き落とし】【診察】【調合】【ハーレム形成】【スキルのパーティー共有化】

最初の二つは分かるが、【ナンパ】って。まんまかよ。俺は別に、コイツをナンパしようと思ってるわけじゃ……まあ、ポイントが1と安いな。取ってておこう。とにかくこの空気と沈黙は耐えられん。

二回取って、【ナンパ　レベル２】に上げた。【絶対服従】や【読心術】も見てみたが必要ポイントが高すぎて無理。【カリスマ】【統率】【絆を結ぶ】【診察】も同じ。

今使えるポイントは33だが、取れそうに無いお高いスキルは除外してと。

残りのスキルをポイント順に安い方から並べてみた。


【撫でる】

【仲間想い】

【獣使い】

【奴隷使い】

【カウンセリング】

【口説き落とし】

【調合】

【ハーレム形成】

【スキルのパーティー共有化】


【撫でる】、年齢的にどうなのかという感じもするが、１ポイントで取れるので、取った。

【撫でる　レベル1】New！

普通に撫でても同じだろうが、スキルにしないと、撫でる勇気が出ないヘタレだからな、俺は。

大丈夫、相手は奴隷、少々おかしな事をしても許されるはずだ、こっちの世界的には。

【仲間想い】は、結構な事だと思うが、俺のやり方では基本的にこういう協調性のスキルは要らないか。

【獣使い】と【奴隷使い】はたぶん、似たような効果だろうし、片方だけで良さそうな気がする。

両方持てば重複効果とかあるのかもしれないが、まずは【奴隷使い】だけでいいだろう。ミーナは獣人と言っても、人の言葉も話せるし、今のところ、大人しい。

【奴隷使い　レベル1】New!

2ポイントで取る。残り30ポイントだ。

【カウンセリング】【口説き落とし】、これも結構、似たようなスキルの気がする。男なら【口説き落とし】だろうが、なんかね。そっちは気が進まない。

【カウンセリング　レベル1】New!

少し、ミーナが心配なので、真面目に考えてやはりこちらにした。3ポイントの消費。

【調合】は、ちょっと意味が分からんから、取るのはやめとく。気分が良くなる薬草でも調合しろって事なのかね。それとも媚薬で……そっちか⁉

どちらにしろ、それっぽい薬草は持ってないし、今すぐは使えないだろう。

【ハーレム形成】。

うーん。まあ、男としては当然、取っておきたい。おきたいが……遊んでる余裕、あんまり無いんだよな。

レベルがガンガンに上がって、奴隷の女の子が増えてきたら、取ってみるとするか。20ポイントと高価なスキルだ。

【スキルのパーティー共有化】。

これだ。

これはかなり重要だと俺の第六感が告げている。

俺の【獲得スキルポイント上昇　レベル5】や【獲得経験値上昇　レベル2】がミーナと共有で

きるようになれば、それだけパーティーのレベル上げも楽になるだろうし。

だが、ポイントは25ポイント、残りのほとんどを消費してしまう。


【スキルのパーティー共有化　レベル1】New！


……やっちまった。後悔はしていないが、これでミーナがすぐにパーティー離脱して、ソロプレイヤーに戻ったら、ホント泣きが入るな。

2ポイント残ったが、ここでやめておくさて。

【ナンパ　レベル2】
【カウンセリング　レベル1】
【奴隷使い　レベル1】

この三つのスキルを使って……。

「ミーナ、聞いてくれ。俺はお前の主人となったが、なるべく命令はしないつもりだ。お前の嫌がる事はしたくないし、仲良くやりたいからな。だから、少し様子を見てくれ。二週間くらいで良いだろう。二週間経って、俺が信頼に値しない主人だと思ったなら、俺に正直にそう言え。その時は、メルロに話を付けて、お前を引き取ってもらう。いいな？」

「じゃ、今すぐ、戻して下さい！」

なーんて言われたら、どうしようかと心臓がバクバクだったが、ミーナは少し考えた後で、小さくコクリとうなずいてくれた。ふう。

「お客さん、持ってきましたよ」

宿屋の主人が手ぶらでやってきた。その後ろ、体格の良い男が二人、大きなたらいを持ってきてそこに置いた。腕を見ると奴隷紋があった。なんだ、この親父も奴隷、使ってんじゃん。

体を拭く布もちゃんと用意してくれているが、着替えは無い。こちらで用意しないとダメみたいだ。

「二ゴールドになります」

ちょっと高いなぁ。

「じゃ、これで」

「はい、毎度。じゃ、お前達、後で追加のお湯を持ってくるんだぞ」

宿屋の主人は二人にそう言って去っていく。

「ああ、着替えがいるな。ちょっとひとっ走り、買ってくるから、ミーナ、君は風呂に入っててくれ」

「風呂？　ああ、湯浴みの事ですね」

「そうだ」

風呂は一般的な言葉じゃないのか。ま、通じてるからどっちでも良い。

「すみません！」


服屋に行き、もう店じまいしたようでドアに鍵が掛かっていたが、頼み込んで服を一式売ってもらった。犬耳族の女の子用。お尻の部分に切れ目が入れてあり、そこからしっぽが出せるようになっている。下着はかぼちゃパンツだったが、まあ、この際何でも良い。

替えの服も買っておこうかと思ったが、ミーナに自分で選ばせた方がいいだろう。好みと合わない服を着せられるのも不満だろうしな。

「ミーナ」

「は、はい」

こちらに背を向け、湯浴みをしていたミーナがあからさまに緊張して胸を隠す。

「着替えを持ってきた。ここに置いておくぞ」

「ありがとうございます」

俺の奴隷なんだから、前から堂々と洗う姿を鑑賞する事も可能だが、まあ、初日だしな。彼女も奴隷として慣れているような感じではないから、普通の女の子として扱った方が良さそう。

「じゃ、俺は部屋に戻ってるから、湯浴みが終わったら、宿屋の主人にでも言ってくれ」

「分かりました」

部屋のベッドに寝転がり、大きくため息。

まあ、買っちまったものは仕方ない。

ミーナも最初はどうなる事かと思ったが、反抗的では無いようだし、なんとかなりそうだ。

「……遅いな？　むっ！　まさか逃げられた⁉」

やっべ。監視を置いてなかった……。

いや、待て。奴隷がそんな簡単に逃げられたら、奴隷制度なんて成り立たないし。奴隷紋で縛ってあるから、たぶん大丈夫。

下に降りて見に行くと、ミーナはまだ体を洗っていた。

ふう。

安心した俺は部屋に戻って待っていたが、ノックがあった。

「ああ。ミーナか？」

「はい、湯浴みが終わりましたので」

「そうか、じゃ、入って良いぞ」

「失礼します」

「むっ⁉」

部屋のランプが暗いのでよく見えないが、なんだかやたら綺麗になった感じ。

灰色の髪は、純白だったようで、なんであんな汚くしてたんだろう？

「あ、あの、何か？」

「いや、お前、髪は白いのか？」

「はい。ああ、ちょっと暴れて、いえ、何でもありません」

暴れたのか……。

「不満があれば、聞いてやるからまずは口で言え。じゃ、むむ、ベッドが一つしか無いんだが」

「問題ありません。床で寝るのは慣れましたから」

「ううん。いや、今日はミーナが使って良いぞ。疲れてるだろう」

「いえ、とんでもありません。奴隷が、主人を差し置いてベッドなどと」

「じゃ、俺と一緒に寝るか？」

「えっ！　う、そ、その……」

「無理だろ？」

「いえ……大丈夫、です……」

そう言うミーナだが眉間にしわを寄せ、目をそらしている。身まで縮めて。

「じゃあ、ジャンケン、ポン！」

この世界でもジャンケンは一緒のようで、ミーナはチョキを出し、俺はグーを出して俺の勝ち。

「じゃ、俺は床を取る」

「ええ？　普通、勝った方がベッドでは？」

「いいから、主人の命令だぞ」

「……分かりました。あの、ありがとうございます」

枕は無いと眠れないので、毛布とそれを貸してもらい、床で寝る。

ミーナは毛布無しだが、明日、入れてもらうかもう一部屋取るか、考えよう。今から宿屋の親父を起こすと迷惑がられそうだし。

眠っていると、ベッドからミーナのすすり泣きが聞こえてきた。

重いなあ。

ま、理由は聞くまい。聞いてどうにかしてやれる事ならいいが、ダメならどうしようも無いからな。聞くだけ俺の気分も沈んじゃうだろうし。

第十三話　ミーナの世話を焼く

「うーん……ふう、よく寝た。あれ？」

床で寝たはずなのに、ベッドで起きた俺。

んん？

床を見るが、ミーナはいないようだ。

「ああ、お目覚めでしたか、ご主人様」

ノック無しでミーナが入ってきたが、桶に水を汲んできた様子。

「ミーナ、俺は床で寝たと思ったが」

「はい、朝方、私はもう目が覚めたので、ご主人様にベッドをお使い頂こうと思って、抱えて移動させました。勝手な事をしてすみません」

「それはいいが、別に無理して抱えなくていいんだぞ？　女の子の君じゃ難しかっただろう」

「いえ、ご主人様くらいの体なら簡単ですよ。獣人は力がありますし」

「そうなのか」

「そうです」

「ふうん」

「じゃ、これで顔を拭いて下さい」

「ああ。悪いな」

「いえ、これくらいしか、できませんから。げほっ、ごほっ、ごほっ」

「風邪を引いてるのか？」

昨日、湯浴みして、しっかり乾かさなかったのがまずかったか。

「はあ、それが、先週からちょっと体調を崩していて……ですが、大丈夫です。冒険にも出られますし、ダンジョンにも潜れますよ」

わざと空元気を出してガッツポーズをするミーナだが。

「あのな、俺はそんなガンガンに働き者の冒険者じゃ無いし、ダンジョンなんて潜る予定も無いぞ」

「そうなのですか？」

「そうだ。それより、先週からか……ちょうど良い、知り合いに医者がいるから見てもらうとしよう」

「い、いえ、私は無一文ですし……」

「気にするな。料金はこちらで用意してやるし、たぶん、向こうも取らないだろう」

「はあ……」

半信半疑のようだが、小島なら頼めばなんとかしてくれるだろう。

「じゃ、そうだな、まずは朝食でも食いに行くか」

「はい。あ、私はここで掃除を……」

「アホ。お前も、一緒に食うんだぞ。病人が、食事を取らなくて治る訳が無い。いいか、ミーナ、お前の最初の任務は、その風邪を治す事だ」

「わ、分かりました。努力します」

「うん。安静にしてろ」

「はあ……」

「じゃ、食欲はあるな？　吐き気はするのか？」

「いえ、食欲はあまりなくて、だるいだけですが、食べられますし、食べます」

「うん」

昨日は黙りが多かったが、割とハキハキ喋る子のようだ。なんか俺よりしっかりしてる感じだし。

一階に降りて宿屋の食堂でミーナと二人で朝食を取った。宿屋の親父はミーナが清潔になったせいか上機嫌で、おまけのチーズを奢ってくれた。

「じゃ、ミーナ、城に行こう。そこに俺の知り合いの医者がいるはずだ」

「分かりました。このご恩は、働きによって返させて頂きます」

「別に貸し借りとか、気にしなくて良いからな」

好感度Ｍａｘにして、攻略する対象だからね、君は。たっぷり体で返してもらう事になるだろうし。

「そうは行きません」

なかなか攻略難易度が高そうな子だ。もうちょっとチョロい子がいいんだが。

二人で城に行き、小島に会いたいと言うと、一室で待っているように指示された。

「ああ、アレックさん、ご無事で何よりです」

少し、やつれた感じの小島がやってきた。

「その様子だと、元世界へ帰る手がかりは、何も見つかっていないようですね」

俺は言う。

「ええ、国王陛下の許可を頂いてここの書庫を見せてもらいましたが、勇者がこの世界で活躍したという話の他は何も。いったい、どうなっているのやら」

「ええ」

深刻に同情するフリをしてうなずくが、俺は元世界に帰るつもりはさらさらないし、あの眼鏡っ娘神も戻れないと言っていたしな。

「お疲れのところ、申し訳ないですが、患者を一人、診てもらえませんか」

「ああ、CTや血液検査ができないので、どれだけ力になれるか分かりませんが、やってみましょう。重傷ですか？」

「いや、先週から咳とだるい症状が出ている子なんですが」

「ああ。彼女ですか？」

「はい」

「じゃ、ちょっとこちらに座って下さい」

「はい。ごほっ、げほっ」

小島はミーナの目を覗いたり、胸に手を当ててトントンと叩いたり、口元に耳を近づけて呼吸音を聞いたりした。

「ふうむ」

「どうですか、先生」

「少し熱もあるようですし、気管に少し炎症が起きているようです。インフルエンザか結核か……詳しく検査をしたいところですが、残念ながらこちらに設備は無いですし、薬品も難しいでしょう」

「そうですか。一般的に、栄養を摂って、安静にしているのがいいですよね？」

「ええ、その通りです、アレックさん。それと、こまめにうがいをして、感染を防ぐため、マスクを……うぅん、布で口を覆っておいて下さい。こちらでも、何か手がないか考えてみます」

「ありがとうございます。じゃあ、これ、少ないですが」

「いえ、お金は要りません。処方箋も出せてませんし。進んだ医療の知識があっても、機械や薬が無いと、お手上げですね」

「現代人ですから、仕方ないでしょうね。ところで、収入の方は大丈夫なんですか？」

「ええ、医学に通じているという事で、こちらの城で面倒を見てもらえる事になったので」

なるほど、あの国王、ただの無能じゃなさそうだな。小島の専門知識の有用性に気づいたか。

「そうですか。できれば、早めにレベルを上げておいた方がいいですよ」

「モンスター退治ですか？　はは、私にはそう言うのは向いてないですよ。ケイジ君達が毎日誘いに来ますけどね」

「そうですか。じゃ、ありがとうございました」

これ以上誘っても無駄だろうし、ま、他人の面倒まで見る余裕は俺には無い。

「また、容態が悪化するようならここに来て下さい。こちらの世界の薬品も、少し探しておきます」

「助かります」

城を出る。

「私は、不治の病なのでしょうか……」

「考えすぎだ。ただの風邪だと思うが、ミーナ、こっちの世界の回復役《ヒーラー》は、どんなのがあるんだ？」

「お金のある人は薬を買ったり、お医者様に診てもらったりしますけど、神殿に行くのが普通じゃないでしょうか」

「じゃ、神殿に行ってみよう」

「はい。あの、喜捨が必要になるのですが……」

「高いのか？」

「分かりません。重い病気だと、高くなるそうです」

「ま、行ってみて、払えないようなら他を当たろう」

「はい」

神殿に行ってみると、荘厳な建物が待ち受けており、パルテノン神殿のような大きな柱が並んでいた。

少し圧倒されてしまったが、普通に街の人達が中に入っていくので、俺とミーナも中に入ってみた。

広い。天井も高く、音が微かに反響している感じ。

「ええと、治療は……」

「向こうです」

ミーナは何度かここを訪れた事があるようで、右の方を指差した。中央では信者が集まり司祭が何やら説法をしている様子。

廊下を歩いて行くと、個別の部屋が並んでおり、包帯を巻いた怪我人が人に連れられてそこに入っていく。

「これはどれでもいいのか？」

「はい。空いたところに」

ドアは無いので、中に順番待ちができていない部屋を見つけてそこに入る。

中にあくの強そうな中年坊主がいた。チッ、運が悪い。美少女のクレリックを引けなかったか。

仕事しろよ【幸運　レベル４】。

「入り直そう」

「待て待てい！　お主、このワシが気に入らんと言うか」

「ええ」

「なんと罰当たりな。こう見えてもこの神殿では腕の良いベテランとして、それはそれはありがたがられておるのじゃぞ？」

「ええ、まあ、そうでしょうね」

腕はどうでも良いから。可愛いクレリックが見てみたいだけ。

「何とも覇気の無い。ふむ、そこの娘が病《やまい》のようだな」

「よく分かりましたね」

「フフン、これくらい朝飯前じゃ。ささ、娘よ、そこに服を脱いで跪くのじゃ」

「待て、服を脱ぐ必要があるのか？」

「それは……当然じゃ。病人の発する気をよく見るためにはだな」

「じゃあ、やっぱり女の僧侶に見てもらおう」

「待て待て！　分かった、服を着たまま見てやろう。まったく、ワガママな奴じゃ」

色々ツッコミたくなるが、目的さえ達すれば良いだろう。

「で、喜捨はいくらくらいになるんだ？」

「そうさな、普通の病であれば五十ゴールドから百ゴールドくらいと言ったところか。お前さん達は貧乏人のようだし、半値に負けておいてやろう」

喜捨を負けるとか、なんだか凄いビジネスライクでありがたみが全然無いな。

「じゃ、二十五ゴールドだ。治療できなかったら、返してもらうぞ」

「分かった分かった。では……おい、この手は何じゃ？」

普通にこの生臭坊主がミーナの胸を両手で掴もうとしていたので、ガードしてやったのだが。

「触らずに治療できないのか？　ま、腕も悪そうだしな」

「何を言うか！　ワシの実力、とくと見るが良い！　ふんっ！　いええええい！」

両手の指を忍者のように組み合わせて気合いを入れる生臭坊主。

「むっ？」

その手から白い光がうっすらと見え始め、ミーナを包み込んだ。

なんかやだな。おっさんから出てる光ってのが。振り払いたくなるが、ミーナも嫌がっていないし、我慢しておこう。

「よし、ふう、上手くいったぞ」

「本当か？　ミーナ、調子はどうだ」

「あ、はい、胸がスッキリして、だるさが取れました」

ふむ、上手くいったようだな。

「見たか、小僧」

坊主が勝ち誇った顔を見せてくる。

小僧なんて言われる歳じゃないんだが、まあ、ここは敬っておこう。

「ええ、お見それしました」

「うむ。では、これも何かの縁、そこの娘、今後怪我や病気があれば、このワシを指名して、この部屋に来るが良かろうぞ。ムフフ」

こいつ、絶対ミーナを狙ってやがるな。二度と来させるかっての。

「じゃ、行くぞ、ミーナ」

「はい」

神殿を出る。

「それから、次からはあの坊主は避けろ。別の僧侶に診てもらうんだ。いいな？」

「はい、分かってます」

ミーナも生臭坊主は気に入らなかったようで、その辺のガードは言わなくてもしっかりしている様子。

「じゃ、ミーナ、お前の替えの服を買いに行くぞ」

昨日買ってやったが、一着では足りないからな。

「ああ、はい、ありがとうございます」

自由に選ばせるつもりで店に行ってみたが、ミーナはすぐに選んで持ってきた。地味な布の服。

「これでいいのか？　値段は別に気にしなくて良

いんだぞ？」

「はい、普段からあまり、気を遣う方では無いので」

まあいいか。いずれ金が貯まったら着飾らせてやってもいいが、派手な子でも無いようだし。

料金を払い、何かと必要だろうから、ミーナの袋も買っておいてやる。

「じゃ、次は武器だな……お前はモンスターとはやり合った事があるか？」

「はい、弱い敵だけですが」

嫌がっている風ではないので、大丈夫だろう。

「武器は何を使う？」

「ショートソードしか扱った事が無いので、それでお願いします」

「うん。いくらくらいかなあ」

「中古の安物なら、五十ゴールドくらいで売っていたと思います」

オークションの金が手に入れば、良い装備も揃えられるが今は手持ちがほとんど無い。

「分かった。じゃ、武器屋に行ってみるか」

「はい」

武器屋で一番安いショートソードを売ってもらい、四十ゴールド。

む、値下げ交渉関連のスキル、早めに取っておくか。

「使えそうか？」

「大丈夫です。ですが、よろしかったのでしょうか、日の浅い奴隷に武器など……」

「お前が俺に斬りかかってこなきゃ、問題は無い。つまらん心配をするな」

「は、はい、そうですね。申し訳ありません」

冒険者が戦闘用の奴隷を使うのは一般的らしいし、死に至る苦痛の足かせがあるなら、そう簡単に裏切ったりはしないだろう。ミーナは思慮深く賢そうな感じだ。今のところ従順な姿勢だし。

一度着替えを置きに宿に戻り、さっそくミーナと一緒にウサギ狩りに出てみた。

「お任せ下さい」

そう言って身構えて駆け込んだミーナはウサギの首元にショートソードを突き刺した。かなり動きが良い。

「ふむ、お前、レベルはいくつだ？」

「私のレベルは9です」

「へえ、俺より高いな」

「そうですか」

むむ。ミーナがショートソードを持っているので、思わず一歩下がる。

「あっ、だ、大丈夫です、ご主人様を襲ったりはしません！」

「うん、そうだな。よし、次を狩るぞ」

「はい！」

ウサギはほとんどミーナが一人で片付けてしまうので、楽だ。ただ、経験値の上がり方を見ると、ラストキルを取った者が一番多く経験値を得るようで、俺も時々戦う必要がありそうだ。

「やった！　レベルが上がりました！」

「そうか」

俺も一つ上がったが、肝心の宝玉は出てこなかった。まあ、レアだからな。

「じゃ、今日はもう切り上げるぞ」

「はい」

換金のため、冒険者ギルドに向かう。

「これを頼む」

カウンターに袋詰めの肉と毛皮をそれぞれ出す。

「おお、アレック、今日も順調みたいだな」

「ああ」

「そっちの犬耳族は、お前の仲間か？」

「そうだ。ミーナだ」

「ふむ、ああ、奴隷を買ったのか」

「ああ。宝玉がかなりの高値で売れた。礼を言う」

「そいつは良かった。ま、ソロだと怪我をしたときに危ないからな。二人以上の方が良い。ところで、ちゃんと避妊してるか？」

「えっ？　ああ、いや……」

まだやってないが、そう言えばこちらの避妊具とかどうなってるのだろう。

「ダメじゃないか。妊娠したらしばらく冒険できなくなるぞ。じゃ、避妊薬を付けておいてやるから、ミーナ、これを毎週一粒、ちゃんと飲んでおくんだぞ？」

「は、はい……」

顔を真っ赤にして恥ずかしそうに袋を受け取るミーナは、ふむ、自分の役割も理解している様子。

これはさっそく宿に帰って……

「どういう事？」

「うおっ⁉」


声に振り向くと、腕組みした白石が後ろにいた。

「ねえ、アレック。あなた、奴隷を買ったみたいね。どういう事？」

「い、いや、俺の行動にいちいち、お前に口出しされる覚えは無いぞ」

そのはずだが、なんだか凄くいけないところを見とがめられたみたいに心臓がバクバクしてる。落ち着け。この世界では、奴隷は冒険者にとって一般的であるからして……。

「いいえ、私達はきちんと教育を受けているし、なんでこっちの悪い制度に染まってるのよ、あなたは」

「そうじゃない。ソロは危ないから、仲間を増やしただけだ。変な事はしてないぞ」

俺は言う。まだしてないもんな。今日は絶対やるつもりだけど。

「ふーん？　どうかしらね。ソロでやるって言ってたくせに」

「まあまあ、星里奈、他のパーティーのやり方にはあまり口出ししない方が良いよ。実際、ソロは危ないしさ」

エルヴィンが言うが、チッ、お前らもう呼び捨ての間柄かよ。コイツ、モテそうだしなあ。こいつらのパーティーに一緒に入らなくて正解だった。寝てるときに隣でイチャつかれでもしたら、発狂するわ。

「でも」

「でも、スゲー、お姉ちゃん、しっぽがあるんだな。ちょっと触らせて！」

ケイジが好奇心いっぱいに、ミーナの返事も聞かずに手を伸ばすが、ミーナもさっと方向転換して身を躱す。

「おい、ケイジ、獣人のしっぽを触るのは失礼な事だから、やめるんだ」

俺が言う。

「ええ？　そうなんだ……ごめん、そうだとは知らなくて、はは」

「いえ」

「ミーナちゃん、こいつに酷い事されてない？」

白石が聞くが。

「いいえ。ご主人様には良くして頂いて、病気も治療してもらいました」

「ああ。そう言えば、小島先生が咳に効く薬草、探してたけど」

あとで要らなくなったと報告だけはしておくか。

「神殿の方で治してもらった。魔法、だろうけどな」

言う。

「そう。私は星里奈。こいつとは同じ世界から来てるから、何かあったら私に言ってね」

「同じ世界？」

「ああ、話してないんだ？」

「どたばたしてたからな」

話す必要性もあまり感じない。

「そう」

換金も終わったので、もうここには用が無い。

「行くぞ、ミーナ」

「あ、はい」

「あ、ちょっと、むう」

白石は俺を呼び止めようとしたが、呼び止める理由が見つからなかったか諦めた様子。

郷に入れば郷に従え、気に入らないなら、奴隷解放でも何でも好きにやってくれればいい。

「あの、ご主人様」

ギルドを出たところでミーナが少し思い詰めた顔で話しかけてきた。

✧第十四話　スキルコピー

「なんだ？」

「同じ世界というのは、どういう事なのでしょうか」

「ああ、それな、俺は王様に召喚魔法で呼び出された勇者なんだよ」

「ああ……」

勇者についてはミーナも知っていたようで、話が早い。

「ま、それは気にしなくて良いぞ。お前はあいつらの言う事も聞かなくて良いしな」

「それは、その、あまり仲は良くないのでしょうか？」

「そうだな。と言うか、同じ世界の人間と言っても、初対面だぞ？　親しくもない連中だ」

「ああ、なるほど。そういう事でしたか。はい」

納得したようにうなずくミーナ。

「へえ、アレックさん、奴隷を買ったんですか？」

「む」

知った声だったので振り向くと、シンだった。

おかっぱ頭はそのまんまだが、革鎧を装備し、左腕には装着式のボウガン。こいつ、良い装備に替えてやがるな。

「ああ」

左腕の奴隷紋の事はコイツもすでに知っているようだ。

「ちなみに、奴隷っていくらくらいしたんですか？」

「オークションで三万五千で競り落とした。商人ギルドの方だ」

「へえ。オークションがあるのか。それは知らなかったな。今度、見てみますよ」

「だが、奴隷はそんなには出てこないそうだぞ」

「そうですか」

「奴隷商人がいるらしいから、そっちに行ってみるといいかもな」

「ああ、なるほど、どうも。じゃ、僕はこれで」

「ああ」

三万五千はかなり高いと思うが、金の方は何でも無いと言う感じの顔だったな、アイツ。俺と同じように宝玉でも見つけたかな。

「お知り合いですか？」

ミーナが聞いてくる。

「ああ。アイツも一緒に呼び出された勇者だ。朝に行った医者もそうだ」

「ああ、そうでしたか」

宿の俺の部屋に戻る。

「ふう…………」

「…………」

むう、なんか緊張するな。ミーナも、チラッチラッと俺の方を見て、顔を赤くしてるし。こりゃ、もうそういう展開を予想しているようだ。

「その前に、だ」

「はい？」

「先に、お前のステータスを把握しておこう。ミーナ、他人のステータスは見られるのか？」

「いえ、教える事はできますが、見るというのは

「……」

「そうか」

　いちいち教えてもらうのも面倒だが、仲間のステータスは知っておきたい。今日はミーナが大丈夫だと言うのでウサギ狩りに参加させたが、強さが分からないと危ないからな。

「ちょっと、そこに座って待ってろ」

「は、はい！」

　ベッドの脇を指示したが、あからさまに緊張する奴。可愛いな。

「バカ、まだやるわけじゃないぞ。ステータスの確認だ」

「ああ。す、すみません……」

　恥ずかしそうにうつむいちゃった。可愛いのでしばらくそのままにしておこう。

　まず、俺のステータスを開く。念じただけで出てくるのは楽だ。

〈名前〉アレック　〈レベル〉9
〈クラス〉勇者／村人　〈種族〉ヒューマン
〈性別〉男　〈年齢〉42　〈HP〉103／103
〈MP〉52／52　〈TP〉61／61　〈状態〉通常
〈EXP〉305　〈NEXT〉55　〈所持金〉55
〈基本能力値〉
〈筋力〉24
〈俊敏〉23
〈体力〉24
〈魔力〉23
〈器用〉23
〈運　〉23

〈所有スキル〉
【獲得スキルポイント上昇　レベル5】【獲得経験値上昇　レベル2】【レアアイテム確率アップ　レベル4】【器用さUP　レベル2】【鑑定　レベル3】【根性　レベル2】【解説　レベル1】【予感

レベル1】【スキルコピー　レベル1】【クラスチェンジ　レベル1】【スキルリセット　レベル1】【魅了☆　レベル3】【薬草識別　レベル1】【薬草採取　レベル1】【気配探知　レベル2】【レイプ　レベル1】【脅し　レベル1】【覗き見　レベル1】【ジャンプ　レベル1】【運動神経　レベル1】【動体視力　レベル1】【アイテムストレージ　レベル1】【幸運　レベル4】【ナンパ　レベル2】【撫でる　レベル1】【奴隷使い　レベル1】【カウンセリング　レベル1】【スキルのパーティー共有化　レベル1】
【絶倫　レベル1】Ｎｅｗ！
【セクハラ　レベル1】Ｎｅｗ！
【言いくるめる　レベル1】Ｎｅｗ！
〈現在のスキルポイント〉13

待て。なんか変なスキルが増えてるぞ？


いやいや、取ってねーし、【絶倫】なんて。

思い当たるのは……あの生臭坊主か。

スキルが増えたのに嬉しくないのはなんでだろう？

使った様子もなかったのにコピーできたという事は、【絶倫】ってアクティブスキルじゃなくて、能力上昇の常時発動型みたいだな。

嫌すぎる……。

「ミーナ、あの神殿から出てから、俺に変わったところはあるか？」

「え？　いえ、特には……」

「何か、こう、圧迫感とか、こいつエネルギッシュで暑苦しいーとか」

「いえ、ご主人様は落ち着いた感じの方ですから」

「そうか。ならいい」

坊主のあれは元の性格か、あるいは、向こうはレベルMａｘかもしれない。

これ以上は上げないでおこう。使い道は、アレしかないし。

ステータスの〈基本能力値〉は全く上昇していないが、三つ子の魂百までって感じの数値みたいだな。キャラ特性とでも言おうか。

これなら、素早さの宝玉もかなりお得な効果があると言えるだろう。

俺の能力は平均的に割り振っているのだが、MPの上がりが悪い。というか、上がってない。

これは、特別な訓練が必要なのか、村人の職業では上がらないのか。ま、今は魔法はいいだろう。

ある程度のレベルになって、スキルの目処が付いたら、クラスチェンジも考えていくか。

王様の話では、転職の神殿か、それぞれのギルドに行けば、転職できるって話をしていたっけ。

ひとまずは、剣士か戦士だろうな。少々の事では死なないようにしたい。

レベルが一つ上がってるので、スキルポイントが少しあるが……。

リストを適当にソートしてみる。

現在のポイントで取得できるもので、良さそうなのは……。

お、これがいいかもな。


【パーティーのステータス閲覧】。

ポイント消費は10と高めだが、ミーナが何か使えそうなスキルを持ってるなら、技を見せてもらってコピーできるだろう。

取得。レベルＭａｘと表示されたので、このスキルはもうレベルが上がらないようだ。

これで残りは3ポイント。他のスキルは次のレベルアップまで待つとしよう。

じゃ、さっそく使ってみよう。

〈名前〉ミーナ　〈レベル〉10　〈クラス〉村人
〈種族〉犬耳族〈性別〉女〈年齢〉18
〈HP〉153／153　〈MP〉14／14
〈TP〉32／32　〈状態〉通常
〈EXP〉362　〈NEXT〉58　〈所持金〉0
〈基本能力値〉
〈筋力〉12
〈俊敏〉14
〈体力〉10
〈魔力〉2
〈器用〉7
〈運〉34
〈所有スキル〉
〈パーティー共通スキル〉
【獲得スキルポイント上昇　レベル5】【獲得経験値上昇　レベル2】【レアアイテム確率アップレベル4】
〈個人スキル〉
【鋭い嗅覚☆　レベル4】【素早さUP　レベル2】【忍耐　レベル4】【状況判断　レベル2】【綺麗好き　レベル4】【献身的　レベル3】【度胸　レベル2】【直感　レベル3】【物静か　レベル3】【運動神経　レベル4】【動体視力　レベル3】【気配探知　レベル3】【幸運　レベル3】
〈現在のスキルポイント〉14

俺よりHPがかなり高いな。基本能力値の体力は俺の方が倍以上なのだが……獣人の補正か何かがあるんだろうか。

〈パーティー共通スキル〉とあるが、スキルはパーティースキルが別に表示され、俺の取っているスキルの効果がきちんと反映されているようだ。

ただし、パーティー共有化に対応したスキルだけで、他の個人のスキルは共用とは行かないらしい。

ま、充分だろう。

【鋭い嗅覚☆】となっているが、これが固有スキルと言うヤツかな。俺がコピーできないのかもしれない。犬耳族専用ってヤツだ。他は特にこれと言ったスキルは持ってないが、【綺麗好き】で【献身的】で【忍耐】があるなら、良い性格の奴のようだ。【物静か】も俺的にはポイントが高い。

俺は【忍耐】以外は要らんけど。


『忍耐　レベル4』

【解説】

逆境や苦難を耐え忍ぶ。


期待する解説になってねえし。ま、持っておいて損は無いかな？

【度胸】の方は、あった方が良いだろう。他は、【直感】とか。【運動神経】はなかなか良いものを持っているが、そうか、コピーではレベル1になってしまうし、俺ももうすでに取得済みだから、重複のこれは意味ないな。くそっ。

「ミーナ、自分のステータスを見てみろ」

「ステータスですか？　はい。ステータス、オープン」

すぐに実行する従順な奴。

「意識すれば、いちいちオープンと言う必要は無いぞ」

「あ、申し訳ありません。次から気を付けます」

「いや、叱ったわけじゃないが」

さて、ミーナには自分のステータスがどう見えるのか？

「あ、これは……」

「気づいたか？」

「はい。【獲得スキルポイント上昇】など、私が持っていなかったスキルが増えています。パーティーでのスキル共有ですね」

「ああ、そうだ。ただし、これは俺が持つスキル【スキルのパーティー共有化】によってそうなったから、他言無用だ」

バカ正直に周りの奴に手の内を明かす必要は無い。いつPKされるか分からんし。勇者連中にも、だ。

ミーナは例外。彼女は俺の奴隷で逆らえないはずだし、仲間はお互いの情報を詳しく知っておいた方が良い。連携も取りやすいだろう。

「分かりました。決して口にしません。たとえ、拷問にあったとしても……！」

何やら勝手に悲壮な場面を想像してるようだが。

「いや、そこまでの秘密じゃないから、もう少し気楽に考えて良いぞ」

「はあ」

「それから、まあいい、これも話しておくが、俺は他人のスキルをコピーできる。コピーというのは、真似たり複製したりという事だな。たぶん、かなりレアのはずだ」

「他人のスキルをそっくり真似られるのですか？」

ミーナも少し信じがたかった様子。

「ああ。固有スキルはダメだと言うし、確率も低いらしい。それにスキルをレベル1でしか取れない。いくつか制約があるが、使いようによっては大幅なスキルポイントの節約になる。お前、スキルポイントは理解しているか？」

「はい、レベルが上がると、ポイントがもらえて、それを使って新しいスキルが手に入れられる……私の理解はそんなところですが、合っているでしょうか？」

「問題無い。むしろ、俺の方がこちらの世界に呼び出されたばかりで知らない事が多い。何かまずいと思えば、お前から説明するようにしてくれ」

「はい。ですが、ご主人様は、特に問題は無いように思います」

「そうか。じゃ、そうだな、お前の持っているスキル……【素早さＵＰ】を使って見せてくれるか」

「はい、……ええっと……」

「ああそうか、能力ＵＰ系は常時発動だったな。なら、ちょっと、素早く動いてみてくれるか」

「分かりました」

ベッドから立ち上がり、その場でフェイントを交えつつ左右に飛ぶミーナ。足音は立てずに、かなりの動きだ。

自分のステータスを確認する。

「ふむ」

【素早さUP　レベル1】New!

早いな。なんだか楽勝で取れるんだが。【解説】では極めて低い確率となってたが、【解説】も怪しくなってきたな、おい。

「もういいぞ。お前の【素早さＵＰ】のスキルはコピーできた」

「凄いですね……私は獣人の子供の中では動きが一番遅かったので、父に特訓してもらってようやくこのレベルだったのですが」

「そうか。だが、レベルアップすれば、簡単にポイントを振れるだろう？」

「ええ、素早さはそんなに要らないかなと思ってしまって……」

「モンスターとの闘いではあった方が良い。しばらくは俺と一緒に冒険をやってもらうから、スキルの取り方もなるべくそれに合わせてくれ。お前がどうしても取りたいものがあれば、俺に言ってくれれば配慮するが、命に関わってくるからな。俺がどうこうするんじゃなくて、モンスターが、だぞ？」

「はい、分かっています。次からご主人様にご相談して決めます」

「うん。ま、そうしてくれ。希望は言ってくれていいからな」

「はい」

「じゃあ、次は【状況判断】のスキルだが……。ミーナ、お前、今、どういう状況だと思ってる？」

「はい、ええと……、良いご主人様に恵まれ、奴隷もそれほど悪くないのかなと」

そう言えばコイツ、前は反応がゼロで黙り込んでたし、やっぱり奴隷に落とされて絶望してたのか。

「良いご主人様というのは、どこを見てそう思った？」

「返事もしない私を殴ったりせず、湯浴みをさせてもらい、服も買って頂きました。食事もきちんと与えてもらっています」

「まあ、奴隷にしては好待遇かもしれんが、身請けしたら普通はそんなもんだと思うがな」

「み、身請けですか……ど、努力します」

顔を赤らめてうつむきそう言ったミーナは、花魁《おいらん》の事も知っている様子。まあ俺も、実際に会った事は無いし、漫画や映画なんかの話で知ってるだけなんだけど。

これでコピーできたか疑問だが、俺のステータスを確認。

【状況判断　レベル1】New！

おいおい、楽勝すぎんだろ。まあ、街中ですれ違っただけではこんな風にコピーはできないだろうけど。

パーティー仲間だとコピー確率UPなんてのもあるのかな。一緒にいる時間が長いし、相手のスキルも確認してから行動を限定して見せてもらう事もできるから、自然と高確率になるのかもしれないが。

「次は、【忍耐】と【直感】と【度胸】か……」

「ええと、どうやって見せれば……」

これはちょっと俺も悩む。

「じゃ、ちょっと顔をそのままにしておいてくれ。よっと！」

顔に向けてパンチのフリ。度胸を試せると思うが……。

俺のステータスを確認してみたが、さすがにそう簡単にはいかなかったようだ。

「もう少し、危険な事をして頂かないと、度胸にはならないんじゃないでしょうか。剣を使ったり」

「そうは言っても、剣で試して間違えて切ったりしたら、アレだからな」

「いえ、私は構いませんが」

「俺が構うんだ」

回復魔法が使えるなら別だが、あの生臭坊主のところへ連れて行かないといけなくなるなら却下だ。


「まあいい、そのスキルはまた今度でいい。それより、お前の次のスキルだが、何か取りたいのはあるか？」

「いえ、あまり……今までスキルは気にしてなかったですし、すみません、ちょっと思いつかないです」

「そうか。なら、次のレベルアップまでには考えておいてくれ。それと、ひとまずは【アイテムストレージ　レベル1】を取ってもらうとするかな。こんな風に、アイテムを自由に空間にしまっておける便利なスキルだ。荷物が重くならない」

【アイテムストレージ】のスキルを使って何も無い所から袋を取りだして見せる。必要ポイントは10と高めだが、レベル1でも取っておけば冒険も随分と楽になるだろう。

「ああ、話に聞いた事はあったのですが、初めて見ました。ええ、それにします。取れました」

「よし」

ミーナは言う事を聞いてくれるし、念のために彼女のステータスを確認したが、きちんと【アイテムストレージ】を取っていた。

コイツとなら上手くやれそうだ。ただ、対等の仲間という感じだと、話せなかっただろうな。その手のコミュニケーションスキル、他にも取得を考えておくか……。

第十五話　気まずい二人

冒険に関する方針の確認と、スキルやステータスの話も終わった。

ミーナと二人で夕食を取り、湯浴みもそれぞれ別でやった。宿屋の主人は「別に毎日でなくても大丈夫ですよ」と言っていたが、今日は特別なのだ。

あとは夜中の宿で若い男女、いや、俺はもう四十過ぎで若くはないんだが、とにかく若い女と男が屋根の下で、しかも片方が奴隷となれば、やる事は一つだ。

「…………」

「…………」

くっそ、気まずいなあ。なんて声をかけたもんかね。ミーナも今日はやると察しているようだからそれは良いのだが、どう切り出して良いか、分からん。DT彼女いない歴イコール年齢の俺に人並みのコミュ力や段取りを求められても困る。

「あ、あの、ご主人様」

ついに沈黙に耐えきれなくなったか、ミーナが先に俺に話しかけてきた。

「む、なんだ？」

「そのう、私は、こういう経験が無くて、は、初めてなので……申し訳ありません、もう少し、勉強しておくべきでした」

「いやいや、何を言ってる。いいか、ミーナ、それは褒められる事であっても、叱られる事なんかじゃないぞ。勉強なんてしなくていい。俺がたっぷり、男を教えてやる」

「は、はい、よろしくお願いします……」

大見得を切ってしまったが、ううん、俺も女の扱いなんて知らないし。

むしろアレだ、ミーナが俺に女を教えてくれないとダメなんだよなぁ。

まあ、それを言うとコイツの事だ、困ってしまって挙動不審になるに決まっているから、俺が何とかしよう。

「よ、よし、いつまでもこうしてても仕方ない。やるぞ」

「は、はい」

まずは……脱がせるか。裸、見たいしな。

「じっとしてろ」

「！　はいっ」

緊張させてしまったが、別に平手打ちしたりするわけじゃあない。服の上着を脱がせにかかるとすぐにミーナも察したようで自分で腕を上げて脱がせやすくしてくれた。

「ほう、これがこの世界のブラジャーか」

布をそのまま巻いただけのシンプルなブラ。さすがにワイヤーやら立体裁断なんてこちらの世界じゃ厳しいだろうしな。可愛いブラが見られなくてちょっと残念だが、俺は外側より中身重視だから問題無い。

「隠すな」

ミーナが身を縮めて両腕を前にして俺の目から隠そうとするので、言う。

「は、はい……」

目をそらし、恥ずかしそうにしながら、手をどけるミーナ。

くっ、奴隷、最高。

「じゃ、まずは……ちょっと付けたままで触るぞ」

「は、はい」

それほど大きくない乳房をぺたぺたと両手で形を確かめるように触っていく。

犬耳だが、体は普通の人間だ。

「ひゃっ！」

「くすぐったいか？」

「あ、はい、少し」

「少し、我慢してもらうぞ」

「全然、大丈夫です。んっ！」

身を強ばらせるミーナだが、痛くしているわけでは無いし、【忍耐　レベル4】のスキル持ちの彼女なら我慢できるはずだ。

「どうしても我慢できないようなら言うんだぞ」

「いえ、全然、大丈夫ですから……んっく！」

少し触るだけで、敏感にビクッとするミーナは俺の手を過剰に意識しているのか、それとも、それだけ肉体が敏感なのか。

「ミーナ、お前の歳はいくつだ？」

「十八です」

なるほど、十八か。やはり落ち着いている感じだし、そのくらいの年齢か。十五とかでも良いけどね。

いや、そう言えば、ステータスに十八歳って出てたな。忘れてた。

白石星里奈も女子校の三年だったはずだから、それくらいの年齢か、アイツは微妙に精神年齢が低い気がする。ミーナと比べれば、だが。

十八歳の若い娘の胸を、四十過ぎのおっさんが揉む。

何ともエロゲーな展開だ。

「ミーナ、ちょっと、やめて下さいって言って、抵抗してくれないか」

「え？　抵抗ですか？」

「うん、やめて下さい、先生って」

「ええと、や、やめて下さい、先生……」

うーん、ミーナに演技力は無いな。まあ、いきなりイメクラみたいな高度なプレイを要求するのも可哀想だ。

「何でも無い、気にしなくて良いぞ」

「はあ」

気を取り直して、薄布の上から、ミーナの形の良い乳房を両手でさすっていく。

「んっ！」

「気持ちいいか？」

「は、はいっ……んっ！　ああ、いえっ、わ、分かりません……」

消え入るような声で、否定して言い直すミーナ。

「おいおい、ご主人様に嘘を言って良いと思ってるのか？」

「も、申し訳ありません。今は、つい、恥ずかしくて嘘をついてしまいました。お許しを」

「いいだろう。だが、正直に言え。いいな？」

「わ、わかりました。んっ！　き、気持ちいいです……」

少し力を入れながら触っていくと、ミーナの乳首が立ってきたのが布越しに分かった。

それをつまむ。

「ひゃっ⁉」

「我慢しろ」

「は、はい、でも……うっ！」

「キツイか？」

「少し……だ、大丈夫です、耐えられます」

「どうしても我慢できないときはちゃんと言うんだぞ」

「はい……んっ、あっ、んんっ！」

だんだん、力を入れて揉んでみるが、何とも柔らかい。これが女の胸か。こりゃ触ってて飽きないな。

目をキュッと閉じて肩をすくめ、シーツを握りしめて我慢しているミーナの表情も堪らなくそそる。彼女の顔をしっかり観察しつつ、乳房の柔らかな弾力を味わう。

「外すぞ」

次の段階へ進もうと思い、そう言ってブラを脱がせる。色白の肌に、桜色をした小さめの乳首。理想的だ。やたら大きな乳輪の女もいるが、ああいうのは俺の好みじゃないしな。黒いのも遊んでるイメージがあって嫌だ。

触る。

「んっ！」

「どうだ？　見知らぬ中年男に胸を蹂躙《じゅうりん》されて、今の心境は」

「い、いえ、ご主人様はもう見知った方ですし、嫌というわけでは、んっ」

「ほう。だが、それだと、お前は相手は誰でも良いのか？」

「そっ、そんな事はありません。ご主人様は私に優しくして下さって」

「無理するな。別にお前に優しくしたのは俺が初めてじゃないだろう？」

「それは……」

「ま、変な話をしたな。とにかく、今はお前は奴隷で、これを拒否する選択肢は無い。なら、嫌々じゃなくて、適当に気持ち良くなる事、いや、アレだ、天井のシミでも数えていれば、すぐに終わるぞ」

「天井のシミですか。でも、その、実を言うと、私も、こういう事に少し、興味があって……」

「ほうほう。自分でオナニーしてたのか？」

「そ、それは……」

「言え」

「はい。時々、してました」

「それと比べて、どうだ？」

「こっちの方が、ご主人様にしてもらう方が、ずっと気持ちが良いです……んっ」

「今日からいつでもしてやるし、まあ、これが苦痛なら、冒険者の戦闘奴隷として頑張ってもらうしか無いが」

「いえ、こちらでも、お役に立ってみせます」

「良い心がけだ」

そこまでしなくても良いのにと思うが、これが【献身的】スキルなのかね。俺は取るつもり無いけど。

時折、乳首をつまんだり、こりこりしたり、引っ張ったりして遊ぶ。

「んっ、あっ、はっ、くうっ……」

その度に、ミーナが甘い吐息を口から漏らす。

「痛かったら、言えよ？」

「だ、大丈夫です。平気ですか――ああんっ！」

「ふうん？　これが良かったか」

乳首をつまんで少し強めに引っ張る。

「くっ！　は、はい、それが、うう」

「ちょっと、そこに寝ろ」

「はい」


仰向けに寝かせ、今度は、脇腹まで手を伸ばし、横からさすってみる。

「んあっ！　くうっ！」

「くすぐったいか？」

「はい、でも、これも気持ちいいです……！」

「ふふ、そうかそうか。もっとしてやるからな」

「は、はい……！」

緊張した感じのミーナは、本当にセックスに興味津々のようだ。俺もミーナの体に興味ありまくり。

「はっ！　んっ」

引き締まったお腹に手を伸ばすと、さっと引っ込められて筋肉が見えた。ぷにぷにのお腹も良さそうだが、ミーナのスレンダーなお腹もこれはこれでいい。最高だ。おへその辺りはしっかりくびれていて、ふむ、この下はどうなっているのか。


脱がせる。

「あっ！」

「何か問題が？」

「い、いえ……どうぞ、続けて下さい」

ふふ。ミーナの下着、うーん、さすがにこっちの世界のかぼちゃパンツは、まったく萌えないな。小さいしましまパンツやレースのパンティーは売ってないものか……。まあいい、脱がせてしまえば一緒だ。

「あっ！」

「何か問題が？」

「い、いえ……ありません……うう」

顔を真っ赤にして嫌そうに目を閉じているミーナ。可哀想だが、そこは我慢してもらおう。

獣人の性器という事で、ちょっと不安もあったのだが、ネットで見たのと同じ、人間と変わらない性器に見える。

いや？　毛が生えてないな。つるつるだ。

「ミーナ、獣人って、性器に毛が生えないのか？」

「そっ、それは……」

「んん？」

「いえ、普通は成人前に生えるらしいのですが、私はなぜか生えてこなくて……」

「そうか、まあ、俺としては都合が良いが」

「そ、そうですか。うう……」

こちらも薄い桜色。ぷっくりとした肉と肉の間に、てらてらと濡れている……むむ？

「お前、もう濡れてるのか」

「えっ！　あっ、あ、あの、わ、分かりませんっ！」

コイツ、ある程度の知識は持ってそうだな。

「正直に言えと言ったはずだぞ」

「うう、し、知りません……」

「こんなにして、実は期待してたんだろう」

「そ、それは、はい……」

そこはそんなわけありませんっと否定して、そこを無理矢理というプレイが良かったのだが、ミーナはあっさり折れてしまった。まあいい。

　こちらも我慢できなくなったので、もういきなり、そこを触る。

「あああっ！」

　むっ、声がデカいって。この宿、他に客もいるはずだし。

　俺は隣の部屋が気になった。

エピローグ　抱き合う二人

「少し声を落とせ」

　苦情が来ても嫌なので俺はミーナに言う。

「あ、申し訳ありません。ですが、防音の魔道具が置いてあるので、大丈夫だと思います。外に声は漏れません」

「んん？　そんなものが？」

「はい。宿では他の客がうるさくすると喧嘩になる事もあるので、たいていの宿で置いてあります。そこの黒い置物がそうです」

「ああ、これか。そう言えば、宿屋の親父がこっちに替えさせてくれと大きいのに取り替えていったが、そういう事か」

「はい、私達が、こういう事を始めるだろうから、防音効果の大きい物にしたんだと思います。うう……」

「ふふ、ま、そういうことなら、遠慮無く声を出してもらおうか」

「は、はい、あ、でも、嫌、恥ずかしい、あああっ！」

　濡れた窪《くぼ》みの上を指で滑らせると、それだけで堪らない様子のミーナがまた声を上げる。

「はしたないな」

「も、申し訳ありませんっ」

「いや、冗談だ。もっと声を上げてくれ。その方が俺も興奮するからな」

「は、はあ、でも、私、ああっ！　こ、こういう声は、ああんっ、上げたく……くうっ！」

「ご主人様の命令だぞ？」

「で、でも、うう」

「まあ、嫌なら、無理にとは言わない。ふふ、だが、もっと気持ち良くしてやろう」

「ええっ？　あ……」

ミーナの体に覆い被さり、乳房に唇を付け、舌で舐める。

「うあっ！　そ、それは、ああっ！」

気持ちいいようだ。かなり。

立っている乳首を舌でこすり上げながら、吸い上げる。

じゅるっと音がした。

「だ、ダメ、ご主人様！　私は、お乳は出ませんからっ！」

「知ってるっての。だが、気持ちいいだろ」

「そ、それは、くうっ、は、はい、こんなの、凄すぎですっ、ああ！」

「ふふ、じゃ、今日から毎日やってやるからな」

「は、はい、うあっ！」

ミーナのシーツを握りしめた手が一層固くなるが、こちらもどんどん責め立てる。

「ふあっ、いっ！　はあ、はあ、はあ、はあ……」

痙攣《けいれん》したミーナは、どうやら軽くイってしまったようだ。

「イったか？」

「え？」

「絶頂を迎えたかという事だ。オーガズムで意味が通じるか？」

「あ、ああ……その、たぶん。急に真っ白になって、何も分からなくなって、なんだか、体がおかしいです」

「そうか、まあ、大丈夫だろう」

念のため、ミーナのステータスを見たが、ＨＰは減っていない。

さて、それなら、ここから本番だ。

俺も服を脱ぐ。ごくっと唾を飲み込んだミーナは、いよいよそれが近づいている事を感じているのだろう。

彼女をきちんとベッドの上に上がらせ、仰向けに寝かせる。その細い両手首を掴んで枕側に上げさせ、上からのしかかって、彼女の肉体を触りまくる。

「んっ、あっ、はうっ、ああっ、うう、ご主人様ぁ……」

だんだん、泣きそうな甘ったるい声になってきたミーナは、良い感じにできあがってきたようだ。

見ると明かりの魔道具に照らされ、潤んだ瞳が妖艶に光っている。

恥ずかしそうにはしているが、明らかに、さらなる快楽を期待した雌の顔だ。

「いいぞ、ミーナ」

そこで、キスがまだだった事に気づき、ミーナの顔を掴んで、俺の顔を近づけていく。平手打ちでも来るかと覚悟したが、彼女は抵抗せず、俺の唇を受け入れた。

「んっ、んちゅっ、あっ、ぷはっ、んんっ」

そのまま、ディープキスに持ち込み、舌を乱暴に入れる。柔らかな唇と小さな舌。ミーナはなすがままになっていたが、しばらくすると要領を掴んだか、自分から舌を絡めてきた。

「無理はしなくて良いからな」

「は、はい……」

本心は嫌なのに、俺に取り入ろうと必死で応じるフリをするってのも、萎えるからな。ミーナは少し失敗したという顔をしたが、果たしてどちらだったか。俺には彼女に本心を言えと命令する事はできるが、彼女が正直に答えるとは限らない。ま、苦痛の魔法を発動させても可哀想だし、そこは問わないでおこう。

「ミーナ、今度はうつぶせだ。四つん這いになって、こちらにお尻を向けてくれ」

「あ、はい、こうでしょうか？」

「そうだ。ふむ、これはなかなか」

小さめのお尻だと思うが、形が良い。引き締まっていて、すべすべだ。その真ん中下側に、もうぐしょぐしょに濡れたアソコが俺を誘うようにぬめぬめと光って、おお、少しひくひくしているな。

「あ、あまり、そこは見ないでもらえると……」

「ダメだ。自分の立場を弁《わきま》えろ」

「も、申し訳ありません……うう」

羞恥心《しゅうち》でいっぱいだろうが、そこは譲らない。

お尻を触る。

「んっ、あっ、ご、ご主人様、あんっ、ああっ」

「嫌か？」

「い、いいえ、き、気持ちが良くて、あんっ、変な気持ちになってきました……お腹が疼《うず》いて、もう、私、私」

そろそろ限界か。

「だが、まだだ」

「えっ！　きゃっ」

再び仰向けにして、両足首を掴んで彼女の頭の上まで押しつける。

「こ、こんな格好は嫌です」

ひっくり返されたカエルのような姿勢になり、今度はミーナもはっきり抗議の声を上げる。

「我慢しろ」

最高に気持ち良くさせてやるからな。

ミーナのひくひくしている下の唇《くちびる》に舌を這わせる。

「ひっ、ああっ！　だ、ダメ！　そこは汚いですから」

「いいや、綺麗だよ」

「そ、そんなぁ、んっ、ああんっ！　だ、ダメぇ！」

嫌がって抵抗する彼女を頑張って押さえつけ、さらに舐める。

「ひうっ！　やっ、力が、入らな……うあっ！」

結構な力で逃げようとしているが、これで力が抜けてるのかよ。コイツが正常時に本気出したら、あっと言う間に俺は押さえ込まれそうだ。

大丈夫だろうと思って手を出したが、獣人の奴隷は気を付けないと逆にこてんぱんにされそうだ。ミーナが従順で大人しい奴で良かった。

「いっ！　あああああっ！」

ビクビクッと大きく痙攣し、大きな声を上げて、ぐったりとするミーナ。

どうやらまたイった様子。


さて――。

「どうせ処女だろうし、今のうちかな」

最初は痛いと言うし、気絶している間に処女膜を破ってやろう。

「むむ、ここか」

見ずに入れようとしたら、位置がよく分からなかった。今度は指で確かめて、挿入してから手を放す。

「うおっ。これは……！」

暖かく、柔らかい。未知の世界だ。オナニーグッズを極めた奴なら違うのかも知れないが、俺はもっぱら手だったしな。

くそ、なんだこれ。

スゲえ気持ちいいわ。

と言うか、もう出た。


ああ……。

まあいい、避妊薬はミーナがちゃんと飲んでるはずだし、思い切り、動いて中に出しまくってやる。

「あ、くそ」

　腰を引いたら、するっと抜けてしまった。もう一度、手をあてがって入れて、今度は小さく動かしていく。

　ミーナが気づいたようだ。

「ん……あっ、ご、ご主人様？　うっ！」

「痛いか？　少し我慢しろ。もう最後だ」

「あ、ああ。くっ、うあっ！」

「そんなに痛いのか？」

　ちょっと心配になり、動きを止める。

「い、いえ、痛いのは痛いですけど、その、くう……き、気持ちいいので」

「ああ、ふふ、それなら、そのまま行くぞ」

「だっ！　ダメです、こんなの、こんなのは耐えきれません！　うあっ、ご主人様ぁ、あん、あっ、ゆ、許して下さい、うあっ、ひっ！」

「うおっ！　くっ」

　ミーナが中を締め付けてきて、こちらももうダメだ。我慢できない。

「ミーナ！」

「ご主人様、ああーっ！」

　思い切り、ミーナの膣内に俺の欲望をぶちまけた。ビクッビクッと、いつもよりずっと多めに出た気がする。


　急に冷静になった。

　抜く。

「すまん、ミーナ、大丈夫か？」

　やり過ぎた……しかも、ミーナがダメだと言っているのに、構わずやるとか。処女相手に。

　最悪だな……もう嫌だと言って、させてくれなかったら、ミーナが男嫌いになったら、取り返しが付かない。

「は、はい、何とか。あの、これで終わりですか？」

ミーナは俺に抱きついたまま、おそるおそるという感じで聞く。

「ああ、今日はもうやめにしよう。お前も初めてなんだろ？」

「はい。申し訳ありません、どうしていいか分からず……あっ」

俺に抱きついていたのが無礼だと思ったか、慌てて手を放す奴。

「バカ。そうしてろ。俺としてはミーナに抱きしめられてる方が気持ちいいぞ」

「そ、そうなのですか。で、では、そのう、失礼して」

ミーナが柔らかな体を押しつけてくる。柔らかい。

「ふむ、いいな、こういうのも」

「はい。温かいです……」

ミーナは俺を嫌いになったわけではないようで、良かった。何となくだが、少し心も通わせられた気もするが、気のせいかもな。全然、愛の無いセックス。

ま、一日、休みは与えてやるとして、ふふ、これから毎日、可愛がってやる。

俺はミーナを両腕の中に抱きしめたまま、ニヤニヤしつつ眠りに就いた。

第二章　勇者、星里奈との対決

✧プロローグ　二度寝

「んー！」

腕を思い切り伸ばす。

小鳥のさえずりが聞こえ、爽やかな朝だ。なんだか妙に体が軽い。それに何かは分からないが、微かに良い匂いがする。

あと、この心地良く気持ちいい何か。

「んん？　ああ」

どうやらミーナを腕に抱いたまま、寝てしまったようだ。彼女はすでに起きていたようで、しかし、ベッドの上で俺の顔をじーっと見ていた。

「おはよう」

声を掛ける。

「あっ、お、おはようございます」

「何をしてたんだ？　目が覚めたなら、別に起きても良かったのに」

「いえ、その……ご主人様の腕の中が心地良いと言いますか……」

「ふふ、そうか。まあ、それなら、いくらでもいればいいいが」

抱きしめる。

「ひゃっ、はい。ありがとうございます……」

またしたくなったが、相手は昨日まで処女だったからな。傷が治ってからじゃないと。

しばらく抱きしめて、振り切るように起きる。

「あ……」

「じゃ、支度をしろ。飯を食って、冒険に出るぞ」

「分かりました」

ミーナもすぐに起き上がり、服を着る。シーツを見るが、少し、血が付いていた。

「ご主人様、先にこれ、洗ってきてもいいですか？」

「別に構わんが、それは宿屋の奴にやらせてても――」

「ダメです！」

凄い剣幕で言うので、任せる事にした。別に急ぐ用事があるわけでも無い。

「そ、そうか。好きにしろ」

「はい」

ミーナが裏手の井戸の水で洗い終わるのを待ってやり、それから朝食。

「申し訳ありません、先に召し上がってもらって良かったのですが」

「いや、これからは、パーティー仲間だし、朝食は一緒だぞ」

「はい。その……嬉しいです」

「うん」

コイツを嫁さんにして、こういう朝の朝食も良いなあと思ってしまった。

お互いにチラチラ顔を見てはふふっと笑う、妙に面はゆい時間を過ごし、冒険者ギルドに向かう。

さて、ここからは気を引き締めないとな。

「じゃ、ウサギ狩りのクエストで行こう」

「分かりました」

依頼を確認して、街の外へ出る。

「向こうにウサギがいます」

「よし」

ミーナが風上の獲物をすぐ見つけてくれるので、索敵が早い。

だが、数度の戦闘で、俺はミーナを止めなければばならなくなった。

「待て待て！　何をやってるんだ、お前は」

「申し訳ありません……」

　理由はもう分かっている。俺のために張り切りすぎて、とにかく先に獲物をやっつけてやろうと無理しているのだ。

「あのな、俺もラストキルを取らないとレベルの上がりが悪いし、何より、お前が怪我をしたらそれだけで俺は大損だ。張り切るのは良いが、戦闘のスタイルを変えるな。今まで通りにやるんだ」

「分かりました」

　ま、セックスの後で張り切るって事は、俺との生活に同意ができたって事でいいんだろう。喜ばしい事だ。

　まだ攻撃的過ぎる気がするが、敵の攻撃をきちんと避けるようになったので、それでよしとしておく。


　その日は二人ともレベルが上がらず、ウサギ相手ではやや経験値の入りが悪いのかもしれない。だが、ステータスの経験値は着実に貯まってきているし、次の敵に向かう前にミーナとの連携を固めておく事にして、今日の狩りを終える。

「ああ、アレック。商人ギルドのメルロって奴が、代金を受け取りに来て欲しいと言っていたぞ」

「ああ、分かった。ありがとう」

　ギルドの職員が教えてくれたので、ウサギのドロップを換金した後、そちらへ向かう。

「ああ、アレックさん、良かった。先日のオークションの代金、先方が支払いを済ませてくれました。すぐにお持ちしますよ」

「ああ」

　商人ギルドの奥の部屋に案内され、小袋を渡された。中身は銀貨五枚。

「落札価格が五万ゴールド、手数料が一万ゴールド、そちらの奴隷を競り落とした代金が三万五千ゴールドで、差し引き五千ゴールドです。お確かめ下さい」

「ああ、確かに受け取った。だが、この一枚は、大銅貨に崩してもらえるか？」

「かしこまりました。それではこちらで」

銅貨を受け取る。

「そう言えば、奴隷商人について教えてもらいたいのだが……」

「ええ、よろしいですよ」

いくつか種類やランクがあるそうだが、基本的に戦闘奴隷を扱う、まっとうで、ある程度規模の大きな業者を紹介してもらった。

「それと、剣士ギルドか？　それもできれば紹介してもらいたいが」

「はい。そちらは王都に一つしか有りませんから、あとは流派など詳しい事はそちらで説明してもらった方がいいでしょう」

「分かった」

場所を教えてもらい、礼を言って商人ギルドを後にする。

「あの、ご主人様……」

「ん？　なんだ？」

「わ、私では、不足でしたでしょうか……」

ミーナは俺が新しい奴隷を欲しがっていると見て、自分が用無しになったかと誤解した様子。

「ああ、いや違うぞ、もう少し人数がいても良いと思っただけだ。まだこっちは戦力が揃ってないしな」

「ああ」

少し落ち着いたようだ。

「言っておくが、お前を売り払ったり、お前が不満だからって訳じゃないからな？　そこは誤解するな」

「はい」

「じゃ、日が暮れた。装備なんかはまた今度にしよう。宿に戻るぞ」

「はい、ご主人様」

ミーナを連れて宿に戻り、夕食も済ませる。

部屋に戻ったが、手持ちぶさただ。

「あ、あのう、脱ぎましょうか？」

「ああ、いや、今日は無しにしよう。お前もまだ痛むんじゃないのか？」

「あ、いえ、薬草を食べたらもうすっかり平気です」

「む……と言う事は、できるか？」

「ええ」

「よし！」

小躍りしそうになったが、そこは押し隠して、ミーナを脱がせる。

ミーナも多少緊張しているが、もう二回目、不安は無い様子。

「ああっ！　ご主人様！　ご主人様ぁ！」

ミーナが快楽に堪えきれずに俺を呼ぶ声に興奮してしまい、何度腰をぶつけたか分からない。

さんざん、中に出しまくった。

眠くなってきたし、無理する必要はどこにも無い。もう寝るか。

「今日はこれで終わりにしよう。どうだった？」

「は、はい、とても、凄かった、です……」

放心したようなミーナは、ふふ、イキまくってたしな。

抱きしめてやると、自分から体を押しつけてくるので嫌でもないらしい。

ふふ、明日も楽しみだ。

◇◆◇◆◇

翌日、教えてもらった剣士ギルドを訪ねてみた。ゴツい剣士がゴロゴロいるのかと思ったら、カウンターに若いお姉さんが一人だけ。

「ここは剣士ギルドと聞いたんだが……」

「ええ、剣士ギルドで間違いないですよ。初めて来られる方は皆さん戸惑われますけど、ここでは転職の手続きと師匠の斡旋しかしませんので、私のように剣術に心得が無い者が窓口をやっているんです」

「ああ、なるほど」

「それで、どのようなご希望でしょうか」

「ああ、師匠も紹介して欲しいが……手っ取り早く、剣士に転職ってのは可能なのか？」

「ええ、可能ですよ。ただし、転職してもまだ見習い、いきなり強くなったりはしませんので」

そりゃそうだろうな。そこはうなずいておく。

転職の料金は百ゴールド。ウサギで稼げる今となっては安いものだ。ミーナと二人分、支払う。

「では、先に奥の部屋へどうぞ。そこで転職の儀を行いますので」

奥の部屋に案内されると、白髪の老剣士が待ち構えていた。筋肉ムキムキだ。

その老剣士は、俺達を見るなり、ニカッ！　と漲《みなぎ》った笑みを浮かべた。

第一話　剣士ギルド

「ちょっと待った。剣士に転職するのに試練や試験があったりするのか？」

不安がよぎったので俺はその老剣士に聞く。

「ガハハ、安心せい、小僧。ここでは神に祈りを捧げ、剣に誓うだけで、そういう面白い事はやらん」

ならいいが。小僧って。まあ、アンタよりは若いだろうけどな。

「では、お願いします」

「うむ。では、この剣を持って掲げ、天に祈るのだ」

後ろの石像が剣士の神なのだろう。言われたとおりにして、祈る。

『汝が願い、聞き入れようぞ』

男の声が聞こえた。

「む？」

「剣術の神の声が聞こえたか？」

「ああ、たぶん」

「なら、転職は成功だ。自分のステータスを見てみるがいい」

言われたとおり、見てみる。

〈名前〉アレック　〈レベル〉9
〈クラス〉勇者／剣士　〈種族〉ヒューマン
〈性別〉男　〈年齢〉42　〈HP〉113／113
〈MP〉52／52　〈TP〉61／61　〈状態〉通常
〈EXP〉355　〈NEXT〉5
〈所持金〉5254

む、確かにクラスが剣士に変わったな。それに、HPも10増えている。だが、筋力など基本能力値は変わっていなかった。武器や防具で修正された総合能力値が表示されないので微妙だが、レベルを上げると攻撃力のボーナスがある……と思いたい。それとも専用スキルを覚えるだけかな。リアルとして考えると、スキルを覚えるだけの方が自然だが……。

「転職するとどういう風に能力が上がるんですか？」

聞いた方が早そうだ。

「レベルを上げていけば、剣の扱いが上手くなるぞ。戦士より素早く、命中率も高い。HPでは劣るが、魔術士よりはずっと高いからな」

ふむ、前衛の攻撃重視型、アタッカーというところかな。

だいたい思った通りの能力なので、これを上げてみよう。

ミーナも剣士に転職させた。村人よりは強いクラスだろうし。

カウンターの窓口に戻り、今度は師匠を紹介してもらう事にする。剣の使い方も一度、基本くらいは教わっておいた方がいいだろう。

「では、見習いを弟子入りさせてくれる剣士はこちらになります」

羊皮紙に名前と住所と指導料金が書かれたリストを見せてもらう。十人ほど載っているが、このリストがまだ三枚あるので、全部で四十人くらいか。結構な数だ。どう選んだものか。

値段は一ヶ月千ゴールドくらいが中心のようだ。三日で百ゴールド、一日につき五十ゴールドというのもあるが、三日やそこらで剣術は覚えられないだろう。

右端にクラスの欄があり、BやCの文字が振ってあるが。

「これは評価か？　それとも冒険者ランク？」

受付嬢に聞いて確かめる。

「いえ、剣士ギルド内でのランクとなります。最低がF、最高がSですが、C以上のランクだと弟子を取る事ができるようになります。このリストでは今のところBランクの師匠が最高ですね。手数料を払えば、見習いの方でも、いつでも認定試験を受ける事ができます。C以上の昇進試験には実戦の試験が加わるので、対戦者の都合の付く日まで、だいたい一週間程度は待ってもらう事になりますが」

なら、なるべくランクの高い師匠の方が良いだろう。剣術が上手くても教え方が下手な指導者もいるだろうが、このリストからではそこまでは読み取れない。

それに俺はまだ転職したばかりのド素人、試験を受けるのは金の無駄遣いだ。弟子を取るのでなければ、ランクを上げたところで意味ないだろうし。

「アレックさんのご希望は何かありますか？　例えば、基礎をしっかり教えて欲しいと言う方もいれば、手っ取り早くスキルだけ教えてくれれば良いと言う方もいますので」

「んん？　そうだなあ。そこはだいたいの基本的な事でいいんだが、とにかくあんまりスパルタでなくて、初心者に丁寧に教えてくれる人が良いな」

美少女だとさらに良いが、俺にはミーナがいるし、剣の師匠にそこまで求めてもね。

「では、ウェルバードさんがオススメですよ。大きな道場を持っておられて初心者にも評判が良いです」

「ふむ、じゃ、それで。だが、親切に教えてくれるんだな？」

この道場主からリベートをもらってなきゃ良いが。

「ええ、だって、見習いの方に厳しい師匠を薦めてしまうと、すぐ剣士を辞めて他のギルドへ行っちゃいますからね。職が欲しいという師匠にもなるべく紹介するようにはしますが、うちのギルドは基本、認定料が収入源ですので」

「なるほどな」

「もちろん、高ランクになればそれだけ依頼も増えますし、冒険者として成功して大金持ちになった方も多いですよ。グランソード王国の初代国王も元は剣士で、うちのギルドに入ってましたしね」

「へえ」

国王になって贅《ぜい》を尽くすというのもいいが、まあ、色々面倒な事もあるだろうしな。そもそも駆け出し剣士の俺がそのクラスまで辿り着けるとは思えん。運動神経、鈍いし。

受付嬢に礼を言って、その足で武器屋と防具屋に寄る。金もあるし、鎧くらいは揃えて行った方が、師匠の受けもいいだろう。

剣術道場の料金は月額千ゴールド。ひと月もあれば基本的な事は学べるというので、残る予算は四千二百ゴールドくらいか。クエストをこなせば飢え死にする事もないと分かったので、武器に全額つぎ込んでも良い。

武器屋に入ると、ムキムキの武器屋の親父がちらりと俺を見たが、何も言わない。日本だとスマイルとは行かないまでも、いらっしゃいませと言ってくるのが普通なのでちょっと違和感がある。チッ、そう言えば値下げのスキル取っておこうと思ったが、まだ取ってなかったな。まあいい、それはまた今度だ。

立て掛けてあるショートソードを鑑定スキルで順に見ていく。材質が同じだと攻撃力も似たり寄ったりだが、装飾が綺麗な物は攻撃力が高めだ。一番良さそうなのを手に取り、カウンターにいる親父に聞く。

「親父、このショートソードの値段は？」

「その鉄のショートソードは五百だ。他は四百だぞ」

これが百ゴールドほど高いようだ。値段が四百で攻撃力の高いヤツを選べばお得な気もするが、今、買える範囲で一番良いのを買っておいた方がいいだろう。そう頻繁に買い換えに来ないと思うし。

「じゃ、これをくれ」

ミーナの分も持っていく。

「んん、金はあるのか？」

「これでいいか？」

小袋から銀貨を一枚出す。

「うん、そうか。まあ、中古の青銅よりはずっと良いが、剣より前に、防具を揃えておいた方が良いぞ？」

「ああ、この後で行くよ。金はあるんだ」

「そうか。駆け出しにしちゃ、儲けるのが上手いな」

この前ミーナのために買ってやった中古の青銅のショートソードは二十ゴールド、王様からもらった俺の剣は百ゴールドで売れた。最低ランクの青銅製だが、まあ、中古でなかっただけマシか。

次は防具屋に寄り、前から目を付けておいた鉄の胸当てを買う。次は革鎧と思っていたが、鉄の方が相手の剣を防いでくれるだろうし、安心だ。

鑑定スキルを使って、一番防御力が高い鎧を選ぶ。

「親父、これはいくらだ？」

「千五百だ」

ここのムキムキ親父も無愛想だな。

「じゃ、これも同じだな？　二つくれ」

「む、金はあるのか？」

「あるっての。これでいいな」

銀貨を三枚、カウンターに出す。

「ふむ」

「あの、ご主人様、私は革鎧でも良いのですが……」

ミーナが値段を気にしたか、言う。

「いいから遠慮するな。こっちの方が防御力がある」

「はあ」

「じゃ、大きさを合わせるから着てみてくれ」

む、そうか、体の大きさに調整しないといけないのか。

ゲームと現実はやはり違うな。

心配したが、ベルトを締め直すだけで調整が終わった。フルプレート辺りだとそう簡単に調整できないそうで、オーダーメイドで受注生産する事もあるそうだ。

鎧の下に厚手の木綿の服を着る必要があり、こちらは五十ゴールドの別料金。「鎧下」と言うそうだ。

鎧を着てみると、確かにごつごつしており、鎧下無しで相手の攻撃を受けると、かなり痛そうだ。

もっと厚手の物は無いのかと聞いてみたが、あまり厚いのは今度は暑くて汗が困ると言う。面倒だな。

ミーナも調整を終え、前よりずっと剣士らしくなった。

これで金は無くなってしまったが、装備をケチってモンスターにやられるのも間抜けだからな。これでいい。金はまたすぐ稼げるはずだ。レアアイテム獲得のスキルもあるし。

続いて、教えてもらったウェルバード剣術道場へ向かう。

✧第二話　ウェルバード剣術道場

「せい！　せい！」

「てやーっ！」

街外れに、塀に囲まれた結構立派な建物があり、外からでも気合いを入れる声が聞こえてきた。

看板は何も無いが、ここで間違いないだろう。

ミーナと共に門の中に入る。

すると中庭で四人ほどの若者が、青銅の剣を持って素振りしていた。木刀や竹刀じゃないんだな。ま、こちらでは普通にモンスターと戦闘があるし、当然か。

「君達は、入門希望者かな」

鉄の鎧に身を包んだ茶髪の男が俺達の方へやってきた。コイツが道場主、あるいは師範クラスだろう。

「そうです」

「よし、料金はひと月千ゴールド、日割りなら一日五十ゴールドで良いが、一通りの事を学びたいなら、三ヶ月くらいはやった方が良い。もちろん、君達の予算もあるだろうから、期間はそちらで決めていいよ」

「ええ、じゃ、五十ゴールドで二人分」

いきなりひと月分払って「やっぱりここはキツイから無理」じゃもったいないしな。受講しなかった日の料金は払い戻してくれそうな感じの人だが、まずは二日三日試してみてからだ。ミーナの料金も考えると、足りないし。

「いいだろう。ああ、後払いで結構」

それだと教わるだけ教わって逃げられたらどうするのかと思ったが、まあ、経営は今いる弟子で充分賄《まかな》えるのだろう。

「じゃ、君達は剣の握り方は教わっているか？」

「いえ」

「よし、じゃあ、そこから教えよう」

装備はそこそこのを身につけてきたが、この人は俺達の実力もお見通しのようだ。

「はい、ええと、あなたがウェルバードさんですか？」

「そうだ、ここの道場主だね。たいていはここで教えているが、フリッツに任せるときもある。紹介しておこう。フリッツ！　ちょっと来てくれ」

奥の建物に向かってウェルバードが大声で呼ぶと、すぐに布服を着た青年がやってきた。

「お呼びですか、先生」

「ああ、新しく入門してきた二人だ。ええと、名前はまだ聞いてなかったな」

「はい、アレックです」

「ミーナです」

「よろしく。ここで師範代をしているフリッツだ」

「最初は私が教えるが、いない時はフリッツ、彼らの面倒を見てやってくれ。まだ初心者だ」

「はい、分かりました。ふむ」

俺の顔を見て、少し眉をひそめて怪訝な顔をしたフリッツだが、すぐに普通の顔に戻った。

「じゃ、呼び出してすまなかった、戻って良いぞ」

「はい」

「じゃ、剣の握り方から教えるぞ。まず、片手で持つ場合だが、必ず鍔《つば》のすぐ下を持つんだ。理由は後で教える。こう普通に握りしめて、親指が上だ。じゃ、自分の剣でやってみなさい」

「はい」

言われたとおりに握り、慎重に鞘から抜く。

「ふむ、少し危なっかしいな。抜剣の練習もやった方が良さそうだ。剣を抜くときはまず、左手を浮かせておいて、右手を斜め上に持って行きながら真っ直ぐ抜く。いいかい、ここで左手を前に出してると、自分の手を切る事になるぞ？」

「はい」

言われたとおりに、しかし少しまごつきながらやる。

「よし、ミーナ、君はあの子達に交《ま》ざって、素振りをやっていなさい。同じように振れば良い。ただし、しっかりと柄は握りしめて、絶対に放さないように。前や後ろに人がいない位置でやってくれ」

「分かりました」

「アレックはもう一度だ」

むう、俺の覚えが悪いか。もう一度、言われたとおりにやる。

ウェルバードが俺の腕を掴んで、位置を調整した。

「左腕はこの位置だ。それと抜くときに、後ろに下げてみろ」

「こうですか？」

「そうだ。それをもっと速く」

右手で剣を抜き、左腕は後ろに下げる。同時にやろうとすると、ちょっと難しい。

「ふふ、難しいか。そうだな……これは抜剣の速度を上げるために、左腕を下げている。だから、こう、勢いを付けないと意味が無いんだ」

「ああ、なるほど」

なぜ左腕を後ろに下げるのか、理由が分かったので、今度は勢いを付けてやる。

「そうだ！　それをいつでも、素早くやれるように練習だ。それと、納剣のやり方も教えよう。ミーナ、ちょっとこっちへ」

今度は左手で鞘の端を握り、真っ直ぐではなく、やや斜めから入れる方法を教わった。この方法だと、剣の位置を外しにくい。一度失敗して親指の付け根を切って薬草で治した身としては、やはりここで教わって正解だった。

抜く、入れる。抜く、入れる。

「よし、ミーナ、君はもういい、素振りに戻れ」

「はい」

また、俺だけ、マンツーマン。

抜く、入れる。抜く、入れる。

「あの、先生、別に僕だけの指導で無くて良いのですが……」

ちょっと付きっきり過ぎるだろうと思ったので俺は言う。

「ああ、もう少し、危なさが無くなったらな。初心者はしっかり見ておかないと怪我をする。なに、他の生徒はきちんと課題を与えて次の段階へ進んでいるから、心配要らないよ。それよりアレック、まずは自分に集中しなさい」

「分かりました」

抜く、入れる。抜く、入れる。

「あの」

「何だね？」

「まだ、やるんですか」

「ああ、まだだ。私が良いと言うまでは、ずっとそれだ。面白くないかもしれないが、きちんとできるようにならないと、手を自分で切ってしまうぞ？」

「分かりました」

もうできるようになっていると思うのだが……。

む、ズレた。

「もっと集中しなさい。鞘をよく見て」

「はい」

「お父さん、お茶が入りました。休憩を入れてはどうですか」

そう言ってお盆に陶器の湯呑みを載せた金髪の女性がやってきた。やや童顔で少女と言えなくもないが、落ち着いた物腰からすると高校生よりは上の年齢だろう。

「ああ、イオーネ。そうだな、では、休憩にしよう」

建物の縁側に皆で腰掛け、お茶をもらう。ふう、この道場なら厳しくないし、やっていけそうだ。

「そちらの方は、新しいお弟子さんですね？」

「アレックとミーナだ。ふふ、二人とも駆け出しにしては良い装備をしているが、貴族かな？」

「いえ、違います」

「そうか。ま、装備は良いのを付けておいた方が良い。それも実力のうちだ」

「けっ、金に物を言わせやがって。いくら装備が良くたって、オイラの方が強えぞ」

生意気そうな中学生くらいのガキが俺の装備に嫉妬したようだが、まあ、本当にそうだろうし、喧嘩は買わないでおこう。

「ビリー、失礼でしょ。誰でも初めは強くないんだから」

お茶を持ってきてくれたイオーネが軽くそう言って諭す。

「でも、フリッツやイオーネは最初から強かったって聞いたぜ？」

「それは……」

「まあ、天賦《てんぷ》の才を持っている者もいるからな。だが、気にしなくて良い。鍛えればそれなりの腕にはなれるさ」

ウェルバード先生がそう言って取りなしたが、その言い方だとどうも俺は一流は無理らしい。まあ、才能が無いのは分かってたがね。

「鍛えればって、おっちゃん、筋肉も付いてないし、今から剣士は遅すぎるだろ」

生意気なガキだ。別にこっちは剣術の基本を学

びたいだけで、剣士は目指してねえよ。

「こら。ビリー」

イオーネがまた注意する。

「だって本当の事じゃんか」

「早いに越した事はないが、遅すぎると言う事はないぞ。アレック、君は何か、目標はあるかい？」

「いいえ、基本的な剣術さえ、教えてもらえればそれでいいので」

「そうか、なら大丈夫だ。半年もあれば身につくと思う。いや、一年くらいかな」

おい。一年は長えぞ。最初に三ヶ月と言ってなかったたか？

「はは、おっせー。普通なら基礎は三ヶ月、オイラは二ヶ月でマスターしたぜ？」

「ビリー、成長の度合いは人によって違うし、私は他人を馬鹿にする剣術は教えたつもりがないぞ。まずお前は礼儀の基礎を覚えなさい。剣士になるより大切な事だ」

「む」

おう、凄くまともな先生だね。気に入った。

「ふふ、ビリーも、自分より新しい門下生が入ってきたから、先輩風を吹かせたいのよね？」

イオーネがからかうように言う。

「はあ？　ちっげーっての！　オレは確かに先輩だけどよ、そんなんじゃねえっての。それよりイオーネ、フリッツのところへ行かなくて良いのか」

「もう、子供が変な気を回さないの。フリッツ達には先にお茶を持っていったわ」

イオーネは美人だが、ビリーとのやりとりを見る限り、あのフリッツと良い仲っぽいな。道場主の娘に、若い師範代、まあ、良い組み合わせなんじゃないの。

俺にはミーナがいるからどうでもいい。ミーナの方が美人……いや、イオーネもかなりの美形だが、ま、セックスの時にミーナは言いなりだからな。普段も従順で言う事無しだ。

イオーネは少し恥ずかしそうにして俺の視線を気にしたようだったが、単に恥ずかしかっただけで俺に気があるわけじゃあるまい。

「ごちそうさま」

空になった湯飲みをイオーネに返す。

「いいえ。じゃ、アレックさん、剣術、頑張って下さいね」

笑顔でそう言ったイオーネは良い奴だ。なぜかミーナは放置で俺だけを励ましたが、くそ、あれか、俺だけ前途が厳しそうだから、博愛の精神でも発揮したのか。チッ、やってらんねえな。

再び、抜いては入れ、抜いては入れ、これがセックスだったら何度でもやれるんだが、剣では飽きてくる。

「アレック、左腕が下がってきてるぞ。スピードも落ちた。最初は辛いだろうし面白くないかもしれんが、抜剣と納剣は剣術の基礎の基礎だからな。しっかりやっていこう」

「分かりました」

俺もバカじゃないので、そのくらいは心得ている。金が貯まって冒険者を辞める目処が付いたら、まあ、魔王やなんだのは白石やエルヴィン達に任せておけばいいし、俺はこっちでミーナとのんびり暮らすとしよう。

「あっ、いっつ！」

納剣の時に、左手の指を軽く切ってしまった。慣れてきたと思って油断したのがまずかったか。

「見せてみなさい」

「はあ」

「イオーネ！　ちょっと薬草を持ってきてくれないか」

「あ、いいえ、自分のがあるので」

「そうか」

「ご主人様、どうぞ」

ミーナが【アイテムストレージ】から薬草を出して渡してくれる。指で潰して切り傷に塗る。すぐに治った。

この薬草がなきゃ、冒険者なんてやる気は起きなかっただろうな。

「ほう、【アイテムストレージ】か。君らは冒険者志望かい？」

ウェルバードが聞いてきた。

✧第三話　剣術道場の娘

俺は先生の問いにうなずく。

「ええ。だから、剣で身を立てるとか、一流の剣士になろうとかは思ってないです。冒険に必要な剣術さえ教えてもらえれば」

「分かった。ミーナもそれでいいのかな？」

「はい、私はご主人様の奴隷ですので」

「そうか。だが君の方は素質がある。どうだろう、アレック、一流の剣士がいれば、君も楽に冒険ができると思うが」

「ええ、別に、ミーナの方は、上のレベルを教えてもらって構いませんよ。料金もきちんと払います」

「そんな、いけません」

「いや、いいって」

「ふふ、奴隷なら、主人の方針には従わないとな。まあ、まだ初心者だから、先の話だがね」

「はあ」

ミーナは少し納得がいかない様子だが、お前が強くなってくれれば俺は楽ができるし、後で言い聞かせておこう。

「けっ、女に戦わせて自分は後ろで楽をするとか、オイラはそんな格好悪いのは嫌だなあ」

素振りをしているビリーが当てつけるように言ってくるが、お前、いい加減にしないと、そろそろ俺も怒るぞ？

「ビリーさん、ご主人様の悪口は言わないで下さい。冒険者の戦闘奴隷が前衛を務めるのは当たり前の事です」

むっとしてミーナが言う。

「お、おう」

「そうだな。ふむ、戦闘奴隷だったか」

む、きっとウェルバードには性奴隷と思われてたな。まあ、実際、そういう役割もやらせてるんだが……。

「ミーナは鼻も利きますし、狩りや冒険では役に立ちますよ」

そう言っておく。ウェルバードもうなずいた。

「うん、獣人、特に犬耳族は鼻が利くしな。ああ、イオーネ、すまんな、もう要らないぞ」

イオーネが建物の裏からやってきた。

「そうですか。ごめんなさい、探してたら手間取ってしまって。今朝、道具屋でこれだけは買っておいたのですが、向こうも在庫が無いそうで」

彼女が薬草を三枚ほど見せたが、どこも品薄のようだ。

「そうか、なら、後で私が冒険者ギルドにでも依頼を出しておこう」

「あ、お父さん。それなら私が依頼してきますね」

「ああ、頼む」

「ええ。それと、ビリー、喧嘩しちゃダメよ？」

イオーネが腰に手を当てて言う。

「ちぇっ、分かってるっての」

昼時になり、腹が減ってきたなあと思っていたら、イオーネが籠にパンをたくさん入れて持ってきてくれた。

やべえ、なんかイオーネに惚れそう。

「お父さん、差し入れを持って来ました」

「よし、じゃ、休憩にしよう」

「やった！」

「こら、ビリー、手を拭いてから」

「いいよ、そんなの」

「もう。アレックさん、手拭い……ああ」

イオーネが手拭いを持ってきてくれたが、ミーナも俺のために出してくれていた。

ミーナので、額の汗や首の汗を拭い、イオーネの手拭いで手を拭いて返しておく。

「どうも」

「いえ」

「んめー、イオーネ、これ、いつもより上等のパンだな！」

「あ、ええ、アレックさんの口に合えばと思って」

「ええ？　何でこんな奴にそこまで気を遣ってんだよ」

「そ、そんな事は無いけど、ほら、今日入ったばかりでしょ」

「イオーネさん、じゃあ、これ、お代って事で」

「ああ、いえ、アレックさん、それはいいですから。差し入れなので気にしないで下さい」

「気にしろよなー」

「ビーリー。そうだ、午後は私が手合わせしてあげるわね。たーっぷりと」

「う、うえ、いや、オレは今日は素振りだけで、いいかなーなんて」

「ダメ」

「ふふ、まあ、たまには良いだろう。ビリーには良い薬だな」

「ええ？　せ、先生ぇ！」


イオーネも手加減はもちろんしていたようだが、やたら素早い動きで連続で打ち込み、ビリーはすぐに音を上げてしまった。防ぐのに精一杯で反撃すらできていなかった。口先だけの奴か、それともイオーネが強すぎるのか。

彼女はおっとりした感じで、腕も華奢だが、やはり道場主の娘、才能があるのだろう。

「ま、参った。ごめん、イオーネ。もー無理！」

「そ。じゃ、ここまでにしてあげるわね」

平服のままだが、パキンと鞘に剣を納めたイオーネは、様になっている。

「どうしたビリー、諦めが早いな。それじゃ先輩としての威厳が保てないぞ」

「勘弁してくれよ、先生。どうやってもオレがイオーネやフリッツに勝てるわけねえっての。そこのおっさんとならやってもいいけどさ」

「ふむ、まあ、いずれな」

俺がビリーと手合わせできるのはいつの日になるやら。まだ剣を納めるところもできてない様子だし。

お？

「む。今のは綺麗に納めたな。それでいいぞ、アレック」

「はい」

もう一度、抜いて、スッと納める。また上手くいった。スピードも今までより段違いに速いし、安定していて危なげがない。

こりゃ、さっきのイオーネを見て、納剣のスキルを覚えたな。俺の持っているスキル、【スキルコピー　レベル1】の能力だ。

「むむ、あいつ、急に上手くなったな……」

「先生、少し、抜剣のお手本、見せてもらえませんか」

俺は言う。

「いいだろう。や、すまんすまん、手本を見せないとな。私とした事が忘れていた」

「しっかりしてくれよな、先生」

「もう、ビリーは調子が良いんだから」

「ふふ。では、おさらいだ。皆も少し、手を休めて見ておきなさい」

「「はい」」

ウェルバードがすっとその場に自然体で立つと、

いえいっ！　と気合いの声と共に抜剣した。

……速っ！

何も見えなかったぞ。

「とまあ、熟練すればここまでの速さになるが、次はゆっくり抜くから、腕の位置や体の重心をよく見ておきなさい」

ウェルバードがかなりゆっくり抜いたので、それをしっかり見る。

「よし、では、各自、ちょっと、真似てやってみなさい」

「「はい！」」

それぞれ、抜剣。俺も先ほどのウェルバードの雰囲気を真似て、抜く。

「お」

剣が鞘に引っかからなかった。

「いいぞ、アレック。掴んだようだな」

「はい、何となく分かりました」

「それでいい。ふむ、これはなかなか厳しいかと思ったが、思ったより覚えも早いな。半年で行けるかもしれんぞ」

「どうも。まあ、剣術は一日にしてならず、僕は用事があるので、今日はここで失礼させて頂きます」

さすがにちょっと疲れてきたので、用事にかこつけて今日は終わりにする。

「そうか、分かった。君の都合の良い日に、いつでも訪ねてきたまえ」

「はい、それでは、今日の料金を」

「うむ、半日と少しだし、今日は二人で五十ゴールドでいいよ」

「どうも」

ミーナと二人で、道場を出る。

「それで、ご主人様、どちらに」

「ああ、冒険者ギルドに行ってみよう。イオーネが薬草のクエストを出してるはずだ」

「そうですね。行きましょう」

アロエ草百枚のクエストが出ていたので、俺のスキルを【薬草識別　レベル2】に上げ、ミーナに【薬草識別　レベル1】と【薬草採取　レベル1】を両方取らせておく。必要スキルポイントはレベル1が最小の1で、消費が少ない。

地道に歩き回り、夕方には百枚を集める事ができた。

ギルドへ持っていく。

「じゃ、これが報酬の五十五ゴールドだ」

「ああ」

「だが、その装備なら、もっと良いクエストも受けられるぞ」

「ああ、明日はそうするがな」

「そうか」

宿に帰り、夕食を取った後でミーナとセックス。

「うあっ、ご主人様、あああーっ！」

果てた後で、笑って抱きついてくるミーナ。

「良かった」

「んん？」

「私は、ずっとご主人様の奴隷ですよね？」

「んー、お前が平民に戻りたければ、手は探すが」

「あ、いえ、そういう事ではなくて、その、ずっと一緒に……」

「ああ、ま、手放すつもりは無いから安心しろ」

「はい！」

翌日、またウェルバードの道場に行き、今日は素振りをやらされた。

剣が重いので、数回振っただけでもだるくなる。

ウェルバードが付きっきりで見ているので、下手にサボれないんだが……。

だが、百回を過ぎたところで、まともに振れなくなってきた。

「くっ」

「よし、アレック、ミーナ、お前達は少し休んで良いぞ」

「「はい」」

ビリーが何か言ってくるかと思ったが、こちらを見たものの、何も言わない。

昨日のイオーネの薬が効いてるのかね。

「二人とも冒険者だけあって、剣の振りは慣れてるようだな」

ウェルバードが言う。

「そうですか？」

「ああ、素人だと振るのもキツイし、最初は五十回も素振りができれば良い方だ」

「ああ」

イオーネがお茶を持ってきたので、そのまま皆で午前の休憩に入る。

「アレックさん、薬草のクエストを受けて下さったそうで、ありがとうございます」

イオーネが笑顔でそう言ってくるが、職員から請負人のことを聞いたようだ。

チッ、口止めしとけば良かったな。

「いやなに、冒険者だからな、気にしなくていい」

「でも、採取のクエストは割が悪いからあまり受ける人がいないと聞いてます」

「腕が良い冒険者ならそうだろうが、俺達はまだ駆け出しだからな」

「そうですか、でも……」

「装備だけは一人前だよなぁ」

「ビリー！」

「おお、怖え怖え。褒めたんだよ」

「褒めてません」

これなら、鎧は革鎧から順番に買っていけば良かったか。まあ、見栄なんて気にしても仕方ない。

死んだらそれまでだ。

この世界に復活の神殿なんてものが無い事はミーナにも確認した。

昼のパンの差し入れを食べ、少し素振りしたところで、また用事があると言って道場を後にする。

「アレックさん！」

イオーネが追いかけてきた。何か、忘れ物でもしたかな。

「どうかしたか」

「いえ、ビリーの事なんですけど、まだ子供なので大目に見てあげて下さい」

「ああ、そんな事か。別に、目くじらを立ててるわけでもないし、気にしてないぞ」

「そうですか。やっぱり大人の人ですね」

「いや」

それで用件は終わりかと思ったが、イオーネは立ち去ろうとしない。

「んん？　まだ何かあるのか」

「あ、いえ……」

「では、ご主人様、急ぎましょう」

ミーナが言う。

「うん？　別に急ぐ用事でもないが……」

「でも、早めに行かないと良いクエスト、無くなっちゃうかもしれませんし。さあさあ」

ミーナがやけに急かすが、まあいい。

「じゃ、また明日」

「あ、はい。あの！」

「うん？」

「冒険に行かれるのですよね？」

「ああ、そのつもりだ。今日は採取じゃなくて、クロウラー狩りでもやってみようかと思うが」

「なら、私も連れていって下さい」

イオーネが言った。

第四話　ミーナの嫉妬

剣術道場の娘が俺と冒険に行きたいと言う。

「んん？　なぜだ？」

意図が理解できないので、俺も理由を問う。

「それは、ええっと、冒険者の剣術を見ておきたいと言いますか……」

「俺の剣術を見ても何の足しにもならないと思うが」

「あ、いえ、うーん、あ！　モンスターとも戦わないと、役に立つ剣術とは言えませんから」

「そうか。なら、ウェルバード先生の許可をもらってきてくれ」

「はあ、父なら、反対はしないと思いますよ？」

「それでもだ」

　この世界の成人は平民が十五歳、貴族はさらに下の十四歳だそうだし、イオーネは未成年というわけではないだろうが、四十過ぎの独身男に娘が付いて行きたいなんて言ったら、俺ならやめとけと言うだろうしな。

　しかもイオーネはあまり男に免疫の無さそうな感じの金髪美女だ。

「分かりました。なら、すぐに許可をもらってきます。冒険者ギルドに行かれるんですよね？　そちらか、街の入り口で待ってて下さい！　すぐ、準備してきます」

「あ、おい」

　止める間もなく行ってしまった。

　暇なのかね。

「むう……」

　ミーナが渋い顔。

「どうした、ミーナ」

「むう、いえ、何でもありません。では、行きましょうか」

　どうも、イオーネがいるときに不機嫌になる様子だが、イオーネは人当たりが良いし、不快な奴とも思えん。

「ミーナ、剣術の先生の娘だからな。少々気に入らない事があっても我慢してくれ」

「あ、はい、そうですね……。申し訳ありません」

「だが、何が気に入らないんだ？」

「む、それは……ご主人様は、イオーネさんの事、どう思ってるんですか？」

「んん？　差し入れもしてくれるし門下生の世話もしてくれるし、良い奴だと思うが？」

「ああ……。あの、やっぱり気に入りましたか？」

「んん？　お前、まさか嫉妬してるのか」

「う。い、いけませんか？」

落ち着きなく目をそらすミーナ。うわ、可愛いな、コイツ。

「はは、バカだな。確かに美人だが、向こうは俺なんて相手にしないぞ」

「そんな事はないです。やたらご主人様に話しかけてますし、冒険に一緒に連れていけだなんて、行動が怪しすぎます」

「うーん、まあ、そこは俺もそう思うが……」

だが、俺に付いてきて何がどうなるわけでもないだろう。勇者なら他にもいるんだし。あの道場に行ったのは昨日が初めてで、恨みを買った覚えだって無い。

「わ、私が、たっぷり、ご奉仕しますので」

「ほう。じゃ、そうしてもらうが、あまり気に病むなよ。ああ、それで、捨てられるんじゃないかと気にしてたのか」

「はあ」

「バカだな。俺はお前の方がイオーネよりずっと好きだし、抱くのはお前だけだぞ。それに、万が一、イオーネが俺に惚れてたとしてもだ、お前を捨てるような事だけはしないから、安心しろ」

「はい」

返事に覇気が無いが、まあ、それだけ俺に盲目的に惚れてくれたって事で、ありがたく思っておこう。


冒険者ギルドに向かい、クエストを確認。

クロウラーの討伐は十匹で二十ゴールド。安いが、数が少ないのでなんとかなるだろう。

「お待たせしました！　はあ、はあ」

クエストを眺めていると、息を切らしたイオーネが鎧に身を包んでやってきた。輝く鋼の胸当てとか、俺より装備良いな。

「そこまで急がなくても待ってやったが、許可は取れたのか？」

「はい、少し渋ってましたが、好きにしろと」

それだけ娘を信頼しているのだろう。変な事をする危なっかしい子でも無さそうだし。

「ならいい。じゃ、クロウラー狩りに行くぞ」

「はい！　あ、ミーナさんもよろしくお願いしますね」

「い、いえ、私は奴隷ですので、敬語でなくていいですから」

気に入らないと言いつつ、慌てるミーナ。

「でも、ええ、ふふ、敬語じゃなくて、普通に話してるつもりなんですけど」

「そうですか……」

「じゃ、行くぞ」

「はい」

街の門に行くと、門番の兵士が話しかけてきた。俺にではなく、イオーネに。

「ああ、どうした、イオーネ。鎧なんか着て」

「ええ、ちょっと冒険に」

「へえ。アレックのパーティーとか」

「ええ。じゃ、行ってきます」

「おお、気を付けてな」

「ええ」

クロウラーがよくいる場所はイオーネが知っていたので、そちらに案内してもらい、三人で一匹を相手してみる。

「せいっ！」

だが、イオーネが一撃で最初に片付けてしまうので、これでは俺もミーナもなかなかレベルが上がりそうにないし、感覚も掴めない。

「待った。イオーネ、次は俺達に倒させてくれ」

「分かりました」

イオーネに見学してもらい、俺とミーナで戦う。

背後から二人で忍び寄り、斬る。

芋虫はノロいが、さすがに斬られると暴れて、反撃してくる。

「うおっ！」

「ご主人様！」

「落ち着いて！　そんなにダメージは無いわ。クロウラーは首を横に振ってくるから、動き始めたら距離を取って。後ろを常に取るようにして下さい」

イオーネが言う。

「分かった」

アドバイス通りに、動き始めたら距離を取り、攻撃を食らわないようにしていく。

割としぶといが、コツさえ掴めば、受けるダメージはほとんど無くなった。

ずっと見ているだけと言うのも暇だろうから、俺達が二匹倒したら、イオーネにも交代で一匹狩らせてやり、そんな感じで進めていく。


『レベルが1つ上がった！』

『レベルが10になった』

『攻撃力が5上がった！』

『防御力が3上がった！』

『スピードが3上がった！』

『最大HPが8上がった！』

『最大TPが3上がった！』

『スキルポイントを11ポイント獲得』

『剣士の熟練度がレベル2に上がった！』

『見習い剣士の称号を得た』


「む」

レベルが上がったが、いつもと違う表示があった。見習い剣士の称号とか、別にありがたくないんだが、まあいい。

総合レベルとは別に、剣士のクラスのレベル、熟練度があるようだ。

どうやらこの世界では、クラスチェンジしただけでは大して強さは変わらず、こうやってレベルを上げていかないとダメらしい。

そうすると、職業をあれこれ変えるというのはちょっと難しいか。

「あ、凄い、レアスキルがある」

イオーネが自分のステータスか俺のステータスを覗いたようだが、まずいな、【レイプ】とか持ってるんだが。

「イオーネ、悪いが、あまりスキルは見ないでもらえるか」

「あ、勝手にごめんなさい。でも、私のステータスのパーティー共有スキルなんですが」

「ああ、それならいいが」

現地人から見ると経験値上昇もレアスキルに見えるようだ。

スキルの獲得は安全な場所でやるからと言って、そこで冒険はお開きにしてもらった。

「また一緒にお願いしますね」

とイオーネが言っていたので、また一緒に連れていかねばならないようだ。まあ、向こうの方が俺達よりずっと強いので、足手まといでは無いのだが……。

ちょうどクロウラーも数が足りていたので、冒険者ギルドに討伐部位の触角を渡して換金してもらう。

いつもより早く宿に戻った。また冒険に出てもいいが、まずはスキルだ。

スキルポイントは俺もミーナも12ポイント。

取れそうなスキルを意識を集中してソートして

みるが、値下げ関係は【値切り】【価格交渉】【お買い得】【割引】などがあった。

【値切り】や【価格交渉】はゲームだと速攻で取りそうだが、リアルだと交渉するのは俺だろうし、あんまりそれはやりたくないんだよな。日本人の俺には自分の利益のために相手に損をさせるよう説得するというのはそれだけでストレスだ。

残る二つ、【お買い得】と【割引】がどう違うのか疑問なのでスキル【解説　レベル1】を使ってみる。


『お買い得』

【解説】

お買い得商品をお値打ち価格で手に入れられる可能性がUP。


『割引』

【解説】

取引で一定の割引が受けられるようになる。


ふむ。どちらも買値が安くなるのは同じ事のようだが、【割引】はどんな商品に対しても一定で、【お買い得】は一部の商品に特に効果がありそうだ。

【お買い得】が良いな。なんかお得な感じがするし、何でもかんでも値引きさせれば良いってものでもないだろう。

【お買い得　レベル1】にした。必要ポイントは5。次のレベルは10ポイントかかるので、今はまだ取れない。またレベルが上がってからだな。

次はミーナだが。

「あの、ご主人様。欲しいスキルがあるのですが……」

「ああ、いいぞ。ミーナのスキルだから、自分の好きなように取って良いぞ」

「はい。じゃあ、これと、これ、あとこれも……」

何を取ったのか気になったので、ミーナのステータスを【パーティーのステータス閲覧　レベルMax】で見てみる。

【フェラチオ　レベル1】New!
【おねだり　レベル1】New!
【差し入れ　レベル1】New!

✧第五話　ミーナのおねだり

「おい」

顔を真っ赤にしてうつむいたミーナは確信犯らしい。

「あのなあ。別に取っちゃダメとは言わないが、全部、非戦闘スキルってのはまずいぞ」

「あ、はい。次は戦闘スキルを取りますので、お許しを」

スキルポイントは6残っているので、ポイント的にそこまで重めのスキルではないが、遊びの方に力を入れまくって、肝心なところでやられて死んだら目も当てられない。

「それと、フェラチオなんてどこで知ったんだ？」

「いえ、内容は知りませんが、パッと頭に浮かんだので」

【直感　レベル3】を持ってるからか。それとも俺の無意識の欲求を敏感に……いや……【直感】の方だろうな。

「よし、じゃあ、また狩りに出るぞ。討伐数は気にしなくて良いから、少し狩ってから帰ろう」

このままベッドでプレイでは、完全に堕落していきそうなので、そう言う。

「はい」

まあ、レベルを上げないとスキルポイントは手に入らないだろうし、どのみち冒険には出ると思うが。


イオーネがいないと、やはり時間がかかる。四匹ほど狩ったところで、そろそろ日が暮れると判断し、早めに街に戻った。

「じゃ、ミーナ、取ってしまったものは仕方ない。せっかくスキルポイントを犠牲にしたんだ。しっかり俺に奉仕してもらおうか」

「は、はい、頑張ります」

今日は俺の方が先に裸になり、ベッドに腰掛け、ミーナに俺の一物を咥《くわ》えさせる。

「よし、その状態で、スキルを使ってみろ」

「はい。んちゅっ、んぷっ、んんっ」

まだ稚拙な動きだが、ミーナの小さな舌が俺の先端を舐めていく。

「くっ、なるほど、いいぞ」

「はい、んっ、んぷっ、んちゅっ」

スキルがあっても、羞恥《しゅうち》心までは消えないようで、顔を真っ赤にしたまま、俺の体を舐め続けるミーナ。

先端と背中から脳天へ駆け上がるような快感が堪らない。

それに、彼女のこの表情。

「ミーナ、目を開けて、俺を上目遣いに見るんだ。そうだ」

潤んだ瞳で、じっと俺を見つめるミーナ。行為は続けている。これは良い。

「少し睨め」

「で、できません」

「そうか、まあいい。もっと口全体を使って、喉の奥に入れて締め上げるようにしてくれ」

「分かりました。んっ、んちゅっ、んっ、んっ」

少し苦しいのか、涙目で俺を見るミーナ。

「無理はしなくて良いぞ」

「大丈夫です。んっ、んっ、んちゅっ、んっ」

「くっ」

俺の気持ちいいポイントを察したのか、器用に舐め上げてくるミーナ。こういうところは賢い。

「いいぞ……くっ、そろそろだ。ミーナ、出るから、舌で受け止めろ」

「はい、いつでもどうぞ。んちゅっ、んちゅっ」

言わなくてももうラストスパートは早く動かして高めると分かっているミーナ。

「くっ！」

「んんっ！　んっ⁉　んっ！　けほっ、けほっ」

思い切り出したが、数回に分けて出たため、受け止めに失敗してミーナの気管の中に入ってしまったようだ。

「大丈夫か？　適当に何か、楽になるスキルを取って良いぞ」

「いえ、大丈夫です、げほっ、げほっ」

「大丈夫じゃないだろう。俺はすぐ次を楽しみたいんだ。取れ。これは命令だ」

「分かりました。んんっ、取りました。【飲み干す】というスキルです。楽になりました」

「そうか、良かった。じゃあ……もう一回、やってくれと言ったら、嫌か？」

「いえ、次は上手くやります。ぜひ、やらせて下さい」

「ああ」

またしてもらい、今度はミーナも上手く受け止め、最後まで俺の精液を飲みきっていく。

「んくっ、んくっ、んくっ、ぷはっ！」

「よし、良い子だ」

「はい……今の感じで良かったでしょうか？　直すところがあれば言って下さい」

「そうだな、全体的にはその方向で良かったが、高まってきたら、なるべく速く激しくきつめにやって欲しい」

「分かりました。気を付けます」

「ああ。じゃ、次のスキル、アレを使ってみろ」

「は、はい」

ミーナもそれが何かは分かっていたようで、質問を返さずに【おねだり】スキルを使った。

「ご、ご主人様、私にお情けを下さい……」

顔を真っ赤にして、上目遣いで言うミーナ。普段ならなかなか言えない言葉だろう。

もう隅々まで見てヤりまくった体だが、それでも恥ずかしいらしく、初々しく隠そうとするし。

「よし、望み通りにしてやる」

「は、はい、ああっ、んっ、ああっ！」

夜はまだまだ長い。

俺はミーナをたっぷりと味わい尽くすべく、彼女を組み敷いた。

第六話　盗賊

「はっ、はっ、はっ、はっ、はっ」

「んっ！　んっ！　んっ！」

「ミーナ、もっと腕を上げろ」

「は、はいっ」

「いいぞ」

「そいやっ！」

「むんっ！」

「あらよっと！　ほらよっと！　てやんでい！　ばーろぉー！」

宿屋でミーナと朝食を取った後、今日もウェルバード剣術道場で剣を教わっている。

と言っても、今の段階はひたすら素振りのようだ。つまらん。あと、腕がキツイ。

酷い筋肉痛になるかと思ったが、意外に寝ると腕の疲れは取れている。

「私の友達が襲われて……」

「そうか、また出たか……」

「ブラッドシャドウめ……」

イオーネとウェルバード、それにフリッツが暗い顔で何かひそひそ話をしている。強いモンスターでも湧いたのだろうか。気になる。

「何か、あったのか？」

昼のパンの差し入れの時に、俺はイオーネに聞いた。

「あっと……」

イオーネがなぜか脇にいるビリーを気にした。

「街に盗賊団がやってきて、荒らしてるんだよ」

ビリーが言うが、なるほど、タダの盗賊団じゃなく、レイプも殺しもやる方なんだろうな。

「ここは王都なんだろ？」

警備体制はかなりしっかりしていると思うのだが。

「それが、兵士が駆けつけたときにはもう逃げた後だそうで、手を焼いているそうです。何か、スキルを持っているのかもしれません」

イオーネが難しい顔で言う。

「ああ……」

そいつはなかなか面倒だ。俺も、役に立つようなら何かそういうスキルが欲しいところだが。

「ま、気にすんな。見つけたら、オイラがやっつけてやんよ」

ビリーが明るく言う。

「やめなさい、ビリー。相手はかなり手強いはずよ。一人では絶対に手出ししないで、大人を呼びなさい」

イオーネがビリーの身を案じたか、険しい声で言った。

「ええ？　オイラはもう一人前だぜ」

「何言ってるの、基礎をマスターしただけの初心者でしょ。いいわ、私に勝ったら一人前と認めてあげるから、手合わせしましょう」

「ちょっ！　いや、イオーネに勝てるわけねーじゃん」

慌てて言うビリー。そのやりとりを見ていたウエルバードが言う。

「ふふ、まあ、イオーネに勝てというのは厳しいだろうな。そうだな、ランクCの昇段を取ったら一人前だ。ビリーはもう少し修行だな」

「ええ？　Dでもいいだろ……」

「ダメよ。Dランクなんてあちこちにいるし、盗賊だって持っているかも」

「ちぇっ。負けねえってのに」

「ふむ、ま、自信を持つ事は悪い事ではないが、ビリー、ミーナと手合わせしてみなさい」

「お、いいぜ？　勝ったら、一人前な」

「勝ったらな」

「ちょっと、お父さん」

「大丈夫だ。では、ミーナ、相手をしてやってくれるか」

「はい」

「手加減はしなくて良いぞ」

「けっ、始めて三日の奴にオイラが負けるわけねーっての」

さて、それはどうだろうな。

結果は、惜しいところでビリーの負け。動きや技は悪くなかったが、それ以上にミーナが機敏だったし、力もあった。

「くそー！　初心者に負けた！」

「分かったでしょ、あなたもまだ初心者なのよ、ビリー」

「くっそ。こんなのやってられるか！」

「あっ、ビリー！」

ビリーはその場に剣を放り投げると出ていってしまった。ガキだな。

「やれやれ、アイツも堪え性が無いな」

フリッツが肩をすくめるが、いつもの事らしい。なら、放っておいても戻ってくるか。

「申し訳ありません」

「いや、気にしなくて良いぞ、ミーナ。アレには釘を刺してやらんと、一人で盗賊団に立ち向かって行きかねないからな」

ウェルバードが言うが、その通りだろう。ちょっとビリーは考えが甘い感じだ。


「では、先生」

「うむ、冒険も頑張ってくると良い」

午前中は剣を教わり、午後は冒険。そんな感じで良いだろう。

いつも通り、冒険者ギルドに向かい、掲示板に貼られた羊皮紙を見ていくが。

「ご主人様、盗賊団の頭に賞金が懸《か》けられていますね」

「ああ。千ゴールドか。微妙だな」

Fランクのモンスターの討伐報酬よりはずっと上だが、宝玉で一儲けしてしまった俺にはあまり魅力的ではない。

「微妙ですか……」

「考えてもみろ。複数の盗賊はそれだけで厄介だ。囲まれたり、不意打ちされる可能性もあるしな」

「はい……」

ミーナは盗賊退治を考えていたようだが、リスキー過ぎる。この世界の盗賊、王都で暴れ回るような連中はハイレベルだろうし。

「それに、探すのも一苦労だ」

「ええ」

ミーナの鼻は役に立ちそうだが、それにしたって、盗賊が荒らした現場を見に行かねばならない。兵士に鼻の利く奴はいないのか？

ちょっと疑問だな。まあいい。俺達はモンスターを狩る。相手のレベルが分かっていて、単体で相手にできる方が楽だ。

「お待たせしました」

約束していたわけではないが、イオーネが鎧を着てやってきた。

「ああ、じゃ、行くか」

「はい」

そのまま三人で街の外へ向かう。と、途中の通りでイオーネが立ち止まった。

「どうかしたか？」

イオーネは黙ってという感じで、俺に手をかざした。通りの奥側に注意を払っている様子。待つ。

「ここの裏通りで、悲鳴が聞こえた気がします」

「んん？　そうか」

「行きましょう」

「お、おい」

俺が制止する間もなく、イオーネが裏通りに向かって走って行ってしまう。

チッ。まあ、一人前の剣士のイオーネがいれば、そうまずい事にはならないか。

行きたくはないが、見捨てて万が一があれば、ウェルバードが怒るだろうし、フリッツも怒りそうだ。

ったく。

渋々俺も追いかける。

二つ目の角を曲がったところで、イオーネが立ち止まって家の中の気配を探っていた。

「ご主人様、人数は四人から五人、性交をやっているようです。血の臭いも」

ミーナが小声で告げる。

「そうか。どうする、イオーネ」

「決まってます。はあっ！」

イオーネは家の扉に向けて剣を振り下ろし、そのまま体当たりした。扉が音も立てずに内側に抜けるが、スゲえな。

「むっ！　なんだてめえら！」

「問答無用！」

「ミーナ、よせ」

家の中にミーナも入ろうとするので、止める。

「でも」

「イオーネの邪魔になるかもしれない。とにかく、俺達は初心者で、お前は俺を守るのが仕事だろ」

「そうでした、すみません」

「ぎゃあっ！」

男の悲鳴が上がったが、ふう、イオーネが切り捨てたようだ。ほっとする。

「チッ、ずらかるぞ！」

扉から一人の革鎧の男が出てきた。ミーナが身構えるが、俺の指示を守って斬りかかったりはしない。

「くっ！　逃がした！　むう」

続けて出てきたイオーネが渋い顔をして俺達をチラッと見やるが、文句は言ってこない。

「悪いな。相手の腕前が分からん。俺達は初心者だ」

「ええ、分かってます。かなりの手練れでした。盗賊にしては、ですけど」

「ふむ、あれがブラッドシャドウか。それで……」

「私は後を追います。すみませんが、兵士の詰め所に連絡を」

「分かった」

それくらいは引き受けておかないと、心証が悪いだろうしな。だが、俺が行くのも面倒臭い。

「ミーナ、詰め所は分かるか？」

「大丈夫です。では、行って参ります」

「ああ」

話の早い奴で助かる。

「うう……」

家の中で呻く女性の声が聞こえたが、むう、レイプされた被害者がまだ中にいるようだ。イオーネも犯人を追いかける事で頭がいっぱいだったようだし。仕方ない、声は掛けておくか。

「おい、大丈夫か」

迂闊に飛び込んだりはしない。前に一度、こっちもレイプ犯かと間違えられたばかりだしな。

中の女性は少し息を飲んで、緊張した様子。

「安心しろ、今、俺の仲間が兵の詰め所に人を呼びに行った。もうじき、助けが来るぞ」

「……う、うう」

怪我が酷い状態なのか、ショックを受けているのか、まともな返事が無い。心配になって中を覗く。

うえ、チッ、殺しもやってたか。

この家の主人か、平服の男が一人、血を流して倒れていた。その脇で、半裸の女性がその男にすがりつくように泣いている。やれやれ……。

俺はその手のNTR《ネトラレ》属性は無いんだが。

ひとまず、兵士がやってくるのを待とうと思い、戸口から離れて後ろを向く。

そこに白石がいた。

「うえっ！」

思わず声が出る俺。

「ん？　ちょっと、その家で、何してたのよ」

「いやいや、待て、誤解はするなよ、あっ、おい」

俺を押しのけるようにして中に入る白石。

「はっ！」

「よせ！　おわっ！」

白石は俺が犯人だと勘違いしたらしく、いきなりロングソードを抜き放ち、斬りやがった！

こちらも剣を抜いて防御しようとしたが、白石が速すぎて間に合わず、左腕のスモールシールドの防御も失敗。

左腕に衝撃があった。えぐるような痛みが走る。

「つっ！」

「この外道！」

「だから違うと！　くっ！」

今度は俺も剣を抜いて白石の剣を受け止める事になんとか成功したが、くそ、殺す気かよ。

「話を聞け」

「聞きたくない！」

女の細腕のくせに、俺よりレベルが上だな。力で押し込まれては、これは逃げるしか無いか。

「逃がさないわよ」

「うわ、くそっ」

考えが読まれたようで、あっと言う間に回り込まれ、退路を断たれてしまった。

「おい、そこの女、事情を説明、くっ」

「脅すつもり？　させないわよ」

剣を振るって牽制してくるバカ。

「ええい、エルヴィン達はどうした！」

こいつじゃ話にならん。白石の同行者を探して俺は辺りを見回す。

「む……それは今、関係ないでしょ」

「んん？」

何かあった様子だが。仲間割れでもしたか？しかし、何もこのタイミングでなくたって。

腕の痛みが酷くなったので左腕を見たが、血がだらだら垂れてるし。

これは本気でヤバい。

「俺は犯人じゃない。今、ミーナが兵士を呼びに行ってる。少し待て」

「そんな嘘で――」

「嘘じゃねーよ。とにかく待て。俺は逃げも隠れもしない」

「じゃ、さっき、逃げだそうとしていたのは何なのよ」

「あれは、この人の裸を見るのも忍びないと思っただけだ」

「ええ？　こいつが犯人ですよね？」

女は悲嘆に暮れているのか反応してくれない。

「こっちです！　あっ！」

ミーナが兵士を連れて戻ってきてくれた。ふう、助かった。

「む」

「ま、待って下さい！　その人は違います」

兵士も俺が犯人だと一瞬勘違いして、斬りかかろうとしたが、ミーナがすぐに止めてくれた。

第七話　白石星里奈の謝罪

　ミーナが兵士達に事情を話し、俺は解放してもらえたが。

「ごめんなさい」

　白石が俺に頭を下げる。あの場にいても仕方ないので、じっくりそこのところを話し合おうと、俺の宿屋に連れてきている。

きっちり、この舐めた女には復讐しないとな。

　腕は白石の持っていたポーションで回復したが、それで丸く収まる話ではない。

「ふう。ごめんで済めば、警察も裁判所も要らないよな。傷害事件と殺人未遂だろうが」

「そ、それは、あなたが……」

「お前が勝手に勘違いしたのは、俺の落ち度なのか？」

「いいえ。私が悪いです……」

「だよな。別に、あの場で俺を犯人と疑うのは不思議じゃないし、問い詰めるなり、女性を保護するために力尽くで行動してもいいが、事情は確認するのがまともな行動だよな？」

「むう、それは……」

「違うのか？　お前は容疑者っぽい奴を見かけたら、警察に通報せずにいきなり問答無用で刃物で襲いかかるのか？」

　この世界では自己防衛が基本だから、過剰になるのは致し方ない。だが、俺が被害者だからな。

　そんな事は言わせない。

「それは、日本ならそうするけど……」

「そうか、ここの流儀でやりたいというわけか。ミーナ、この場合、こっちの世界じゃ、どうなるんだ？　俺は殺されかけたんだが」

「領主に訴えるか、冒険者ギルドに掛け合って話を付けてもらう事もできると思いますが、目には目を。切り捨てても問題無いかと思います。ご命令とあれば私が」

ミーナも俺を傷つけられてかなり怒っている。

当然だ。

だが、殺すのは後々まずい。俺に理が無いわけでもないが、兵士や町人がこの話を聞いてどう判断するか。取り調べは少なくとも行われるし、そんな面倒事はごめんだ。

渋い顔をして床を見ている白石に言う。

「命までは取らないでおいてやろう。俺は他人を問答無用で殺しに掛かる野蛮人ではないからな」

「くっ」

「だが、この話、詰め所に持っていけば、どうなるかな。牢獄に入れられるか」

「ええ？」

白石も少し不安になった様子。

「どうしよっかなー」

「分かったわ。お詫びに、私の持っているお金を――」

「おいおい、聞いたかミーナ、こいつ、金で済ますつもりだぞ」

「人でなしですね。命を狙ったくせに」

「ぐ」

イオーネがこの場にいれば、お金でもいいんじゃないかしらと言いかねないが、まだ彼女は盗賊を探して回っている様子。

「……じゃあ、どうすれば、許してくれるの？」

どうしたものか。

剣で左腕を斬ってお相子、なんてのは俺が納得できない。

金はこっちもそれなりに稼げるから論外だ。

ここは、こいつに思い切り屈辱を味わってもらう事にするか。美人だし。

「そうだな。お前の体で支払ってもらおうか」

「え？　それは……くっ、私がパーティーに入ると言う事ではなしに……」

「いや、いいぞ。どうしてかは知らないが、お前、今、一人のようだしな。俺のパーティーに加えてやってもいい。ただし、俺がリーダーだ」

「む、むう、それは……」

「ま、そこは無理強いはしない。だが白石、お前、今、ひょっとしたらこの人はいい人で、パーティーでこき使うだけで許してくれるかも、なんて、甘ったるい考えを持たなかったか？」

「それは、あまりない気がするけど……」

「正解だ。下手したら俺は死んでたし、生半可な事じゃあ、許さんぞ」

「むう、どうしろと……」

「レイプだ。一度レイプさせろ。それで許してやる」

「は、はあ？　ちょっ！　何でそんな事をされなきゃならないのよ！　謝れと言うのは当然だけど、そこまでされる覚えは無いわ」

「いや、あるな。いいんだぞ？　殺人未遂で兵士に訴え出ても」

「む、それは……」

白石もこの世界の司法や法律には詳しくないようで不安の色を見せる。ま、俺の予想では、過失はあるが凶悪な犯行ではないから、命までは取られないだろう。そこはもちろん言うつもりは無い。しっかりビビッてもらうとするか。

「ミーナ、殺人未遂はこの国の法律ではどうなる？」

「重い罪です。平民なら鞭打ちや牢獄入り、前科があるなら、死罪もあるかと」

「ふむふむ」

「ええ……？」

「そこを、少し大目に見てやろうって言うんだ」

「待って。だからといって、むう、レイプなんてのは、割に合わないわ」

「そうか。では、お前は俺に納得させるような償いはあるのか？」

斬ったのは事実だし、もうこれは罪だ。そこはきっちり突いておく。ふふ、こっちには【言いくるめる】のスキルもあるからな。

「むう……じゃあ、パーティーに加えてもらって、しばらく無償であなたの手伝いをするわ。ただし、性的な行為や犯罪行為には手を貸さない」

「おいおい、聞いたか、ミーナ。まるで俺が犯罪者みたいな言い方をしてるぞ、コイツ」

「反省が足りませんね。ご主人様は立派な御方です」

「ええ？　ちょっと、ミーナ、あなた、騙されてるんじゃないの」

「騙されてません！」

「騙しては無いぞ。失礼な奴だ。名誉毀損だな」

「ううん、ごめんなさい……」

「お前の申し出は、全く話にならん。白石、お前がいきなり襲われて、その男がお前の友達になってやるから許してくれよってへらへら笑って言ったら、それでオーケーするのか、お前は」

「いや、それは、私はへらへらなんてしてない……です」

ふふふ、自分の立場が分かってきたじゃあないか、小娘が。

「じゃあ、少しは俺の納得できる、価値のある償いをしてもらおうか」

「それは、努力するけど、レイプは犯罪でしょ」

「犯罪を犯した奴が、いざ自分がやられそうになると嫌がって道徳や法律を盾にするのか。酷い奴だな」

「酷い奴です」

そう言ってミーナが積極的に俺を援護してくれる。

「むむ……本当にごめんなさい。でも、悪気があったわけじゃ……」

「おいおい、悪気が無かったら許されるのか？　俺があの時、受けに失敗していたら、もう取り返しは付かなかったぞ？」

「むう……それは、そうかもだけど、殺そうとまでは……」

「まあいい、俺もお前を殺すつもりは無いし、同じ日本人だからな。殺人未遂で訴えるのもやめといてやろう」

「……ありがとうございます」

「ただしだ、殺されかけた恐怖と、さんざんの侮辱については、俺もできた人間じゃあないからな、腹の虫が治まらん。でだ、セックスがダメだと言うのなら、裸くらいは見せられるよな？」

「むう、なんでそういう方向で……」

「お前が嫌がる事だろうからだ。言っておくが、俺にはミーナがいる。お前より、ずっと良い体だ」

胸は白石の方が明らかに大きいのだが、ここはそう言っておく。ミーナもちょっと誇らしげに胸を張る。

「ええ？　この奴隷に、手を出したのね？」

「同意の上だ。な、ミーナ」

「はい。私の役割ですから」

それはちょっとまずい受け答えだが、まあいい。

ギロッと、白石が俺を睨み付けてくるが、ミーナに関しては白石の言い分はどうでも良いのだ。

「この世界の流儀だ。白石、お前が日本の慣習でやりたいというのなら、元世界に帰ってから殺人未遂の裁判を受けてもらわないといけないな？だが、警察はここでの事件の証拠は集められない。被害者の俺にとっては激しく不利だ。違うか？」

「それは、そうかもしれないけど……ううん、私にとって不利じゃないの、それ」

「かもしれんが、事実、現実として、無理な話だ。お前、まさか、帰れるまでそのまま棚上げにしてくれ、なんて頼むつもりだったか？」

「それは……できれば、そうして欲しいけど、あなたは納得しないんでしょう？」

「当たり前だ。俺もねちねちはやりたくないし、早くスッキリ解決したいからな。今日中に」

「早すぎると思うけど、ううん」

「文句があるのか、そこに」

「いえ、ありません」

「なら、今日中に片付けられる方法としてだ。レイプはどうしても嫌なんだな？」

「当たり前でしょ。だからそれは犯罪、むう」

「そうだな。犯罪だ。殺人未遂とレイプ、どちらも重罪だろうと思うが……ま、犯罪者は自分の罪より相手の罪をあげつらい、重く言うのが常かな」

「ぐ」

「なら、俺も鬼じゃないからな。少し妥協してやる。レイプは勘弁してやっても良いが、その代わり、お前の体を自由に触らせろ」

「ちょっと。それも同じ事でしょう」

「いいや。セックスの本番はやらない。そこは俺が妥協して許してやろうと言うんだ。お前が抵抗せずともな。俺は殺されかけて抵抗して運良く、だったが」

「むう……じゃ、キスはしない、時間は一時間、あなたは裸にならない、噛んだり叩いたりしない、私も裸にならない――」

「待て待て、条件が多すぎるぞ。お前の裸は確定だ。ここは最低限、飲んでもらう」

「くっ、分かったわ」

おお、妥協しやがった。

第八話　取引

「よし、じゃ、お前の条件でやってやろう。ただし、途中で俺に襲いかかったりするのは厳禁とさせてもらうぞ。そんな事をしたら、ミーナに殺させる。いいな？」

「それは、約束するけど、ただし、あなたも約束を守って、私の処女を奪ったりしないでよ？」

「んん？　お前、処女なのか？」

「む、そうだけど……」

少し失敗したと言う顔をして横を向く白石。

「なんだ、キラキラネームだし、とっくに中学で捨ててるのかと思ったが」

「なっ、くっ、キラキラネームは関係ないでしょ！」

「そうか？　エルヴィン達にもファーストネームで気軽に呼ばせてただろう」

「あれは、パーティーの仲間だし、ケイジやエルヴィンがファーストネームで良いって言うから、そういうノリよ」

「まあいい。クク、じゃあ、星里奈《せりな》、俺がお前を気軽にファーストネームで呼ぶのもいいいんだな？」

「あなたはダメ」

「なぜ」

「それは、だって、なんかイヤらしいし……」

ろくでもねえな。まあ、普通の女子校生としてみれば、冴えないおっさんに気軽に呼ばれるのは生理的嫌悪感があるか。

「ふん、ま、一時間の間は呼ばせてもらうぞ。なんなら、恋人みたいにしてみるか」

「なっ！　じょ、冗談じゃないわ」

「ま、無理な話だろうし、そこは妥協してやるか」

「ちょっと、無駄に高いハードルを出して、妥協してやったみたいな感じで話すのはやめて」

「ま、お前が俺を斬って殺そうとしなければ、俺もこんな回りくどくて面倒な話を持ち出さずに済んだんだがな。警察さえいればな」

「うっ……」

「じゃ、だいたい、条件は整ったな。お前が処女と言い張るならそれでもいい。処女膜は手を出さないでおいてやる」

「だから、本当だっての！　そこは嘘なんてつかないわよ……」

「分からんぞ？　処女だから大目に見て優しくして下さいという狡猾な計算かもしれんし、俺にはお前の本心は見えないからな」

「そうでしょうね、ふうう……」

「じゃ、始めるぞ」

「え、ええ？　今から？」

「当たり前だ。お前だって早く済ませてさっさと帰りたいだろう」

「それは、そうだけど、うう、何だってこんな事に……」

「俺を目の敵《かたき》にしてたからだ」

「そういうわけじゃ……むう」

否定しきれない奴。

「じゃ、さっさと脱げ。俺が脱がせてやろうか？」

「む。自分で脱ぐわ」


気が強いだけあって、自分で鎧や服を脱ぎ始める星里奈。俺はその間に扉の鍵を閉めた。

「ね、ねえ、全部じゃないと、ダメ？」

「ダメだな。俺もお前も、全裸という前提で話していたと思うぞ」

「そうだけど……うう」

「殺人未遂！　D・V・D！」

俺は拍子を打ち、脱ぐのを躊躇《ためら》っている星里奈に連呼して要求する。ミーナにも目で合図し、追随させた。

「「D・V・D！　D・V・D！」」

「な、何なのよ、DVDって、もう」

「じゃ、全裸でなくて良いが、その場合は、別の日にもう一度、一時間で、どうだ？」

「嫌よ」

「そうか」

「当たり前でしょ。酷い提案ばかり……うーん、嫌がらせか……」

「いいからさっさと脱げ。脱ぐ時間はカウントしないぞ」

「時間の測定はどうするのよ」

「そうだな、スキルがあるはずだ。【時計】のスキルを取れ」

消費は1ポイント。ポイントが無ければ、レベル上げが必要になるが。

「取れたわ」

「よし、じゃ、お前が脱ぎ終わってから一時間だ」

「分かった。じゃ、四時二十五分までね」

「ああ。隠すな」

「むむ、ええ？　くっ！」

おお、自分で手をどけて、全裸で立つ星里奈。

釣り鐘型のイヤらしい胸をしてやがる。腰もやたら細いな。

「むむ……」

ミーナも星里奈の体を見て、負けたと思ったか渋い顔。ま、お前は性格が良いから気にするな。

「よし、じゃあ、その貧相な体で遊んでやるから、そこのベッドに座れ」

「ええ？　そんなに貧相な体じゃ……」

ぶつくさ言いながら、言われたとおりに座る星里奈。ぷるんと胸が揺れるが、くそ、ふるいつきたくなるような体だな。

「じゃ、触るぞ」

「痛くしないでよ」

「そこは安心しろ。俺はそういう趣味じゃない」

「ふん。くっ、んっ！」

胸を優しく触ってやったが、かなり敏感な様子。

「ほう」

「な、何よ」

「いや、敏感だなと思っただけだ。悪くない」

「むう、いちいち感想、言わないで」

「ふん、それは約束には入ってないし、俺の勝手だ。お前もある程度は自由に喋って良いぞ。ただし、これは俺に対するお前の謝罪の行為だよな？」

「そうだけど、仕方なくよ」

「ああ。だが、本質は忘れるなよ」

「む。変な事をしないなら忘れないわよ」

「だといいが。噛みつきは無しだぞ」

「そっちがやらないならね」

「やらない」

続ける。

「んっ、あっ、くうっ！　な、なんで」

「どうした？」

「う。触られるのは……な、何でも無いわ」

「ま、自分でイヤらしく揉むよりは、ずっと気持ちが良いんじゃないのか？」

「なっ、わ、私はオナニーなんてしてない！」

「ふうん？　別にオナニーしてると決めつけたわけじゃないが、嘘は良くないぞ、星里奈」

「うう……あっ、あんっ、ちょっ！　ちょっと待って」

「なんだ？」

極めて不快そうに俺は言う。

「う。だって、こんな事、初めてで……も、もうちょっと、穏やかに触るというのは……」

「ダメだな。触り方については条件交渉には応じるつもりは無いぞ。お前の体は傷つけない。剣で斬られて血を流した俺の精一杯の妥協だ。そこを忘れるな」

「わ、分かったわよ……ええ、斬られるよりは、ずっとマシ、んんっ！」

「そうだろうな。まあ、誰かさんはイヤらしい体で、触られる方が辛いのかもしれんが」

「だ、誰がイヤらしい体よ、くうっ！　これは、あなたが、イヤらしい手つきだから」

「まあ、そうかもしれんが、お前、よっぽどだな」

「なっ、くう……あっ、あんっ」

本当に敏感だ。楽しめそうなので、少し休憩を与えてやる。ミーナは息を飲み興味津々と言った風で見つめている。

「はあ、はあ、くっ、ここまでだなんて……」

「仕方ないな。インターバルは与えてやろう。ただし、お前の自己申告で、その分は時間に上乗せしてもらう」

「ええ？　むう、私の自己申告でいいのね？」

「ああ。いちいち測るのも面倒だし、お前もそれで納得しやすいだろ？」

「後で一時間延長しないと許さないとか、そういう言いがかりはしないと約束して」

「いいだろう。聞いたな、ミーナ」

「はい。ご主人様は、そのようなあくどい手段は使われないと思いますが」

「むう。じゃ、早く済ませて」

「ああ、一時間、たっぷりあるからな」

「くっ。あっ、んっ、んんっ、やあっ、そんな触り方、くうっ」

自由に触る。十分ほど触っていると、星里奈の気持ちの良いポイントも掴めてきた。

「ちょっ！　待っ、待って！」

「またか？　仕方ないな」

「うう、こんな触り方されたら、身が持たない……」

「俺としてはできれば、今日中に終わらせたいんだが」

「わ、分かってるわよ。く……、もういいわ」

「よし」

今度は趣向を変えて、乳首をつまんでこりこりと。

「きゃっ！　あああっ！　ひうっ！　ま、待って！」

「またか？」

「だ、だって、今の、そんな、乳首を……」

「お前の体のどこを触るかは決めてないぞ。まあ、触

「どうしてもと言うなら、後日に一時間延長で、乳首は今日は無しにしてやってもいいが」

「じゃ、それで」

「んん？」

「こんなの、残り五十分も無理」

「そうか。ま、じゃあ、後日にまたな。忘れたとか、二度と嫌とか、それは受け付けないぞ」

「分かってるわよ」

約束は守ってやる事にして、次はお尻だ。

「そこに四つん這いになれ」

「うっ。ま、まさか」

「慌てるな。入れたりはしないぞ。触るだけだ」

「わ、分かったわ」

言われたとおり四つん這いになる星里奈。

「もっとケツを上げろ」

「むう」

「もっとだ」

「もういいでしょ」

「仕方ないな。じゃ、触るぞ」

「くっ、あっ、嘘!? こっちもだなんて！」

「ほほう、こっちもそんなに気持ちいいか」

「ぜ、全然、あんっ、気持ち良くなんて、ううっ、無い！ 気持ち悪いんだから、あああっ！」

ま、そういう事にしておいてやるが、どう見ても感じまくりだろ。

太ももやお腹も触ってやり、肝心なところは後回しにしてやる。

「はあ、はあ、はあ……」

「じゃ、仰向けになれ。早くしろ」

「う、待って……体が、上手く動かない」

「お前は俺が待てと言ったときには待たなかったがな。ほれ」

「きゃっ」

乱暴に仰向けにして立場は分からせてやる。

「くっ」

「じゃ、ここだ」

「待っ、……うう、好きにしなさいよ」

「いいぞ。どこまでその強がりが持つかな。ここは一番、感じやすいところだぞ」

「そんな、うあっ、あっ、ひっ！　ああんっ！」

下の谷間を指でなぞってやると、身をよじる星里奈。

「ほれ、こんなに濡れてるぞ」

俺はねっとりと指から糸を引く彼女の粘液を見せてやった。

「み、見せないで。これは、ち、違うわ」

「どう違うのか、ま、そこは許してやろう。さて、まだ四十分はあるな」

「え、ええ？　そんな」

「ま、約束は約束だからな。一生、俺の奴隷になるなら、ここで許してやっても良いが」

「冗談！　無茶苦茶よ。奴隷にした後で強姦するつもりでしょ、どうせ」

「よく分かったな」

「くっ、馬鹿にして……あっ、待っ！」

「んん？　またインターバルか？　さすがに、待つのも退屈なんだが」

「約束でしょ……はあー、はあー……い、いいわ」

「よし」

「うあっ！　ま、待って」

「おいおい、そうやって、全然触らせないつもりか？」

「そうじゃないけど、くう、はぁ、はぁ……キツいのよ……うう」

「じゃ、提案だ。十分ほど短縮してやるから、少しの間は我慢しろ。インターバル無しだ」

「ええ？　十分、削るのよね？」

「そうだ」

「むう、じゃ、一分、いえ、三十秒だけ」

「根性の無い奴だ。まあ、それでいいだろう」

「くっ。こんなの、無理よ……」

「泣き言は後にしろ。三十秒はインターバルは無しだ。それで残りは十分ほど短くするぞ」

「ええ」

触る。

「うあっ！　ま、待って、ああっ！　そんな！　くうっ、だ、ダメ、あ、ああーっ！　いっ！」

大きく痙攣して、急にだれる星里奈は、完全にイったらしい。

「星里奈。おい。ふむ、気絶したか。感度の良い奴だ。起きろ」

気持ちよさそうに目を閉じているが、乱暴に揺すって起こす。

「う……はっ！　い、今、何を」

「安心しろ。触ってたらお前が勝手に気持ち良くなってイっただけだ。それ以上は何もしてない」

「む、むう、本当に？」

「中に入れられた感じもしないだろ」

「痺れててよく分からない……はっ、い、いえ、そうね」

「まあいいが。じゃ、今日のところはここまでで許してやろう。本当はまだ三十分くらい残ってるが……」

「うう、じゃ、また日を改めて」

「ああ。明日な」

「ええ？」

「何か用事でもあるのか」

「それは、無いけど……もう少し先にしてもらえると」

「理由は」

「ううん」

「王都から逃げだそうとでも考えたか」

「そんな事は考えてないけど」

「じゃ、さっさと服を着て出ていけ」

「わ、分かってるけど、くっ、体が……」

「仕方ないな。ミーナ、コイツに服を着せて追い出せ」

「はい」

「なっ！　ちょっ！」

「ま、運が悪ければ、その辺のごろつきにレイプされるかもしれんが」

「や、やめて！」

ふん、少しは恐怖を味わってろ。

「終わりました。宿の前ですが」

「それでいい。じゃ、ミーナ」

「はい。お願いします、ご主人様……」

俺と星里奈の行為を見ていて我慢できなくなっているミーナに、しっかり入れる。

✧エピローグ　禁断の快楽

翌日、いつも通りに道場へ行き、イオーネから残念ながら逃げた盗賊を見つけられなかったと聞いた。ま、仕方ない。

あれから日が沈むまで捜していたようで、まあ、女性の敵でもあるだろうからな。

俺も見かけたら、兵士に報告くらいはするつもりだが。

午後はイオーネと一緒にフィールドに出て芋虫を狩る。

「私はまた、盗賊を捜してみようと思うので」

「それはいいがイオーネ、あまり深入りしない方が良いぞ」

「ええ」

早めに狩りを切り上げ、イオーネは盗賊捜しだ。

俺とミーナは宿に戻ったが、そこで星里奈が待っていた。

「ほう、約束を守るとは驚いたな。犯罪者が」

「くっ、何とでも言うと良いわ。じゃ、今日で終わりにしてよ」

「そのつもりだが、逆恨みは勘弁してくれよ」

「よく言うわ、あんなコトしておいて……」

星里奈はあからさまに嫌悪の表情を浮かべ、酷い事をされたと言わんばかりに自分の肩をさすった。

「ご主人様に危害を加えるつもりなら、私が相手になりますが」

ミーナが一歩前に出て言う。

「む。別に危害は加えたりしないから安心して。ただ、見損なっただけよ」

「ふん、こちらに来た時も、いきなりグーパンチで殴っていた犯罪者が」

「くっ」

俺の部屋に入り、星里奈をベッドに座らせ、鎧だけ脱がせる。まずはそのワガママで生意気な胸からだ。わし掴みにして揉んでやる。

「んっ、あっ、はっ」

星里奈はビクッと小さく体を震わせると、苦悶の表情で喘《あえ》いだ。

「じゃ、昨日の残りとインターバルの分は、お前で勝手に計算しろ」

当てにはしてない。あと三十分と少しだが。

「わ、分かってるわよ、んっ、あんっ」

耳たぶを舐めたり甘噛みしてやると、もう堪らないといった表情で顔を真っ赤にするJK。

昨日の感じではそこまで触れないかと思ったが、終了を告げない星里奈は、また良い感じに濡れまくってきた。健康的で滑らかなその肌に玉のような汗をにじませ、だが不思議と花のような良い香りが漂い、俺の鼻を誘うようにくすぐってくる。

「はあ、はあ、ああっ！　くうっ！」

四十分経過。むう、コイツ、実は俺とやりたかっただけか？

「じゃ、もういいな、入れてやる」

服を脱いで、後ろからズブッと挿入。

「えっ！　ちょっ！　話が違う！」

「む」

「だから、動かさないで、くうっ」

「ああ、悪かったな。ちょっと勘違いした」

だがここで止めるのはもったいない。動かす。

「むう、だから、あんっ、こら、動かすな！　後で殺してやるんだから、ああっ！」

「やれやれ、おっかないな。だが、俺が動かしてると言うより、お前が勝手に動いてないか？」

「そ、そんなわけ、あんっ、ちょっ、やあっ、嘘」

ま、俺が誘導して動くから反応してるだけだがね。それにしても、締め付けも良いいし、柔らかい。コイツは具合がいいな。

「じゃ、そろそろ、中に出すからな」

「なっ！　だ、ダメ、それはダメ！　いやぁ！」

「それ、たっぷり注いでやるぞ」

一気に奥の奥まで突っ込み、欲望の全てを解放する。思いの外《ほか》、俺の剥き出しの性欲が溜まっていたのか、あふれんばかりに放たれた。それは生意気な小娘《メス》を完全に屈服させ、支配しようとする荒々しい雄の本能なのか――。当然、一度では済まず、二度、三度と脈動が起こり、柔らかな肉体の中に噴き出していく。

「うう、ああ、熱いのが……た、たくさん……くうっ、そんな……！」

小刻みにふるふると身震いした星里奈は、か細く、絞り出すような声で驚愕の想いを口にする。

「んん？　お前、避妊薬くらい、飲んできたんじゃないのか」

「飲んできたけど、あくまでそれは保険よ。ホントにするなんて、最っ低。この薬、どれだけ効くかも分からないのに」

「大丈夫らしいがな」

「信用できないわ、と、とにかく、もういいでしょ、抜いて」

「ああ、悪かった。てっきり、俺とやりたいんだと思ってな」

抜いてやると、どろりと白濁の液体が星里奈の穴からあふれ出た。

「な、なんでそうなるのよ、バカ！」

顔を真っ赤にして怒る星里奈に俺は言う。

「そりゃあ、残り時間、十分も過ぎてもストップを掛けなかっただろう」

「ああ、そ、そんなに過ぎてたんだ。こ、これは、時間、見るの忘れちゃって」

星里奈は狼狽えると、ばつが悪そうに目をそらす。

「ふうん。なら、すまなかった」

「むう、しおらしく謝ってるけど、わざと入れたわよね？　すぐ抜かなかったし」

「美人で名器で中が気持ち良かったからな、男としては不可抗力だ」

「よく言う……くっ、出てってもらえるとありがたいんだけど」

俺を睨みながらも腰が抜けて動けない様子。ま、あれだけ感じまくっていればな。

「俺の部屋だが、まあいい。じゃ、ミーナ、湯浴みの用意だけしてやれ」

「分かりました」

後が怖いので、これ以上はやめておく。シーツには血が付いていたので本当に処女だったらしい。残りの一時間はこれでチャラにしてやろう。

ま、俺の腕の痛みと殺人未遂に比べりゃ、なんて事無いだろ。

翌日、星里奈がまた俺の宿に来るので、俺を殺しに来たのかと戦慄したが、話があるとの事。

「で、話とは？」

「私をしばらく、あなたのパーティーに入れて欲しいの」

「どういう理由だ？　エルヴィン達はどうした」

「それが……」

話を聞くと、方針の違いで揉めてしまい、結局、パーティーは一時解散となったらしい。

「そうか」

「私のせいだ、とは言わないんだ？」

「別に。お前もパーティーの一員だから、それなりに原因はあるだろうが、同じ世界から召喚された人間というだけの間柄、赤の他人だろ？」

「まあ、そうだけど、でも、同じ勇者として——」

「その勇者意識はさっさと捨てろ。この世界では役に立たないぞ」

「む……」

思い当たる節はあるようで、星里奈も黙り込む。

「俺のパーティーに入れてやっても良いが、リーダーは俺だ。それでもいいのか？」

「ええ。私はリーダーには向いてない感じがしたから」

「そうかね」

コイツは普通に務まりそうだが、エルヴィンもリーダーをやれそうな感じだったし、ケイジもやりたがったんだろうな。

「みんなの意見をまとめようとするの、結構大変なのよ」

「ま、ケイジはそうだろうが……エルヴィンもなのか？」

「ううん、彼は妥協はしてくれるけど、不満が溜まってたようだし、何度かそういう話も出たわ。慎重に行きたいそうなのよ」

「まあ、当然だな。俺もそうだが」

「でも、少し行きすぎの感じがして……逆に、ケイジ君はどんどん先に進みたがるし、エルヴィンが魔法を覚えたいって言うから、そういう流れになったわけ」

「だいたいの事情は分かった。ま、少し様子を見て、大丈夫そうならお前もパーティーに入れてやろう」

「本当に？」

「そのつもりで言ってきたんじゃないのか」

「駄目元ではあったけど……あと、毎日レイプって条件は無しよ？」

「言ってないだろ。それとも して欲しいのか」

「ばっ！　冗談！　誰がそんな事……」

悔しそうに下唇を噛んで目をそらす星里奈は、しかしどこか照れくさそうに頬を染めている。感じまくっていたし、少しはセックスが気に入ったか。

「ふっ。じゃ、その話はもう良いだろう。まずはステータスを見させてもらうぞ」

これが俺の本当の狙いだ。美人だし、体もかなり具合が良かったが、反抗的で危ない奴だからな。コイツの能力くらいは把握しておきたい。しかし。

「んん？」

【パーティーのステータス閲覧】が、発動しない。

「悪いけど、私のステータスは見ないでもらえるかしら。パーティーには加わるし、一員として役割は果たすけど、あなたを全面的に信用するわけでもないし、こちらの手の内を見せるつもりは無いわ」

「チッ。パーティーを組むなら、互いの能力くらいは把握しないと連携が取れないだろうが」

「それは実戦で、少し試せば良いでしょう」

「その実戦で、寝首を掻くのが目的か？」

「いいえ。私の方が強そうだけど、ミーナがいる限り、そう簡単じゃないでしょうしね。一応、最後はともかく、それなりに約束を守る奴かな……ううん、やっぱりやめておこうかしら」

「どっちでも好きにしろ。じゃ、話はそれで終わりだな。俺とミーナは今日はもう冒険はしないから、明日の午後、街の門に集合だ」

「午前中は、ああ、道場へ通ってるそうね」

「耳が早いな」

「まあ、同じ勇者が何をしてるかは、気になったし……」

「ふうん。ま、俺が行き交う街の人を襲ってたとでも思ってたか？」

「そ、そんなわけないでしょ」

割と図星らしいが。

「信じる必要は無いが、俺が襲ったのはお前が初めてだ。ミーナも強制で寝たわけじゃないからな」

ミーナが力強くうなずく。

「本当に？」

「しつこいな。後でミーナに直接聞いてくれ。じゃ、俺達は合意のラブラブセックスをやるから、早く出て行ってくれないか」

「それ、私にミーナと話をさせないつもりじゃないの」

「面倒臭い奴だな。じゃ、十五分だ」

「もっと」

「ええ？　じゃあ、夕食の時でも良いだろう。後でな」

「ちょっと」

ミーナが力尽くで星里奈を部屋から追い出す。

星里奈もミーナの自主的な部分を感じ取ったのかさほど抵抗せずに出て行った。

「もういいぞ」

「はい」

後は、セックス。

「ご主人様、んっ、彼女はどうされるおつもりですか」

「そうだなあ。ま、使えそうなら使うが、少し様子を見てからだ」

「分かりました。あんっ」

翌日、午前中は道場、午後は星里奈とイオーネも一緒にフィールドで狩りをする。

「せいっ！」

「よし、だいたい分かった」

連携を確かめるための戦闘だったが、問題は無さそうだ。

「なかなか良い動きですね、星里奈さん」

イオーネも褒めた。実際、星里奈の動きは良い。

「ふふ、ありがとう。イオーネさんも、さすが剣術道場の娘ね」

星里奈も微笑んでイオーネを褒めた。この二人は連携もすぐに取れている。

そのまましばらく狩りを続け、日が暮れてきたので街に戻る。

「ねえ」

宿に戻ろうとすると星里奈が声を掛けてきた。

「なんだ？」

「私も、こっちの宿にしようと思うんだけど。一応、同じパーティーだし？」

「それは別に構わんが。空き部屋もあったはずだ」

「そう、ありがとう」

パーティー同士、そこはすぐ連絡が付くから、同じ宿の方が便利で良い。


夕食も三人で取り、だが、星里奈まで俺の部屋に入ってくる。

「何のつもりだ？」

「少し、親睦を深める為に、お話ししましょ」

「無駄だ。俺はコイツとセックスする。出て行け」

「ちょっと」

星里奈は出て行かないが、ふん、勝手にしろ。

構わず、ミーナを抱く。

「あ、あの、ご主人様、見られてるので、あんっ」

「そこの覗き魔はお前を無理矢理抱いてるんじゃないかと疑ってるからな。ミーナ、俺を愛しているところを見せつけてやれ」

「分かりました。では、失礼して……んっ」

俺にまたがり、自分から動かし始めるミーナ。

「え？　ええ？　じ、自分から……」

星里奈は戸惑いつつも、興味があるのかじっと見入っている。

こちらは気にせず、どんどんやる。

「あんっ！　ご主人様ぁっ、ご主人様ぁっ！」

良い感じに行為に没頭してミーナをイかせてやると、星里奈が部屋の隅で自慰をやっていた。

「んっ、あんっ、うう、もうちょっとなのにぃ」

「来い」

星里奈を抱きかかえてベッドに向かう。

「きゃっ、だ、ダメ、私、そんなつもりじゃ……！」

「誘ってるようにしか見えなかったぞ？」

「ち、ちが、やっ、ちょっと、ホントに、ダメ、あん、今、触られたら、んんっ！」

星里奈は抵抗しないので、そのまま触り、頃合いを見て挿入。

「んっ、あああ……また、くう、あなたのが、うう、奥まで入ってる」

「欲しかったみたいだな？」

「そ、そんなわけない、そんなわけないけど、んんっ、あんっ、これ、ダメぇ」

「よく言う。もう自分から腰を動かしやがって」

「あんっ、ち、違うの、これ、気持ち良すぎて、ダメ！　ホントに、こんなの、おかしい、好きでもない相手に、やだ、抜いてぇ！」

そう言いつつ、星里奈は自分から腰を振り、締め付けてくる。

キスすると、応じてくるし。

「好きでもないのに感じまくりか。淫乱な奴め。ほら、イけ。俺が女の悦びを教えてやる」

後背位に切り替えて、【レイプ】のスキルも使って乱暴に突いてやったが、それでも星里奈は快楽を感じている様子で、最後に絶頂を迎えた。

「いやっ、こんなの、こんなの、絶対感じちゃ、あんっ、いけないのにぃ、どうして気持ちいいのぉ、あ、あああぁーっ！」

俺もついつい興奮し、星里奈の顔にも精液をぶっ掛けてやり、徹底的に貶《おとし》めてやった。

第二章　高貴な盗賊

✧プロローグ　盗賊団の情報

　翌朝、目が覚めると俺の隣で星里奈がさめざめと泣いていた。うぜぇ。

「うう、ひっく、私、こんな男に、最低……」

「ふん、そんなに嫌なら、パーティーを解消してソロでも別パーティーでも好きにすればいいだろ。俺は別に強制はしてないぞ」

　殺されかけた分は一発やったし、もうチャラで良い。

「分かってるけど、このパーティー、やりやすいし、それに……う、うわーん！」

「だから、何だよ。セックスにハマったから泣いてるのか？」

「そ、そうじゃないもん。私、そういうのはしっかり結婚を決めた恋人としたいって思ってたのに。クリスマスイブの夜とか」

「あー、じゃ、そうすりゃいいだろ」

「だって、もう処女、アンタに取られたし」

「別に処女じゃなくてもいいだろ。俺は処女しか抱くつもりはないが、他の男はそんなの気にしない奴もいるだろう」

「それは……そうかもだけど」

「じゃ、どけ」

「あっ」

　ビクッとして慌てて自分の胸を隠した星里奈はまた俺に襲われると恐れた様子。

「心配するな、昼間はまともに冒険だ」

「あ……もう、自分の女にしたなら、もっと優しくしてくれても良いのに」

「おい、勘違いするなよ、星里奈。お前との約束はパーティーを組むって事だけだ。恋人になった覚えは無いし、お前だって俺と結婚前提で付き合いたいわけじゃないんだろ？」

「そ、それは当然っ！　誰がアンタなんかと結婚なんてするもんですか」

「じゃ、お前に優しくする義理も無いな」

「むう」


宿屋の一階でミーナと朝食を取っていると、ばつが悪そうに星里奈もやってきた。

「おはようございます、星里奈さん。今日のスープ、とっても美味しいですよ」

優しくミーナが言ったが、星里奈が泣いていたのを目撃でもしたのだろう。良い奴だ。

「そう。じゃ、頂きます。あ、ホントだ、美味しい」

もう機嫌も直ったようで、ふん、軽い奴だ。

「さて、じゃ、ミーナと俺は道場へ行く」

「ええ。私は少し、調べ物があるから、午前中はお城にいると思うわ」

「そうか」


道場に行ったが、イオーネはいなかった。盗賊をまだ捜し続けているようだが、不倶戴天《ふぐたいてん》の敵と考えたのか。

「では、私は鍛冶屋に寄ってくるから、フリッツ、後の事は頼んだぞ」

「はい、先生」

「留守中、もしも聖方《せいほう》教会の人間が来たら適当に追い払っておいてくれ」

「ええ、心得てますよ。御利益も無い御石なんて誰も買いませんから、安心して下さい、先生」

フリッツが苦笑して言ったが、なるほど、タダの石ころを聖なる石ころと宣《のたま》って信心深い奴らに売りつけたらボロ儲けだな。

「うむ、では、行ってくる」

ウェルバードも用事で出て行ったが、師範代のフリッツもいるし、素振りばかりだから問題は無い。

受講料をケチって、自分だけで素振りするという手もありそうだが、ここに来ないと鍛錬なんてやる気が起きないしな。

「じゃ、みんな、いったん休憩にしよう」

「ふいー、疲れたぁ。なぁフリッツ、素振りなんてやめて今日は対戦やろうぜ、対戦！　オイラとアレックでよ」

ビリーが言う。俺なら勝てると思ってるところがセコいぞ、ガキ。

「ダメだ。それはまた先生がいるときにな」

フリッツも師範代を任されるだけあって、そこは真面目に拒否した。

「ちぇっ」

縁側に座ってミーナが用意してくれたお茶をみんなで飲む。

「ん？」

フリッツが俺を見ていた。

「アレック、後でちょっと話があるんだが……」

「分かった」

午前の鍛錬が終わった後、フリッツと道場の裏に行く。

「それで、何の話だ？」

「イオーネの事なんだが……」

「ああ、それか。盗賊をまだ捜してるんだろう」

「それは知っているが、君からもイオーネに言ってやってくれないか。賞金首になるほどの奴だ、どんなスキルを持っているかも分からないし、嫌な予感がするんだ」

「それは自分で説得してくれ。一応、俺も言ってはやるが、素直に聞くとは思えないぞ」

「いや、一緒に狩りをやるくらいだ、どうも彼女は君が気に入ったらしい」

それは事実のようなので、俺も肩をすくめる。

【魅了】のスキルが効いてるか。

「じゃ、頼んだぞ。それと、僕は君に負けるつもりは無いから、そのつもりで」

何の勝負だよ。やっぱりコイツ、イオーネが好きなんだろうな。まともに剣術でやり合ったら俺に勝ち目は無いが、どうもフリッツは男を磨く事で勝負するつもりらしい。ま、好きにしてくれ。

俺も、親父さんが怖いから、イオーネに手を出そうとは思っていない。


昼の酒場でミーナと昼食を取っていると、誰かが駆け込んできた。

「大変だ！　疾風のオーソンが『ブラッドシャドウ』にやられたってよ！」

「なに、本当か⁉」

「オーソンって言やぁ、名の知れた剣士じゃねえか」

そう言えば、剣士ギルドでリストを見せてもらったときに、そんな名前の師匠がいたな。確かBランクだったはずだ。

「おっかねぇ。騎士団も手を焼いてるみたいだし、おちおち街も歩けねえな、こりゃあ」

「心配すんな、奴らが狙ってるのは女だ。下手に手出ししなきゃ、やられる事はねえだろうよ」

なるほど、良い事を聞いた。手出しはやめとこう。

「まぁ、怖いわ、ダーリン」

「心配ないよ、ハニー、僕が君を守る。この命に懸けて」

隣のテーブルで不細工なゲイカップルがイチャイチャしてるが、イラッとするな。誰かツッコめよ。盗賊団が狙ってるのは女だけだっつってんだろ！

「ご主人様……」

ミーナも少し不安を覚えたか。

「心配するな。お前はあの盗賊団の臭いを覚えてるんだろう？」

「ええ、そうですけど、私が心配しているのはイオーネさんの事です」

「ま、フリッツにも言われたし、今日会ったら、手を引くように言っておこう」

「はい」


午後からはいつも通り狩りに出るつもりだ。食事を終え、俺はここでスキルポイントをちょっと確認してから、店を出ようとしたのだが。

「げぇ……」

新しいスキルをいつの間にか習得していた。

【スカト○　レベル1】Ｎｅｗ！

や、やめろ！　なんて趣味だよ！

よりによってそれか！

死んでも使わねえよ！

思わず脳内で伏せ字にしちまった。

「ご主人様？　どうかしましたか？」

「いや、なんでもない……」

くそっ、気分が悪いぜ。きっとさっき横でイチャついてたゲイカップルのスキルだな。あいつらから手に入れたスキルってのが、これまた生理的に受け付けない。

おえ、吐き気がする。食後にこれはきっついなー。

言っておくが、たとえ相手がミーナでも俺は絶対やるつもりは無いからな。俺にそんな性癖は無い。

こういう地雷スキルって捨てられないのか？

『スキルをリセットしますか？』

しねえっての。万が一すべてのスキルが対象になったら、ポイントが半分になるじゃないか。

「ふう」

げっそりした俺は心配そうにこちらを窺うミーナを引き連れ、冒険者ギルドへ向かった。

「アレックさん！」

「ああ、イオーネ。何かあったのか？」

急いで駆け寄ってくるイオーネを見て俺は聞く。厄介事で無ければ良いが。

「ブラッドシャドウの居場所を掴みました」

「ええ？」

「一網打尽にしたいので、アレックさんも協力してもらえないでしょうか？」

「いや、俺達は初心者だから――」

「やりましょう」

後ろから星里奈が言う。嫌なときにやってきたな、コイツ。

「おい、勝手な事を言うな。このパーティーは俺がリーダーだぞ？」

「でも、街中で殺しもやっているような連中を放っておいていいの？　だいたい、私が誤解してあなたに斬りかかったのも、そいつらが原因だと思うけど」

「いいや、あれはお前が悪い。責任転嫁はやめてもらおう。リーダー権限で除名するぞ」

「うっ、分かったわよ……」

「アレックさん、見張りだけでもいいんです。どうかお願いできませんか？」

なおもイオーネが頼んでくるが。いくら美人の頼みとは言え、こちらも命の危険があるのだ。そう簡単に引き受けるわけにはいかない。

「それなら他の冒険者か兵士に頼めば良いだろう。何も初心者の俺達でなくてもいいはずだ」

「いえ、それはできません。兵士と冒険者の中に盗賊団と通じている者がいるようです」

イオーネが声を潜めて言う。

「なるほどな。兵士に内通者か」

それなら、兵士や賞金稼ぎに捕まらずに街中で犯行を繰り返しているのも合点《がてん》がいく。

「では――」

「いや、話は分かったが、相手はBランクの剣士もやったと聞いた。それにイオーネ、フリッツも心配していたぞ」

「腕前については、私に考えがあります。相手は女を狙っているので、私が囮《おとり》になれば、向こうも油断するのではないでしょうか」

「囮って危険だぞ？　どうしてもやるというのか？」

「ええ。私達の街でこれ以上犯罪者に好き勝手させるわけには行きません。私の友人も被害に遭っています。彼女が明るく笑えなくなって、また他の人もそうなってしまうかと思うと、やはり……」

真剣な顔で言うイオーネは止めても無駄なようだ。

「分かった、じゃあ協力はしよう」

「あ、ありがとうございます！」

「そう来なくっちゃ！」

「ただし、手伝うのは星里奈一人だ」

「ええ？　アレック、あなた男を見せようって気は無いの？」

星里奈が言うが。

「無いな。少なくともお前の方が俺より剣の腕前は上だ。これはゲームとは違う。命は一つしか無いし、死んだらそれまでだ」

「ううん、分かったわ。じゃ、イオーネ、私は協力するから」

「ありがとう、星里奈」

「じゃ、気をつけてな。ミーナ、行くぞ」

「あの、ご主人様、私もイオーネさんに協力してはダメですか？　私なら、鼻が利くので、何か役に立つと思いますが」

　確かにミーナの嗅覚は役に立ちそうだ。

「それはいいが、荒事は無しだぞ。お前の命は俺の物だ」

「はい！」

　ミーナが参加するとなると、俺も盗賊団の居場所くらいは知っておきたい。俺達は聞き耳を警戒して、冒険者ギルドではなく宿屋の部屋で細かい作戦を詰めた。

「じゃ、俺はフリッツを呼んでくる」

「はい、お願いします」

　腕の立つ奴は一人でも多い方が良い。フリッツから文句を言われるかもしれないが、惚れた女ならアイツも手伝うだろう。

第一話　ブラッドシャドウ

　名うての剣士すら返り討ちにしている盗賊団、ブラッドシャドウ。

　イオーネが倒す気満々で、しかも星里奈とミーナも手伝うと言い出した。あまり気は進まないが、この三人がやられても困るので、俺もできる限りの事はやるつもりだ。もちろん、戦闘以外でな。

「話は分かったが、どうせなら先生がいるときにして欲しかった」

　フリッツが愚痴を言うが、盗賊団の根城を掴んだ訳でもないからな。今いる場所を見つけただけだ。ウェルバードが戻ってくるのがいつか分からない以上、彼を待ってはいられない。

「ヤバそうなら、イオーネに逃げるように言え」

「ああ。そのつもりだ」

　すぐにフリッツが装備を調《ととの》える。

「あれ？　どこに行くんだ、フリッツ」

「ちょっと急用だ。ビリー、僕が戻るまではみんなの素振りを見てやってくれ」

「お、任せとけ！」

フリッツはビリーを頭数には入れないようだ。

ま、子供だしな。


王都の東地区、商店が並ぶ裏通りにやってきた。

王都と言っても、バーニア国は小さいせいか、一歩裏通りに入ると人もかなり少ない。家の裏手で何をするでもなく、くたびれた老人が椅子に座っている。その向こうには茣蓙《ござ》の上で木彫りを削っている男がいるだけだ。

道ばたに犬のフンが落ちているが、誰か片付けろと。

「本当にここなのか？」

俺はそこで待っていた星里奈に聞いた。

「ええ、ミーナが臭いを確認したわ。間違いないそうよ」

星里奈がうなずく。

ミーナは【鋭い嗅覚☆　レベル４】を持つ犬耳族の獣人だ。彼女が間違いないと言えば、そうなのだろう。

「人数は？」

フリッツが聞く。

「五人よ」

「多いな……」

眉をひそめるフリッツ。剣術の師範代を務める彼でも、相手の実力が分からない上に人数が多いと不安になるか。

「でも、不意を突けば何とかなると思う。盗賊の一人を私のスキルで見たけど、レベルは8で大した事はないわ」

「他が同じとは限らないがな」

俺は言う。

「ええ、でも、盗賊風情がそんなにレベルを上げてるとも思えないし、――しっ！」

星里奈が待てと手で合図した。

彼女が見張っている建物の二階から軋《きし》む音が聞こえ、誰かが階段を下りてきた。大きくあくびをしたそいつは寝起きなのだろう。眠そうな眼をしている。

俺のスキルでその盗賊を【鑑定】してみる。

〈名称〉盗賊E　〈レベル〉9　〈クラス〉盗賊
〈種族〉ヒューマン　〈性別〉男
〈HP〉52
【解説】
盗賊団ブラッドシャドウの一員。
ならず者。
性格は怠け者で、時々アクティブ。

お、レベルが見えた。

宿屋の主人や星里奈の時はレベルが見えなかったが、俺より盗賊のレベルが低いから見破る事ができたという事か？

ただ、レベルは俺と一つしか違わないのにコイツのＨＰは半分以下だ。怪我をしているようには見えないので、これが普通の状態のＨＰなのだろう。

同じ人間でもクラスや能力で結構な差が付くようだ。

「レベル9だ」

俺は小さな声で告げる。

「行けそうね。装備もしていないわ」

星里奈がうなずくと、イオーネが言う。

「星里奈さんは路地を回り込んで、あの盗賊の後ろから攻撃して下さい。その間、私が盗賊の注意を惹き付けておきます」

「分かったわ。気をつけて」

「僕も後ろに回ろう。イオーネ、無理はするなよ」

「ええ」

星里奈とフリッツがいったん表通りに向かった。

「ねえ、ちょっといいかしら？」

イオーネが前に出て盗賊に話しかけたが、不自然に自分の髪を右手で撫でている。……あれは誘惑をしているつもりか？

「イオーネさん……」

ミーナが残念な顔をするくらいだ、これは厳しいぞ。

「あん？　なんだ？　おお」

しかし、盗賊はイオーネの胸に気を取られた様子。まあ、あの爆乳ならな。鎧越しでも存在感がある。

「実は……」

イオーネも盗賊の視線は理解しているようで鎧の留め金に手をやり、それを悩ましく指でいじった。

「お、おお？　外したいのか？　外したいんだな！　外してオレにモミモミして欲しいんだよな！」

「フフ……」

「せいっ！　バッカじゃないの！」

回り込んできた星里奈が後ろから斬りかかり、フリッツも突きを放って、盗賊はそのまま崩れ落ちる。

「楽勝じゃない」

星里奈が笑ってウインクするが、今のは一人だけで、不意も突いたからな。

俺は周囲を警戒するが、くたびれた老人は気にもとめていない様子で、もう一人、木彫りをやっていた男は危険を察して逃げたようだ。姿は無い。

「どうする？」

フリッツが聞く。

「他の盗賊も寝ているかもしれないわ。踏み込みましょう」

「分かった」

「ええ」

ミーナには目でお前は行くなと合図しておく。

彼女もうなずいた。

「僕が先頭を行く」

フリッツが忍び足で階段を上がり、その後に星里奈とイオーネが付いていく。

少し間を置いて、二階から盗賊と思われるしわがれた悲鳴が上がった。

「ぎゃっ！」

「な、何だ、てめえら！　くそっ！」

「ひいっ！　た、助けてくれ、ぐあっ！」

上手くいったか？

ここからでは中の様子が分からないので、待つしかないが。

「危ないっ！」

星里奈の声が聞こえた。

「きゃっ！」

「イオーネッ！　くそっ！」

お、おいおい、失敗したのか？

俺は念のため、剣を抜く。ミーナも剣を抜いてその場で構えた。

バンッ！　とドアを派手に蹴破り、階段をドタドタと踏みならして降りてくる大男が一人。

「ちいっ、まだ仲間がいたか！」

斧を持った大男は俺を見ると、階段を降りきったところで立ち止まった。

「逃がさないわよ！」

星里奈も上から降りてくるが、すぐには斬りかからない。

俺はすぐにこの大男に【鑑定】を使った。

〈名称〉ガルドン　〈レベル〉？？
〈クラス〉盗賊　〈種族〉ヒューマン　〈性別〉男
〈ＨＰ〉　552
【解説】
盗賊団ブラッドシャドウの一員。

ならず者。

性格は働き者で、いつもアクティブ。

「くそっ、レベルが見えん」

「ふん、教えてやろう。オレ様はレベル34だぜ？」

「なにっ⁉」

おい。強いっての。こっちはレベル10だぞ？

ミーナに斬りかかるなと合図して俺は下がろうとしたが。

「しゃらくせえ、お前のスキルもいただきだッ！」

そう言って大男が斧とは反対の左手をこちらにかざした。

こいつ……！

【スキル強奪】を持っているな？

「ミーナ！　星里奈！　二人とも下がれ――ぐっ⁉」

「アレック！」「ご主人様！」

何もされていないが、変な衝撃が体にあった。

しまった。

どれを取られたかは分からないが、レアスキルだとしたら痛い。

「へっへっへっ、てめえのスキルは一つ頂いたぜ。これでこのスキルはもう使えねえぞ」

なるほどな、名うての剣士でもやられるわけだ。奥義のスキルでも奪われれば、形勢は一気に逆転する、か。

星里奈のアホが。滅茶苦茶ヤバい奴が残ってるじゃないか！

「しかし、なんだこのスキル？　聞いた事がねえスキルだな。スカ○ロ？」

なんだ、それか……。

「ガルドン、忠告してやるが、絶ぃぃぃぃ対にそれを使うぃぃぃぃな。絶対に後悔するぞ」

睨んで言っておいてやるが。

「へへへ、そう聞いちゃあ、使うしかねえよなあ？」

にやあと笑ったガルドンは、アホだな。

「ん？　んん？　くんくん、なんだか凄く旨そうな匂いが……い、いや、しかし、この臭いはッ！　うわ、や、やめろ！　バカ！　それは食い物なんかじゃねーぞッ！　ひぃいいい、よせぇ！」

ガルドンは自分の体の自由が利かなくなっているようで、顔を引きつらせながら道ばたに四つん這いになって近づいていく。スキル【スカト○】は道ばたの犬のうんこでも行けるらしい。オエー。

「何してる、星里奈、今だぞ」

今ならチャンスだろうと思うが、急に動けるようになるかもしれないので、俺は近づかない。

「え、ええ……。せいっ！」

青ざめた顔でドン引きしていた星里奈だが、気を取り直したように剣をガルドンに向かって振り下ろした。

「ぎゃっ！　くそっ！　動けん……！」

「しぶといわね……【スターライトアタック！】」

星里奈の剣から黄色い星の輝きが散ると、ガルドンはすでに息絶えていた。

あっけないな。

しかし今の、必殺系のスキルか？

かなり強力だな。

星里奈を敵に回すのは当分の間、やめておこう。


『レベルが3つ上がった！』

『レベルが13になった』

『攻撃力が10上がった！』

『防御力が8上がった！』

『スピードが9上がった！』

『最大ＨＰが19上がった！』

『最大ＴＰが12上がった！』

『スキルポイントを34ポイント獲得』

ラストキルを取ってないのにこれだけ上がったか。こっちが死ななくて良かったぜ……。

「星里奈、イオーネはどうした？」

俺は二階が気になって問う。

「それが、あの大男にスキルでやられちゃって……でも、致命傷じゃないわ」

それを聞いて安心した。

フリッツがイオーネを背負って階段を下りてくるが、イオーネは脇腹から血を流していた。結構酷そうな傷だ。

「倒してくれたか。僕はイオーネを神殿に連れて行く」

フリッツが言う。

「ええ。後始末は私達がやっておくから」

「ごめんなさい……」

イオーネが謝るが、気にする事でもないだろう。

だが、気にしそうな奴なので、俺は【ナンパレベル2】と【カウンセリング　レベル1】のスキルを使っておく。

「気にするな。片は付いた」

それだけかよ。あんま意味ねーなー。まあいいか。

「はい……」

「では、ご主人様、私は兵士を呼んできますね」

「ああ、任せた」

ミーナが走って兵の詰め所へ向かった。

「……ねえ、なんだってあんなスキルを……」

星里奈が気になったようで聞いてくる。

「それには触れるな。たまたま手に入れただけで、俺の意思じゃない」

「そう。私、その、そっちのプレイはちょっと無理というか……」

「だから、たまたまだと言ってるだろ！　俺だって無理だ、あんなの」

「そう。ふう、それなら良かった」

ほっと胸をなで下ろす星里奈はノーマルのプレ

イなら俺に付き合うつもりがあるらしい。

ちょっと生意気なところはあるが、体つきは良いからな。遊んでやるとしよう。

「私、生き残りがいないか、調べてくるわね」

「ああ」

星里奈が盗賊がたむろしていた建物の二階へと向かう。


さて、暇だ。

とはいえ死体の片付けは俺の仕事じゃあない。

と、一台の高級そうな馬車が通りかかり、目の前で止まった。

黒豚の紋章が微妙に違和感を覚えるのだが。

その馬車から太った中年男が降りてきた。

——貴族か。

面倒そうだし、関わらない方がいいだろう。あと、コイツのテカテカの髪がどうも生理的に受け付けない。

俺が立ち去ろうとすると、そいつが声を掛けてきた。

「おい、何をしておる。ガルドンを呼べ」

「ガルドンって……」

「お前達の頭の名前だ」

どうやらこいつは俺を盗賊団の一員と誤解しているようだ。

道ばたに死体が二つあるってのに、気づいてないのか、こいつ?

第二話　リオット男爵

盗賊団ブラッドシャドウの頭、ガルドンを倒したまではいいのだが。

太った貴族がどうしてそのガルドンに用があるのか。

どうにも嫌な予感がする。

「見ない顔だがお前は新入りか?」

太った貴族が聞いてきた。

「ええ、まあ」

俺の直感で、ここは否定しない方がいい気がした。【予感　レベル1】のスキルもあるからな。

「なら覚えておけ、私はリオット男爵、お前達の雇い主だ」

盗賊を雇っただと？　たまたま、盗賊と知らずに雇った可能性もあるが……。

「そうですか。それは、失礼を」

「うむ。ほれ、さっさとガルドンを呼んでこい。次の儀式まで待ちきれぬ。今日は人妻とやりたい気分なのだ。ククク」

あきれたが、こいつもブラッドシャドウの一員らしい。しかもプレイの趣味が外道だな。

「アレック、問題ないわ。盗賊団は全滅よ」

二階から下りてきた星里奈が、止める間もなく言ってしまう。しかも、俺の名前を言っちゃうし。

「な、なに？」

「誰、その人」

「リオット男爵、盗賊団の雇い主で、プレイのお仲間だそうだ」

「ええっ⁉」

「ど、どういう事だ？　むむっ、あそこに倒れているのはガルドンではないか！　くそっ、お前達、さては賞金稼ぎの方か！　馬車を出せ！　今すぐ！」

男爵は逃げるつもりのようだが、ここで逃がすと絶対に俺の命はアウトだな。

「星里奈ッ！　御者をやれ！」

「わ、分かった」

俺の方は馬車に乗り込んだ男爵に剣を振るう。

「ぎゃっ！　き、貴様、平民が貴族に怪我を負わせれば、死罪だぞ！　分かっているのか！」

「ああ、分かってるから、こうして口を封じてるんだ」

「なっ！　よ、よせ！　金ならいくらでも出す、ぐっ」

太った貴族は急に動かなくなった。彼の右手の小指に填《は》められた白いバラの指輪が、流れる血で赤く染まっていく。


ふう、死んだか。しかし、人間をやるのは良い気分じゃないな。

「どうするのよ、これ……」

星里奈が途方に暮れたように聞いてくるが。

「俺達は男爵を襲った盗賊を倒した。と言うわけだ」

が、残念ながら手遅れだった。手当をした
「ううん、正直に言った方が……」

「ダメだ。俺のスキルがそれは危険だと告げてる。それに、相手は貴族だからな。いくら俺達が勇者と言っても、通らないかもしれないぞ。たとえこいつが有罪でもな」

この世界の刑罰には詳しくないが、貴族なら平民を手込めにしても大した罪にならないかもしれない。一方、俺は無抵抗の貴族を手に掛けている。

こちらの顔と名前を相手に知られた以上、一度逃がしてしまえば男爵の報復が確実に来る。それを恐れたからです――と取り調べに対して正直に話したところで情状酌量があるとは思えない。

「ええ？　そうか……貴族制なのよね、ここは……」

どのみち選択の余地は無かったし、この太った貴族は盗賊と一緒にプレイしていたような外道だ。成敗してやった方が世のため人のためだろう。

「星里奈、銀貨を持ってるか？」

「ん？　ええ、持ってるけど」

「じゃ、一枚寄越せ」

星里奈から一枚もらって、そこでぼーっとこちらを見ている老人の手に握らせる。

「口止め料だ。いいな？」

ニッと笑った老人が親指まで立ててきた。呆けたフリしてちゃっかりしてやがる。

信用できるかどうかは今ひとつ俺も自信が無いが、全く無関係の老人を殺すのは後味悪いしな。

◇◆◇◆◇

俺は、盗賊頭ガルドンや手下の盗賊達に懸けられていた賞金一千四百ゴールドを冒険者ギルドで受け取る。

フリッツを含めて五人で分配するとたった二百八十ゴールドでさっぱり割に合わないが、賞金がもらえるだけマシだろう。

リオット男爵家からは男爵の仇を取ってくれたお礼をしたいと申し出があったが、謙虚に断っておいた。

向こうに気づかれてはいないはずだが、下手に関わりたくはない。

翌日、いつものように剣術道場に通う。


「おはようアレック、話があるから中に入ってくれ」

ウェルバード先生が俺を呼んだが、娘のイオーネを危険な目に遭わせた事に対する小言だろうな。この人はできた人間だから、いきなり俺を切り捨てて御免なんて事は無いと思うが、ちょっと緊張する。

「ミーナ、それほど警戒せずとも、私は君達にお礼を言いたいだけだぞ？」

「ああ、失礼しました、先生」

「まあ、座って茶を飲んでくれ。話はイオーネとフリッツからだいたい聞いた。渋っていた君をイオーネが無理に誘ったようで申し訳なかった」

頭を下げるウェルバード。

「ああいえ、頭を上げて下さい、先生。星里奈も、うちのパーティーの奴も乗り気だったもので」

「だが、ガルドンは相当な手練れだったと聞く。先日返り討ちにあったオーソンは私の同門でね、同じ師匠の下で稽古していた事があるんだ。彼がやられたと聞いて私も肝を冷やしたよ。私がいれば止めていたのだが、困った娘だ」

「イオーネの具合はどうですか」

「ああ、まだ怪我は治っていないが、あの傷なら問題ない。二日三日、安静にしていれば良くなるだろう」

フリッツが神殿に連れて行ったとはいえ、こっちの怪我は随分と治りが早いな。そういえば薬草もあったか。

「君達がいてくれなかったら、おそらくイオーネは盗賊に返り討ちにされていた事だろう。ま、これに懲りて、あいつも慎重になるとは思うが、礼を言うよ、アレック。ありがとう」

ウェルバードが再び頭を下げた。

「いえ、頭を上げて下さい、先生。倒したのは星里奈なので。俺はほとんど何も」

「だが、君がパーティーのリーダーだと聞いたぞ。一歩間違えば君のパーティーに死人が出ていたかもしれない。私に気を遣っての事だとは思うが、今後はイオーネの無理な頼みは引き受けなくてもいい」

「ええ、そうしますよ」

「うむ。お礼と言ってはなんだが、今後は君達二人の指導料はタダで良い。それと、引き替えにお願いするようで悪いが、イオーネの面倒を今後もよろしく頼む」

「ええ、分かりました」

「しかし、あれが剣術初心者の君に興味を示すとは不思議な事だ。冒険者の弟子はこれまでにも何人もいたのだが……」

そこは【魅了☆　レベル3】ですぜ、親父さん。喋ったら斬られそうだから、秘密にしておくけど。

「ご主人様は病気の私も買って助けて下さいましたし、立派な御方ですから」

ミーナが自慢げに言うが、まあ、病気を助けてやったのは事実か。下心はありありだったが。

「そうか。わざわざ病気の奴隷を買うなど、見上げたものだ。なるほどな。よし！　では、今日の稽古を始めるとするか」

「「はい」」

稽古場の庭に出る。

「おっ、アレック！　聞いたぜ！　スゲーな、ブラッドシャドウを倒すなんてよ！」

ビリーが目を輝かせて走り寄ってくるが、あの場にコイツがいたら、倒し方に色々と文句を言いそうだ。

「そうらしいな」

「けっ、なんだよ、そうらしいなって、自分の事じゃんかよ。かー、かっけー！」

「ビリー、整列しろ。話は稽古の後でもできるだろう」

フリッツが生真面目に言う。

「えー？　いいじゃんか、ちょっとくらいよー」

「ダメだ。では、先生、よろしくお願いします！」

「「よろしくお願いします！」」

「うむ。では、始めるぞ」

いい汗を掻いて、昼食を取った後はミーナと星里奈を連れてウサギ狩り。

一匹倒したところで星里奈が俺に向かって言う。

「ねえ、私達の実力なら、こんなモンスターを狩るより、ダンジョンに潜ってみない？　初心者向けに南の洞窟があるわ。その方が――」

効率がいい、か。安全マージンを無視した効率なんてくそ食らえだぜ。

「ダメだ。盗賊団の一件を忘れたか。レベル30オーバーの奴に出くわして、下手するとパーティーに死人が出てたぞ？」

「それは……ええ、ごめんなさい。あなたの言う通りだわ、アレック」

神妙な顔でそう言った星里奈も真面目に反省した様子。ならいい。

ひたすらウサギ狩りだ。

「おっ！　出た、赤玉！」

うしっ！

【幸運】のスキルを一つ上げて、Ｍａｘにした甲斐があったぜ。

【レアアイテム確率アップ　レベル４】の方は次のレベルアップに必要なポイントが５００なので残念ながら手が出ない。

「ええ？　ああ、宝玉ね」

この様子だと星里奈も一つか二つは出した事がある様子。

「これはオークションで売りに出すから、俺が預かるぞ」

小袋に大事にしまっておく。

「ああ、売りに出すんだ。どれくらいで売れるの？」

「前回は競り上がって五万だ。手数料で一万取られたがな」

「あ、結構な値段が付くのね。私も取っておけば良かったかな」

それからも粘ったが、続いては出なかった。やはり価値の高いレアはそう簡単には出てくれないようだ。

それでも何日か続けていれば、また出るだろう。

確かメルロの話では、それ目的の奴隷は、十万から十五万だったな。あと宝玉二つで買えそうだ。

ミーナは俺の奴隷で飯と装備だけ面倒を見てやれば良いのだし、星里奈は言いくるめて戦闘員を補充すると言えば分配は後回しで了承するだろう。

ふふっ。

まだ見ぬ奴隷娘に期待が膨らむ。

「よし、今日はここまでにして飯を食いに行こう」

「ええ、そうね」

「はい！　ご主人様」

ちょっとリッチな気分の俺達は酒場でそれなりに豪華な夕食を取り、宿へ戻ろうとした。

「きゃっ！」

「む」

出会い頭に小柄な少女とぶつかってしまい、俺は全然平気だったが、彼女の方は派手に転んでしまった。

ローブを頭からすっぽり纏っているので少女の顔はよく見えない。

「大丈夫か？」

「は、はい、大丈夫ですっ、すみませんでしたっ！」

よほど急いでいるのか、そいつは謝るなりタタタッと走っていった。

「何をあんなに急いでいるのかしら」

「そうですね……」

星里奈とミーナが気にするが、怪我をしていないなら別にそれでいいだろう。アイツの事情なんて俺達の知った事じゃない。

宿屋に戻った俺は、装備を外し、さっそくスキルを吟味しようとベッドに腰掛けたが。

【スる　レベル1】Ｎｅｗ！

また新しいスキルが増えていた。俺の持ってる【スキルコピー　レベル1】がまた仕事をしたようだ。

もしや、と思ってポケットの小袋を確認するが、その小袋が無い――

「くっそ！　あのクソガキ！」

第三話　リリィ

スられた。

せっかく手に入れたレアドロップの宝玉を。

俺とした事が、ロリ属性のせいで、つい油断してしまったぜ。

だがッ！

こちらには【鋭い嗅覚☆　レベル4】を持つ犬っ娘のミーナがいる。

「追えるか、ミーナ？」

「余裕です、ご主人様」

俺の問いに力強くうなずくミーナ。

頼もしい奴隷だ。

「あの子、一週間はお風呂に入ってないようで、かなり臭ってますから。今日も腐りかけの生ゴミを漁ったようです」

「そ、そう。それもちょっと可哀想ね……」

星里奈が同情したように言うが、だからといって俺の奴隷ハーレム計画を邪魔して良い事にはならない。

たっぷり【スパンキング　レベル2】でお仕置きしてやる。さっき、習得しておいた。


街の明かりを頼りに、夜の路地を進む。

酒場の喧噪を通り過ぎて裏路地に入っていくと、すでに住民達は寝静まっているのか、辺りには俺達の鎧の音だけが響き渡った。

「近いです」

ミーナが振り向いて小声で言う。

「よし、ここからは慎重に行こう」

「ええ。敵は一人しかいないわ」

星里奈が言うが、コイツは何か気配を探れるスキルを持っている様子。

あの小さいガキ一人なら、余裕のはずだ。

目の前に屋根が崩れて放置された様子の荒《あば》ら屋《や》が一軒、他の家とは離れた場所にある。

昔はそれなりに立派だったのだろう。俺達はその家の裏庭から忍び込み、壁の後ろで息を潜めた。

「あー、楽勝～。まさか宝玉を持ってるなんて、あの冴えないおっさんもなかなかやるじゃない。

ま、全然警戒してなかったし、貴重品を腰のポケットに入れてるなんてタダの間抜けよ、間抜け、あははっ」

言ってろ、ガキが。

星里奈に目で合図すると、彼女は表の出入り口を押さえに行く。

「これで、ベッド、買えるかな？　いや、まずは雨漏りをどうにかしないと。あと、お風呂、入りたい……」

おやっと思ったが、コイツは湯浴みじゃなくて、お風呂と言ったな。こちらでは上流階級しか風呂には入らないようで、星里奈もぶつくさ言ってるが。

ま、そんな事はどうでもいい。

そろそろ星里奈が表を押さえたはずだ。

「行くぞ、ミーナ」

「はい」

俺より運動神経が良いミーナを先に行かせ、俺も後から付いていく。

「誰っ⁉」

気配に気づいたようだが、もう遅い。

ナイフを持って突破しようとしたそいつを、ミーナが足払いで軽々と倒し、背中から押さえ込んでナイフも取り上げた。

「よし、良くやった、ミーナ。星里奈、もう良いぞ」

「ええ。楽勝だったわね」

こいつに仲間はいないようだし、もしいたとしても気配を探れる星里奈と嗅覚が鋭いミーナがいれば不意を突かれる事も無いだろう。

「さて、俺から盗んだ物を返せ」

そいつのフードをめくって俺は言う。ろうそくの明かりで色は怪しいが、ピンク色の髪の子供のようだ。こちらの世界は青い髪の奴もいるが、ピンクはまだ見た事が無かった。

「何の事？　ぐっ⁉」

この期に及んですっとぼけるので俺はそいつの顔にグーパンチを食らわせてやった。

「ちょっとアレック！　相手は女の子よ？」

星里奈が咎《とが》めるが。

「だからどうした。男女平等パンチだ」

「ええ？　それでも本当に勇者なの……？」

「俺が望んだ訳じゃない。勝手にそうなってるだけだ」

「もう。それより、あなたも、他人の物を盗んだりしてはダメよ。返しなさい」

「ふん、生きるために盗んで、何が悪いのよ」

反省の色無し、だな。

「ええ？　何が悪いって……」

「違うな。お前はまだまともに動けるし、街の外で薬草を集めれば、生活には困らないはずだ」

俺は言う。

「それは冒険者カードがある人の話でしょ。私は持ってないわ」

「どうして？」

星里奈が聞く。

「それは……」

「大方、過去に犯罪をやったか、依頼に失敗したんだろう。自業自得だ」

「くっ！」

俺が言うと悔しそうにそいつは唇を噛んだが、当たらずとも遠からずってとこだろうな。

「さあ、出せ。今なら処女とスパンキングだけで許してやる」

「ちょっと！」

「ご、ご主人様……」

星里奈はともかく、ミーナまで引き気味の顔になってしまった。仕方ないな。

「とにかく返せば許してやる。さあ、出せ」

「ふん、もう無いわ」

「あ？　チッ。ミーナ、コイツを脱がせろ」

「はい」

ミーナがローブをはぎ取ったが、そいつは抵抗しなかった。しかし、ノーパンか。下着くらい、どうにかしろと。

しかも小汚いから、つるぺたなのに全然そそらないときた。

「さ、調べたいなら、いくらでもどうぞ。もう使っちゃったから、返せないけどね」

くそっ！　アイテムとして消費したのか！

腹でも蹴ってやろうかとも思ったが、それで宝玉が戻ってくるわけでもない。どうせまた明日狩りをすれば一つくらいは出てくるだろう。

俺は諦めて聞いた。

「お前の名は？」

「リリアーナ＝フォン＝ヴァレンシア。長ったらしいからリリィでいい」

「んん？　貴族なのか？」

「さあね。少なくとも今は違うわ」

自嘲気味にそう言う彼女は、本当に貴族だったらしい。随分と落ちぶれたもんだな。

「ふう。ミーナ、先に戻って、宿屋の親父に湯浴みの用意をしてもらえ」

「はい！　ご主人様！」

俺がリリィの面倒を見てやるつもりだというのが分かったからか、嬉しそうにうなずいたミーナが走って行く。

「リリィ、取引だ。大人しく俺に付いてくるなら、湯浴みと明日の飯は保証してやろう」

「……何を、させるつもりなの？　人殺しはやらないけど」

「別に、ウサギ狩りに付き合わせてやるだけだ。お前に金の稼ぎ方を教えてやる。それで四万ゴールドを働いて俺に返してもらうぞ」

「四万なんて、無理よ……」

「そう難しい事じゃない。ま、とにかく拒否権は認めない。星里奈、連れてきてくれ」

「ええ。さ、行きましょう。お湯で体を流した方が良いわ、女の子ですものね」

「うう……」

自分の境遇を悲観したか、優しい星里奈の言葉に絆《ほだ》されたのか、目を潤ませたリリィは、素直に俺達に付いてきた。


「お客さん、どうせなら綺麗な奴隷を連れてきて下さいよ」

宿に戻ると親父が文句を言ったが、俺だってそうしたい。

「アイツは奴隷じゃない。ま、次は気をつける」

「頼みますよ」

ミーナにリリィの世話を任せた俺は部屋に戻った。ベッドで少しソワソワしながら待つ。

「ねえ、【スパンキング】ってどういうスキルなの？」

隣に座った星里奈が聞いてくる。

「じゃ、試してやるから、服を脱げ」

「ええ？　今？」

「ああ。どうせあいつらも時間は掛かるだろう」

「ううん……わ、分かった」

すでに何度も裸を見せたせいか、星里奈も抵抗は少ない様子。

「んっ、あっ、あんっ」

最初は普通に胸を触ったり舐めてやり、少し体をほぐしてやったところで、ベッドに四つん這いにさせる。

「じゃ、使うぞ」

「え、ええ」

まずは軽くお尻をパチン。

「きゃっ」

「これがスパンキングだ」

「そ、そうなんだ……」

「お前はどうなんだ？」

好みかどうかを聞く。

「え、えええと……」

「ま、一回だけじゃ分からないだろうしな。もうちょっとしてやる。痛くなったら言え」

「わ、分かった。きゃっ、あうっ、ちょ、ちょっと待って、もっと優しく、あんっ！」

俺にはそこまでの興奮は無いが、コイツをお尻ペンペンしているという構図がちょっと楽しい。

「ほら、どうなんだ。感じてるのか、嫌なのか、自分の気持ちくらい、分かるだろう」

「それは、あんっ！　くうっ！　屈辱で、嫌なんだけど、でも、これ、ああんっ！」

なんだ、好きなのかよ。

「お前、女子校生でそれはヤバいぞ？　スパンキングとレイプが好きなんて同級生に言ってみろ、全員、マジでドン引きだ」

「そ、それは……。べ、別に好きじゃないわ」

「嘘をつくな」

ペチン！

「あんっ！」

「お前、他のパーティーを追い出されたからって、何も俺のパーティーで頑張らなくたって良いはずだろうが。こうやって俺にされるのが気に入ったから、出て行かないんだろ」

「ち、違う、それは同じ勇者だから……きゃっ！」

【言葉責め　レベル1】も習得して、使ってみる。

「正直に言え、こうやって俺にねちねちいじめられるのが好きになったんだろ？　女子校生で勇者なのに、とんだ変態だ」

「くう……！　だ、だって、こうやってあなたに責め立てられると、ゾクゾクして、お腹がきゅんきゅんして、仕方ないじゃない！　うわーん！」

「泣くな、鬱陶しい。それもタダの性癖だ。ほれ、お前の好きなように後ろから犯してやるから、ケツを上げろ」

言われたとおりにする星里奈に、俺は【レイプ　レベル1】のスキルを使って挿入する。

「あっ、くう、これ、ホント、ダメなのに……あんっ」

「どうだ、好きでもないおっさんに後ろから突かれて、愛のないセックスをさせられてる気分は」

「そ、それは、い、言えないもん、あんっ！」

「顔を真っ赤にして喜んでんじゃねーよ。ミーナもあきれ顔で『あんな変態な人は見た事無いです』って言ってたぞ」

「ええ？　う、嘘、ああんっ！」

ま、嘘だけどな。

「ほら、しっかり締めろ。たっぷり開発して、日本に帰ったときには自分から股を広げてアンアン言ってるところを動画でライブ中継してやるから。お前の学校のお友達が裏でツイートしまくりだな、きっと」

「そ、そんなの、絶対、だめぇええええ！」

それで絶頂を迎えたようでビクンビクンと数回痙攣して果てる星里奈。

「あのう、ご主人様、湯浴み、終わりましたけど……」

おずおずと報告してくるミーナ。

そのミーナの脇で顔を真っ赤にしてこちらを見ているリリィがいた。

第四話　お仕置き、失敗

そういう事をしてやろうとは思ってリリィをここに連れてきたのだが、いきなり嫌がっているように見える星里奈との行為を見せたのはミスったな。

一応、釈明はしておこうか。

「リリィ、勘違いはするなよ。星里奈とは合意の上でやっている事だ」

こんな子供に合意の意味が分かるかどうか、ちょっと心配になるが。

「そ、そんなの言われなくたって、あなた達を見てれば恋人だって分かるわよ」

「へえ、そうか」

改めて彼女を見る。服はミーナが貸してやったようだが、だぼだぼだ。明日、コイツの服も買ってやるか。

髪は綺麗な艶のあるピンクでそれほど長くはないが、耳は隠れている。大きめの透き通った瞳に、可愛らしい小さな鼻と唇でいかにもなロリ顔だ。もちろん体も小さい。

年齢は思ったよりは上のようで、セックスに興味があるのか、こちらをチラチラと落ち着かない様子で見つめている。

「ミーナ、星里奈を自分の部屋に連れて行ってくれるか」

「分かりました」

こういう状況下でも忠実に動くミーナは使い勝手が良い。後でしっかり可愛がってやろう。

気を失っている星里奈に彼女の服をかぶせ、ミーナはひょいと担ぎ上げて部屋から出て行く。

「うっ……」

一歩、後じさるリリィ。

「取引だ、リリィ。このベッドの上に来るだけで、明日は腹一杯、食わせてやるぞ。いや、ちょっと待て。ほれ、今、パンとチーズをくれてやろう」

俺は背負い袋から小腹が空いたときに食べようと取っておいたパンとチーズを取り出す。

「あっ、ほ、本当に？　そこに上がるだけで？」

「ああ、約束だ」

「ううん……絶対、嘘、騙されちゃダメよ、リリィ」

「あのな、まず初対面のお前との信頼関係が作れないとパーティーは組めないだろ。お前が俺に心を許したところでガブリと行くつもりだから、今は安心しとけ」

「ちょっと！　ガブリと食べるなら、ダメじゃない」

「まあ、別に本当に食ったりするわけじゃないぞ？　お前を一人前の女として認めてやろうって話だ」

「ゴクッ。そ、そう……」

「さあ、どうする？　割と上等なチーズだぞ？」

「ちょ、頂戴！」

食欲が警戒心より勝ったようで彼女はすぐにベッドに上がってきた。小さな手足。

「ほら」

「ああ、久しぶりのパンとチーズ！」

安宿の朝食で出てくるタダのパンとチーズだが、そこまでありがたがられると、ちょっと可哀想になる。

「好きなだけ食え。ほれ、水もちゃんと飲んで、ゆっくりな」

「あむっ！　んぐ！」

聞いちゃいねえ。口に押し込んですぐに飲み込んだリリィは、恍惚とした表情を見せた。

「お、美味しかった……」

「そうか。それは良かったな」

「うん！」

「じゃ、取引だ」

「な、何よ……」

「心配するな、今の取引はちゃんと完了した。どちらも約束を守って問題が無かった。これは新しい取引だ」

「ゴクッ、わ、私は、な、何をすれば良いの？」

「話が早いな。裸を見せてくれたら、明日の朝食、温かいスープとさっきのチーズを付けてやろう」

「ええ？　裸……？　で、でも、スープ、うう、ちゃんと、食べられるヤツ？　腐ってない？」

「バカ、普通に宿屋が客に出すヤツだぞ。そんなわけあるか。美味しいヤツだ」

「わ、分かった。これも、スープのため、うう、お父様、お母様、申し訳ありません……」

服を脱ぎ、胸を隠すリリィの羞恥心《しゅうち》は人並みのようだ。

「約束が違うぞ、リリィ」

俺は低い声を出す。

「な、何が？」

「俺は裸を見せろと言った。手で隠すな」

「う……わ、分かったわよ。これでいい？」

顔を赤らめつつ、リリィが手をどける。おお……。

まだ膨らみかけの乳房は、小さな突起がなだらかな丘の上に載《の》っているという感じの未成熟な肉体だ。

「いいぞ、リリィ。実にいい」

「うう、私の体なんて、そんなに良いとは思えないけど」

「バカ、もっと自分に自信を持て。色も白いし、すべすべで柔らかそうじゃないか」

そう言って俺は手を伸ばす。

「あっ、だ、ダメよ。触るなら、新しい条件を飲んでもらわないと」

「おお、そうだったな。いいぞ。じゃあ、お前に新しい服を買ってやろう。それでどうだ？」

「一式、下着も買ってもらうわよ？」

「もちろん。ただし、平民の服だ」

「ええ、それは分かってるわ。私はもう、王族では無いのだし……」

「んん？　お前、貴族じゃ無くて王族なのか」

「あっ、な、何でもない。貴族よ」

「まあ、詮索はしないが。じゃ、成立だな？」

「え、ええ」

俺が手を伸ばすと、怖いのか、きゅっと目を閉じて震えるリリィ。おそらく、まだ男には誰にも触られた事が無いのだろう。

その事実に俺は興奮する。

「さあ、おいで」

スキルの【カウンセリング　レベル1】と【ナンパ　レベル2】を使って優しく言ってやり、体を少しだけ寄せてきたリリィを抱き寄せる。

「あっ……」

怖がっているようなので、しばらく何もせずに抱きしめてやる。

「ん、温かい……」

緊張が少し解けたようで、体のこわばりが無くなった。

「じゃ、触るぞ？」

「え、ええ」

リリィの同意を得て、まずは幅の狭い肩を撫でてやり、次に背中を優しくさすってやる。

「んっ、はっ、あんっ」

それだけで感じてしまったのか、リリィが吐息を漏らす。

「次はここだ」

ちっちゃいお尻を両手で上から包み込んで、さすってやる。

「ひゃっ、あっ、あんっ、な、なにこれ、くうっ！」

ビクンと震えたリリィは未知の感覚に戸惑っている。

「それが男に触られるという事だ。こっちも触ってやる」

「あ……だ、ダメ」

胸を触ろうとしたが、怯えたリリィは腕で覆い隠してしまう。

「ダメだ。手をどけろ。約束だろ。スープが欲しくないのか？」

幼《おさな》らしい少女に食べ物を人質に要求するなんて、自分でも外道だなぁと思いつつ言う。

「うっ、ほ、欲しい」

「じゃあ、どうすればいいか、分かるな？」

「うう……これで、いいのね？」

「ああ、よくできました。気持ち良くしてやるから、期待してろ」

「べ、別に、そんな事、あんっ、ひゃっ、あっ、そ、そこは、ああっ！」

肋骨の上の薄い膨らみを指でなぞっていくと、ビクビクとリリィが反応する。体は小さいが、敏感だ。

俺はその桃色の乳首を舌で舐め上げ、吸っていく。

「ひゃっ、あんっ、やぁっ、舐めちゃ、だめぇ」

「我慢しろ。スープに卵を付けてやる」

「ほ、ホント？」

「ああ、本当だとも」

卵の料金くらい、簡単に払える。明日は玉子スープに決定だな。

「じゃ、じゃあ、いい……」

目を伏せてそらし、恥じらうリリィ。

「良い子だ」

乳首を交互に舐めてやり、脇腹やお尻を触っていると、リリィの息が荒くなってきた。

「はぁ、はぁ、はぁ、な、何か、体が、おかしいの」

「大丈夫だ。俺の物を受け入れる準備をしてるだけだ」

「準備？」

「ああ、コイツだ」

「うっ、あ、ああ……」

それくらいの知識はあるようで、少しがっかりだが。俺のそそり立っている部分を見たリリィがゴクリと唾を飲み込んだ。

「じゃ、次は、こっちだ」

舌を下に滑らせていく。

「えっ！　そ、そこは、やっ、そこは、ダメ、ダメだってばぁ」

恥ずかしいようで、身をよじって逃げようとするリリィだが、俺ががっちりと両手で足首を掴んでいるので、逃れられない。

「少しの間だ、我慢しろ。肉を付けてやる」

こちらの肉は臭みがあってあまり俺は好きではは

ないのだが、なんとなく肉が好きだろうと思って言ってみる。

「ま、待って、それより、果物がいい」

「分かった。じゃあ、それで」

合意成立。つるぺたのリリィの割れ目を執拗に舐め上げていく。

「ひっ、あうっ、ああっ、いっ！　くううっ！」

ひくひくと下のお口でも喘《あえ》ぐリリィの形を舌で確かめていると、リリィが懇願《こんがん》してきた。

「お、お願い、アレック、もう許して、我慢できないのぉ……」

「じゃ、そろそろ終わりにしてやろう。力を抜いてろ」

リリィに俺の先端をあてがい、彼女の内側へと侵入させていく。

「あ、ああっ、だ、ダメ、そんなの、入らない！」

「大丈夫だ。痛くはないだろ？」

「痛くはないけど……で、でも」

充分にほぐしてあるし、リリィの準備はできている。後は心の問題だ。

「俺を信用しろ。幸せにしてやる」

【言いくるめる　レベル1】を使う。

「わ、分かった、くう…！」

奥まで入れて、そこからまずは小刻みにゆっくりと動かしていく。

「んっはっ、あうっ、はぁんっ、んんっ、やっ、んっ！」

左右に首を振りながら、押し寄せる快楽の波に必死で耐えようとするリリィ。

その健気な姿が可愛くて仕方なかったので、ついつい、俺も激しく動いてしまう。

「やんっ、ひっ、だ、だめ、気持ちよしゅぎて、ひっ！　ああっ！」

リリィは先にイってしまったようだが、構わず腰を動かし、俺も果てる。

「あ、スパンキング、忘れてたな……」

終わってから気づいたが、まあいい、こいつは俺と相性が良さそうだ。またいつでもできる。

俺の腕の中で気持ち良さそうにしているリリィの髪を優しく撫でてやり、俺も寝る事にした。

✧第五話　昇段

ゲシゲシと顔を蹴られたので俺は起き上がってそいつの小さな足を掴む。

「は、放せ！」

ピンク髪の幼児体型がつるぺた全開にしているが。

「いい加減にしろ、リリィ。お前、飯が食いたかったんじゃないのか」

「くっ、そうだけど、玉子スープなんかで私の純潔を奪うなんて……！」

「取引に応じたのはお前だ。恨むなら自分の境遇を恨め。元が高貴な生まれでなければ気にもとめないような事だろう」

蹴られるのは敵わないのでここは【言いくるめる　レベル1】だ。

「そんな事は……ううん」

高貴でなかったらどうだったのか、知るよしもないリリィが悩む。

その間に俺はベッドを降りた。

「じゃ、朝飯を食べに行くぞ。その後で星里奈に服を買ってもらえ。午後からは俺に付き合ってもらうぞ」

「ゴクッ、わ、私に、何をさせるつもり？」

「バカ、変な期待をするな。ただの狩り、お前にまっとうな金稼ぎの方法を教えてやる」

「ええ？　狩りなんて……」

「生ゴミを漁ったり、危険な相手にスリを仕掛けるよりはマシだぞ」

「む……ふう、分かったわよ」

どちらに懲りたかは知らないが、いい加減こいつも自分の生活に嫌気がさしていたに違いない。

それと、きっちり宝玉の分を働いて返してもらわないとな。俺は慈善事業なんてやらねえぞ?

◇◆◇◆◇

剣術道場に行くと、イオーネが元気な姿を見せてくれた。

「ご心配をおかけしました」

「いや、特に心配はしていない」

「ふふっ、そうですか。残念です。フリッツは寝ずの看病をしてくれたのに」

拗《す》ねたのか俺への当てつけか、イオーネは微笑みながらそんな事を言う。隣で少し照れているフリッツの立場が無いな。

「なら、フリッツに感謝するんだな。もう動けるのか?」

「ええ、剣も振れますよ。午後から、またご一緒しますね」

「ああ」

フリッツが一緒に来ると言い出さないか少し心配したが、彼は剣術を極めるつもりらしく一心に剣を振っていた。盗賊に後れを取ってイオーネが怪我をしてしまった事に未熟さを感じての事だろうが、真面目だね。

ま、顔の良いコイツなら女に苦労はしないだろう。門下生のそばかす少女もフリッツを目で追ってるし。その子は俺の【魅了☆ レベル3】の影響下に入ってはいないようだ。そこそこ美人でも俺の好みのタイプではないからか。

「では、今日の稽古を始めよう」

「「はい!」」

ウェルバード師範が穏やかに言い、門下生の元気な返事が稽古場に響く。

一通り素振りと型をやったあと、フリッツやイオーネを初めとする上級者は二人で打ち合いを始め、ミーナもそちらに割り振られた。

一方の俺はひたすら素振り。早く終わんねえかなあ。

「アレック、ちょっと来なさい」

むむ、真剣さが無いとお叱りを受けるかな。ちょっと力を抜きすぎた。

「はい」

「少し私と手合わせしてみよう」

「はあ」

ウェルバードが直々に指導してくれるようだが、門下生の注目が集まるし、嫌なんだよな、これ。

「他の者も、少し手を休めて見ていなさい」

「「はい、先生」」

「悪いお手本だな、きっと」

ビリーが腕組みして勝手にうなずいているが、うるせ。

「では、アレック、どこからでもいいぞ。全力で打ち込んで来なさい」

「はあ、じゃ、遠慮なく」

俺のレベルと実力ではとてもウェルバードの相手にならないはずなので、ここは本気で行く。

剣がすっぽ抜けては危険だし、笑われてしまうので、柄を固く握りしめ、まずは力任せの一撃。

ギンッと金属のいい音がして、簡単にこちらの剣が弾かれた。下手に逆らわずにその勢いを利用して振りかぶり、さらに一撃。今度は弱めにして連続攻撃を狙う。

だが、どこに打ち込んでもきっちり受けてくるウェルバード。ふう、こいつが敵でなくて良かったぜ。ま、敵なら敵で、目つぶしやら罠やら、何でもありで行くけどな。

「よし、ではこちらから行くぞ」

「ええ？　いや、ちょっと」

ウェルバードの持っている剣は練習用の刃が無い物だが、それでも鉄、当てられればタダでは済まない。

俺の実力に対してそれはないだろうと思いつつ、ヒヤヒヤしながら防いでいく。右、右、左上、そして回り込んでの右。

「おお？」

ビリーが変な声を上げたが、俺が受け止めに成功するとは思っていなかったのだろう。回り込んでの一撃は予想が付いていたから対処できた。

だが、最後の一撃、鋭い突きを放たれて俺は手も足も出なかった。

「参りました」

「うん、よくやった、アレック。自分で練習していたのか？」

「ええ？　いや、そんな事はしてませんが」

「なら、モンスター相手の狩りで掴んだか。おめでとう、君は今日から剣士ランクEに昇段だ。半年かかると言ってしまって悪かったが、ここまで早く成長するとはな。正直、驚きだ。君は上の剣士を目指せるかもしれないぞ」

ふむ、褒められたか。アレだな、たぶん、剣術系のスキルをまたコピーできたのだろう。

念じてステータスを確認してみたが、思った通り【剣術　レベル1】を習得していた。

俺の【スキルコピー　レベル1】は残念ながら相手からコピーしたスキルは軒並みレベルが1に下がってしまうので、高レベルスキルを覚えるのには向いてない。

上級の剣士を目指すとなれば、スキルのレベルアップにかなりのスキルポイントを注ぎ込まねばならないはずだ。それはどうもマゾい気がする。

「いえ、前にも言ったとおり、冒険者として必要な腕前さえあればいいので」

変に欲を掻いてスパルタ教育になってもアレなので、俺はそう言っておく。

「くっそー、アレックがかっけー。そこは一流剣士を目指せよな！」

「ビリー、他人にあれこれ言う前に、まずは自分の精進でしょ」

イオーネが言う。ウェルバードもうなずいた。

「そうだな。各自、他人の成長に刺激されるのも良いが、自分の目標を忘れぬように」

目標か。よし、金を十万貯めて、奴隷商人のところへ行くぞ！


稽古を終え、昼飯を食べにレストランに行くと、ちょうど星里奈とリリィもそこにいた。

「ああ、アレック。ほら、リリィの服、買っておいたわよ」

「ああ。それなりになったな」

半袖の可愛らしい布の服《ワンピース》。下は動きやすさを考えてか、やはりミニスカートだ。

「フン」

リリィは不満そうにそっぽを向いたが、逃げ出していないのなら、それでいい。


「じゃ、ウサギを狩るぞ」

イオーネも合流し、俺、ミーナ、星里奈、イオーネ、リリィの五人パーティーで狩りをやる。

楽勝過ぎて一匹のウサギを相手にするのは逆に効率が悪いのだが、メンバーが分散すると【スキルのパーティー共有化　レベル1】と【レアアイテム確率アップ　レベル4】が有効にならないので、仕方ない。この共有化スキルのレベルを上げれば大丈夫になりそうな予感もするが、レベル2にするのにポイントが50と重いスキルなので賭けに出る気にはならない。

リリィのステータスは【パーティーのステータス閲覧　レベルMax】で見たが、総合レベル3でしょぼかった。これでは狩りに出る気にもならないか。

あと、スキルもほとんどがゴミスキルでちょっと彼女に同情する。

〈個人スキル〉
【ワガママ　レベル3】【不運　レベル1】【不幸　レベル1】【おねしょ　レベル1】【マナー　レベル1】【高貴な血筋☆　レベル5】【ゴミ漁り　レベル2】【スル　レベル2】【逃げる　レベル2】

【おねしょ】のスキルがあるが、パーティーの奴らには黙っておいてやろう。

問題は【不運　レベル1】だ。

【幸運】のスキルを取らせて、打ち消せればいいのだが。俺まで不運に巻き込まれては敵わない。

宝玉の出が悪くなったら嫌だ。

「ほれ、リリィ、さっさとラストスキルを取れ。どんどん行くぞ」

「うう、なんで私がこんな事、えいっ！　いたっ！」

ナイフだとやはりリーチが足りない分、難しいか。だが、リリィは筋力が無いので剣は振れないんだよな。

それに彼女は最大HPが18しかないので、ウサギの一撃でも結構危ない。こまめに薬草で回復してやり、俺達が手加減攻撃しながらウサギを囲み、お膳立てもする。

「レベル上がったけど」

「よし、じゃ、【幸運】のスキルを取ってみろ。やり方は分かるな？」

「うん。あれ？　こんなにスキルポイントが。まあいいか」

目を閉じたリリィがスキルを取ったようだ。こちらでも確認する。

〈個人スキル〉
【ワガママ　レベル3】【不運　レベル1】【不幸　レベル1】【おねしょ　レベル1】【マナー　レベル1】【高貴な血筋☆　レベル5】【ゴミ漁り　レ

ベル2】【スる　レベル2】【逃げる　レベル2】
【幸運　レベル3】New!

「うーん」

言う事を聞いてくれたのは良いが、【不運】のスキルが打ち消されていない。

「あ、【不運　レベル1】が消えてないわね」

星里奈が言うが、コイツ、【パーティーのステータス閲覧】を取ったな？

10ポイントも使うので、できれば他のを取って欲しかったが、取ってしまった物は仕方ないか。

「えっ！　ちょっと、私のスキル、見ないでよ！」

リリィは【おねしょ】のスキルを知られるのが嫌だったか、顔を真っ赤にして逃げ出そうとする。

「待て」

掴む。

「放してよ！」

「あー、ごめんね、リリィちゃん」

手をひらひらさせ苦笑して謝る星里奈。俺は星里奈をひと睨みしてから言う。

「リリィ、俺のレベルがもう少しで上がる。そうすればそのスキル、消せるかもしれないぞ」

「えっ、ホントに？」

第六話　意外に使えるスキル？

リリィのスキルを消せるかどうか、確信は無い。だが、何とかなりそうな気はする。俺には【予感レベル1】のスキルもあるからな。

「ミーナ、周囲を警戒してくれるか」

「はい、ご主人様」

フィールド上で話し合いをやるのは本来、好ましい事ではない。

モンスターに不意打ちされる可能性があるからだ。

だが、リリィが逃げ出しそうだし、ここは詳しく話しておいた方が良いだろう。

「まず、確実なのはお前が【スキルリセット】のスキルを覚える事だ。20ポイントの消費だが」

「んん？　そんなの無いけど」

「私はあるわ」

リリィには無いが、星里奈はある様子。

ポイントが不足していてもスキルは表示されるはずなので、これはレベルが足りないのか職業の問題か、ひょっとすると勇者限定スキルなのかもしれない。

「じゃあ、俺がレベルを上げて【パーティーのスキルリセット　レベル1】か【パーティーのスキル消去　レベル1】を取ってお前のスキルを消す方法だな」

二つのスキルが今、頭に浮かんでいる。ポイントはそれぞれ30と20で消去の方が安いが、リセットの方がポイント還元があるのでお得だろう。

「待って。でもそれ、アレックのスキルポイントを使うって事だよね？」

リリィが怪訝な顔をして確認を取ってくる。

「そうだな」

俺はすでに自分のスキルをリセットできる【スキルリセット　レベル1】を持っているので本来は必要ない。

「じゃあ、なんで……」

「しばらくお前が俺のために狩りをするからな。途中で【不運】のスキルが働いて死なれても寝覚めが悪い」

建前としてはそうだが、コイツは俺の宝玉を奪ってくれたからな。きっちり働いて返すまでは解放するつもりは無い。

「そ、そう。……あ、ありが……、あーもう！　何でもない！　好きにすれば？」

照れくさかったようで途中で礼を言うのをやめてしまったリリィだが、チョロいな。ま、俺には

【魅了☆　レベル3】もあるし、しっかり落としてやるとしよう。

照れたリリィを見て星里奈が微笑む。

「ふふっ。でも、私には【パーティーのスキルリセット】は無いわ。人によって取れるスキルも違うみたいね」

俺と同じ勇者の星里奈が取れないとなると、個人用の【スキルリセット】を取得していないと派生スキルが出てこないのかもしれない。ま、パーティーの誰か一人が覚えていれば充分だし、逆に勝手に俺のスキルを消し去られても怖い。

「じゃ、俺だけ取れば良い。この話は他言無用だ、いいな？」

全員に言っておく。

「ええ、分かったわ」

「分かりました」

「はい！　ご主人様」

「うん」

ウサギではなかなかレベルが上がりそうにないので、森に入り、『マウントエイプ』というモンスターを狩る事にする。

イオーネの話では、この近くで一番レベルが高いモンスターだそうだ。

レベルが低いリリィは危ないので、いったん街まで送り、宿屋で待機させておく。

「上に二匹います！」

ミーナが【鋭い嗅覚☆】で察知し、全員が戦闘態勢に入る。

「ウッホウッホ！」

一匹が木の枝を伝って降りてきた。小さめのゴリラだな。毛は灰色。

「はぁーっ！」

「ギャッ！」

星里奈がすぐに切り込み、ダメージを与えた。そのまま追い込みをかける星里奈に俺は叫ぶ。

「待て、星里奈！　俺がとどめを刺さなきゃ意味が無いだろ」

「ああ、ごめんなさい、そうだったわね」

スキル取得のため、優先して俺のレベルを上げる予定だ。

「はっ！　やっ！」

「それっ！」

もう一匹はイオーネとミーナが相手をしているが、余裕がありそうだな。そう思ったとき――

「ウホ、ウホ、ウホ！」

両手でドンドンドンと力強く胸を打ち鳴らすマウントエイプ。なんだ？　威嚇のつもりか？

「気をつけて下さい！　仲間を呼んでいます」

イオーネが言ったが、チッ、早めに倒さないとまずいな。それは事前に言っておいて欲しかった。

「そりゃっ！」

俺は突きを放ったが、あっさりと避けられてしまう。ウェルバード先生のようにはいかないか。

だが、殴りかかってきたところを俺はすぐに体勢を整え、カウンターで倒した。よし、やれるな。

「きゃあっ！」

後ろで星里奈の悲鳴が上がったので振り向くと、地面に倒されマウントポジションを取られていた。

それが名前の由来か。

「ウホホホホホ！」

「ちょっ！」

ほう。なかなかの腰使いを見せるマウントエイプ。

「ふざけないでっ、【スターライトアタック！】」

星里奈は必殺技を使い、一撃で倒した。

「うう、こいつ、最悪」

「入れられたのか？」

「入れられてないっ！」

「ならいいな」

「良くないわよ……」

もう一匹を俺が倒して、経験値は三匹で66を獲得。これは良い経験値稼ぎになりそうだ。

「星里奈、【スターライトアタック】は禁止だ。お前が一撃で倒したら俺が稼げん」

俺はリーダーとして指示しておく。正当な理由だ。

「ええ？　でも、危なくなったら使うわよ？」

「ああ、それは良いが、ＨＰが危なくなったらの話な」

「うう、分かったわよ」

油断できる相手ではないので、数を増やさないように確実に倒していく。

「ウホホホホホ！」

「いーやぁー！　アレック、早くして！」

「おう。しかし、お前ばっかりマウントされるのは、なんでなんだ？」

「知らないわよっ！」

星里奈が怒りそうだし、俺のレベルが上がったところで狩りは終了しておく。

街の宿に戻り、さっそく俺は新しいスキルを取得した。

【マシンガンバイブ　レベル１】Ｎｅｗ！
【パーティーのスキルリセット　レベル１】Ｎｅｗ！

【マシンガンバイブ】はさっきのマウントエイプのスキルだな。またコピーしたようだ。セックスの時、試してみるか。

スキルを【鑑定】してみるが……。


『パーティーのスキルリセット　レベル１』

【解説】

パーティーメンバーの所持スキルを一つだけ同意の下で初期化する事ができる。

還元されるポイントは半分になる。

ただしレベル１ではメンバー一人につき一生に一度きり。

レアスキルや固有スキルは消去不可。

また、高レベルスキルはレベルダウンのみ。


ある程度は予想していたが、レベル1だと制限がきついな。次のレベルには60ポイントも必要で、すぐには無理だ。

「リリィ、今は一つしか消してやれない。お前がどれを消すか選べ」

「じゃあ……おね――『お』が最初につくスキルで」

「ま、いいだろう。俺があと6つレベルを上げたら、もう二つくらい消してやろう」

「うん」

『リリィのスキル【おねしょ　レベル1】をリセットしますか?』

『はい』


脳内でピッと電子音が鳴った。ま、異世界だ、深くは考えまい。

「どうだ、リリィ」

「あっ、ほ、本当に消えてる……やったぁ! 嬉しい!」

「良かったわね、リリィ」

「うん! あ……ありがとう」

顔を真っ赤にしてそっぽを向いて言うリリィだが、礼を言っただけ良しとしてやる。

他のメンバーもスキルポイントが貯まっていたので、話し合って新しいスキルをいくつか取った。

第七話　形見の指輪

夕食後、ミーナとやろうと思っていると、リリィが俺の部屋に入ってくる。

「リリィ、お前の部屋はちゃんと用意してやっただろ」

「うん、そうじゃなくて……その……」

「取引か？」

「う……」

目をそらしたリリィだが、こくりとうなずいた。

セックスにハマったか。ま、それも良いだろう。

「じゃ、悪いがミーナ、今日はお預けだ。星里奈の部屋で休んでくれ」

「分かりました。あの、明日は……」

「分かってる、お前の相手をちゃんとしてやるから」

「ありがとうございます。では、お休みなさいませ、ご主人様。リリィさんも」

「あ、うん」

「こいつは呼び捨てで良いぞ、ミーナ。お前と同格、いや、お前より下だ」

「ちょっと！　王族の私を奴隷以下だなんて、あんまりじゃない」

リリィが怒るが、やはり王族か。

「えっ！」

「ほう、どこの王族だ？」

「そ、それは……」

「この国じゃあ、ないよな？」

念のため俺は確認するが、この国の王女なら、スリやゴミ漁りなんてやってないはずだ。

ミーナがいては喋りにくいかと思い、手で合図してミーナは退出させた。

「違う」

リリィが否定する。

「そうか、ならいい。お前が自分の国に帰りたいなら手伝ってやっても良いが、先に俺から奪った宝玉分は働いてもらうぞ」

「帰るつもりは無いわ。もう滅んだ国だもの。ギラン帝国の兵が攻めてきて……」

「そうか」

まあ、その方が俺としてはありがたい。下手に現役の王族に手を出したなんて、打ち首もんだろうしな。

「だから、その……ここにいさせて」

「分かってる。ま、きっちり働いてもらうつもりだし、すぐに追い出したりはしないから、安心しろ」

　コイツには飛び道具のスリングショットも買ってやり、もうすでにパーティーの戦力として計算している。

　前衛は無理な体つきだが、後方支援とドロップ集めの役割が一人いてもいいだろう。

　あと、俺の趣味だからな。コイツは俺のロリコン枠だ。

「うん、あり……むう」

　処女を奪った俺に感謝しているとか、チョロすぎるんだよ、お前は。

「来い」

「ひゃっ」

　リリィをベッドに抱き上げ、服を脱がせる。

「い、いやっ」

　自分でここまで来ておきながら今更嫌がるとか、実にナイスだぞ、リリィ。その方がそそるじゃないか。

「ふふ、諦めろ、リリィ。たっぷりセックスを教え込んでやる」

「い、いい。普通で、いいから」

「ダメだ。自分からしゃぶりつくようにしっかり開発してやるからな」

「うう、もっとマシな男に捕まれば良かった……ぐすっ」

「泣くな、鬱陶しい。きっちり宝玉分を働いてくれたら、後はどこにでも行け。それまでにはレベルもスキルも上がっているだろうから、お前一人でも生活はできるはずだ」

「あ……」

　今、ちょっと俺が良い奴に見えただろう。【ナンパ　レベル2】と【カウンセリング　レベル

1】と【言いくるめる　レベル1】のスキルだっての。

抵抗しなくなったリリィの下着も脱がせ、俺はその薄桃色の小さな乳首をつまんでいじっていく。

「あっ、くうっ、そんな、こりこりされたら、あんっ！」

身をよじって逃げようとするリリィをしっかり押さえ込み、執拗に責め立てる。

「うあっ、んっ、やっ、やぁっ」

ビクビクと痙攣したところで、今度はディープキス。小さなリリィの舌を吸い上げ、口からほぐしていく。

「んちゅっ、あんっ、やんっ、んっ、あふっ」

初めは嫌がっていたリリィも快楽に染まって次第に自分から応じるようになっていく。

「あ……」

今度は下だ。

「やっ、そ、そこは」

まだ抵抗感があるようで、俺の頭をどけようとしてくるが、構わずしゃぶりつく。可愛らしいクレバスの奥に眠っている小さな突起物を舌で掘り起こしながら転がしてやると、リリィは絶頂を感じたようだった。

「いっ！　あああああっ！」

何度も舐めて快楽をリリィの体に叩き込んでいく。その度に、ビクンビクンと痙攣するリリィは声にならない悲鳴を上げながら、快楽の深い海におぼれていく。

「ほら、起きろ」

気絶したリリィの小さなお尻を少し乱暴に叩いて起こす。

「ひゃっ⁉」

「悪い子にはお仕置きしないとな」

「な、何を、あんっ！」

ペチン。ま、痛くしてしまったらコイツもセックスが嫌になってしまうだろうから、そこは加減して、ギリギリのところを狙っていく。

撫でて、ペチン。【スパンキング　レベル2】

だ。

「やっ、ちょっ、叩かないで、ひうっ！」

シーツを握りしめ、ふるふると震えるリリィは、どっちだ？　痛みではないと思うが。

「正直に言え、痛いか、気持ちいいか」

「うう、ちょっと痛いけど、き、気持ちいい……」

よし。

「じゃあ、もうちょっとやってやろう」

さすがに、赤くなるまで何度も痛めつけるというのはまずい。俺はあくまで気持ち良くさせるのが趣味だからな。

お尻だけでなく、股間の一番敏感なところも少し叩いてやる。

「ひっ！　くうっ！」

涙目になったリリィは少し痛かったようだ。

「悪かった。もう終わりだぞ」

「うう、意地悪……撫でて」

「分かった分かった」

お尻を撫で、股間も撫でて、なだめてやる。リリィもすぐに気持ち良さそうに喘ぎ始めた。

「あんっ、やっ、それ、いいのぉ、もっとぉ」

この歳でおねだりとは、なかなか素質がある奴だ。

「よし、じゃあ、入れてやろう」

正常位で入れていく。

「あっ、う、うん、ひゃっ、うう、入ってくる……」

ぷるぷると震えながら、快楽の侵攻に耐えるリリィ。

「動くぞ」

「あっ、あっ、あっ、あっ、あっ、あんっ」

リズミカルに声を上げるリリィ。俺はもう一つのスキルを思い出して、ちょっと使ってみる事にした。

【マシンガンバイブ　レベル1】

「あああああ!!!　ああーっ！」

一気にリリィがイったが、うーん、俺の方はいまいちだな。ラストスパートのレパートリーとしてはありか。

その後、普通に騎乗位や後背位もやって、リリィをへとへとになるまで満足させて、今夜の教育を終える。

俺に抱きついて気持ちよさそうに眠るリリィは、今後が楽しみだ。

翌日。

ゲシゲシと顔を蹴られるので、俺は起き上がってその行儀の悪い足を掴む。

「やめろ、リリィ」

「ふんだ。昨日意地悪してきた仕返しだっての」

「別に意地悪でやってるわけじゃないんだぞ。気持ち良かっただろ？」

「それは……ううん、もっとナデナデしたり、舐め舐めしてくれる方が良い」

「それはまた今度な」

まだ教育が足りないようだ。しっかり躾《しつ》けてやらないとな。

朝食を食べに行くと、星里奈が冷ややかな視線で挨拶をしてきた。

「おはよう。昨夜は随分とお楽しみだったみたいね」

「次はお前も相手をしてやるから、そうひがむな」

「そ、そういうわけじゃ……あんまりリリィをいじめたらダメよ？」

「分かってる。そこまで酷い事はやってないから、心配するな。な、リリィ」

「ふん」

「嫌われてるみたいだけど。ところで、リリィ、あなたの持ってる【高貴な血筋】のスキルだけど……」

星里奈が声を落として聞く。

「それが、なに？」

「あなた、どこかの貴族なんでしょう？　いいの？　家に帰らなくて」

「む」

スープを掬《すく》う手が止まる。

「いいんだ。コイツは今、帰るところが無い」

「そう。ごめんね、余計な詮索をして」

「別に、いいけど」

「しかし、お前、逃げてきたにしても、金目の物とか、全然持ってこなかったのか？」

「持って来たわよ。でも、お付きの騎士もメイドも盗賊にやられて全部取られちゃった。私だけ、上手く逃げられたんだけど……うう」

辛い思い出らしく、泣き出すリリィ。ミーナが気遣わしそうに優しく彼女の背中を撫でる。

「ブラッドシャドウもそうだけど、本当に腹が立つわね」

星里奈が言うが。

「あっ、それ！　私のお付きをやったのもそいつらだから」

「えっ、そうなの？　うーん、じゃあ、一応だけど、私達で仇は取った、という事になるのかな」

星里奈が少し驚きながら言う。

「あれで全滅してるかどうか、怪しいもんだがな」

賞金首で頭のガルドンは倒したが、ブラッドシャドウの組織の全容を俺達は知っているわけではない。

ふと、俺は一味の貴族の事を思い出して、リリィに聞く。

「なあ、リリィ、お前の家の紋章は、何だった？」

「白いバラだけど？」

「ほう」

「それって……あのリオット男爵が右手の小指にはめてなかった？　白い指輪」

星里奈も気づいていたようだ。あの一瞬で、よく観察している。目が良いというか、注意深いというか。そのくせ、盗賊の仕業と間違えて俺に斬りかかるのだから、本当に分からん女だ。

「えっ、白い指輪って、バラの紋章の？　あれはお母様が最後に渡してくれた、一族の証で、一番大切なモノなの。本当は、私が死んでもなくしちゃいけないものだったのに……」

リリィがうつむく。

「バカ、お前が王女なら、指輪より命の方が大事だろうが。それに、お前の母親だって、お前の命を大切に思っていたはずだがな」

どのみち、国も滅んだ事だし、指輪が残るより、リリィが残った方が良かったに決まっている。

「えっ、お、王族……？」

星里奈がそこまでの人物と思っていなかったか、驚いて引き気味になる。まあ、ここにいるリリィは気品のかけらも無いからな。驚くのも当然だ。

「その白い指輪は、どこで見たの？　絶対取り返さないと」

リリィがいつになく真剣な顔で聞いてきたが、俺と星里奈はお互いの顔を見て、沈黙してしまう。

第八話　勇者、メイドをストーキングする

リリィが盗賊に奪われたという形見の指輪は、リオット男爵が手にしていた。

リオットの馬車には悪趣味な黒豚の紋章が掲げられており、それとは雰囲気の異なる指輪を身に付けていたので、似合わねえなと思って印象には残っていたのだが。

今、その指輪があるとすれば、それは墓の下か、リオット男爵の家のどちらかという事になるだろう。

盗賊とつながりがあり、俺が手をかけた相手でもあるので、あんまり男爵家には近づきたくはないんだよな。

「何とか取り返してあげられないかしら。事情を男爵の家の人に話して――」

星里奈がそんな事を言い出すので俺は途中で遮った。

「バカを言うなよ？　あの状況をどう説明すると言うんだ。下手すりゃこっちが口封じされるぞ」

貴族が盗賊とつるんで遊んでいたなど、そんな外聞の悪い話を家人が喜ぶはずも無い。

「それは……でも、盗品だと言えば」

「同じ事だ。それがリリィの所持品だったと証を立てないといけなくなるが、余計にまずい」

滅ぼされた国の王女など、良からぬ事に利用しようと企む奴がダース単位でいるに違いない。

清く正しき勇者なら、彼女を助けて王国の復興なりを手伝ったかも知れないが、俺はもうリリィに手を付けちまったしな。

リリィだってギラン帝国に反旗を翻《ひるがえ》してまで王女に戻りたいとも思わないだろう。そんな気概《がい》も無さそうだ。

今も落ち込んだ顔で黙ったままだ。

「だが、調べてみるくらいはいいかもな」

「ホント⁉」

リリィが反応した。

「ああ。ひょっとしたら形見分けされていたり、売りに出されているかもしれない。そうなれば金を積んで身分を明かさずに取り返す事もできるだろう」

「ええ、その通りだわ。じゃ、さっそく調べてくるわね」

「星里奈、酒場で聞き込みなんて目立つ真似はするなよ?」

俺達は冒険者の間で顔が割れている。美人の星里奈はなおさらだ。

勇者が男爵や指輪について嗅ぎ回っていると知られたくはない。

「ええ、じゃあ、小島先生に聞いてみるわ。あの人は王城の資料室に自由に入る許可をもらっているそうだし、リオット男爵の家の場所も分かるんじゃないかな」

あの医者か……彼も召喚された勇者なんだが、王城に閉じこもったままだし、他の冒険者達が小島の動きを知る事も無いか。

「いいだろう。俺達はいつも通り、ウサギ狩りで金を稼いでおく」

「うん、分かった」

星里奈が小島からリオット男爵の住所も聞いてきたが、その日はそのままウサギ狩りを続行。

小さな宝玉を一つ手に入れた。ついでにマウントエイプも狩って、俺のレベルを一つ上げておく。これでスキルポイントも少し稼いだ。

翌日、剣術道場は休みにして、俺達はリオット邸に向かった。

「ここよ」

星里奈が案内したリオット別邸は王都の一等地に門を構えており、高い塀に囲まれていた。

「中に入らないの?」

そう聞いてくる星里奈は交渉か殴り込みで指輪を手に入れるつもりのようだ。だが、相手は貴族。そう簡単には行かない気がする。

俺は待てと合図し、ここで役立つスキルが無いか、念じてみた。

自動的にソートされたスキルが頭に浮かんでくる。


【おべっか】

【詐欺師】

【討ち入り】

【忍び込む】

【下着泥棒】


ふむ。【下着泥棒】か。

この中では【おべっか】の次にポイントが安い。

それでも4ポイントと、少し消費が重いスキルだ。リアルにやろうとすると、かなり勇気のいる行為だからな。

俺はさっそく【下着泥棒　レベル1】のスキルを──取らずに、【おべっか　レベル1】のスキルを取った。

当たり前だな。下着を盗んだところで何の役にも立ちそうにない。

貴族の家に忍び込むのは論外だ。

「ちょっと、今、変なスキルを取ろうとしてなかった？」

星里奈が問い詰めてくるが、こいつ、俺の取ろうとしたスキル候補まで見えたのか？

まあ、それなら下着泥棒と言ってくるだろうし、もっと怒っているところか。

妙に勘の鋭い奴だ。

俺は覚られないよう平然と否定しておく。

「いいや、【おべっか】というスキルを取っただけだぞ」

「そ。まあ、貴族相手なら、それが良いかもしれないけど……あっ、誰か出てきたわよ」

家の裏手からメイド服の女がこちらに歩いてくるのが見えた。

「隠れろ」

俺はとっさに言う。

「ええ？　何でよ……」

彼女に取り次いでもらって貴族と話して交渉に持ち込むのがセオリーなのだろうが、こちらの交渉カードは『素早さの宝玉（小）』が一つだけだ。

微妙に手持ちが足りない気がする。

だが、また明日も明後日もウサギ狩りってのも面倒なんだよな。何より、リリィのために俺がそこまでする義理は無い。

「星里奈、お前はこの宝玉だけで指輪を取り戻せると思うのか？」

「うーん、分からないけど、一応、交渉してみれば良いと思うけど」

「じゃあ、ダメだな。こちらが指輪を欲しがっているると見せたら、あの強欲な男爵の関係者だ、余計にふっかけてくるかもしれないぞ。もう少し、頭を使え」

「む、じゃあ、どうするのよ？」

「あのメイドを少し尾行してみよう」

俺はそう言って、ついでに【ストーカー　レベル1】のスキルを取った。消費は3ポイント。

星里奈が俺を凄い形相で睨み付けたが、文句は言ってこない。当然だ、ちょっとだけワクワクはしているけど、冒険に必要だから取っただけで、実際にこれで女をつけ回そうとか思ってる訳じゃない。

ちょっとだけメイドが美人で俺の好みの顔だが、それはあくまで無関係である。

「ご主人様、私はどんなご趣味であろうと付いていきます……！」

ミーナが小声で変に力んで言うが、このアホ、勝手に【パーティーのステータス閲覧】を取りやがったな？

10ポイントも無駄にしやがって。後でスパンキングのお仕置きだ。

「最低の男ね」

星里奈が小声でそう言いながらも、きちんと隠れている。尾行は了承した様子。

ま、コイツは今、他に行く当てが無さそうだしな。たっぷり弱みにつけ込んで可愛がってやるとしよう。

「よし、追うぞ」

リリィは自分の指輪が懸かっているからか、黙ってうなずいて付いてくる。イオーネもここに付いて来たがっていたが、俺は断っている。フリッツと親父さんを敵に回したくはないからな。

「あれは、買い出しかしら？」

「そうだろうな」

メイドは買い物袋を提げて近くの商店へと入っていく。

愛想良く店主と二言三言交わした彼女は、今度は屋台を見つけ、きょろきょろと見回してから団子を注文した。

幸せそうな顔で団子を頬張るメイド。

「家のお金を使い込んでなきゃいいけど」

星里奈が心配したが、それくらいの給金はもらってるはずだろう。使い込んでいるなら、使い込んでいるで弱みを握れるんだが、団子程度の使い込みじゃ材料として弱いな。


それから服屋やアクセサリー店を覗くメイドだが、これは買い出しとは無関係のサボりらしく、何も買わずに見て回っている。

「ねえ、これ、意味があるの？」

「さあな。嫌なら先に宿に帰ってろ」

星里奈がしびれを切らすが情報収集は地道な仕事だ。別にストーカー行為が面白くてやってるわけじゃない。

メイドは若い男が通り過ぎる度にそちらを見るが、清純そうな顔をして割と好き者なのか？　マイナス評価だ。

「なんで勇者がストーカーまがいの事をしなきゃいけないのよ……」

ぶつぶつと言いつつも付いてくる星里奈。

メイドはようやく男爵邸に戻る気になったのか、方向転換して狭い路地へと入っていく。

この先は確か、人の少ない裏路地だったな。

チャンスだ。

✧第九話　勇者、エロいスキルで活躍？

リリィの指輪を取り返すため、男爵家のメイドを尾行している俺達。

と、メイドがちらっとこちらを振り向くと、全力で走り出した。

「チッ、気づかれたか。やるぞ」

「はい！　ご主人様」

「くっ、これも指輪のため……！」

「ちょ、ちょっと！　何をするつもりなのよ！」

星里奈が仰天するが、別に捕まえてレイプしようとか思ってるわけじゃない。

【ナンパ　レベル2】で声を掛けようと思っただけだ。

アヘアヘにして指輪を盗んでこさせるなんて芸当、俺のテクでできるわけないだろ。

だが、走り出して次の角を曲がったとき、そのメイドは運悪く誰かにぶつかって転んでしまった。

「きゃっ！」

「チッ！　いってえなぁ、このアマ、どこに目を付けてやがる！」

柄の悪そうな男三人組だ。王都なのにホント治安が悪いよな、ここ。

「す、すみません、急いでるので。あっ」

そのまま走り去ろうとしたメイドだったが、男に腕を捕まえられてしまった。

「待てやコラ」

思った通りこいつらはタダでは済まさない様子。

「待ちなさい！　ぶつかったくらいで、その人も謝ってるでしょう」

星里奈が格好良く出て行った。しまったな、今の台詞、俺が言えばメイドの好感度が上がっていただろうに、タイミングを逃した。

「ああ？　オレらに文句付けるたぁ、良い度胸だ」

「こいつ、顔はまだまだガキだが、体つきはいいな」

「へへ、このメイドと合わせてそこの犬耳娘も入れりゃ、ちょうど三人だぜ？」

男達が意味ありげににやりと笑ったが。

「その人を放しなさい！　でないと、はあーっ！」

星里奈がそう言ってすぐさま斬りかかった。

「ぎゃっ！」

今の攻撃はどうなのか。他の男達もあまりの性急さに動揺した。

「お、おいっ、放すも何も、いきなり斬りかかって――ぎゃあっ！」

「くそっ、この女、イカレてやがる、滅茶苦茶だ――ぎゃっ！」

逃げようとした最後の一人もミーナが片付けた。だからお前ら、俺の活躍する場を残せと。


「大丈夫か？」

残ったメイドに俺は【ナンパ　レベル２】を使って手を差し出してみる。

「ひっ！」

おい。その反応、結構傷つくんだが。俺がこの三人組の仲間だと思われた訳じゃないよな？

「ぷふっ。もう大丈夫よ。さ、立って」

星里奈が、失礼にも吹き出しながらメイドを立たせた。

「ご主人様、兵士に報せて来ます」

「ああ、ミーナ、任せた」

二人の兵士がやってきて事情を聞かれたが、このメイドがリオット男爵家の使用人だと分かると、兵士の態度が急に丁寧になった。

すぐに三人組の男が罪人として処理され、俺達も解放されたが、やはりこっちの世界の身分制度は怖いな。

「助けて頂いて本当にありがとうございました、

アレックさん」

礼を言ってくるメイド。カレンという名前だった。

「いや、気にするな。ここはもう一度【ナンパ　レベル2】だな。ところで、ちょっとそこの酒場で――」

「ごめんなさいっ、もう帰らないと怒られるものですから、失礼しますっ！」

カレンはぱっと頭を下げると、走って行った。

うーむ。

三つ編みに結んだ髪にそばかすのある少女。見た目は純朴な感じだった。

間違いなく俺の好みの美人で【魅了☆　レベル3】が働きそうな感じだったが、このスキル、即効性は無いのか？

「ふふ、フラれたわねー」

やけに嬉しそうに言う星里奈だが。

「お前、リリィのために指輪を取り返すつもりがあるのか？」

「あるけど、普通に男爵家を訪ねれば良かったじゃない」

「それもそうだな。だが、もう日が暮れそうだ。また明日にしよう」

「そうね」

宿に戻り、宿屋の夕食を取っていると、またカレンが顔を見せた。服は私服に着替えているが、メイド服と似たり寄ったりの服だな。

「こんばんは」

「ああ、カレン。よくここが分かったな」

「はい、冒険者ギルドの職員さんと知り合いだったので、教えてもらいました」

個人情報の管理が気になるところだが、電話も無いこの世界だ、それくらいは許容しておかないと色々と不都合もあるか。

「夕食は食べたのか？」

「あ、いえ、まだですけど……」

「じゃ、親父、一人分追加だ」

「あいよ」

「俺の奢りだ、まあ、食いながら話そう」

「わ、すみません。ありがとうございます」

「カレンさん、教えておいてあげるけど、男からの奢りって下心があるから気をつけた方が良いわよ」

星里奈が余計な事を言いやがるし。

「あ、は、はい……」

「変な事を言うな。夜も遅いんだ、俺達が食べ終わるまでこいつを空腹で待たすのも可哀想だろうが」

俺はもっともらしい理由で反論しておく。

「そこじゃなくて、奢りのところなんだけど」

「そこはアレだ、俺もリッチな勇者だからな」

「ええ？　じゃ、私も奢りで良いわよね」

「お前はダメだ」

「何でよ……」

釣った魚だからな。

「それより、カレン、何か俺達に用事でもあるのか」

「えっと、いえ、用事というわけではないのですが、きちんとお礼も言えなかったので、ごめんなさい」

「ああ、別に気にしなくても良かったんだが、まあ、人としてそれくらいの礼儀は当然だよな」

「ええー？」

うるさいぞ、星里奈。

「当然です」

「当然ね」

ミーナとリリィは俺の味方だ。

「まあいいけど。ところでカレンさん、あなたリオット男爵がしていた白いバラの指輪を――」

「はいよ、一人前、お待ち」

良いタイミングで親父が皿を持って来た。

「どうも、ありがとうございます。美味しそう」

「星里奈、そんな込み入った話は後でも良いだろう」

「ええ？　いや、でも」

「このパーティーのリーダーは誰なんだ？」

俺は問う。

「むう、あなただけど」

「分かっていれば良いんだ」

「わ、パーティーのリーダーさんなんですか」

「ああ、まあな」

ちょっと尊敬の眼差しになったカレンに、星里奈が怪訝な顔をしつつ言う。

「言っておくけど、リーダーなんて大した事ないわよ？」

「そんな認識だからお前のパーティーは解散に追い込まれたんだろ」

俺は正論を言っておく。

「ぐ」

「パーティーメンバーもそれぞれ目的が違ったり、戦闘スタイルや好みも違うからな。メンバーに配慮したり、気配りが大切だな」

俺はもっともな事を言う。

うんうんとうなずくミーナ。リリィは眉をひそめたが、俺がテーブルの下で足を蹴り飛ばしてやると、慌ててコクコクとうなずいた。

「私にも気を配って欲しいけど」

ちょっといじけたのか、口を尖らせ、そっぽをむく星里奈。

「分かった分かった。親父、ここにある一番上等な酒を頼む」

「へへ、じゃあ、コイツがオススメだな」

親父がニヤニヤしながらピンク色のボトルを出してくるが。

「む、それ、レディーキラーって呼ばれてるお酒でしょう。別のにしてよ」

また星里奈が余計な事を言う。

「あっ、私、そのお酒、甘くて好きなので、それがいいです」

カレンは忠告にも構わず主張した。

「ええ？　いや、でも」

「星里奈、後でお前も可愛がってやるから、ここは協力しろ」

俺は星里奈に優しく耳打ちしておく。

「うっ、わ、分かったわよ……約束だからね？」

「ああ」

後は適当に冒険話を聞かせながら酒を飲ましてやると、良い感じにカレンは酔っ払ってくれた。

「あはは、気持ちいいですー。ヒック、えっとぉー、白いバラの指輪はですねぇー、奥様が気に入ってご自分で身につけられてますよぉー、ヒック」

指輪の在処《ありか》の情報は掴めたが、男爵夫人が気に入ってしまったというのは良くない話だ。

最悪、金をいくら積んでも譲らないと言って断られてしまう可能性が出てきた。


「あれはお母様の形見なのに……」

リリィも少し酔っ払ったか、余計な事を口走る。

「何とかしてやるから、リリィ、お前はもう休め。酔いすぎだ」

「ん、分かった」

そこはリリィも俺を信用してくれたようですぐ収拾が付いた。

「じゃ、もうお酒はいいでしょ。私が飲んでおくから」

星里奈がそう言ってカレンのコップを取ってしまう。

「あ、星里奈さん、酷いですぅー」

「でもあなた、べろんべろんじゃない。もう飲まない方が良いわ」

頃合いだろうな。

「カレン、立てるか」

「ダメですー。立てませーん、アハハ」

「じゃ、親父、部屋代、一人分な」

「あいよ。それにしても、羽振りも良いし、随分とモテるな、アレック」

「さてな。ミーナ、運んでくれ」

「はい、ご主人様」

俺より力があるので、ミーナにカレンを二階の部屋まで運ばせる。

「あ……」

さて、俺のベッドの上には、メイドのカレンが横たわり俺を火照った顔で見ている。

パーティーメンバーも説得済みなので、邪魔は入らない。

第十話　メイドと男爵夫人

「独身男の部屋に上がり込んだんだ、それくらいの覚悟はあるよな？　カレン」

俺は合意を取るために言う。連れ込んだのは俺だけど。

「は、はい、それくらいの覚悟はできてますから、食べちゃって下さい」

やっぱりコイツ、処女じゃないな。

あの好き者の男爵のメイドだ、当然だろう。

相当、開発済みと見た。

変な病気を持っていても困るので、一応、【鑑定】しておく。

〈名前〉カレン〈レベル〉４〈クラス〉メイド
〈種族〉ヒューマン〈性別〉女〈ＨＰ〉85
【解説】
リオット男爵家のメイド。
平民。
性格は淫乱で、とってもアクティブ。

うーん、これじゃ病気かどうかは分からないな。

なので、スキル【鑑定　レベル３】をポイント９を消費して【鑑定　レベル４】にしてみた。

消費が大きめだが、情報は大切だからな。決して無駄遣いではない。

性病にかかりたくないし。

もう一度、鑑定だ。

〈名前〉カレン　〈年齢〉18　〈レベル〉4
〈クラス〉メイド　〈種族〉ヒューマン
〈性別〉女　〈HP〉85／85　〈状態〉健康
【解説】
リオット男爵家のメイド。
バーニア国の平民。
性格は淫乱で、男性に対してとってもアクティブ。

よし、健康状態が確認できた。もう少し年上に見えたが、十八歳か。グッド！

「じゃ、楽しむか」

「はい。あ、舐めましょうか？」

フェラチオができるようなので、まずはやらせてみた。

「じゃ、失礼しまーす。んちゅ、んっ、んっ、んっ、どうですか？」

「おう、相当、上手いな。手練れだな」

「うふふっ、いーっぱい、叱られて練習もしましたからねー。でも、んちゅっ、アレックさんの凄いおっきいから、んっ、難しいかも」

「大丈夫だ、いいぞ、続けてくれ」

「はい、んっ、んっ、んっ、はぁんっ、んちゅっ」

上目遣いにこちらを見ながら規則的に口を動かすカレン。とても十八歳とは思えない舌使いと吸い付きに、俺はすぐに出してしまった。

「くっ」

「きゃっ！　やーん、あはっ、わわ、すごーい。まだ出るんですね。わぁ……」

「じゃ、次はお前だ」

「は、はい」

服を脱がし、小ぶりの胸を揉んでいく。

「んっ！　あんっ、あ、それ、いいですぅ！」

「別に、演技は要らないんだぞ？」

「いえ、本当に、あんっ、私、感じやすくて、んっ」

リオット男爵も見る目があるな。騎乗位もやらせてみたが、カレンは自分から積極的に動くので、なかなか良かった。

「これだと、男爵がいなくなって寂しいんじゃないのか？」

「んー、男の人は適当に見繕ってますし、儀式がちょっと大変なので」

「儀式？」

「はい、満月の夜に皆さんが集まって……あっ、な、何でもないです」

「言え」

「うう。貴族や聖職者の乱交パーティーみたいなものなので」

「ふうん」

遊んでいるようだが、ま、俺はそういうのはいいや。男の裸なんて見たくもないし。

「ねえ、終わってるなら、私もいい？」

星里奈が入ってきた。

「じゃ、カレン、隣の部屋で寝てくれ」

「はい、分かりました」

そこはメイドなので素直だ。

「邪魔だった？」

「いいや。じゃ、約束だったな。今日は普通にしてやろう」

「うっ、い、痛いのはやめてね？」

「分かってる。心配するな。たまには優しくしてやろう」

「本当かしら……」

まだ疑っているが、いつもいつもいじめて寝首を掻かれても事だからな。

星里奈は美人で感度もいいし、戦闘能力も高いからこのまま仲間にしておきたいところだ。

「んっ」

まずは優しくキスしてやり、ディープキスに持ち込んで、服を脱がせていく。

「んっ、はっ、やっ、くうっ」

相変わらず、全身が性感帯みたいな奴だ。体の向きを変えさせ、後ろから乳首もつまんでやる。

「ひっ、きゃっ、あんっ、やあんっ！　あ、そ、それ、いいっ…」

快楽を持て余して体をくねらせる星里奈を優しく手のひらで包み込んでやり、今度は舐めていく。

「んっ、あっ、はうっ、ああんっ、くうっ！」

下腹部へと舌を滑らせていくと、星里奈は期待したのか、うわずった声になった。

「あ、あ、ダメ、そこは、やぁ、あんっ！　あーっ！」

何度も何度も舌で撫でてやると、喘ぎ声も次第に甘えたような声になっていく。

「やっ、それ、そこ、いいっ、ああんっ、もっとぉ、ひうっ、あんっ、ああんっ、ああっ！」

ブルブルと震えた星里奈は絶頂を迎えたようだ。いつもより早いな。

「うう、お願い、もう入れて、我慢できないよ……」

「いいだろう」

いつもなら焦らすところだが、今日はコイツの言う通りにしてやる。

「あ、んっ、んっ、あんっ、んっ、ああっ、ダメ、そんなに優しくされたら、イクぅー！」

俺にしがみついてイった星里奈は満ち足りた表情で目を閉じた。

カレンで出しまくったので、俺も今日はもう充分だ。星里奈を抱きしめ、髪を撫でてやる。

翌日、カレンの姿が見えなかったが、宿屋の親父の話では朝早くに帰っていったという。

道場に出かける前にスキルを確認したが、また一つ増えていた。

【松葉崩し　レベル1】Ｎｅｗ！

これってどういう体位だったかな？

まあいい、ミーナとやるときに使って試してみよう。

午前中は道場に行き、午後は男爵家を訪れた。

相手は貴族の家だ。そこにぞろぞろ押しかけてもどうかと思ったので、奴隷であるミーナはイオーネとリリィと一緒にウサギ狩りをやってもらう事にした。

やってきたのは星里奈と俺の二人だけだ。

「では、そちらでお座りになってお待ち下さい。奥様を呼んで参ります」

背中の曲がった老執事が普通に対応してくれ、俺達は応接室で待つ。

「奥様ってどんな人なのかしら？　優しい人だと良いんだけど」

星里奈が言うが、あの男爵の妻だからなぁ。

「期待するだけ無駄だな。ぶくぶく太った化け物みたいなのが出てこなきゃいいが……」

「ええ？」

ドアが開いたのでそちらを見たが、銀髪の美少女が入ってきた。

拍子抜けだ。

華奢な体型とは。

しかも若い。星里奈より年下じゃないのか。

だが、無表情でニコリともしない彼女はせっかくの美貌が半減しているように思われた。

彼女は右手の薬指に白いバラの指輪をしている。

アクセサリーはそれだけだ。

それが気に入ったとメイドのカレンが言っていたが、こりゃ幸先が悪そうだ。

「私が男爵夫人、エイリアです。私にお話があるとか」

「あ、はい。お目通りを許して頂いてありがとうございます。私は白石星里奈、冒険者をしています」

交渉は星里奈に一任してある。コイツのコミュ力の方が上だし、【値下げ】のスキルを持っているそうだし。

「確か、夫を襲った盗賊を倒して頂いたとか」

「ええ。その節は、お悔やみ申し上げます。実は、今日はその右手にしておられる指輪について、お願いがあってやって参りました」

「この指輪ですか?」

男爵夫人が自分の右手を見せる。

「はい。詳細は明かせませんが、その指輪は私達の冒険に必要な物なんです。譲っては頂けませんか。もちろん、相応のお金は用意するつもりです」

星里奈は割と単刀直入に切り出した。

「冒険に……ですが私は、この指輪が気に入っているのです。なぜかは分かりませんが、これを見ていると心が安らぎます。他を当たって下さい」

「そうですか……」

あっさり断られてしまった。

これは正攻法じゃ無理だろうな。俺は【言いくるめる　レベル1】を使う事にした。

「失礼ですが、その指輪は呪われています。持つ者に不幸を与える指輪ですよ」

ハッタリだが、実際、男爵はそれを身につけていて死んだのだ。説得力はあるだろう。

「ええ?　そうですか。なら、私もこれを持っていれば、この生活を終わらせられるかもしれませんね」

淡々と言う男爵夫人は自分の死も恐れていない様子。厭世の気分なのか、男爵を愛していて——いや、それは無いだろ。でも、一応聞いておくか。

「男爵の形見だから手放したくないと？」

　すると、彼女は初めて表情を変えた。眉間にしわを寄せ、不快そうに。

「まさか。私は夫を憎んでいました。小さな子爵家の七女として生まれた私には格下の相手しか見繕ってもらえなかった。あの男は夜な夜な嫌がる私を――ああ、とにかく、好いてはいませんでしたよ」

　政略結婚というか、あぶれて嫁がされたという感じか。

「なら、これと同じ指輪なら、交換してもらえますね？」

　俺は条件を出してみる。

「ううん……形も色もまったく同じ物であれば」

「何とかしてみましょう。それと、俺の故郷にはこんな言葉があります。『笑う門には福来たる』、美人のあなたが笑えば、格上の貴族から再婚話が来るかもしれませんよ」

　歯の浮くような台詞で自分でもこっぱずかしいのだが、【ナンパ　レベル2】【カウンセリング　レベル1】【おべっか　レベル1】の総動員だ。

「ええ？　私なんて……」

「少なくとも俺はあなたのような女性と結婚したいと思いますけどね」

　これもハッタリだ。ヤりたいとは思うが、結婚したいとは思わない。

「なっ……さ、下がりなさい。平民ごときが子爵家の血筋に無礼でしょう」

　動揺した様子の彼女は、だが、そこまで怒ってないな。まんざらでもなさそうに頬を赤くしている。

「そうよ、何言ってるのよ、まったく。連れの者が申し訳ありません」

「失礼しました」

　そのまま男爵家を後にする。

「ふう、まさか未亡人までナンパするなんてね。元気を出してもらいたいけど、本当にあの人と結婚したいの？」

「まさか。スキルを使って念押ししようとしたらああなっただけだ」

「どうかしら。凄い美人だったし」

「お前の方が美人だぞ」

　星里奈をちょっとからかってみる。

「なっ！　ちょっとぉ……そういうの、いいってば。嬉しいけど。……本当はどっちが美人だと思う？」

「うーん、やっぱりお前の方かな。表情がなぁ」

「ああ、そうね、落ち込んでいるみたいだったし」

「さて、じゃ、似た指輪を探すとしよう」

「ええ、良いのが見つかると良いわね。私、ちょっと職人を当たってみるわ」

「ああ」


　俺達は白いバラの指輪を探す事にした。

エピローグ　白い薔薇《バラ》の報酬

　リリィの形見の指輪と交換してもらおうと、白いバラを象《かたど》った指輪を商店街で探したが、無い。宝石が付いているか、何も付いていない指輪はあるのだが。

「バラが付いているような指輪はないですか？　貴族がしてるような」

　高級店なので俺も少しお上品に聞いてみる。

「お客様、貴族とおっしゃいますと、紋章付きの事でございましょうか」

「そうそう、それです」

「それは勝手に作る事はできませんし、すべてオーダーメイドになります」

「ああ、なるほど……」

　勝手に作れないと言う事は、身分証の役割も果たしているのだろう。思ったよりも難しそうだ。

「指輪職人について教えてもらえませんか」

「申し訳ございませんが、職人がどこにいるかはお教えできませんので」

「分かりました。どうも」

諦めて店を出る。

「どうだった？」

リリィが聞いてくるが。

「いや、紋章付きはオーダーメイドで、勝手には作れないそうだ」

「そう……」

「ま、方法はあると思うから、そう落ち込むな」

「うん！」

とは言ったものの、まずは金かな。地獄の沙汰も金次第、金を積めば職人を紹介してくれるか、オーダーメイドに応じてくれるかもしれない。

俺はリリィとミーナとイオーネを連れウサギ狩りをする事にした。星里奈はどこかに行っていたので放置。

宝玉は一つ手に入ったが、これで足りるかどうか。


だが、夕食の時、星里奈がさらりと言った。

「指輪だけど、王家御用達の職人に頼んでおいたわ。三日でできるそうよ」

「ええ？　本当か？」

「ええ。金属変形のレアスキル持ちなんですって。完璧には行かないから、削る必要があるそうだけど」

「そりゃ、便利だな……だが、形は」

「それは私が絵に描いて渡しておいたから、大丈夫。寸法も間違いないわ」

「お前、無駄に才能があるな……」

「無駄って何よ」

しかし、この世界では勝手に作れず身分証となっている紋章をどうやって引き受けさせたのか。

職人の居場所もよく調べ上げたものだ。

「ちなみに、どうやって頼み込んだんだ？」

「そ、そんなのどうだって良いでしょ！　もう」

なぜ怒る。しかも顔を真っ赤にするほどのことか？　まあ、指輪が手に入るならそれでいいが。

「星里奈、その、ありがとう」

そっぽを向いた星里奈にリリィがお礼を言う。

「どういたしまして」

代金は冒険者ギルドのオークションで宝玉を一つ売り、三万ゴールドを手に入れた。指輪の代金は一万ゴールドのところ、星里奈の【値下げ】スキルで七千ゴールドで済んだ。

しかし星里奈からパーティー報酬の分配をきっちり要求され、俺の取り分は六千ゴールドになってしまった。

チッ……ソロに戻ろうかな。

「じゃ、男爵夫人のところに行きましょう」

「ああ」


再び俺と星里奈だけで男爵邸を訪れた。

「指輪を持って来たというお話でしたが」

「ええ、これです」

星里奈が指輪を見せる。

「ああ、驚きました。そっくりですね」

「ええ。だから、こちらの方が良いと思いますよ。呪いも掛かっていませんし」

「そうですか。分かりました。では、交換しましょう」

「ありがとうございます」

さて、用事は済んだ。美人の男爵夫人は名残惜しいが、相手は貴族だ。迂闊《うかつ》な事はしない方が良いだろう。

「では失礼します」

「お待ちなさい」

「はい、何でしょうか」

「いえ、そちらのアレックに用があるのです。あなたは先に帰ってもらって構いません」

「はあ……でも、それならここで用事が済むまで私も待たせてもらいますね」

星里奈が少し俺の事を心配したか、待つと言った。

「いえ、平民は黙って言う通りにしていれば良いのです」

「ええ？」

「ま、先に帰っててくれ、星里奈」

「分かった」

「それで用事というのは……」

「付いてきて下さい」

何だろうか。今更、夫の最期について聞きたいと言うわけでもないだろうし、指輪は交換しただけでお礼を出すというほどの事でもないだろう。

ブラッドシャドウの一味が部屋で待ち構えていたら嫌だが、そんな予感はしていない。

ここで俺をやれば、星里奈達が黙っていないだろうし、この男爵夫人はそれほど頭の緩い人間にも見えない。

部屋に入ると、男爵夫人は鍵を閉めた。

人に聞かれたくない話でもあるようだ。

男爵夫人が話を切り出すのを待ったが、彼女はうつむいて黙り込んでしまった。

「あの」

「わ、私と結婚したいと言いましたね？」

「ああ、なるほど」

【魅了☆　レベル３】のスキルが仕事をしてくれたようだ。頬を染め、モジモジしている手は間違いない。

「その、お茶を淹《い》れますから、少し私とお話を——」

まどろっこしいのでここは【ナンパ　レベル２】を使う。

「もっと良いことをしませんか」

そう言って俺は彼女の頬を触る。

「あっ、ひゃっ、な、何を……ぶ、無礼な、んっ――」

【レイプ　レベル１】も使って、強引なキス。

平手打ちが来たら土下座して謝ろうと思っていたが、彼女はろくに抵抗せず、キスに応じてきた。

なかなか上手い舌使いだ。処女で無いのが残念だが、このくらいの美人なら許容範囲だ。

おっと、性病も確認しておくか。

〈名前〉エイリア〈年齢〉18〈レベル〉1
〈クラス〉ノーブル〈種族〉ヒューマン
〈性別〉女〈HP〉24／24〈状態〉健康
【解説】
リオット男爵夫人。未亡人。
バーニア国の貴族。
性格は堅実で、ノンアクティブ。

大丈夫そうだ。堅実というところが、また良い。

きっと男爵以外の男は知らないのだろう。

レベルも１で、箱入りのお嬢様なんだろうな。

若き未亡人もちょっと味わってみるか。

黒いドレスの上から胸を触り、スカートの上からお尻も触っていく。

「んっ！　や、やめ――あんっ」

エイリアを壁際に追い詰め、ドレスを破る。

「あっ！　だ、ダメです。まだ喪も明けていないのに、こんな……んっ！」

「黙ってりゃ分からないだろ」

「い、いけません、神様が見ておいでです」

神様なんていないだろと言おうとしたが、そう言えばこっちの世界は神がいたな。まあ、あの緩そうな眼鏡っ娘神なら、合意の上なら罰を下したりもしないはずだ。

「見せつけてやれば良い」

「なっ！　あんっ、そんな、だ、ダメぇ……んっ！」

俺から逃れようとしたエイリアの手が飾ってあった花瓶に当たり、床に落ちる。

派手に割れた音が響いた。

「奥様！　大丈夫ですか⁉」

若い男の声に俺も動きを止める。すぐ外に警備兵を置いていたのか？　気づかなかった。

これはミスったぞ……。

ここでエイリアが外に助けを求めたら、戦闘だな。

逃げ場は奥の部屋のドアがあるが、その先が外に通じているかは分からない。

俺はエイリアを片手で抱いたまま、空いた手で腰の剣の柄に手をかける。

緊張の一瞬。

「だ、大丈夫です。下がりなさい」

エイリアは助けを求めず、そう言った。

去っていく気配に俺もほっとする。

「はっ」

「じゃ、合意成立って事で」

「なっ、か、勘違いしないで、これはあなたが死罪になるのが忍びなくて――きゃっ」

お姫様だっこでエイリアを奥の部屋に運ぶと、案の定、そこは寝室だった。

「自分から男を寝室に呼んでおいて、それはないだろう」

「ち、ちが、あんっ」

ベッドに押し倒し、服を全部はぎ取っていく。

「だ、ダメです、ぶ、無礼者！　やあっ」

脱がされまいとエイリアが服を押さえるが、無駄な抵抗だ。

俺は最後の一枚も奪い取ってやり、彼女の細い足首を掴んで、いきなりアソコから舐める。

「ああっ！　やっ、あんっ！　な、舐めないで下さい！　あうっ！」

「おいおい、とっくにびしょびしょじゃねえか。期待してたな？」

【言葉責め　レベル1】でごろつきのように言う。

まあ、ほとんど、ごろつきなんだけど。

「し、してません、あんっ！　やっ、だめ！　お願いです、夫の家で、こんな事……」

「別に浮気って訳でもないだろう。好きでもない奴に操《みさお》を立てる必要なんて無いぞ」

「で、でも、あんっ、ああっ！」

ビクビクと痙攣して彼女ができあがってきたので、俺も服を脱ぐ。

「あ……そ、そんな大きな物なんて、は、入りません……」

俺の腰を見て目を丸くするエイリア。

「大丈夫だ」

「ええ？　ま、待って！」

待たない。入れる。

「あんっ！　くうっ……！　ああ……」

恍惚の表情を浮かべたエイリアは、なんだ、もう開発済みか。

「エイリア、お前『嫌がる私を――』なんて言ってたが、本当は自分から誘ってたんじゃないのか」

「ちっ、違います、そんな事、一度だって――あんっ！　はうっ！　ああ……」

「正直に言え」

「だ、だから、誘ってなんて――んんっ、ダメ、動かさないで下さい、それ以上は、本当に――あんっ！」

「どうなるんだ？」

「うう、んっ……そ、そんな事、言えません……」

だがキスをすると応じてくるし、締め付けも俺のタイミングに合わせてきて、なかなかの名器だ。

そう言えば【松葉崩し　レベル1】というスキルがあったな。ここで試してみる事にする。

「あっ、それは」

エイリアは知っているようだ。どうなるのかと思ったが、エイリアが開脚して横向きになり、俺は彼女の片足を上げたまま掴み、交差するように挿入するという体位、それだけだ。

「なんだ、つまらん」

もっと凄いエロ技かと思ってたのに。

「こ、こんな格好、嫌です、あんっ！」

嫌がるエイリアが可愛いので、もう少し続けるけど。

「そろそろ出すぞ」

「は、はい、存分に、んっ！　んっ！　んっ！　ああーっ！　イクッ！」

男爵にイクという言葉も教え込まれていたようで、そこはちょっと残念だ。

「ほら、次は後背位だ」

「あ……は、はい、ど、どうぞ」

自分から、お尻を後ろに突き出してくるエイリア。

「いいぞ」

「んっ、んっ、あんっ、くうっ」

シーツを握りしめ耐えるエイリアはそそる。俺もペースを上げた。

「ああっ、くうっ、やあっ、そんな激しく、うあっ」

「大丈夫なんだろ」

「だ、だめぇええぇ！　ああーっ！」

大きな嬌声をあげたエイリアはぐったりとしたが、痛がっているそぶりは無い。

「じゃ、騎乗位だ」

「は、はい……」

自分からまたがってくるエイリア。

「ほほう」

「んっ、んっ、んっ、んんっ」

自分から動きやがった。少しそのままやらせてみるが、彼女自身が先に感じてしまってか、あまり上手くはない。

星里奈やミーナの方がテクは上だな。

「よし、もういいぞ」

今度は俺が動いてやる。

「ひゃっ、あんっ、や、ダメ、ダメです、あうっ、もう、い、イってしまいます、ああんっ！」

エイリアの感じる場所も掴めてきたので、そこを重点的に攻めていくと、彼女は長い銀髪を振り乱して喜んだ。

「ああっ、いいっ！　それ、いいですっ！　あぁっ！　いいっ！」

ラストは【マシンガンバイブ　レベル1】を使ってみる。

「あああああ！」

がくがくと震えたエイリアが恍惚とした表情のまま気絶した。

俺も思い切り中にぶちまけて満足したので、抱き寄せて髪を撫でてやる。

「酷い人……」

俺の腹を指でなぞりながら言うエイリアは、コイツも可愛いな。

ノックがあった。

びくっとしたエイリアは緊張したようだ。

「奥様、聖方教会の司祭様がおいでですが」

外から老執事が声を掛けた。

「ふう、何度誘われようとも私は儀式に出るつもりはありません、そう言って追い返しなさい」

「はい、そのように」

「儀式？」

気になったので俺は聞いた。

「ええ。教会が月に一回主催する儀式です。表向きは貴族を招いての晩餐会という事になっているのですが……満月の夜に複数の男女で裸の交わりをするそうです」

カレンが言っていたヤツか。

「私はそんな儀式、出たくもありません」

エイリアが心底嫌そうに答える。乱交パーティーか。俺もそんなのは興味ないな。

「ふうん。ま、断っても良いなら、断っておけば良い」

「はい」

二人とも服を整え、玄関まできた。

「あ、あの……、ま、また遊びに来て下さいますか？」

エイリアがモジモジしながら聞いてくる。

「ああ、もちろん」

週一、いや週二回でここに通う事にしよう。決定！

第三章　ダンジョン

✧プロローグ　勇者の情報交換

　俺達はウサギ狩りを連日こなし、宝玉は四つほど手に入れた。

　十万ゴールドは軽く超えたな。

　星里奈と奴隷を買うかどうかで揉めてしまったが、俺がリーダーという事で奴隷を優先させた。当然だ。

　ただ、換金はオークション開催の日でないと高値では取引されないので、売買はまだ先だ。先に奴隷商人のところに行って、目を付けておいた女が売り切れなんて目に遭っても癪《しゃく》だからな。

　楽しみは先に取っておく事にして、今度はレベル上げだ。

　スキルはもっと欲しいし、リリィの【不運】と【不幸】はまだ消せていない。

　俺の【パーティーのスキルリセット　レベル1】のレベルを上げる必要があるのだが、次に必要なポイントは60とかなり重い。

　取りたいスキルは他にもあるが、まずはそれからだ。


　森でマウントエイプを狩り、俺とミーナが二つ、リリィは五つもレベルが上がった。

　リリィのスキルは【幸運】のレベルを最優先で上げ、それでもスキルポイントが余ったので、【回避】と【ヘイト減少】のレベルも上げ、さらに【体力上昇】も取らせた。

なにせHPがパーティーの中で一番低く、まだ100に届いていない。俺の半分だ。

不安が残るので、死ににくくなるスキルを優先して取らせている。

新たに獲得したリリィのスキル
【幸運　レベル5】レベルアップ！
【回避　レベル3】レベルアップ！
【ヘイト減少　レベル2】レベルアップ！
【体力上昇　レベル5】New！

すでに俺から盗んだ宝玉分の働きはしてもらったが、彼女も自信が付いたようだし、このままパーティーメンバーとして参加だ。

新たに獲得したミーナのスキル
【かばう　レベル3】レベルアップ！
【フェラチオ　レベル3】レベルアップ！

ミーナには【かばう】のスキルを取らせてレベルを上げさせている。

反射神経が良く、体力もある彼女がメンバーを守れば良いと思ったまでだが、星里奈には不評だ。【フェラチオ】のレベルも上がっているので、奴隷の扱いが酷いと思われているらしい。ミーナはミーナで「自分で選んで取りました。ご主人様のためなら当然です！」とやたら張り切っているので余計にこじれている。

一方、星里奈とイオーネはレベルが元々高かったせいか、まだ上がっていない。

「よし、今日はここまでにするぞ」

「はい！」

「「ええ」」

「うん！」

いったん宿に戻って装備を外し、レストランで夕食にする。

「ねえ、アレック、奴隷を買うより、良い装備を買う方が安全だと思うんだけど」

星里奈が話を蒸し返した。

「またその話か。奴隷の次は装備だ。それでいいだろう」

俺も身の安全は考えているので、そのつもりだ。良い装備でさらに強い敵を倒し、さらに金を手に入れて奴隷を買う。完璧だ。

「ううん……」

「嫌なら――」

「分かったわよ。あなたに従うわ。リーダーだものね」

「よし。だが星里奈、お前が自分の金で装備を調《ととの》えるのは自由だぞ」

「ええ、でも、鋼より上の装備はなかなか店売りじゃ手に入らないみたい。私もオークションで狙ってみようかしら？」

「勝手にしろ」

「むう、勝手にするけど」

「女将、ワインとチーズを追加だ」

「あいよ」

「私はウサギ肉のスープをもらえるかしら」

「はいよ」

「ウサギ肉なんてよく食えるな」

こちらの世界の肉は微妙に獣臭いし、なんと言ってもウサギだ。

「ええ？　結構美味しいじゃない。それに、栄養を取っておかないとね」

「栄養？　お前はそれ以上、育てる必要は無いと思うが」

俺は星里奈の胸を見る。大きな胸だ。

「胸の栄養じゃないっての！　もう、このスケベ親父……」

「女将さん、私もウサギ肉のスープを下さい！」

ミーナが自分の胸を育てようかと思ったか、追加した。ま、それくらいは好きにさせておこう。

「リリィも食えるだけ食っておけよ」

「ドスケベ」

うるせ。お前の場合は体力だっての。

「ああ、アレックさんじゃないですか」

レストランに入ってきた一組のパーティーが俺の横で立ち止まった。

「んん？　ああ、シンか」

見覚えのあるおかっぱ頭だが、革鎧を鋼の装備に替えていたので、気づかなかった。コイツも順調に冒険をやっているようだ。

ま、俺は他の勇者なんてどうでもいいんだが。

だが、シンの後ろにはムキムキの虎男と、胸の大きな猫耳少女、それにロリ魔法使いがいた。

コイツ、三人も奴隷を買ったのか？

俺は剣術道場で午前中を潰しているとはいえ、かなりハイペースで金稼ぎをしているはずだ。それを余裕で上回るとは、いったい、どういう稼ぎ方をしているのやら。

「ほら、アレックさんのおかげで、欲しかった猫耳奴隷が買えました。これからも役に立つ情報があれば教えて下さいよ、へへ」

薄ら笑いを浮かべるシンは情報収集に余念が無いようだ。

「お互いにな。奴隷三人とは随分と稼いでいるみたいだが」

「ああいえ、そっちのグレン先生は傭兵なので。ま、他にも二人、ペットを飼ってますがね」

戦闘に参加させない、それ目的の奴隷か。

「どうやって稼いだんだ？」

「それは秘密ですよ。そこは企業秘密ってヤツでしょう」

おどけるように肩をすくめて笑うシン。

こいつ、ちょっとムカつくな。自分は情報を求めておいて、それかよ。

「まあでも、今日は僕が奢りますよ。西の塔の情報交換でもしませんか」

「塔？」

「ええ。行った事ないですか？」

「何するところなんだ、それは」

俺が聞き返すとシンが変な顔をした。

「何をするって……」

「西にもダンジョンがあるのよ」

星里奈が言うので理解できた。

「ああ、ダンジョンか。いや、俺はまだダンジョンは攻略してないな」

「へえ？　それでよく稼げましたね。でも、なんだ、それなら時間の無駄か……先生、お金を渡しておくので、そいつらにも食わせてやって下さい」

「承知した」

虎男が銅貨を受け取って空いたテーブルに向かい、猫耳とロリ魔法使いも虎男に付いていく。

「じゃ、こっちはアレックさん達に奢りって事で」

小さい銅貨一枚。ま、十ゴールドもあればここの支払いは充分だが。

「ありがとう、シン」

星里奈が礼を言う。

「どういたしまして、へへ」

そのままシンが立ち去ろうとしたが、星里奈が声を掛けた。

「シン、あなたは食べていかないの？」

「ああ、僕はこんな大衆食堂じゃなくて、貴族御用達のレストランで食べてるんですよ。そっちの方がずっと美味しいですからね。白石さんも一緒に行きますか？　僕が奢りますよ」

「いいえ、遠慮しておくわ」

「そうですか。ああ、それと、白石さん、次の満月の夜に教会主催の晩餐会があるんですよ。一緒に行きませんか」

「ええと……」

星里奈が少し迷ったか、俺を見る。

「やめとけ、聖方教会主催なら、乱交パーティーらしいぞ」

「ええ？」

「ああ、へへへ、そうなんですか、それは知らなかったなぁ。じゃあ、無しって事で。失礼します」

ニヤニヤしたシンは知ってて誘ったんだろうけどな。

「最っ低」

シンが見えなくなってから星里奈が辟易したように言う。

「なーんか嫌ーな感じの奴だったけど、二人とも知り合いなの？」

リリィが聞いてきた。

「彼も勇者の一人なのよ」

「ああ」

「でも、前はあんな感じじゃなかったのに、人相まで悪くなってるみたいで心配だわ」

「そりゃ、こっちで色々やってりゃ変わるだろ。気にしても仕方ない」

ただ、向こうが戦力で先行しすぎるのは問題だ。シンの奴、星里奈に性的な興味があるようだったから、同じパーティーメンバーの俺を邪魔者だと思っても不思議ではないな。

決めた。

「星里奈、明日はダンジョンに行くぞ」

「ふうん、私が誘った時には目もくれなかったのに、まあいいわ。西の塔に行くのね？」

「いいや、お前が前に言っていた初心者用の南の洞窟だ」

「そ。まあ、ダンジョンの感覚を掴んでおくのも良いと思うわ」

「ああ。それとシンには気をつけておけ」

「うん、分かった」

ま、こいつもそれくらいの用心はするだろう。勇者仲間という意識も少し抜けてきたようだし、モンスターと戦って心境が——いや、勇者はモンスターと戦うのが趣味みたいなもんだよな。正義の味方は、悪・モンスターを倒すわけだし。

じゃ、何がコイツを変えたのか？

分からん。

チーズを食べつつ俺は片手で星里奈のケツを触ろうとしたが、手ではねのけられ軽く睨まれてしまった。

素直じゃない女だ。

第一話　南の洞窟

午前中はいつものように剣術道場で汗を流し、午後は南の洞窟へやってきた。

星里奈の話では、初心者向けのダンジョンで、ギルドの推奨レベルは10以上だそうだ。ま、今の俺達は平均で17くらいのレベルだから余裕だろう。装備も普通の奴らよりずっと良い。

「じゃ、リリィ、魔法のランタンを使ってみろ」

「うん」

洞窟の中は暗いので、松明《たいまつ》などの明かりが必要だが、俺はここはケチらずに最高級品のランタンを四千ゴールドで買った。

松明は基本使い捨てで、火傷の心配もあるが、この魔法のランタンなら熱くもなく、明るさも段違いだという話だ。

敵の早期発見にも役立つし、罠も見つけやすい。安全に直結するところは金を惜しんだら命取りだ。

「わ、明るい」

リリィが驚いたが、蛍光灯くらいの明るさがある。まぶしいという感じではなく、柔らかな光で、これは良い買い物をした。

「じゃ、フォーメーションはさっき言った通りだ」

先頭は鼻の利くミーナ、続いて戦闘能力の高い星里奈とイオーネ、HPが低いリリィが真ん中で、最後尾が俺。

バックアタックの可能性を考えれば、妥当な陣形だろう。他のメンバーからも文句は出なかった。

「はい！　行きます！」

ミーナが張り切って洞窟の中に入っていく。先行しすぎるなよと注意しようかと思ったが、彼女は洞窟の中を見回した後、ちゃんと立ち止まって俺達を待った。

「へえ、影が少ないのね」

星里奈がリリィの後ろを見て言う。どういう理屈か分からないが、魔法のランタンは、まんべんなく地面や天井を照らしていた。死角が無いのは結構な事だ。

洞窟の中は幅が三メートルほどで、高さも同じくらいだ。天然の岩場で、下は土だが乾ききっているので、歩きやすい。

そのまま道なりにまっすぐ進み、二手に分かれていたので左から進んでみる事にする。

するとまた道が枝分かれした。

「これは、マッピングもしておいた方が良いか？」

俺は立ち止まって言う。

「必要ないわ。私が【オートマッピング】のスキルを持ってるし、ここはもう道を覚えてるから」

星里奈が言った。

「そうか」

もしも星里奈とはぐれたら、その時に誰かがマッピング関係のスキルを取るとしよう。

「ご主人様、この先に何かいます。数は複数」

ミーナが鼻を利かして告げた。

「よし、慎重に行くぞ」

抜剣して、ゆっくりと進み、洞窟を道なりに曲がる。

「ギギッ！」

そこには三体のモンスターがいた。赤く目を光らせる褐色の人型。

その醜い顔と長く伸びた爪、下あごの長い犬歯は鬼を思わせる。だが小柄だ。

「コボルトだわ。大丈夫、ゴブリンと大して変わらない強さよ」

星里奈が落ち着き払って言う。なら、余裕だな。

「えいっ！」

「せいっ！」

「やっ！」

前衛の三人がそれぞれ一撃で片付けた。

だが、洞窟の明るさが急に動いて変わる。

「リリィ、お前は拾わなくて良い。ミーナに任せろ」

「分かった」

ドロップの魔石をリリィが拾おうとしたが、明かりのランタンがあちこち動くと落ち着かないので俺は指示しておく。

「星里奈、その魔石はどれくらいで売れる？」

「これは宝玉じゃないから大したお金にはならないわ。この小ささなら、一つで十ゴールド行くかどうかってところかしら」

「そんなものか。それでも大きいのは高く売れるんだよな？」

「ええ。でも、ここの洞窟ではそんな魔石は出てこないわよ。強い敵じゃないと」

シンは強敵を倒して儲けたのだろうか。ちょっと違う気がするな。奴も最初は装備がぼろかったし、低レベルのソロでは厳しかったはずだ。

「ご主人様、宝箱が落ちてます」

ミーナが宝箱を見つけたようだ。

「ほう」

「でも、ここの宝箱って大した事ないわよ」

星里奈が言うが、宝箱を見つけたら開けたくなるのが人情という物だろう。

二十センチくらいの小さな金色の箱。妙に豪華だ。

「これ、宝箱を売るだけで儲かるんじゃないのか？」

俺は思いついて言う。

「それがねぇ、ダンジョンで出てくる宝箱って、開けるとしばらくして消えちゃうのよ」

「ふうん」

「消えないのもあるけど、値が付かなくて道具屋でも買い取ってくれないわ」

星里奈は一度道具屋に持って行った事があるらしい。

「でも、私は木箱と鉄の箱しか見た事無かったけど、これは綺麗ね」

それならレアの予感がする。

「じゃ、ミーナ、お前が開けろ」

「はい、ご主人様、お任せ下さい。たとえ下に落とし穴や槍があろうとも……！」

「アレック、あなた、気に入ってる女の子に危険な事をやらせるの？」

「勘違いするな、この中ではミーナがダントツで運の〈基本能力値〉が高い。それだけだ。お前は34より上か？」

「えっ、そんなにあるんだ。私は25だけど」

俺よりちょっと高いな。気に入らん。

「私は18ですけど、皆さん、随分と高いですね。普通の人は7から10くらいですけど、勇者は違うのかしら」

イオーネが言うが、どうだろうな。あのブラウザゲーでリセマラしてる奴は高めになるだろうけど。

ミーナがおそるおそる宝箱を開けた。

この初心者向けの洞窟では針の罠しか無いのは星里奈からすでに聞いている。刺されても致命傷にはならないとの事。

パパラパー♪　パラパラパラパラ、パッパ～♪

と、どこからともなくファンファーレが聞こえた。

宝箱から金色のランプが勢いよく跳び出てきて、しかし、すぐにふわーっと消えていく。

「ひゃっ！　な、なんでしょう？　ご主人様」

「星里奈」

「ううん、ごめん、私もこんなのは初めてで、知らないわ。でも、銅のランプを見つけたらスキルポイントが手に入ったから、それかも」

それだな。

なるほど、【次元斬】のスキルがレベル1でも5000ポイント必要と無茶苦茶だったが、スキルポイントを稼ぐ方法は何もレベルアップだけではないという事か。

「お前、それを早く言えよ。俺がポイントを稼いでるの、知ってただろうが」

「ごめんなさい。でも今まで一つしか見つけてないし、手に入ったポイントもたった2ポイントだったから、レベル上げの方が効率が良いと思って」

「そうか。イオーネ、星里奈、少し周りを警戒しててくれ」

「はい」

「分かった」

ステータスを確認して俺のポイントが増えているかどうかを確認する。もし、ミーナ一人だけしか増えないなら、俺が宝箱を開けていく必要があるだろう。

見てみると——

アレック
〈現在のスキルポイント〉135

「ほう、１００ポイントか」

前の残りが35ポイントだったので、そこから１００ポイント増えている。

これで8レベル分のスキルポイントが手に入ったな。このところレベルが上がるにつれて少しずつ獲得ポイントも増えていたので、７レベル分かもしれないが、そこは大した違いでもない。

どうせなら1万ポイントくらいどーんと来ても良かったが、取れないよりはずっと良いだろう。

「へえ、凄いわね。しかも全員かしら？」

「それは後で順番に確かめれば良いから、敵が来ないか警戒してろ、星里奈」

「了解」

さっそく俺は【パーティーのスキルリセット　レベル１】のレベルを上げた。必要ポイントは60。

【パーティーのスキルリセット　レベル2】レベルアップ！

アレック
〈現在のスキルポイント〉75
次のレベルアップには１２０ポイントも必要なので、これ以上は上げられない。
【鑑定】でスキルを見てみる。
『パーティーのスキルリセット　レベル2』
【解説】
パーティーメンバーの所持スキルを三つだけ同意の下で初期化する事ができる。
還元されるポイントは三分の二になる。
ただしレベル2ではメンバー一人につき一年に一度きり。
レアスキルや固有スキルは消去不可。
また、高レベルスキルは2レベルダウンのみ。

まあ、こんなもんか。一年に一度しかリセットできないのでは使い勝手が悪すぎるが、これでリィの余計なスキルは全部一度で消せるな。

【不運　レベル1】デリート！
【不幸　レベル1】デリート！

こいつらが厄介な働きをする前に、さっさと消しておく。

さて、俺の次のスキルは選んで吟味するのに時間が掛かるし、ダンジョンの中だから今はやめておこう。

「ミーナ、今は罠外し系のスキルだけ取っておけ」

今後も運の数値の高いミーナに宝箱をどんどん開けさせるつもりだ。

「はい、ご主人様」

星里奈達はスキルポイントだけ確認したが、全員が100ポイント取得だった。

彼女達は「選ぶのはダンジョンから出た後で良い」と言うので、そのまま先に進む。

第二話　東の地下神殿

それから二時間ほど洞窟を回ってみたが、薬草が六枚と、毒消し草が一枚、手に入っただけだ。あの金色のランプは出てこなかった。

大量のスキルポイントゲットで気を良くしていた俺達だったが、手に入る物がしょぼいのでそこで諦めてこのダンジョンを切り上げる事にした。

ここの敵はコボルトとコウモリだけで、経験値もろくに稼げないからな。

いったん、宿に戻った。

「星里奈、もう少し難易度が高いのはどこだ？」

「東平原に地下神殿があるわ。ギルドの推奨レベルは15だから、今の私達にはちょうどいいかも」

「よし、じゃあ、行ってみるか」

「ええ」

途中の芋虫は無視して先に進み、街を出てから三十分ほどで目的地に着いた。

そこには宗教的な装飾が施された石の柱が立っているが、その入り口の他は何も無い。地面には草が生えているだけだ。

「ふう、ちょっと休むぞ」

体力的にはさほどでもないが、歩くのは好きではない。ちょうど腰掛けやすい石があったので、そこに座る。どっこらしょっと。

「ええ？　体力が無いわねえ」

「いいえ、星里奈さん、ご主人様は絶倫ですから」

ミーナが自慢げに言うが、イオーネもそこにいるってのに。

「ええ？　ま、まあ、そうだけど……」

「ミーナ、余計な事は言わなくて良い」

イオーネは数秒ほど硬直していたが、向こうを向いて聞こえなかったフリをする事に決めたらしい。

「もっ、申し訳ありません、ご主人様」

「もー、あなたのためを思って言ったんでしょ。もうちょっと優しくしてあげなさいよ」

「いえ、ご主人様は充分過ぎるほどお優しいので」

「それで充分って……よし、なら頑張ってお金貯めて、平民に戻してもらいましょ」

「はい、ありがとうございます」

水筒で水を一口飲んで、俺は立ち上がる。

「じゃ、出発だ」

地下神殿の門をくぐる。すぐに階段が下に向かっており、その先は丁字路の通路になっていた。

「左から行ってみよう」

大きさ五十センチほどの石ブロックを積み上げ

て作られた通路は、二メートルの幅と三メートルほどの高さを維持したまま左右に折れ曲がっており、複雑な迷路を形成していた。

「何かいます！」

「ブラックスライムだわ」

真っ黒なスライムがぷるぷると震えている。

「強いのか？」と星里奈に聞こうとして、俺は事を思い出した。【鑑定】と【解説】のスキルを自分で持っていたた使う。

〈名称〉ブラックスライム　〈レベル〉12
〈HP〉63／63　〈状態〉通常
【解説】
黒色のスライム。
性格はやや攻撃的で、近づく者に対してアクティブ。
打撃はダメージを与えにくい。

ま、普通のスライムよりは強いが、今の俺達なら余裕だな。

「正面から行かず、進行方向の後ろを取れ。飛ばしてくる粘液に気をつけろ」

一度、普通のスライムで苦戦した事がある俺は注意を全員に促しておく。

「ええ、でも、こんなの楽勝よ」

星里奈は走り込んで回り込むとロングソードをブラックスライムに振り下ろした。

ズブッと音がしてスライムもぶるぶるっと震えたが、一撃では倒せなかった様子。

「お任せ下さい！」

さらに横からミーナがショートソードを繰り出した。ビチャッと横切りでスライムをえぐると、それで力尽きたのか、白い煙と化して消えた。

「よくやった」

「はい！」

しかし、ドロップは無しか。

「まあいい、次だ」

地下神殿はそれなりに広いが、一時間ほど通路を行ったり来たりしていると、この階層のマップは埋め尽くしたようだ。

「あとは階段だけよ」

星里奈が言う。

俺は時刻をスキルで確認したが、午後四時か。まだ日が暮れるまでには少し時間がある。

「じゃ、地下二階を少し見てから上がろう」

「了解」

階段を下りて通路を進む。右側の入り口が広間に通じているようだ。

「ご主人様、中に誰かいます。この匂いは……若い女ですね」

「一人みたい」

ミーナと星里奈がスキルで教えてくれた。

「よし、入ろう」

俺の好みの美少女ならナンパくらいしてやろうと思ったのだが。

「……アレは何をしているんだ？」

広間に入って俺は聞く。

「さ、さあ？　何でしょう？」

「罠に引っかかってるんじゃないかしら？」

星里奈が言ったが。

「違う。私はここで休憩しているだけだ」

エルフらしい銀髪の女騎士が否定したが、両腕は壁のレリーフに突っ込んだままだ。そのレリーフは、ニヤけた顔の大きなもので、ちょうど口の部分に手が入るようになっていた。

上には『汝、我が口に手を差し入れよ。さすれば至高の宝を一つ授けん。強欲はいつか身を滅ぼすなり』と文字が彫り込まれている。

ありがたい教訓がもれなくもらえる罠のようだ。

しかし、知能に優れているらしいエルフが引っかかるのか……。耳が尖ってるだけの別種族か？

「うーん、気持ちは分かるんだけど、それで休憩って……」

リリィが訝《いぶか》しむ。

腕の位置が低いので前屈みになっている騎士は間抜けな格好だ。

彼女なりのプライドかもしれないが、それでモンスターに襲われて命まで失ったら、アホらしいだろうに。

「助けてあげましょう」

イオーネが常識的な事を言い、俺もまあ良いかと思ってそいつを引っ張りに行こうとしたが。

「く、来るな！　これは私の修練でもある。余計な手出しはしないでもらおう」

強情な奴だ。

「よし、行くぞ、お前ら」

「ええ？　でも……」

「騎士様がああ言ってるんだ。修行の邪魔をしちゃ悪い」

ソロ冒険者のようだが、装備は鋼シリーズで立派だった。ならスライムごときには後れを取るまい。

「構わないぞ」

騎士も余裕があるようで平然として言った。格好は間抜けなんだけども。

「気を抜くなよ。他人の心配より自分の命だ」

皆がまだ広間の方を気にしていたので、気を引き締めに掛かる。

「ええ、その通りね」

意外に素直に星里奈が同意して、先へと進む。

「ううん……くんくん」

途中、ミーナが立ち止まって鼻を使い出した。

「どうした、ミーナ」

「それが……」

「気になっている事があれば些細な事でもいいから言え」

「はい。どうも花の香りのような甘い匂いがするのですが、覚えが無くて」

「そうか。ま、お前でも知らない花くらいあるだろう。気にするな」

「はい、ご主人様」

ニッコリと笑ったミーナは上機嫌だ。別に褒めたわけでもないのだが……。

少し俺は違和感を覚えたが、ここはダンジョンの中、敵がいつどこから出てくるか分からないのだ。余計な事で集中は乱さない方が良い。

廊下の先に神経を集中する。

「何かいるわ。スライムね」

「またか……」

ドロップも経験値も美味しくないので、俺は少し気が削がれたが、先ほどのスライムとはまた色が違うようだ。

「ピンク色……珍しいですね。初めて見ました」

イオーネが言うが、ま、彼女は冒険者ではなく剣士だ。近場であろうとも知らないモンスターもいるかもしれない。

「蛍光色で、なんか気持ち悪いわね」

星里奈が言うが、てらてらと綺麗に光っていてゼリーかジャムのように見えるな。

ここは当然、初見の敵は【鑑定】だろう。

〈名称〉ピンクスライム　〈レベル〉22
〈HP〉263／263　〈状態〉通常
【解説】
ピンク色の妖しいスライム。
性格はやや攻撃的で、人間の女性に対してアクティブ。甘い匂いを放つ。
打撃はダメージを与えにくい。
木綿や絹を溶かす酸を飛ばすが、人には無害。

んん？　なんで女性だけに反応するのやら。

しかも、木綿や絹と言ったら――。

「き、気をつけて！　こいつ、アレックみたいなヤバい奴よ！」

星里奈が、こいつも【鑑定】を使ったか、そんな警告を飛ばしてくる。

「あのな」

「うわ、ヤバイヤバイ、近づかないようにしようっと」

わざと怖がるリリィを俺は軽く睨んでおく。リリィはふふっと笑った。

「では、ここは私に任せて下さい」

そう言ってこの中では最強と思われるイオーネが前に出る。盗賊のガルドンには後れを取ってしまったが、腕は確かだから任せてみるか。

「よし、気をつけていけ」

「はい」

構えたイオーネは精神統一のためか、深く息を吐くと、一気に間合いを詰めてスライムを横薙ぎに払った。

「【水鳥剣、千鳥《ちどり》！】」

スライムを切った後はそのまま駆け抜けて、距離を保つ。

「「おお」」

一撃で葬った。さすがだな。

「凄い、イオーネ。やるわね」

「いえ、スライムが相手ですし」

イオーネが謙遜しつつも微笑む。

「星里奈、ここはスライムしかいないのか？」

「ううん、そんな事は無いけど、まあ、多いかもね」

「じゃ、とっとと西の塔に行くかな」

「うーん、シンと競い合うのは良いけど、ギルドで推奨レベルも確認した方が良いと思うわよ」

「ああ、それはもちろんだ」

そろそろ日が暮れる時間なので、俺達は地下神殿を切り上げる事にした。

第三話　エロフ？

雰囲気はそれなりだが、モンスターのスライム比率が高く、ドロップがマゾい地下神殿《ダンジョン》。

俺達パーティーは探索を切りの良いところでやめ、地上に戻る事にしたのだが。

「んっ、ふっ、はぁん……よ、よせ……やめろ……くっ」

道を引き返していると通路の向こう側から、苦悶の声が微かに聞こえてきた。

この先は大顔のレリーフの広間があった場所だ。間抜けなエルフがその罠に引っかかっていたが。

「これって……」

振り向いた星里奈も察しがついたのだろう。微妙な表情をしている。

「ま、俺達は冒険者だ。一応、同じ冒険者のよしみとして様子は見てから、助けられそうなら助ける。そうでなければ見捨てる。それでいいだろう」

俺はパーティーとしての方針を言う。

「ええ？　見捨てるって……」

星里奈が非難するような目で俺を見たが、それは彼女一人だけだった。他のメンバーは俺に賛同のようでうなずいている。

「星里奈さん、当然の事ですよ。冒険者は命を落とす事も覚悟してこのようなダンジョンに足を踏み入れるのです。もし、助けに入った人まで道連れにしてしまいそうな状況であれば、助けは求めてはいけませんし、助けてもいけません」

イオーネが割と厳しい事を言う。

「助けを求めないのは分かるけど、助けてはいけないって違うんじゃない？」

「いいえ、助からない場合は、余計な死人が出ます。これは助けようとした人が自分自身を殺すようなもので、結局、命の数の計算として人死にが増えたのと同じ事です。だから助ける事を当たり前にしてはいけません」

イオーネが言うが、この世界は普通にダンジョンで死人が多く出ているのだろう。ゲームと違い、死に戻りや復活は無し。

となれば、自ずと命を守る鉄則や道徳観も形作られていく……か。街中で町人が盗賊に襲われるのとは、ワケが違うって事だな。

危険を冒すから冒険者であり、それ以外の者、覚悟も無い者は、最初からダンジョンに入ってはダメなのだ。

「そんな……」

「でも、血の臭いはしていませんから、たぶん、大丈夫ですよ」

ミーナが優しく微笑んで星里奈をなだめる。

「星里奈、これはパーティーとして譲れない一線だ。嫌ならここでパーティーを抜けてくれ。お前の意思は尊重しよう。もちろん、助けられそうなら、俺も助けてやるぞ」

さっきのエルフは美人だったからな。間抜けそうなのはこの際、目をつむろう。

「分かったわ。少し心に引っかかるものはあるけど、理屈としては正しい気がするから」

「ふん、気がする、か。星里奈、いざというときに足を引っ張ってくれるなよ？　パーティーリーダーはパーティー全員の命を預かってるんだ。俺は誰かに好かれたいだけの甘い考えで、死人を出すようなへまはしたくない」

「ええ、分かってる」

今度は星里奈も納得したようだ。

「意外にあなたってリーダーに向いているのかしらね」

少し見直したように俺を見る星里奈だが、命を真剣に考えれば普通に辿る理屈で、意外にってのは余計だ。

「じゃ、行くぞ。広間の確認はミーナ、お前がやれ。イオーネは退路の確認だ。ミーナが逃げろと合図したら一斉に階段まで引くぞ」

そこまでの危険は無いと予想が付いているが、予行演習や訓練ってのは大切だからな。

「はい、分かりました、ご主人様」

「ええ、了解です」

「助けられそうなら、突入するから」

「ああ、だが、ミーナの判断に従え。いいな？」

「分かった」

星里奈がうなずいたのを確認し、ミーナが広間を覗く。

「私の【エネミーカウンター】だと、七匹だけど」

スキルを使った星里奈が小声で言うが、少し敵の数が多いな。

「ご主人様、スライムだけです。助けられるかと」

「よし、中に入って少し様子を見るぞ。星里奈は手を出すな」

この雰囲気なら星里奈はリーダーである俺の指示には背《そむ》きにくいだろう。

「ちょっと！　それ、最初から観戦するつもりで、長い前振りしたんじゃないの？」

時々勘の良い小娘だ。

俺がどうやって言いくるめてやろうかと思案していると、先に広間の方から声があった。

「は、入ってくるな！　私は平気だぞ！」

「そんな事を言う権利はお前に無い。ここはお前の私有地じゃないからな」

俺は堂々と広間の中に入る。星里奈も素早く広間に入って俺の視界を塞ごうとしたのか、手を伸ばしかけ、そしてやめた。

チッ、鎧はそのまんまかよ。服が溶けて裸でスライムに弄《もてあそ》ばれるエルフ女を期待していたというのに。何も見えん。

そこには銀髪のエルフがレリーフに手を突っ込

んだまま、ピンクスライムにまとわりつかれていた。

「手助けは無用だ。これも、んっ、修行のうち……あんっ！」

ビクンと体を大きく震わせたエロフはいったい何の修行をしているのやら。

「うーん、余計な事かもしれませんけど、放っておくと命に関わると思うけど？」

星里奈がややあきれながら腕組みして言う。

「だが、はあ、はあ、くっ、ＨＰは減っていないぞ」

「いや、体に悪いと思うし……後で肌が荒れてもいいの？」

「それは困るが、くっ、抜けん……」

腕をレリーフの穴から引き抜こうとした騎士だが、やはり抜けなくなってしまっているようだ。

「仕方ない、助けてやれ」

興味を失った俺はミーナと星里奈にあごでしゃくって指示した。

まとわりつくスライムをささっと切り捨てたミーナと星里奈は、次に女騎士の両腕を掴む。

「じゃ、せーので、行くわよ」

「はい」

「せーの！」

「いたたたた！　ま、待て」

エルフが悲鳴を上げた。

「ええ？　どういう具合になってるの？」

「手首が石に挟み込まれているんだ」

「うーん、ひねってもダメ？」

「ダメだな。回せるが、抜けない。ほら」

エルフは自分の腕をひねって見せた。

「なんか抜けそうに見えるけど……」

リリィが言うが絶妙な締まり具合なのだろう。

「だが、それほど凶悪な罠じゃないはずだぞ」

俺は指摘する。ここで本当に抜けなくなったら、教訓じゃなくて危険な罠だ。

そして危険なら冒険者ギルドに情報が行き、星里奈やイオーネもその危険な罠の情報について知っているはずだ。

「いいや、これほど厳しい罠は生まれて初めてだ」

エルフが言う。

「何か、スイッチのような物は奥に無いの？」

星里奈が良いアイディアを出した。

「そうだな……スイッチはある。手を抜くだけなら、こうしてこれを元に戻せば……ほら」

カチリと音がして罠が解除されたようだ。

自分の手を引き抜いたエルフは残念そうにため息をつき、そしてまた穴にその手を突っ込んだ。

「ちょっと！」

「何してんのよ！」

「ええ？」

「おい」

さすがに俺達もその行動には驚く。二回目も同じ解除ができるとは限らない。

「ふむ、スイッチの上に小さな宝箱らしき物があるのだが、手に持っては抜けないようだな」

「まさかとは思うけど、あなた、それを掴んだまま引き抜こうとしてたの？」

「……細かい事は気にするな」

「「ええ？」」

「オホン、我が名はシルヴィ＝ワロイ＝アッターマと言う。此度《こたび》は助けてくれた事、礼を言わせてもらおう」

結局あきらめたのか強欲の騎士は立ち上がると一礼した。

「うわ、頭悪そうな名前」

「む、リリィ、ダメよ。人の名前を馬鹿にするなんて」

「そうだな、名字を馬鹿にするのはダメだ。じゃ、シルヴィ、命の恩人とまでは行かないが、困ったところを助けてやったんだ。それなりの対価を渡してもらおうか」

冒険者のルールに基づいて俺は言う。

「うむ、これも世の習い、別にこちらが頼んだわけではないが、そこに落ちている銅貨をくれてやる。銀貨はダメだぞ」

銅貨では大した金額にならないが、うずうずしていたリリィに拾わせておく。その間のランタンはミーナに持たせた。

「シルヴィ、その銀貨を一枚寄越すなら、小袋をくれてやっても良いぞ」

俺は取引を持ちかけてみた。

彼女はスライムにすべて布を溶かされているので、銀貨を持ち歩くのにも苦労する事だろう。

「ちょっと、アレック、そんな足下を見るような酷い事、やめてよね」

「まったくだな。小袋一つならせいぜい百ゴールドも払えば良いだろう」

「アレックさん……」

イオーネもどうかという顔をしたので、ここはくれてやる事にする。

「分かった分かった。じゃ、タダでいいぞ」

空の小袋を渡してやった。

「うむ、助かる」

「じゃ、上がるぞ」

「待て」

シルヴィがまだ何か用があるようだが。

「なんだよ」

「街に戻るのなら、私が護衛してやろう」

「ハッ、護衛して下さいの間違いじゃないのか？」

「腕前を試してみるか？」

シルヴィが剣を抜くが。

「やめておいた方が良いでしょう。アレックさんより数段上ですよ」

イオーネが抜剣を見ただけで実力を測ったようだ。

「じゃ、よしておこう。頼むぞ、シルヴィ」

「ああ、任せておけ。最近、今月に入ってからだな、この界隈では冒険者がよく死んでいる。お前達も気をつける事だ」

間抜けな罠に引っかかっているシルヴィにはお前の方こそ気をつけろと言いたい。

「それってフィールド、地上での事？」

星里奈が気になったようで聞いた。

「いや、ダンジョンだ」

「でも、ここに死体は無かったけど……」

「ああ、スライムがいるからな。それにゴブリンやコボルトが骨や鎧を集めたりするから、死体は残らん。せいぜい遺品が残るだけだ」

シルヴィが言う。

「んん？　それならどうして死人が多いって分かるの？」

リリィが聞いたが、冒険者ギルドや街の門番のカウントだろうな。

「冒険者ギルドから行方不明者の情報が寄せられた。そして近隣のダンジョンの調査・巡回も強化して欲しいと騎士団に依頼が来ていてな。私は隊長からその命令を受けているというわけだ」

「ああ……」

「それで、何か掴めているのか」

俺は肝心なところを聞く。

「いいや。レアモンスターに襲われたのか、凶悪なトラップか、大方そんなところだろうとは思っていたのだが……」

シルヴィは手がかりすら掴めていないようで言葉が途切れた。

すぐに見つからないなら、さしあたって俺達が気にしても仕方ないな。

低レベルの敵であっても、モンスターが一部屋に集まっているモンスターハウスなどは注意が必要だ。

「ここでこうしていても仕方ない。行くぞ」

ここはダンジョンの中だ。死人が多く出ているという話を聞いてのんびり話している場合でもないだろう。

俺達は一度、街に戻る事にした。

第四話　西の塔

酒場でシルヴィに奢ってもらった俺達は翌日、西の塔を目指して朝方から出発した。

シルヴィには調査を手伝えなどと言われたがもちろん断った。情報提供くらいはしてやるつもりだが、タダ働きはごめんだからな。

それでも貴様は勇者かと煽られたが、何と言われようとも労働条件に妥協は無しだ。


【打撃耐性】Ｎｅｗ！

【ローションプレイ】Ｎｅｗ！


それとスキルコピーがまた勝手に仕事をしていたが、スライムのスキルを手に入れたようだ。

だが、【打撃耐性】がレアスキルでは無いとなると、【斬撃耐性】持ちもその辺にいそうで、厄介だ。

剣が効かない敵だと、俺達のパーティーは剣持ちしかいないので、ダメージをどれだけ与えられるか不安が残る。

リリィのスリングは威力が低いので牽制程度にしかならない。

誰かが斧に武器を変えてもいいのだが、せっかく剣術スキルを手に入れたのに、それももったいない。クラスも剣士だ。星里奈にも確認したが、彼女も剣士職を選んでいた。

「で、シルヴィ、お前はなぜ俺達に付いてきてるんだ？」

俺より腕前が優れた剣士が後ろをストーキング

してくるというのはどうも居心地が悪い。

だが、銀髪のエルフは涼やかな顔で質問に答える。

「お前達は西の塔に行くと昨日話していたではないか。私もそこを調査してみようと思ったまでだ」

「別に、俺達と行動を共にする必要は無いだろうが」

「それはそうだが……まあ、旅は道連れ世は情け、道中で襲われたなら助けてやるから当てにしていろ」

「アレック、良いじゃない。腕も確かなようだし、一緒のパーティーでも」

星里奈が甘い事を言い出す。大方、シルヴィが騎士団の人間と聞いて、役に立ちたいという勇者根性を発揮しているのだろう。

ここはハッキリと言っておくか。

「パーティーは無しだ。シルヴィ、お前が襲われても助けないが、それでも構わないな」

「無論。勝手に付いていくのだ、文句など無い」

「いいけど、喧嘩はよしてね」

「お前がな」

「ええ？　もう……」

星里奈を黙らせ、俺達は森の中を進む。

視界が悪いので、周囲の音にも気を配らねばならない。

「ウホ、ウホ」

「マウントエイプが近くにいるわね。どうする？」

星里奈が俺に聞いてくる。

「狩っていこう。別に焦る旅でもないからな」

「ええ、分かった」

二匹のエロゴリラがシルヴィに襲いかかったが、彼女はマウントポジションを取られる前にそいつらを葬った。

やはり腕は良いな。

「むう、不公平だわ、私だけ……」

星里奈が変な不満を漏らすが、さすがに会ったばかりの奴にゴリラにマウントを取られてくれとも頼みにくい。諦めろ。

森を抜けたところでシルヴィが指差す。

「見えたぞ。あれが、西の塔だ」

「ほう……」

「へえ……」

見る者を圧倒する巨大な塔がそこにそびえ立っていた。

王都からは見えなかったが、山の陰になっていたらしい。高さは窓の数からして二十階建て程度か。しかも横幅が軽く百メートルを超えているので威圧感がある。

塔の壁は赤銅色の石造りで、垂直の円筒状になっており、一階部分の中央に観音開きの鉄扉が見えている。

「この塔はバーニア王国が作ったのか？」

これほどの塔は中世程度の技術力では少し難しいのではと思って俺はシルヴィに確認してみる。

「いいや。これは三百年前の初代国王の時代よりも前に造られた物だ。神代からあると聞いているぞ」

「凄いわね。いったい誰が……」

「神だろうな。どの神までかは私も知らぬが」

「眺めていても仕方ない。中に入るぞ」

俺自身、ずーっと鑑賞しそうだったので、気持ちを切り替えて言う。

「ええ、そうね」

「ああ」

「「はい」」

「うん」

先頭はミーナとシルヴィ、両脇は星里奈とイオーネ、中央がリリィで最後尾が俺という陣形だ。

俺達は開いた扉から塔に足を踏み入れた。

「やっぱり迷路なのね」

星里奈が中の通路を見て言う。予想はしていたが、ここも迷宮になっているようだ。

内側も石造りの壁だが、こちらは灰色だ。通路は三メートルほどの幅があり、それが先まで続いている。

途中で通路は枝分かれして折れ曲がっているので、そこから先はどうなっているのか不明だ。

「十階までなら私が道を覚えているぞ」

シルヴィが言うが、ここはこの塔に慣れるためにも一階からしらみつぶしに探索した方がいいだろう。

「道は俺達が決める。危険な罠があればその時教えてくれ」

「分かった」

「左から行くぞ」

「はい、ご主人様」

「了解」

通路を左に折れて進む。するとすぐにミーナが剣を抜いて構えた。

「ゴブリンの臭いです」

「数は三匹よ」

「ああ。そのまま進め」

楽勝だろうと思ったのだが、ここのゴブリンは全員が鉄の鎧と盾を持っていた。

ミーナの剣がその盾に弾かれ、逆に切り込まれたので俺はヒヤリとした。

「はっ！」

しかしミーナは素早く身を躱《かわ》すと、ゴブリンの首を後ろから斬りつける。

「ギャッ!?」

そのまま硬直し、うつぶせに頭から倒れるゴブリン。残りの二匹はシルヴィとイオーネがすでに倒していた。

「全員、怪我は無いな」

俺は確認したが、全員ノーダメージだった。

「鉄の鎧を着たゴブリンもいるのね。革鎧は見た事あったけど……」

星里奈がその場に一つだけ落ちている鉄鎧を剣の先でつつく。中身はすでに煙と化していて、モンスターの死骸は残らない。

ドロップというわけでもなさそうだ。その錆びた鉄鎧はかつてここに挑んだ冒険者の物だったのだろう。

「ここの敵は他よりも強い。注意する事だ」

シルヴィが言うが、気を引き締めていくか。

冒険者ギルドの推奨レベルは25以上で、俺とミーナはまだ8レベルほど不足している。ただ、下層から段々と敵が強くなっていくそうなので、厳しくなり始めたらその手前で経験値稼ぎにいそしむつもりだ。

第一層の敵はゴブリンとスライムだけで、攻撃が盾や鎧で通らない事があるが、苦労すると言うほどでもない。

三時間ほどかけて歩き回り、俺はいったん外に出て昼飯を食べる事を提案した。

「それなら、このすぐ近くに小部屋があるぞ。扉が閉められるから、そこで休めば安全だ」

シルヴィが言うので、塔の中の小部屋に入り、扉を閉める。ゴブリン達は不思議とこの扉は開けられないそうだ。

すべての階にこういう休憩所があるらしい。

俺達は背負い袋を降ろし、簡単にパンとチーズで昼飯代わりにする。

「この最上階には何があるんだ？」

パンをかじりつつ、俺はシルヴィに聞いてみる。

「マッドオークと呼ばれるボスモンスターがいる。奴はボス部屋からは出てこないから、近づかなければ問題ない」

「強いのか？」

「強い。私でも無理だ。隊長は一度倒した事があるが、数年に一回、倒す奴が出てくるな」

という事は、何度でも復活するタイプのボスなのだろう。

「挑戦してみる？」

星里奈がからかうように少し笑みを浮かべて聞いてくるが。

「馬鹿言え。ギルドの推奨レベルにも達していないし、さして美味い報酬も無いだろう」

「いや、ボスのドロップはそれなりのレアアイテムが出るという。だが、まあ、命を落とすパーティーも多いから、やめておいた方が無難だな」

シルヴィも言ったが命あっての物種だ。少なくともシルヴィより強くならないと挑戦する気にもなれない。

と、リリィがソワソワし始めた。

「ねえ、外に出て来てもいい？」

「どうした」

「ううん、おしっこ」

塔に入る前に俺は済ませたのに、付き合わないからだ。

「許可できない。その辺で漏らせ」

「ええっ！」

「ちょっと！　なんて事言うのよ。私が付いていって上げるわね、リリィ」

「ありがとう、星里奈」

「いや、トイレならこの塔にもあるぞ。案内しよう」

シルヴィが言う。

「近いのか？」

「すぐそこだ」

「じゃあ、途中で敵が出て来たら、諦めろよ、リリィ」

「ヤダ。いいから急いでよ！　漏れちゃう」

「ったく、焦るとろくな事がねえぞ」

別にリリィに漏らして欲しいわけではないのだが、敵にやられても困る。

「ここだ」

運良く敵に出会わず、別の小部屋にたどり着いた。扉には誰かが後から木の看板を打ち付けたらしく、『トイレ』と書いてある。

中を覗き込もうとしたが、俺の横をすり抜けて入ったリリィがさっさと扉を閉めてしまった。

待つ。

「ふう、間に合った……」

もう一度中を見るが、石造りの便器があった。

「流せるのかしら……」

星里奈がそこを気にする。

「問題ない。水の精霊が勝手に綺麗にしてくれるぞ」

シルヴィが言うが。

「ううん、そう……」

どのように水の精霊が作業するのか、星里奈はそこを気にしたようだが、まあいい。

「じゃ、他の奴はいいか？」

「あ、じゃあ、すみませんが……」

イオーネが遠慮がちに手を上げる。

「いいぞ」

「うん、私がコイツを捕まえててあげるから、安心してね」

そう言って俺の手首を掴む失礼な星里奈。

「お前な。覗いたりはしないぞ」

「そのスキル構成で、どの口が言うのかしらね」

そう言えば【覗き見　レベル1】も持ってたな。

「あのな。これは【スキルコピー】で取っただけだ」

「【スキルリセット】もあるでしょうに」

「まあ、何かの役に立つかも知れないだろう」

「変態」

ふん、何とでも言え。

「お待たせしました」

「よし、行くぞ」

スッキリしたところで探索に戻る。このダンジョンは食料さえ持ってくれれば宿に戻らず長時間の探索もできそうだ。

ま、夜はベッドで寝たいし、女性陣も湯浴みがしたいだろうから、そこまではやらないが。

✧第五話　罠

その日の夜、俺はミーナ相手にさっそく【ローションプレイ】を使ってみたが、何も起きなかった。

このスキルはローションが必要なようだ。

「ダメだな、また今度、ローションを買ってやるとしよう」

「はい、ご主人様。じゃ、私から舐めますね」

「ああ」

フェラチオをしてもらい、一発出した後でミーナを可愛がっていく。

「あんっ、ご主人様ぁ！」

四ラウンドほどやって、ミーナを抱き枕代わりにして眠る。

なかなか良い生活だ。後は適当に金を貯めてのんびりこの世界で暮らすのもいいだろう。

ネットやゲームが無いのは痛いが、ミーナとヤれるならそこまで気にならない。

翌日は剣術道場に顔を出し、午後から西の塔の攻略を再開した。

「アレック、一階のマッピングが終了したわ。まだ埋まってない場所もあるけど、そこへの扉が無いみたい」

マッピングのスキルを持っている星里奈が言う。

「そうか。なら、二階へ行こう」

できればマップは全部埋めたいところだが、基本的に俺達の目的はレベル上げだ。適当にのんびり探索する事にする。

階段を使って二階に上がるが、ここも一階と代わり映えしない灰色の壁が続いていた。

「ずっとこんななのか？」

シルヴィに聞く。

「十一階からは壁の色が少し違うが、基本は同じだな」

経験値が稼げる敵がいればいいが、退屈な塔だ。

「ああ、そう言えば、この塔は罠が多い。気をつける事だ」

シルヴィが思い出したように付け加えた。

「ふうん？　どんなのがある？」

「色々だ。面倒なのは落とし穴だな。十階までの物は即死するような事は無いが、一度落ちたら別のところから上がらないと戻れないから、パーティーはバラけてしまう」

「なるほどな。じゃあ、そうなったときの集合場所も決めておくぞ。一階のあの小部屋にしよう」

「ええ、それが良さそうね」

星里奈も賛成した。塔の外はモンスターもいるし、下手に外で待つよりは安全地帯の方が良い。

「じゃ、行くぞ」


探索を再開する。第二層は相変わらずゴブリンが出てくるが、アルミラージという角が生えたウサギもたまに出てくる。コイツは長い角を持っているので、ジャンプの勢いで喉や顔を突き刺されると重傷は必至だろう。

「アルミラージよ！」

「リリィは下がっていろ」

この中で唯一金属鎧を身につけていない彼女は、下手すると即死させられるので、そこは慎重に行く。

「くっ！」

ミーナが腹に角を食らったが、鎧で防いだ。あれが革鎧だったら防ぎきれたか怪しいところだ。

「よし、倒したわ！」

星里奈が後ろからロングソードを突き刺して戦闘を終わらせた。

「角のドロップね」

六十センチほどの鋭い角で加工すれば何かに使

えそうだ。

アイテムボックスに入るか心配だったが、問題なく入った。

「うーん、もう四時か。この感じだと、今日は第二層のマップを埋めきれないわね」

星里奈が言う。

「明日で良いだろう」

「ええ、それもそうね」

通路を進むと、五メートル四方の部屋に通じていた。

部屋の中央には祭壇のような台座があり、そこに五十センチほどの鉄の宝箱が置いてあった。

「あっ！　宝箱、発見！」

リリィが駆け寄ろうとするので、俺はすぐに言う。

「焦るな。罠を調べるのが先だろうが」

「ああ、うん。じゃ、ミーナ、お願いね」

「ええ」


ミーナが持っているスキルで調べたが、毒針だそうだ。一応、毒消しは持っているが、引っかからないように彼女に開けさせてみる。

「成功しました。ポーション、でしょうか」

ミーナがピンク色の瓶を不思議そうに眺めるが、顔の形が彫り込まれた瓶はなんだかニヤついているし、飲みたくねえな。

「貸せ。【鑑定】してみる」

「はい」

〈名称〉ローション　〈種別〉効果アイテム
〈材質〉ガラス、オイル　〈重量〉1
【解説】
使用すると凄くぬるぬるする。
使用後は消滅する。
お肌に安全。

ふーむ。

「どういうポーションなの？」

星里奈が聞いてきた。

「いや、これはローションだ。ぬるぬるするそうだ」

「ええ……？」

女性陣が顔を赤らめ、ゴクリと唾を飲み込むのが分かった。

「アレック、物は相談だが、そのポーションは私にくれないか」

シルヴィが言い出す。

「何に使うつもりだ」

「まあ、何でも良いだろう。敵を転ばせるのにも使えるだろうし」

「ダメだ。もう一つ手に入れたらくれてやるが、優先権はこちらだ」

そう言って俺はローションを背負い袋に放り込む。交渉するつもりは無い。

「ふう、仕方ないな。なら、次はその通路を右に行ってくれ。もう一つ宝箱があったはずだ」

「いいだろう。じゃ、行くぞ」

通路を右に行き、また似たような正方形の部屋に出た。

さっきと同じように祭壇の上に宝箱があるが……。

「……ねえ、何か嫌な予感がするんだけど」

星里奈も俺と同じ感覚を味わったらしい。

「気にするな。じゃ、アレック、ちょっとこっちへ」

シルヴィが言う。

「どうしたんだ？　開けるなら、ミーナに開けさせるが」

「いや、問題ない。いいから、こっちへ」

シルヴィがしつこく手招きするのでそちらに行く。

「何なんだ」

「なに、ちょっとな」

そう言って俺の腕を掴んだまま、シルヴィが宝箱を開けた。

カチッと音がして、次の瞬間、床が消える。

「なにっ⁉」

「ご主人様！」

「「アレック！」」

「アレックさんッ！」

シルヴィが俺を罠にはめたのだと気づいたが、もう遅い。

ニヤリと笑うシルヴィの顔が見えたが、すでに俺は下へ落ち始めていた。

何かに捕まろうとするが、手が届くのはシルヴィの体だけだ。

そして、彼女もまたこの穴に落ちているときた。

どういうつもりだ！

「うわあああ！」


暗闇の中に飲み込まれ、上から手を伸ばした星里奈の姿があっと言う間に小さくなっていく。

穴は途中で緩やかに横にカーブしており、俺は何とか踏みとどまろうとしたが、スピードが付いていて止まらない。

だが、この速度で石床に叩きつけられたら、即死しかねない。

俺は必死にあがいた。

「アレック、下手にあがくな、怪我をするぞ」

シルヴィがのんきな声で言うが。

「うるせえ！　くそっ！」

何か滑りやすい材質のようで、踏ん張りが利かない。

そうこうしているうちにボヨンッと何か弾力性のある床にぶつかり、俺の体は跳ねて転んだ。

「いって！」

ようやく動きが止まったが、したたかに肩をぶつけたので痛む。

ここは通路になっており、上の階と同じような石壁が続いていた。

さっきのは落とし穴か。どうやら、死なずには済んだようだが……。

「大丈夫か？」

俺をこんな目に遭わせた張本人がしれっとした顔で手を差し出してくる。

「てめえ！　何のつもりだ！」

何とか立ち上がると俺はすぐに剣を抜いてシルヴィの顔に突きつけてやった。

「まあ、そう怒るな……と言っても、無理な話か。怪我をさせるつもりは無かった。それは信じてくれ」

「いいから、答えろ。何の目的でこんな真似をした」

「なに、ちょっとそのローションとやらに興味があってな」

「なら、もっとやりようがあっただろうが。ほれ、くれてやる」

ここには俺とシルヴィしかいないので、コイツが力尽くで奪おうとしてきたら危険だ。

「おお、これはありがたい」

「ミーナッ！　こっちは無事だ！」

放っておくと、彼女も落ちてくる気がしたので、俺は穴の上に向かって叫んでおく。

「ご主人様！　良かった！　うう」

ミーナの声が聞こえたが、穴が湾曲しているので、ここからでは彼女の姿は見えなかった。

「アレック！　状況は？　ロープを下ろすけど」

星里奈が聞いてくるが、俺が答える前にシルヴィが言った。

「必要ないぞ。ここから階段で一階に上がれる。それに、そこの壁は滑るからな。二人を引き上げるとなると苦労するだろう」

引き上げるにしても俺一人分だけなんだが、シルヴィも嘘はついていないだろう。俺を始末するつもりならとっくにやっているはずだ。

「じゃ、一階の小部屋で待っていろ。俺も別の道からすぐに向かう」

「了解」

「こっちだ」

シルヴィが案内するのが癪だが、下手に歩き回って迷ってしまうと面倒だ。

付いていく事にする。

「ここだ」

シルヴィが案内した小部屋に入るが、そこは行き止まりだった。

「どういうつもりだ」

「なに、お前と少し遊びたいと思ってな。ローションを使って」

「そういう事か……」

俺の【魅了☆　レベル3】が仕事をしたらしい。

それならそれで、普通に頼んでくれれば良かったのだが。

「そういう事だ。後で冒険を手伝ってやる。いいだろう？」

「いいが、ここでするつもりは無いぞ。宿へ行こう」

「いや、ここで頼む」

「あのな」

「安全地帯だぞ。上の連中は無事も知っているのだし、少しくらい遅れても心配しないと思うが」

「石床の上でやりたければ一人でやれ。俺は帰るぞ」

「ふう、仕方ないな。だが、宿に行けばやってくれるな？」

「してやるが、この貸しはきっちり返してもらうぞ」

「うむ、約束しよう」

色々とムカつく女だが、顔は美形のエルフだ。

宿屋でたっぷり陵辱してやる事にして、俺は一階へと向かった。

✧第六話　エルフとローションプレイ

塔の一階に戻ったが、さすがに他のメンバーもシルヴィを詰問して怒っていた。

そりゃそうだ。いきなりパーティーメンバーを危険に晒《さら》すなど、正式メンバーなら即、除名の行為だろう。

「シルヴィさん、次にご主人様におかしな事をしたら、私があなたを殺しますから」

「分かった、ミーナ。私も肝に銘じておこう。二度としない、約束する」

一番怒っていたミーナがそれで許したので何とか収拾が付いた。

宿屋に戻って夕食を摂り、シルヴィを俺の部屋に入れてやる。

彼女はすでに鎧から服に着替えており、細身ながら、なかなか立派なプロポーションだった。

「じゃ、さっさと脱げ」

シルヴィを自分で脱がせて、ローションを振りかけてみる。どろーっとしたそれは溶けた蜂蜜のような感じで、彼女の体に掛かっていく。

「んっ、これは、期待できそうだ……」

「ふん。じゃ、やり方は俺が決める。お前はただ、やられるだけだ」

「分かった」

ローションを手になじませ、乳房から触ってみる。

「くっ、ああ、この感覚、スライムとやはり似ているな……」

「お前、アレが気に入ったのか？」

「まあな。ぬるぬると動かれると、くっ、気持ちが良かった。得《え》も言われぬ快感だ」

「そうか。だが、男の方がずっと良いと思うがな」

「生憎と私は男を知らぬのでな」

「ええ？」

非処女かと思ったが、そうではないらしい。よく分からん奴だ。とにかく、良く滑る手で乳房をさすってやる。

「んんっ、あっ！　くうっ、そ、それ、ああ、いいっ！」

コイツを楽しませるのは面白くないのだが、スレンダーで色白な体は結構そそるものがある。胸だけは大きく、柔らかい。

性器も触ってみるが、普通の人間の女と変わりなかった。

「うう、アレック、も、もういいだろう。終わりにしてくれ」

「馬鹿を言うなよ？　これからたっぷり、遊んでやる」

「そ、そんな、これ以上は、くうっ、や、やめろ……やめ――ああっ！」

シルヴィは体が火照《ほて》って仕方ないようだが、これはお仕置きでもあるしな。

俺は彼女の全身をなで回し、焦らしまくった。

「うう、お願いだ、こ、ここに、何でも良いからぐさっと。後生だから、頼む……」

三時間ほど粘ってみたが、俺もやりたくて仕方がなくなってきたし、もういいだろう。入れてやる。

「ああっ……！　くうっ、な、なんだこれは、凄い……！」

「ほれ、まだこれからだぞ」

「ひっ！　も、もういい、もう許してくれ、ああっ、だ、ダメだ、動くな、ひっ、今、動かれたら、ああんっ！」

騎乗位もやってやろうと思ったが、ふにゃふにゃになったシルヴィは使い物にならなかった。

翌日、シルヴィが恨めしそうな顔で俺を見て言う。

「お前は悪魔か。本当に酷い奴だ」

「お前も結構な悪人だがな」

午前中はいつものように剣術道場に通い、午後から西の塔に向かうが、シルヴィも付いてきた。

「一昨日の事だが、西の塔で三人組のパーティーがやられたそうだ。遺品が発見されている」

シルヴィが気になる事を言う。

「階層は？」

「十六階だ」

「なら、まだ上だな。このまま行くぞ」

ただし無理をするつもりはない。敵の強さの見極めが必要だが、【鑑定】を持っているので俺達はその分有利だろう。

「十六階には何がいるの？」

星里奈が気にしたようで聞いた。

「ローパーがいるそうだが、私も詳しくは知らん。十一階までしか見ていない」

「ま、後で情報収集すればいいだろう」


どのみち、今日は三階か四階までしか行かないはずだ。

「そうね」

モンスターを倒しつつ、塔を探索し、【オートマッピング】を埋めていく。

「あっ、ご主人様、宝箱です！」

角《アルミラージ》ウサギを倒したとき、金色の宝箱が出て来た。

「よし。じゃ、ミーナ、開けてくれ」

「はい。あれ？　スキルポイントではないですね。腕輪がありました」

綺麗に輝く銀色の腕輪。本物の銀なら高く売れそうだが、まずは【鑑定】だな。

〈名称〉剛力の腕輪　〈種別〉装備品
〈材質〉ミスリル　〈防御力〉25
〈防御範囲〉2％　〈重量〉1
【解説】
装備した者の力を上昇させる。

防御力もあるが、範囲は狭い。

筋力の基本能力値＋20

「ほう。力が上がるようだ。倍くらいかな」

「へえ」「おー」

問題は誰がこれを装備するかだが……。

シルヴィは論外。コイツは一緒にいるだけで、パーティーメンバーとは認めていない。

装備すれば攻撃力が上がるから前衛の誰かがいいだろう。

となると俺かミーナかイオーネだろうな。

星里奈に渡して俺が殴られたらちょっと痛そうだ。

「じゃ、ミーナ、お前が装備しておけ」

「よろしいのですか？　ご主人様の方が……」

「いや、お前が一番先頭だからな。攻撃回数も多いだろう。期待しているぞ」

「はい！」


他のメンバーから文句も出ず、ミーナが左腕に装備した。

「ふふ、似合うじゃない、ミーナ」

「ありがとうございます、星里奈さん」


探索を再開した。

ゴブリンの群れと遭遇したが、ミーナの攻撃は相手の盾防御も無視して撥《は》ね飛ばすほどだ。

「いいぞ、ミーナ」

「はい、ご主人様！」

「あ……」

イオーネが何か言おうとして迷ったようだ。

「なんだ、イオーネ」

「はい、その攻撃のやり方だと武器の消耗が激しくなるので」

「ああ……」

「あっ、も、申し訳ありません！」

「いや、壊れたら新しいのを買ってやるから気にするな」

宝玉を売らなくてもそれくらいの金は貯まっている。

予備の武器も用意しておくか。

「はい、でも、なるべく壊さないように戦ってみます」

「ああ。だが、ミーナ、武器は替えが利くが、お前は替えが利かないから、優先順位は忘れるなよ」

「は、はい」

どぎまぎして頬を赤らめるミーナは可愛いな。

「良い事言うじゃない」

星里奈も本心からそう思ったようで微笑んだ。

「行くぞ」

通路を進む。すると、向こうからカチャカチャカチャと金属が当たる音がして、ゴブリンか？

「ご主人様、人間の匂いです」

ミーナが言ったが、他の冒険者か。

「ああ、一応、警戒はしとけ」

「はい」

こちらが一旦停止して待っていると、角の向こうからひと組のパーティーが姿を見せた。

「よう、兄弟、景気はどうだい」

陽気な声で革鎧の青年が片手を上げた。

「まあまあだ」

「そうか、ま、悪くないだけ上々だな。見てくれ、さっきオレらは銀の宝箱からコイツを手に入れたぜ？」

青年が自慢げに短刀を掲げて見せた。刀身から柄まで朱色一色の綺麗な短刀だ。

ふむ。

何やら特殊効果がありそうなので、俺は【鑑定】してみる事にする。

〈名称〉非業のカットラス　〈種別〉短刀
〈材質〉赤邪鉄　〈攻撃力〉44　〈命中率〉44

〈重量〉2
【解説】
美しい深紅の短刀。
鋭い攻撃力を誇るが、見る者を惑わせ、血の悲劇を招く。

こりゃ、呪いのアイテムだろうな。

「そいつは早く売った方がいいぞ。呪いのアイテムだ」

「おいおい、オレだって【目利き】のスキルくらい持ってるんだぜ？　コイツは別に呪われてはいねえって」

「ディルムッド、余計な事を言うな」

ローブを着た魔法使いのジジイが言う。

「いいだろ、ちょっとくらい自慢したってよぅ。オレが今まで手に入れた中ではピカイチの品なんだぜ？　まさか、西の塔でこんなのが出るとは思わなかったけどな」

「そいつは羨《うらや》ましいな。じゃあな」

非業のカットラスが一番の品なら、こいつらは大したパーティーじゃなさそうだし、話に付き合ってやる義理も無い。

「おう」

彼らとすれ違うとき、白いローブの美少女と目があった。水色の髪に優しそうな瞳。好みだ。

「しっかし今の、やたら美人揃いのパーティーだったなぁ。一人おっさんが浮いてたけど、アイツ、奴隷かな？」

さっきの青年が失礼な事を言う。誰が奴隷じゃ！　聞こえてるぞ。

「ディル、失礼よ。彼はリーダーのはずよ」

「ええ？　あの冴えない親父がか？　冗談だろ！」

「いいや、あ奴が動いてから他のメンバーも追随しておった。羨ましいハーレムじゃて」

「なにっ！　くっそ、あの野郎！　ちょっと煽ってくる」

「やめなさい、馬鹿」

「そうだぞ、ディル、お前にはフィアナがいるじゃないか」

「ああ？　コイツはそんなんじゃねえよ。タダの幼馴染みだって言ってるだろ」

「……ええ、そうね、タダの幼馴染みよね、ふう……」

澄んだ声のフィアナはさっきの白いローブの美少女だろう。その子が気がありそうなのにディルもアホだな。

「ご主人様は冴えない顔じゃありません。味のある顔です」

ミーナが小声で言うが、余計なフォローだ。

星里奈とイオーネまで口を押さえて笑いをこらえてるし。後でお前ら、ヒイヒイ言わせてやるからな。

✧第七話　装備を新調する

西の塔の攻略は日々順調に進み、俺達はすでに十階を踏破した。

宝玉がまた二つ手に入ったので、オークションが待ち遠しいが、まだ開催日まで日がある。

「ねえ、アレック、私、今日は剣を修復に出しに行くけど、あなたの剣は大丈夫なの？」

宿屋で朝食を食べていると星里奈がそんな事を聞いてきた。

「そうだな、俺のはまだ大丈夫だが、ミーナ、お前の剣は修理に出しておけ」

「はい、でもあの」

「替えは買ってやるから心配するな」

「はい」

少しもったいないが、ここは宝玉を冒険者ギルドのクエストの方で換金して、武具を揃えておく事にする。

塔の敵も段々と強さを増しているし、ここらで装備を鋼シリーズにしておく方が良いだろう。


まずは冒険者ギルドに顔を出す。

「おお、アレック、久しぶりだな。顔を出さないから、どこかでくたばってるのかと思ってちょっと心配したぞ」

ギルドの受付のおっちゃんが俺を見るなりそんな事を言う。

「別にくたばっちゃいないが、これを換金してくれ。宝玉のクエスト、まだ出てるか」

「ああ、宝玉か。問題ない。なかなかここに持ってくる奴もいないからな。じゃ、ランクは足りてないが、即納の特例で一万ゴールドだ。確認してくれ」

金貨を一枚、受け取った。

これで所持金は二万八千ちょっと。鋼の鎧は高いと思うが、たぶん足りるだろう。足りなきゃもう一つ宝玉を売るまでだ。

「アレック、これでお前さんの冒険者ランクはDだ。ついでに昇級試験も受けてみるか？　Cに上げる事ができるぞ」

おっちゃんが言うが、冒険者ランクの昇級か。確か、受けられる依頼の幅が広がるんだったな。だが、あまりメリットを感じない。

「面倒だな」

「ええ？　いいじゃない。一緒にA級冒険者を目指しましょうよ。ちなみに、私は今、Bよ」

星里奈が言う。

「また今度な」

「えー？」

「ま、急に上げても危ないからな。のんびりやればいい。このところ、ダンジョンで何人も死人が出てる。特に西の塔は今月で三組、八人もやられてる。お前達は行くんじゃないぞ」

おっちゃんが警告するが、もう俺達はそこで攻略をやってるんだよな。

「あ、今、私達、そこを攻略中なんですよ」

星里奈が言った。

「ええ？　星里奈ちゃんはいいとしても、アレック、もう一度カードを見せてみろ。お前はまだレベルが……」

「よく見ろよ。もう俺は21だ。装備も良いから問題ない」

「むむ、本当だ。随分と上がりが良いな。先月スタートしたばかりだってのに、大したもんだ」

「へえ、アレックさん、もうレベル20を超えたんですか。なかなかやりますねぇ」

ぬっとおかっぱ頭を出して馴れ馴れしく俺の肩を抱いてくるシン。

「放せ。お前はいくつなんだ？」

「へへ、内緒です」

へらへらと笑って離れるシン。


別に教えてくれなくても、俺のスキルでお前を【鑑定】してやるぜ。

〈名前〉シン　〈レベル〉？？
〈クラス〉勇者／レンジャー
〈種族〉ヒューマン　〈性別〉男　〈ＨＰ〉？？？
【解説】
バーニア王国で召喚された異世界の勇者。
秘密主義者。
性格は怠け者で、時々アクティブ。

（シンの個人スキル）

Ｃａｕｔｉｏｎ！

スキルにより閲覧が妨害されました。


チッ、俺より上か？

それに、スキル閲覧の妨害スキルをコイツも持っているようだ。

俺もそろそろ閲覧妨害系を取っておくかな。どうせシンも【鑑定】くらいは持ってるはずだ。コイツもゲームには詳しそうだしな。

「それくらい、教えてくれてもいいのに。私達、勇者仲間でしょ」

星里奈が言う。

「そうですけど、じゃあ、白石さん、僕と高級レストランで夕食を一緒に食べませんか。そうしたら色々教えてあげますよ。色々ね、へへ」

「ええ、アレックも一緒なら付き合うけど」

「俺は行かないぞ」

勇者だからって、俺はなれ合いをするつもりは無い。

「もう、あなた達って、仕方ないわね」

さじを投げたようで星里奈も肩をすくめた。

「残念。じゃ、そちらはもう用件は済みましたかね？」

シンが聞いてくるが、ギルドに用があるのだろう。

「ああ、いいぞ」

俺はカウンターからどいてやった。

「じゃ、これを換金してもらえますか」

そう言ってシンが赤い短刀をカウンターの上に置いた。

「んん？」

この短刀は見覚えがある。

ディックだかディルドーだか、そんなケチな名前の冒険者が手に入れていた短刀だ。

【鑑定】してみるが、間違いない。鑑定名『非業のカットラス』だった。

「おお、業物だな。オークションに出せば、高値が付くと思うが、いいのか、シン」

「ええ、早めに換金しておきたいので」

「シン、それはどこで手に入れたんだ？」

俺は気になって聞いた。

「西の塔ですよ。落ちていたのを偶然、拾いました」

「近くに冒険者はいなかったのか」

「ええ。冒険者は誰もいなかったですよ。魔法使いの杖も落ちてて、戦闘をそこでやったようですが、強いモンスターにでもやられたんでしょう。僕らも気をつけないと」

淡々と答えるシン。

「ああ、あの人達、やられちゃったんだ……」

星里奈が顔をしかめる。

ミーナが俺の前に出ようとしたが、俺はミーナの肩を強引に抱いてその場を離れた。

「じゃあな、シン」

「ええ、お互い、勇者同士、頑張りましょう、へへへ」

ふん。

「宿屋に行くぞ」

「はい」

「二人とも、どうしたの？」

「いいからお前達も来い」

星里奈とリリィも連れていったん俺の部屋に戻る。ここなら防音の魔道具があるので、秘密の話にもってこいだ。

ドアにも鍵を掛けておく。ミーナは警戒心バリバリで、剣を抜いたまま構えてドアを見張った。

「それで？」

「奴がＰＫをやってる可能性がある」

開口一番、俺は言った。

それを聞いてリリィが身をすくませた。

「ええと、ごめんなさい、ＰＫって何？」

だが、そう聞いた星里奈は言葉自体知らないようだ。

「そこからか……」

「だって、知らないんだもん。聞いた事はあるんだけど」

「プレイヤーキラーの略だ。これで分かるだろ」

「あ、ああ。ええっ⁉　あの冒険者達をシンがやったの？」

「可能性は高いな。短刀が偶然落ちていたとシンは言ったが、他の冒険者が先に通りかかれば早い者勝ちだ。それくらいの時間なら、まだ死体が残ってたはずだ」

「でも、それだけの理由で犯人だと決めつけるのは無理があると思うけど」

「他にも状況証拠はある。シルヴィの話を思い出せ。今月に入ってダンジョンでの死人が増えてるし、それは俺達が召喚された後の事だろう。奴はＰＫに特化したスキルを手に入れているはずだ。いいいそういうゲームもやりこんでるから、ソロを選んだんだろうしな。それに、やけに羽振りも良いときた」

「あなたも、なの？」

「俺はその手のゲームは好みじゃないし、俺が儲けたのはレアスキルと宝玉のおかげだとお前も知っているだろう、ＰＫ女」

「いや、もう。あのときは本当にごめんなさい。それと疑ったみたいでごめん。でも私だって違うわよ」

「ああ。それは知ってるがな」

「それに、シンからディルなんとかさんの匂いもしました。短刀とは別に、です」

ミーナが付け加えたが、これが決定的だな。

殺るときにおそらく羽交い締めにしたかどうかしたのだろう。

「うわー、金目当ての人殺しが近くにいるなんて怖っ」

リリィが身震いする。シンは柄が悪いと言うほどではないし、そう見えない分、余計に怖いところはあるな。

「リリィ、奴とはすぐに決着を付けるが、それまでは普通にしてろ。気づかれると面倒だ」

「う、うん、分かった」

「決着を付けるって、ギルドや騎士団に通報するの？」

「それもやるが証拠がな。それに奴は俺達を始末するために今日から西の塔に張り込むはずだ」

「ええ？　どうして……ああ、あの短刀を売るところを見られたからね」

「ああ、奴にしてはディルなんとかの知り合いがそこにいるとは予想外だったんだろう。詰めが甘いんだよ」

装備もレベルもこちらより上のシンと今、やり合うのは避けたいが、奴が仕掛けてくるのは時間の問題に思えた。

決戦に備え、俺達はすぐに装備を買い、スキルも調える。

更新したのは主に俺とミーナの装備だ。

星里奈とイオーネはすでに鋼の装備を揃えている。リリィは重い鎧を着せて回避率を下げるより、軽い革鎧で回避に特化させる事にする。

鋼のショートソード＋1をそれぞれ四千ゴールドで。

鋼の胸当て＋1が一つ六千二百ゴールド。

鋼のラウンドシールド＋1が一つ三千四百ゴールド。

作業用のナイフも二本、百ゴールドの安物を買った。

盾が少し重いのが気になるが、相手はボウガン持ちだから、防御範囲が広い方が良い。

星里奈の【値下げ】スキルと、俺の【お買い得】スキルで定価よりも安く買えた。

どうせならイオーネが持っているようなランク＋2の業物が欲しかったが、これ以上のランクの武具は店では出回っていないようだ。

そして俺がシンとの対決に向け新たに取得したスキルは――

【ロウソクプレイ】Ｎｅｗ！

言っておくが、おそらくこれはシンが持っていたヤツだ。別に今俺が取ったわけじゃない。【スキルコピー　レベル１】のお仕事だ。

決戦でそんな遊ぶわけないだろ。

だから、【亀甲縛り　レベル５】を合計30ポイントの消費で取った。

相手を縛り上げて動きを封じるのが目的だ。普通に縛るためのスキルでも良かったのだが、そこはまあ、興味本位というヤツだ。人生には遊びも必要だからな。

ロープも五本ほど買って【アイテムストレージ】に収めておく。

それから【奴隷使い　レベル４】に上げるのに合計28ポイント。

これはミーナの能力を引き出すためと、もう一つ別の目的があるのだが、そちらが上手くいくかどうかは分からない。

【素早さＵＰ　レベル３】【運動神経　レベル３】【動体視力　レベル３】レベルアップ！

戦闘能力の上昇に68ポイント。運動神経と動体視力はポイントの消費が重いが、ボウガンの矢は躱したいからここに集中させておく。

【スキル隠蔽　レベル２】Ｎｅｗ！

相手に手の内を見せないようにこれも取っておく。

他に役に立ちそうなスキルを適当に残りポイントで取った。

【予感　レベル２】【状況判断　レベル２】レベ

ルアップ！

これで残りポイントは0だ。全部使い切った。

ミーナは戦闘能力系の強化を、リリィは回避系の強化を取らせておく。

星里奈は戦闘系を取ったようだが、俺には彼女のスキル構成は見えない。

これで準備は整った。

第八話　追跡

翌朝、午前中はいつも通り剣術道場に通って、午後から西の塔へ向かうが、イオーネもやはり付いてくる。

「イオーネ、ダンジョンではシンが俺達を狙ってくるだろうから、今日からは危険だぞ？」

「はい。では、なおさら、私がアレックさんの側にいないといけませんよね？　腕には自信がありますよ。ウェルバード剣術道場の免許皆伝です」

そう言ってニッコリ笑うイオーネは、見た目強そうというよりは、優しい感じの金髪美女だ。彼女は白銀に輝く鋼鎧よりもワンピースが似合うのだが、まあ、腕は確かだな。一度手合わせしてみたが、てんで歯が立たなかった。

「好きにしろ。だが、俺は【魅了】のレアスキルを持っている。お前が思ってるほど、良い奴じゃないぞ」

イオーネは俺に気があるようなので、それも教えておく。

「ああ……それで。どんどん惹かれてしまうので、少し不思議に思ってましたけど。それって男の人にも効果があるんですか？」

「いや、俺が好みの女性だけのはずだ」

「ああ。なら、大丈夫です。父もフリッツもアレックさんの事を良い人だと言ってますから」

それほど評価が良くなるような事をした覚えは無いが、盗賊退治は手伝ってやったな。

「それに……好みって言う事は、その、私の事も、気に入ってもらえているんですよね？」

「まあ、そうだが……」

「ふふっ、良かった。私って全然あなたの好みとは違うのかと思ってました。でも、それならどうして、その……一度も誘ってもらえないのでしょうか？」

「親父さんとフリッツが怖いんだ」

「ええ？　別に、そういう関係になっても、あの二人は怒らないと思いますけど」

「どうだかな」

「じゃ、私、家を出て冒険者になります」

「おいおい……もう少しよく考えろ。それにお前はあそこの道場の跡取りじゃないのか」

「フリッツが一番弟子ですから。父も別に道場を残したいとは思っていないようです。単に教えるのが好きというだけだと言ってましたし」

「そうか。まあ、天職だろうな。教え方は上手い」

「ええ」

「ま、分かった。じゃ、付いてこい」

「はい。皆さんもよろしくお願いしますね」

「あ、はい、こちらこそ」と星里奈。

「よ、よろしくお願いします……」とミーナ。

「うん」とリリィ。

「うむ、こちらこそよろしく頼む」とシルヴィが言うが。

「シルヴィ、お前は違うぞ」

「ええ？　酷いな、私を組み敷いて自分の女にしたくせに」

「俺が無理矢理レイプしたみたいな言い方をするな。落とし穴に落としてまで誘ったのはお前だ」

「まあ、細かい事は気にするな」するっての。

「リリィ、どうだ？」

さっきから後ろを気にしているリリィに様子を聞いておく。

「うーん、尾行は無いみたいだけど」

「そうか、ならいい。どうせ奴は先に塔に行ってるぞ」

「そうかなあ？」

アイツは動き回るより、じっと待つタイプだろう。尾行は一人ならともかく、パーティーでやるとなると結構気づかれやすい。カレンを尾行した時も気づかれたしな。

「とにかく、みんな一人にならないようにして、気をつけましょ」

星里奈の言う通りだ。俺もうなずく。

周囲を警戒しながら歩き、西の塔にやってきた。

「じゃ、行くぞ」

半開きの扉から中に入り、ミーナの鼻に頼る。

「大丈夫です。ここを通っていますが、近くにはいません」

「よく分かるわねえ」

「犬耳族ですから」

嬉しそうにぱたぱたと白いしっぽを振ってみせるミーナ。

「奴の足取りをたどれるか？」

「やってみます」

ミーナに先頭を歩かせ、いつものフォーメーションで移動する。

十階までは最短距離で次の階段へ向かい、十一階でミーナが少し迷った。

「ええと……」

「ま、焦らなくて良いぞ。そろそろ日が暮れる。いったん、どこかで休憩して腹ごしらえしておこう」

「はい」

安全地帯の小部屋に入り、パンとチーズをかじる。

「こういう小部屋で待ち伏せているのかしら？」

星里奈が見回して言うが。

「どうだろうな。寝込みを襲う事はあるかもしれないが、ここだと痕跡を残すと冒険者ギルドに通報が行くだろう。相手がモンスターじゃないと分かるからな。奴はＰＫとは気づかれたくないはずだから、おそらく適当に強い敵がいる階で襲ってくると思う」

「なるほど」

できれば、寝る時間になる前に片を付けたい。徹夜は嫌だ。

「じゃ、行こう」

全員が食べ終わって一息ついたところを見計らい、再び出発する。

「ご主人様、自信はあまりありませんが、こっちかもしれません」

「ああ、行ってみよう」

俺達の方が連中を先に発見できれば、不意打ちの先制攻撃も可能だ。

だが、途中でミーナが首をひねった。

「どうした」

「それが、匂いがここで消えていて」

「ふうん。ま、こちらに犬耳族がいるのは向こうも承知しているから、匂いを消すアイテムを使ったのかもしれないな」

「ううん、手強いわね」

「ああ」

奴は見た目地味でパッとしない奴だが、ソロで奴隷を四人買うほどの結果を出している。癪だが、この世界への適応能力においては俺より上と見ておいた方が良いだろう。

だが、こちらにはミーナを初めとして能力が高い仲間がいる。奴の仲間もそれなりに強そうだったが、たった三人だからな。こちらはミーナ、星里奈、イオーネ、シルヴィ、リリィの五人だ。

油断しなければ、こちらが人数的にも有利に戦えるはずだ。

「じゃ、階段はこっちね」

星里奈が言う。

「よし、上がってみよう」

この塔での俺達の攻略は現在、十二階の途中までだ。そこより先となると危険だから、どうするのか一度みんなで話し合った方が良いだろう。シンもそう何日も塔に滞在はできないだろうし、食糧が尽きれば降りてくるはずだ。

このとき、俺達はシンが上にいるものだとばかり思って、俺達と入れ違いになる事を予想していなかった。

階段の上に注意を払いつつ、進んでいたのだが。

「ぐっ⁉」

突然左足のヒザの裏を蹴られたような感覚。後ろに人の気配は無い。

すぐにボウガンで撃たれたのだと思い至った。

「『アレック⁉』」

「ご主人様！」

「アレックさん！」

「せ、戦闘態勢！　隊列は崩すな！」

俺は倒れつつも叫ぶ。

後ろから襲われたのは油断だったが、まだこれで終わりじゃない。

俺がシンの立場ならどうするか。

ここで全員が心配して俺の下に集まってくるだろうから、その背後、階段の上にも仲間を配置する。

案の定、階段の上からも一人の剣士と弓使いが姿を見せた。

「くそっ、新手か！　階段の上にもいるぞ。二人だ！」

シンの仲間である事は疑いようがないが、初めて見る奴らだ。しかも、片方の剣士は犬耳ときた。

やられた。

完全に待ち伏せされてしまったぞ。

第九話　ダンジョンの魔物

シンは俺の背後にいる。

まず俺は少し右に動いてボウガンの第二射を食らうのを避け、左足にささった矢を抜き、毒消し草を取り出して口に含んだ。この矢に毒が塗られているかどうかは不明だが、俺なら塗っておくね。

そうしてようやく振り向き、盾を構え剣を抜く。

シンの姿は見えないが、虎男がすぐそこまでダッシュを掛けていた。

「くそっ！」

虎男の武器はブロードソード。盾は持っていない。だが、両手で振り下ろしてくる分、威力がある。

少し迷ってしまったが、俺は鋼のショートソードで受け止めた。

ギィン！　と重い金属の音がして、腕が一発で痺れる。だが、なんとか軌道をずらす事には成功した。

「ご主人様！　ここは私が」

ミーナが駆け込んできたが、戻れと言っても無駄だろう。

「よし、代われ」

「はい！」

虎男を任せ、俺はもう一度周囲を見回す。

ここは階段の手前の十字路で、それに加え通路四幅分の少し広いスペースになっていた。

シルヴィが階段を駆け上がり、階段の上の犬耳剣士とやり合っている。

星里奈は右、戦斧を持った片目のドワーフと相対していた。

左はイオーネ、ごつい鎧の騎士と斬り合っている。

その向こうには、眼鏡装備のロリっ娘魔法使いが何やら呪文を唱えているが。

「リリィ！　猫はいい、あの魔法使いを妨害しろ！　呪文を唱えさせるな！」

「わ、分かった！」

猫耳にスリングショットを飛ばしていたリリィに指示し、攻撃対象を変えさせた。

猫耳娘は軽装で素早く動いており、リリィの腕前では当てられない感じだからな。

そのままリリィに斬りかかろうとする猫耳娘のダガーを俺が剣で弾く。


弓使い、犬耳剣士、虎男、ドワーフ、重騎士、ロリっ娘魔法使い、猫娘。

これで敵はシンを入れて、分かっているだけでも八人。

しかもバランスの良い職業《クラス》の構成だ。これで僧侶でもいれば完璧だろう。


回復はポーションでも可能だから、速攻の不意打ちを仕掛けるにはこの構成の方が良いはずだ。

くそっ、人数でも負けたか。

やるじゃねえか、シン。


「敵は全部で八人よ！」

星里奈もスキル【エネミーカウンター】でカウントした。ひとまず、こちらは俺も入れて六人だから、そう差があるわけでもない。

さて、ここからだが……。

「リリィ、避けろ、弓に狙われているぞ！」

階段で斬り合っているシルヴィが叫んだ。

「ええ？」

「くそっ」

すでにリリィに向けて放たれていた矢を俺が剣で切り落とす。【ヘイト減少　レベル５】で狙われにくくなっているはずだが、もっと別の飛び道具に対応したスキルも取らせる必要があるな。

「すべての光を失い、暗き闇に落ちよ、【ブラインドフォール！】」

響くような声が聞こえ、急に目の前が真っ暗になった。

やべえ、状態異常の呪文か。

なんて渋い呪文を。

「ご、ご主人様⁉」

「アレック！　平気⁉」

「心配ない、暗闇状態にさせられただけだ。自分の敵に集中しろ」

そうは言ったものの、これで俺はほぼ無力化されてしまった。回避もできない。

ここでシンに狙い撃ちされたらと思うと、気が気ではなかったが、まだ攻撃は来ない。

「グレン先生、何やってるんですか、そんな犬耳娘一匹、さっさと片付けて下さいよ！」

シンの声が左から聞こえた。移動していたか。

用心深い奴だ。

「そうは言うが、この娘、剣術を嗜《たしな》んでいる上に動きも良い。強いぞ」

虎男が言う。

「チッ、そこから切り崩して一気にというつもりだったのに！　タダのペットじゃなくて戦士だったか！　畜生！」

「シン、ギルドには通報しておいてやったぞ。大人しく降参しろ。騎士団とウェルバード剣術道場の凄腕が、もうすぐ援軍に駆けつける」

俺はハッタリをかましてやった。これで諦めて逃げてくれれば、こちらも仕切り直しができる。

「はんっ、ハッタリだ！　そんな手には引っかかりませんよ。だったらどうして最初から騎士団が出てこないんですか」

「手分けしてお前を捜索しているからだ。そこにいるエルフ、シルヴィは騎士団の人間だぞ。ＰＫはそれだけの重罪だ」

「ふん、ま、いずれはバレると思ってましたからね。頃合いですよ。こんなしけた小国はさっさとおさらばしてギラン帝国へ行こうかって話をしてたところです」

国を出るつもりなのは本当だろうが、行き先はフェイクだろうな。

「シン、どうしてこんな事を。あなた、勇者でしょう！」

星里奈が言うが。

「ええ、まあ、勇者ですけどね。白石さん、この世界の勇者はゲームやアニメとは違うんですよ。見てて分かるでしょう。大して強くもないし、街の連中も馬鹿にしてる。だいたい、なんで僕らがモンスターや魔王と戦わなきゃいけないいんですか」

「そ、それは……」

「降伏して下さい。そうすればあなたの命だけは助けて上げますよ。へへ」

「冗談！　仲間を見捨てろっての？」

「くっだらないなあ。生きるか死ぬかって時に、仲間だなんて、ふふっ。おい、怪我をさせてもいい、さっさと片付けろ」

「そうね、仲間が生きるか死ぬかって時なら、アンタ達の命なんて気にしてる場合でもなかったわね。【スターライトアタック！】」

星里奈が必殺技を使った。剣から小さな星のエフェクトがこぼれ落ちる音がする。

「ぐはっ⁉」

「なにっ⁉　ドワーフの戦士を一撃だなんて、そんな馬鹿な。レベルも上なのに！」

シンが信じがたいという声を出すが、星里奈の必殺技は、相手の体力は関係ない即死技だ。実におっかない。

「きゃっ！」

「あっ、リリィ！」

くそ、見えないのが厳しいな。状況さえ分からん。

状態異常回復のポーションも買っていなかった。

何か見えるようになるスキルを取れば……チッ、くそ、ポイントをギリギリまで使い切ったのが裏目に出たか。

だが、予感はある。

ここで使える手持ちのスキルがあるとすれば
――これだ。

【覗き見　レベル1】

暗闇の向こうに白と赤の何かが。

何だ？

それは見覚えのある形で――。

「おっ、苺パンツが見えたッ！」

リリィがひっくり返っているが、怪我まではしていないようでほっとした。

「こんな時にアホかー！」

リリィが怒ったが、そう怒るな、今助けてやるから。

俺は猫耳娘の胸の谷間に注目して相手の位置を掴む。顔はよく見えん。もっと【覗き見】のレベルを上げておくべきだったが、まさか戦闘で使うとは思ってなかったからな。

「チッ、コイツ、動けるニャッ⁉」

猫耳娘が向かってくる俺を見て舌打ちした。

「スキルだ！　何か暗闇でも見えるスキルを持ってるはずだ。いいからいちいち驚かずに戦え！」

「ふん、偉そうに。別に驚いてないニャ」

リリィの前に入り込んだが、猫耳娘のダガーの位置が分からん。

だが、とにかく攻撃だ。

「甘いニャッ！」

「うっ、くそっ！」

逆にカウンターで攻撃され、ギィンと胴を斬られてしまったが、鋼の鎧で助かった。

猫耳娘はダガーの使い方は下手だが、俊敏で、体の反応は早い。

今の俺なら互角と言うところだが、あのロリっ娘の暗闇魔法で他のメンバーがやられると痛い。

「すべての光を失い、暗き絶望の闇沼に落ちよ、【ブラインドフォール！】」

そう思っていたら、呪文を完成させられるし。

「くそっ、リリィ、何やってる！　唱えさせるなって言っただろう」

倒さなくても良いが、飛び道具で牽制くらいしろと。

「分かってるけど！　あたしも攻撃されてたんだもん！」

「ああ。で、誰がやられた？」

「イオーネだよ。顔が真っ黒になってる」

「ちぃ、イオーネか」

まずいな、一番頼りにしてるアタッカーを。

「大丈夫です。開眼しました。父が言っていた私に足りない物――それは【心眼！】」

「ぐぬうっ！　見事……！」

ドスンと音がして、あの重騎士が倒されたようだ。イオーネさん、マジぱねぇっす。

「見事、じゃねーよ！　畜生！　一人も倒さずにやられるって、なんだよ！　お気に入りのペットを売り払ってまで野郎に五万も出したんだぞ！　高い装備まで揃えてやったのに、金を返せよ！」

シンが泣きそうな声で怒鳴る。まあ、俺もミーナを泣く泣く売り払って手に入れた戦闘奴隷がやられたら泣くわ。ま、ミーナは何があろうと絶対に売らんけど。

「し、シン様、指示を！」

猫娘が慌てた。

「チッ、それくらい自分で判断できるだろうがッ！　お前はあの金髪剣士をやれ！　僕は白石を牽制する」

ま、そうだろうな。この場で奴が最も警戒するとすれば、イオーネと星里奈だろう。

つまり、俺はノーマーク。

なら、やるしかねえよな？

【松葉崩し　レベル1】

「ニャッ⁉」

斬られたら最悪だったが、俺から注意を外していた猫耳娘を足で組んで一瞬で転ばせた。

さらに。

【亀甲縛り　レベル5】

「ニャー⁉　動けニャいー⁉」

さすがＭａｘレベル、一瞬であの難しい縛りが完成した。神業だな。


「アレーック！　てめー、ふざけたスキルを戦闘中に使ってんじゃねーぞ！」

「いちいちそんな事でキレんな見苦しい。俺が自分のスキルをどう使おうが俺の勝手だ。お前も色々、ロウソクとか持ってただろうが」

「く、くそ、隠蔽スキルのレベルが足りなかったか」

【スキルコピー】だけどな。ま、今はどうでもいい。

猫耳娘は無力化した。


次だ。

第十話　勇者、エロく戦う

勇者パーティーのＰＫ戦。

残っているシンのパーティーメンバーは、四人。

弓使い、犬耳剣士、虎男、眼鏡のロリっ娘魔法使いだ。

　こちらは俺とイオーネが暗闇の状態異常を食らっているものの、ほぼノーダメージ。

　形勢はすでに逆転している。

「取った！」

　シルヴィが階段上で犬耳剣士を倒し、これで残りは三人。

　足止め役の剣士がいなくなったから、弓使いは時間の問題だろう。

　強そうな虎男はもう少しミーナに防いでもらうとして、俺は先に厄介なロリっ娘魔法使いを仕留める事にする。

「ひっ、こ、来ないで下さいぃ」

　俺が近づくと怯えて後ろに下がるロリっ娘。

　良いね。

　襲ってもOKという解放感が良い。

　まずは、【言葉責め　レベル1】と【脅し　レベル1】で軽いジャブ。

「さあ、お嬢ちゃん、今から俺の黒光りするアレを君にぶち込んで、お腹の中をかき回してあそこをぐちょぐちょにしてやろう、ぐへへ」

　ま、黒くはないけどね。脅しだ。

「ひいっ！」

　魔術士は呪文を唱えさせないに限る。

「おいっ！　メメに手を出すなッ！」

　シンのお気に入りの一人だったか、ボウガンの矢が飛んできた。ガツッと鎧に当たったが、ふう、危ない。

「星里奈、シンを牽制しろ」

「う、ううん、分かった」

　微妙に納得がいかないようだったが、戦闘中だしな。俺の指示は妥当だ。

「ほうれ、捕まえた」

「やぁっ」

　たとえ暗闇の状態異常であろうと、ロリっ娘の太ももと巨乳は逃さない。

声で方向、丸分かりだったし。

「アレーック！」

良い感じにシンがキレてるし。いいぞ、そうやって指示そっちのけでこっちを見てろ。

次はこれだな。

【セクハラ　レベル1】

ロリっ娘の胸を遠慮なく両手で鷲づかみにする。

「ひっ！」

「ちょっと、アレック、さっさと倒すか【亀甲縛り】で縛りなさいよ、何やってるの！」

星里奈が怒るが、シンをキレさせるのが目的だっての。別に遊んでるわけじゃねーぞ。

「手負いの俺に指図するな。暗闇状態だ。動き回れない上に縄が出せなくてな。だが、この魔法使いは引き受けてやる。お前はさっさとシンを倒せ」

縄は【アイテムストレージ】に入れてあるからいつでも取り出せるが、クールにそう言っておく。

「ええ？　分かったわよ……」

「さあ、お嬢ちゃん、ペロペロしましょうねぇ……ぐひひ」

ロリっ娘の胸を揉みつつ、いやらしく耳を舐めてやる。

「い、いやあっ！　は、放して下さいぃ、あんっ」

「アレーック！　この外道がぁ！　メメをいじめて良いのはこの僕だけなのにッ！」

「違うな、シン、奴隷はみんなの玩具だぜ？」

「ふざけんな！」

「み、みんなの……ゴクリ」

ミーナが思い切り誤解したようだが、後で言い聞かせてやれば良いだろう。

次は当然、これだよな。

【レイプ　レベル1】

俺はロリっ娘魔法使いの服を破り始める。

「い、いやぁっ！」

ふふふ、良い感じで嫌がってくれてるし、シンのお気に入りのロリっ娘だから、奴も冷静な判断はできなくなるはずだ。

「畜生！　お前ら、何をしている、アレックを攻撃しろ！」

案の定、総攻撃の指示を出しやがった。

「シン、弓使いもやられた。もはやこの戦いに勝機は無いぞ。いったん退け」

虎男は冷静に言うが。

「うるさいっ！　退くにしても、メメを助けてからだ！　仕事して下さいよ、グレン先生！　ダキシドラの二つ名はどうしたんですか！」

「落ち着け。奴隷など買い直せば良いだろう。命あっての物種だぞ」

「うるさい、うるさい！　他の奴隷はいいが、メメは捨てられない！」

それにしても、シンが俺を撃ってこないな。真っ先に狙ってくると思ったが。

ああ、メメに当たるのを恐れてるのか。

なら。

「ほーれ、くぱぁ」

シンの声がする方にロリっ娘を向けて盾にし、秘所をさらしてやった。

しかし、何だコイツ。もうぐちょぐちょって。

「はうう、そんなぁ。見られてるのにぃ。こんなの、こんなの、私、さ、最高れすぅ」

「アレーック！　この野郎！　絶対殺す！　勝手に他人の奴隷を開発してんじゃねえ！」

「ちょっとアレック！　シンとグレン先生がそっちに行ったわよ！」

「む」

星里奈の奴、足止めもできないのかよ。それともシンは何かすり抜けるスキルを持っているのか。

とにかくヤバいのは虎男だ。シンも急所にボウガンを当ててきたら危ないのだが、シンにそれほどの技量が無いのは最初の不意打ちでもう分かっている。奴は狙えるはずの先制攻撃で俺の首ではなく、足に当てるのが精一杯だったから。

「仕方あるまいな。こうなってはメメを助けて逃げる他あるまい。私も道を踏み外した者ではあるが、貴様には反吐《へど》が出る」

うおっ、虎男が思ったよりも近くにいた。

「ぐっ！」

体に衝撃。だが、剣ではないな、これは。

「ほれ、奴隷は取り返してやったぞ。シン、お前はメメを連れて先に逃げろ。私はコイツを倒してから行く」

「あ、ありがとうございますっ、先生！　行くぞ、メメ」

「は、はい」

「くそ、逃がすかよ、ぐあっ！」

また体に衝撃。あまりの強さに骨が軋《きし》む。俺は壁まで吹っ飛んだ。背中にも衝撃。いてぇ……。

「「アレック！」」

「アレックさん！」

「ご、ご主人様ぁ！」

「か、かはっ」

やべ、息ができん。

「最初からこうしていれば良かった。慣れぬ武器より鍛え上げた己の肉体を信じるべきであった。礼を言うぞ、アレック。私はまた一つ高みに手が届いた」

【覗き見　レベル1】を使うが、虎男の分厚い胸板と乳首が見えた。おえー。

だが、こいつ、ブロードソードを捨ててるようだな。素手の方がいいってか？

「させません！　きゃっ！」

ドスッという音とミーナの悲鳴。

「ミーナ！　無闇に突っ込むな！　お前の命は俺の物だぞ」

「も、申し訳ありません……」

くそっ。

「状況は⁉　ミーナは無事か⁉」

「大丈夫、ＨＰはまだあるわ。ちょっと動けなくなったみたいだけど」

星里奈が言う。

「他人の心配より、己の心配をした方が良いぞ」

虎男が突っ込んできて俺に組み付いてきた。

「奥義、【鎧盗り！】」

「ぐあっ⁉」

足の甲を踏んづけられたまま思い切り引っ張られ、鎧を無理矢理脱がされた。

くそっ、これで次に腹に拳か蹴りが来れば致命傷もあり得るか。

とにかく俺は防御に徹して顔と腹を腕で守る事にした。スピードが落ちそうな剣はあえて抜かずに鞘に入れたままにしておく。

「貴様、今、私が殴ると思ったな？　違うぞ。私の神髄は掴みである」

いらねーよ、そんな解説、くそが。

「【水鳥剣奥義！　スワンリーブズ！】」

横からイオーネの声。やったか？

「見事である。ブレの無い美しい切り込み、まさしく飛び立つ白鳥のごとし。だが、タイミングを逸《はや》ったな。私がこ奴を掴んでから切り込めばあるいはというところだったか」

「くっ、カウンターまで食らうなんて、かはっ……！」

「「イオーネッ！」」

後の頼みは星里奈の【スターライトアタック】か。だが、躱されてカウンターを決められると、本当に後が無くなる。

だが俺は起死回生の手を閃いた。たとえどんなに追い詰められていようと、そんなことはお構いなしに、チャンスはこうしてやってくるようだ。

最後の瞬間まで、諦めない奴のところへ。

「リリィ！　エロいポーションを俺に全部ぶっかけろ！」

「わ、分かった」

「回復など無用である。一度私に抱《いだ》かれたが最後、『抱《だ》き死虎《しどら》』の私に掛かれれば誰であろうと一瞬で片が付く」

ああ、分かってるっての。だからこそのローションだぜ？

リリィが俺にポーションの瓶をぶつけてきたが、結構痛かった。そこはオマエ、振りかけるとかあるだろと。

「では、参る」

わざわざ俺の回復を待ったテメーの負けだ、抱き死虎。

「ぬうッ！　滑る、だと⁉」

それでもがっちり掴まれたら終わりなので、こちらも必死に逃げる。くそ、足が滑る。

「うおっ！」

「ぬうっ！」

二人とも、すっ転んでしまった。ようやく暗闇魔法の効果が切れてきたようで、目も見えるようになったが、テカる筋肉男が俺に抱きつこうと必死になってる様は見たくなかったぜ。

男同士でローションプレイとか、笑えねえな。

これだと【亀甲縛り】も滑るから無理だろう。

「うりゃ！」

俺は剣を鞘から抜いて斬りかかったが、奴に上手く腕で防御されてクリーンヒットさせられない。そうこうしているうちに、俺の手から剣の柄がすっぽ抜けてしまった。

「任せろ」

シルヴィが駆け込んできて虎を斬りつけた。

「うぬっ、いかんっ！」

「せいっ！」

星里奈も斬りつける。

「それっ！」

リリィもスリングで攻撃。

「GHAAAA！」

虎が怒りで咆哮する。

掴み技格闘家《グラップラー》の弱点は何もローションだけではない。多数の敵にアウトレンジから囲まれてしまえば、それだけで終わる。

しかも今、奴は足が滑って身動きがままならないときた。

「お、おのれ、正々堂々と戦え！」

「不意打ちPKをやってる外道がどの口利いてんだ、タコ！　このまま続行だ。時間を掛けても構わん」

数分後、無数の傷を負い、血を流して動かなくなった虎がいた。

俺のレベルが四つも上がりやがったし、レベル40オーバーくらいの奴だったか？

少なくとも盗賊《ブラッドシャドウ》のガルドンより上だろう。結構ヤバイ相手だった。

「よし、全員回復も終えたな。シンを追うぞ」

俺は立ち上がって言う。

使い物にならなくなったブーツと剣はアイテムボックスに放り込んでおいた。

素足だと不安だが、他にやりようがない。

「はいっ、ご主人様！」

思い詰めた顔で何か言いたそうにしていたミーナには「お前は一生俺専用だ、心配するな」と言っておいた。それですっかり明るくなっている。

星里奈とイオーネが口数少なだが、ま、パーティーを抜けると言うなら好きにさせてやろう。

シンの注意をそらすためとはいえ、ロリっ娘相手に俺も外道プレイで少々はしゃぎ過ぎた。次は奴隷商人から俺専用のを買ってこっそり楽しむとしよう。

第十一話　外道勇者の最期

「はあっ、はあっ、はあっ、くっそ！　奴よりレベルが上なのに、どうしてこうなった！」

シンが苛立ちながら壁を殴る。

「シン様、あの、モンスターが」

ロリっ娘魔法使いがおそるおそる声を掛けた。

「お前が片付けろ、メメ」

「でも私、もうMPが」

「杖があるだろうが！　こっちは矢が切れてんだよ。白石の奴、剣で全部叩き落とすなんて、それ系のスキルを持ってやがったか？　失敗した……」

「あの、私の力ではちょっと無理」

「やれ」

「うう……分かりました。え、えい、きゃっ！」


「くっそ、役立たずが。まあいい、お前、そうやってモンスターを惹きつけとけ」

「えっ？」

「だいたい僕さえ生き残れば、また金で新しい奴隷を何人でも買えるんだ。ククッ、そうとも！　まだ僕はやれるッ！　負けてなんかいないッ！」

「あ、あの！　た、助けて！」

ローパーに掴まれたメメが叫ぶが、シンはお構いなしに逃げるつもりのようだ。まったく、やれやれ……お気に入りだったたんじゃないのかよ？

人生は勝ち負けなんかじゃない。だが、好きなモノを最後まで守り抜いてこそ、本当の勝者、本物の漢《おとこ》ってもんだろ。

「星里奈、先回りできるか」

通路の陰から様子を窺っていた俺は小声で指示を飛ばす。

「やってみる」

星里奈を別の通路から先行させ、ロリっ娘眼鏡を助けてやる事にする。

「助けるぞ」

「「はいっ！」」

ミーナとイオーネが待ってましたとばかりにローパーの群れに切り込んだ。

「ほら、立てるか」

シルヴィが倒れていたメメを助け起こしてポーションを飲ませてやる。

「んくっ、んくっ、ぷはっ、あ、ありがとうございます。でも、どうして私を……」

「お前はもう俺の物だ。奴隷商人に高値で売り飛ばしてやるから安心しろ」

「ふぇえ、また酷いご主人様に当たったら、あうあう」

震えるメメだが、顔も赤らめてどこか嬉しそうだ。惜しいな、猫娘の奴ももう少し顔が好みなら、俺のパーティーに入れてやるんだが。

「じゃ、メメ、お前も左腕を出せ」

「？　こうですか」

俺の手の甲をナイフで切り、彼女の奴隷紋に血を落とす。

奴隷紋が一瞬、青く輝いた。

上手くいったな。

「こ、これって……！」

メメが驚いているが、奴隷の所有権を今、切り替えた。

【奴隷使い　レベル４】の能力だ。さすがに、奴隷でない者に奴隷紋を描いたり、嫌がる奴隷の所有権を書き換えるのは無理だ。

猫娘も縛ったままで連れてきているが、彼女はシンの所有権を消す事はできたが、俺の所有にはなっていない。

メメはさっきシンに見捨てられ、すでに忠誠心は無かった様子。

「これでもうお前はシンの奴隷じゃなくなった。

もうアイツの言う事は聞かなくて良いぞ」

「あ……よ、良かった……」

ほっとして胸をなで下ろすメメだが、これじゃ主人失格だぜ、シンよ。


ピロピロリン♪

と音がして、目の前にウインドウが開いた。


『奴隷使いの熟練度がレベル2に上がった！』

『見習い奴隷商人の称号を得た』


ふむ、自分で奴隷商人を営むのもいいだろうな。王宮の許可かギルドの登録は要るかも知れないが、あとで商人のメルロに聞いてみよう。

「ああっ、くそっ！」

星里奈に先回りされたか、シンが走って戻ってきた。俺達を見て悪態をつく。

「よう。シン、そんなに急いでどこへ行くつもりだ？」

「メメ！　何をしている。そいつらと戦え！」

「い、嫌です！」

「ああ？　僕に逆らうとどうなるか、忘れてるのか？　戦え！」

シンが命令したが、何も起きない。シンもすぐにそれに気づいた。

「んん？　なぜ奴隷紋が働かない？　戦え、これは命令だぞ！」

「嫌です。私はもうあなたの命令は聞きません」

「だそうだぞ」

「なっ！　そうか、お前の仕業か、アレック！　【奴隷使い】のスキルにそんな能力があるなんて、ちぃ！」

ま、どこで何のスキルが役立つかは分からない。今こうしている間にもシンが一発逆転のスキルを使う可能性もあるからな。早めに片を付けよう。

「シン、俺はお前の命まで取るつもりはない。同じ勇者のよしみだ。大人しく国王の裁きを受けろ」

「ふざけるな！」

怒ったシンがダガーを手にして俺に斬りかかってきた。

やれやれ、お前はもう少し、冷静な判断ができる奴だと思ってたんだがな。

ズブッと音がして、シンがその場に崩れ落ちる。

「ご主人様に手を出すなら、私が許しません」

ミーナが血の付いた剣を払って言う。

「く、くそ……この僕が、こんなところで、こんな奴に……！」

「さあ、立て。後は詰め所でじっくり話を聞いてやろう」

シルヴィがシンを無理矢理引きずって行く。

「じゃ、俺達も帰るか」

「ええ」

「「はい」」

「うん」

◇◆◇◆◇

同業の勇者と争ったのだ、いくら正当性があるとは言え俺も事情聴取くらいはされるだろうと覚悟していたのだが。

数日後、王城の広間に呼び出された俺と星里奈は、国王の前で跪《ひざまず》く。

「勇者アレック、並びに勇者星里奈よ、此度は冒険者を手に掛けた悪逆の徒を見つけ出し、引っ捕らえた事、誠に見事である。これこそ、勇者の行いにふさわしい。よって褒美を取らす」

悪逆の徒《と》か。

シンの名は伏せられるらしい。

そりゃそうだろうな。仮にもこのジジイが呼び出したんだ。勇者が悪さをしたとなれば、国王であろうとも責任問題に発展するだろう。

「はっ、ありがたき幸せ」

「ありがとうございます」

大勢の貴族が見ているので、俺もここはへつらっておく。

騎士がずっしりと金貨が入った袋を渡してくれるので、それを受け取る。ちょっと顔がニヤけるぜ。

……いや、これ、金貨じゃないな。これがもし本当に全部金貨なら、三百万ゴールドくらい行くだろ。このケチ臭い王様が、さすがにそこまで太っ腹とは思えん。

もし全部銅貨だったなら、後で文句を言ってやる。

「今後も、余とバーニア王国のため、活躍を期待しておるぞ」

「ははっ」

「はい」

「うむ。では、二人とも下がって良いぞ」

一礼して拍手喝采の中、星里奈と共に広間を出る。シルヴィがそこで待っていた。

「アレック、褒美はどれくらいだ？」

「ちょっと待て。ほう、一万ゴールドちょうどだな。まあまあだ」

【小銭感覚】のスキルを取って、重さの感覚で数えてみた。日本円で百万円程度だ。銅貨は交《ま》ぜてあるが、それなりの報酬を出してくれた様子。

「そうか、なら、私が恩返しするほどでもないか。少し残念だ」

シルヴィが微笑む。

「恩返ししたいなら、いつでもタダ働きさせてやるぞ」

「そうしたいのは山々だが、私も騎士団の務めがあるからな。原因が分かった以上、いつまでもダンジョンをほっつき歩いている訳にもいかんのだ。だが、いざというときは声を掛けてくれ。手伝ってやろう」

「ああ、覚えておこう」

「ねえ、シンは……」

星里奈が聞く。

「すでに処刑された。冒険者のＰＫだけなら牢獄入りだけで済んだはずだが、勇者を手に掛けようとしたのだからな。当然だろう」

仮にも国王が呼び出したゲストだから、それを手に掛けるという事は反逆罪にも関わってくるのだろう。

俺もシンに対して慎重に対応して正解だった。

「そう……ま、仕方ないわね」

「ああ」

「シルヴィ、ランスロット隊長がお呼びだ」

別の騎士が呼んだ。

「分かった。今行く。では、またな」

「ああ」

「じゃ、宿に戻るか」

「ええ」

エピローグ　イオーネの誘惑

王様から褒美をもらい、宿に戻ると、イオーネも来ていた。

「アレックさん、お話があります」

来たか。

イオーネはいつもの優しい笑顔ではなく、厳しい顔をしている。

「いいだろう。じゃ、お前らは部屋を出ててくれ」

「イオーネ、アレックはあんな事をしたけど、いつもってわけじゃないわ。普段は優しいから。シンの注意をそらすためよ」

星里奈が気持ち悪い擁護を始めるし。

「ああ、ええ、分かっています。私に対しては常に紳士でしたから。ふふ」

「そう。なんだ、パーティーを抜けるって話かと思った」

「いいえ。あなたのライバルになる宣言、かしら」

「ええ？　ああ……。あんまりオススメはしないけど、歓迎はするわね」

「ありがとう」

「じゃ、アレック、イオーネにあんまり酷い事、しないでよ？」

「お前は俺の女房にでもなったつもりか。言っておくが、俺のパーティーの中での序列はお前が一番下だぞ」

「えっ、そんな……くっ、分かったわよ……」

少しショックを受けた様子の星里奈が部屋に戻っていく。

「本当に下なんですか？」

イオーネが聞いてきた。

「まあな」

別に捨てるつもりは無いが、放っておくとつけあがるからな、アイツは。

「じゃ、私も仲間に入れて欲しいんですけど」

「お前はもう立派なパーティーの一員だぞ」

「そうではなく……」

そう言ってイオーネが俺に抱きついてくる。だが、それだけだ。【誘惑　レベル５】を取ってきたくせに、まだまだだな。

俺がイオーネのお尻を触ってやると、彼女はびっくりしたようでビクッとした。

「きゃっ」

ふむ、やはり処女だろうな。

「いいだろう。ただし、親父さんが殴り込んできたら、お前は道場に帰れ」

「父には冒険者になると伝えて、好きにしろと言われていますし、それは無いと思いますよ」

「どうだかな。じゃ、始めるか」

「あ……は、はい」

今日のイオーネは鎧も着ておらず、最初からそのつもりだったはずだ。

　俺は軽くキスから始めてやり、胸や尻を揉んでいたが、すぐにまどろっこしくなった。

「早く脱げ」

「は、はい」

　こちらも脱がしながら、裸にしていく。金髪の長い髪は柔らかく、色白の肌は清楚で犯し甲斐がある。

　と、イオーネが少し震えているのが分かった。

「怖いのか」

「す、少しだけ」

「まあ、怪我をさせるつもりは無いが……馬鹿な奴だ。フリッツにしておけばいいものを」

「彼は幼馴染みで、そういう風に見られないというか……」

「アイツはお前を女として見ていたぞ」

「そうなんですか？　でも、全然誘ってくれなかったし」

　そこはフリッツがヘタレだから仕方ないが、まあいい。一回抱いたからと言って、一生が決まるわけでもないからな。

「じゃあ今度、ベッドにお前から誘ってみたらどうだ」

「で、できません。あっ」

　桜色の突起を載《の》せた柔らかそうな胸を両手で鷲づかみにする。それでも手からこぼれ落ちるほどの豊満な乳房だ。揉み甲斐がある。

「痛かったら言え」

　痛くはないはずだが、言っておく。

「いえ、大丈夫です、これくらい、んっ」

　形を思い切り崩してこねくり回していると、イオーネも高ぶってきたようだ。

「あんっ、はあっ、んっ、そ、そんな、ああんっ、くっ、変な声が、出ちゃう！」

「イヤらしい奴だな」

「ご、ごめんなさい」

「冗談だ。星里奈なんてもっと声がデカいぞ」

「え、ええ。知ってます。実は、ちょっと立ち聞きした事があって」

「興奮して一人でしたのか？」

「そ、それは、言えません……」

無理矢理言わせてやるのも面白そうだが、今日は初めてだろうし、優しくしてやるか。

やたらくびれたお腹をさすってやると、イオーネもビクビクと敏感に反応してくる。

「分かっていると思うが、俺のパーティーは全員、ヤってるぞ」

「は、はい、知っています……んっ」

「色々、恥ずかしいプレイや、凄いプレイもしてもらうぞ」

「が、頑張ります……あんっ」

「良い心構えだ。じゃ」

彼女のへその下側へと舌を這わせていく。


「あっ、そ、そこは」

「いいから任せておけ。天国を味わえ」

「ひっ、やあっ、そ、そこは舐めなくて良いですから、やんっ、だめぇ、あうっ、ああーっ！」

俺の頭を押して抵抗し嫌がっていたイオーネだが、すぐに自分から引き寄せるように押しつけ快楽を逃すまいとし始める。

コイツ、見た目よりもずっとエロいな。

「じゃ、入れてやろう」

「あ……あ……くうっ、ああん、アレックさんのが、アレックさんのが、入ってくる……」

緊張した様子で接合部を見ていたイオーネだが、奥まで突っ込んでやると、満ち足りたような微笑みを見せた。

「これで、私もあなたの女になれたのですね……」

「馬鹿、まだこれからが本番だぞ」

「えっ？」

動く。

「あっ、あっ、ええっ？　くうっ、こ、こんなっ、やっ、ま、待って下さい、こんなの、ひっ！」

「どうした、これくらいで音を上げていたら、俺の相手は務まらんぞ」

「で、でも、ああんっ、お腹の中が、ひっ、こすれて、あああっ！」

大きく体を反らせたイオーネはすぐにイってしまった。つまらん。ま、慣れてくればラウンドもこなせるようになるだろう。


「ねえ」

星里奈が入ってきた。

「なんだ？」

「その、私とも、してもらっても……」

「いいが、じゃ、お前の部屋でするか」

「う、うん」

すぐに脱がせ、こいつの好きな後背位でやる。


「あんっ、お、お願い、何でもするから私を捨てないで」

「なんだ星里奈、さっき言った事を気にしてたのか。別に捨てないから安心しろ」

「ならいいけど、んっ、はっ、くうっ」

「この間のプレイが気に入ったか？」

「そういうセックスの、んっ、事じゃなくて、パーティーの事よ。あんっ。あなたじゃないと、生き残れない気がして」

「なるほどな。お前もまだ意識が甘かったが、シンの一件で目が覚めただろう。勇者に気をつければ、お前でもやっていけるから心配するな」

「う、うん、あっ、それ、いいっ！　イきそう！　アレック、早く、一緒に、あああーっ！」

ま、今回は俺も肝を冷やしたからな。準備を少しでも怠っていたら、シンに全滅させられていた可能性もある。

となると、これからもレベルは早めに上げて、ボス戦もこなしていった方が良いか。

それと、魔法使いもパーティーに入れよう。

「ご主人様、その、私も……」

俺が考え込んでいるとミーナがいつの間にか部屋に入ってきていた。リリィも一緒だ。

「分かった分かった。リリィも後でしてやるぞ」

昼間っからセックス三昧《ざんまい》じゃいかんのだが、と思いつつ、俺はミーナとリリィもきっちり可愛がってやった。

◇◆◇◆◇

アレックがシンとの戦いで、【スキルコピー】により新たに入手したスキル——

【忍び足　レベル1】New!
【チョークスリーパー　レベル1】New!
【鎧取り　レベル1】New!

次巻予告　第三章(裏)ルート　貴婦人

✧プロローグ　未亡人遊戯

俺は一人で王都の閑静な高級住宅街へと向かう。

その一角、高い塀に囲まれた大きな邸宅の門を開け敷地内に堂々と入ると、扉の鉄輪《ノッカー》を使って叩いた。

「はい。おお、これはアレック様」

老執事が出てきたが、笑みを浮かべて感じの良い出迎え方だ。

俺が男爵夫人《エイリア》と何をやっているかはこの老執事も気づいているはずだが、今の主人に忠実というわけか。

「ささ、どうぞこちらへ。お急ぎください」

「んん?」

老執事が俺を置いたまま、急ぎ足で赤い絨毯の廊下を先に行ってしまう。

何だろう?

別に執事がトイレに行きたいというわけでもないはずだが。

こちらは特に急ぐ用事でもないので、普通に廊下を歩いて執事を追う。

「奥様はこちらでございます」

応接間の前で待っていた執事が、俺が辿り着くなりドアを開ける。

「嫌っ!」

部屋の中ではちょうど、小さな悲鳴を上げたエイリアがその手を掴んだ男から逃れようとしていた。

「おい、何をしている」

俺はその男――白いローブを纏ったというより、は無理矢理自分から中に入り込んだという感じの、でっぷりした太鼓腹の男に詰問する。他にも三人の同じローブを着た男達がそこにいて、どうも穏やかな雰囲気の先客ではなかったようだ。

老執事が俺を急がせたわけだな。

「何だ、貴様は。見たところ、冒険者風情のようだが、ワシが誰だか知っての物言いか」

太鼓腹男が言い返してきたが。あくの強そうな坊主頭だ。

「知るかボケ」

「きっ、貴様ァ！　この御方は聖方教会大司祭、デラマック様であるぞ！　口を慎め」

取り巻きらしき男が裏返り声で叫ぶが、どう見てもまともな宗教組織じゃなさそうだ。

「関係ないな。口を慎んだ方がいいのはお前らの方だと思うぜ？」

俺はそう言うと腰の剣を抜いた。

「こ奴！　猊下《げいか》をお守りしろ！」

「うおおおっ！」

「神敵退散ッ！」

三人の男がローブの中に隠し持っていた短剣で一斉に突っ込んでくる。

余裕だな。

事前に【鑑定】してあるから、こいつらのレベルは把握済みだ。

しかし、部屋を血で汚すのもどうかと思ったので、俺は剣の腹で思い切りそいつらの顔を叩きつけて転倒させてやった。

「ぬうっ⁉」

「使えない護衛だな。もうちょっとまともな腕っ節の男を侍らせておいた方が良いぜ？　女をよってたかって拉致するだけの使いなら別だが」

俺は言う。

「ふん、今日のところは見逃してやろう。だが、このワシを怒らせた事、後悔する事になるぞ」

「そりゃお前さんの立場だと思うがな。ブーメランを投げてるぜ、お前」

「何？　訳の分からん事を」

大司祭はブーメランの意味が分からなかったようで、苦々しげに顔を歪めるとブツブツ言いながらそのまま応接間を出て行った。

「ほれ、起きろ、お前らの大好きな大司祭様は先に行っちまったぞ？」

「くっ、神をも恐れぬ不埒者が……！」

「地獄に落ちるぞ！　もう手遅れだッ！」

「聖方教会を敵に回したらどうなるか、思い知れ！」

口だけは威勢が良いが、こちらに向かって来るわけでもなし、ふらふらと大司祭を追いかける情けない連中だ。

俺はソファーで身を縮めていた男爵夫人に声をかける。

「エイリア、大丈夫か？」

「はい、ありがとうございました」

ほっとしたようにエイリアが微笑みを見せた。

「それよりも、なんであんな奴らを招き入れるんだ」

今度は老執事に向かって言う。この邸宅には護衛の騎士だっていたはずだ。

「申し訳ございません」

「お待ちください、あっ、いえ、お待ちなさい、アレック。あの者達はリオット男爵とは長い付き合いなのです。ですから――」

「付き合いが長かろうが短かろうが、そりゃリオット男爵の話だろ？　俺達には何の関係もない話だ。今の主人であるアンタが拒否すれば、男爵家なんだから何とかなるだろう」

「はあ、しかし――」

世間体を気にしているのか、報復を恐れているのかはっきりしないが、そんな弱腰ではつけ込まれるだけだ。

「そういえば、あいつら、満月の夜に乱交パーティーをやってると言っていたな。それで連れられそうになっていたのか？」

「え、ええ……」

「行きたかったのか？」

「そんなっ、違います！」

「ならはっきりと断れ。つまり、最初から家には入れるなって事だ。主のお前が弱気だと、家の従者も困ると思うぞ？」

「はい……」

「ここはもういい、執事を下がらせてくれ」

エイリアに言うと、言うとおりにしてくれた。

「じゃ、合意成立だよな」

「そ、それは、でも、来ていきなりだなんて」

「俺は構わないぜ？」

俺はエイリアの頬に手を伸ばす。彼女はビクッと震えて首をすくめたが、逃げたりはしなかった。

「まだ喪服なんて着てるのか。それでつけ込まれてるんじゃないのか？」

「それは……」

家の従者もエイリアには従順なのだから、リオット男爵に義理立てする理由はどこにも無いはずだ。

ついでなので、俺は彼女の黒ドレスを掴んで、豪快に引き裂いてやった。

「ああっ、お、おやめください」

「お前は白いドレスの方がよく似合うと思うぞ」

夫人と言ってもまだ十八、色香を纏わせる感じの黒色のドレスを着ても、逆にドレスの方に着られているような印象を受ける。

しかし、黒ガーターにスケスケレースの下着か。男爵の趣味だったんだろうが、この趣味は悪くない。

「や、やめ、んっ」

強引に唇を奪うと、エイリアは最初だけは顔を背けようとしたが、すぐに自分から応じてきた。

舌を入れると吸い付くように舐めてくる。

この若さでこのテクニックとは恐れ入る。

「しかも、もうこんなに濡れてるじゃないか」

下に手を伸ばすと、レースの下着は艶を帯び、愛液をたっぷりと吸い込んでぬるりとしていた。

「こっ、これは、だって、あの人が……んっ、毎日、私を……」

「男を教えこまれて、調教済みか。だが、俺も同じ事をするから、これはいずれアレだな、終いには男に会っただけでびしょびしょになっちまうんじゃないのか？」

「えぇ？」

「客に会う度にお漏らしする男爵夫人なんて、近所のご婦人方はさぞ面白おかしく井戸端会議をやりそうだ」

「い、いやですっ、そんなの！　や、やめて、あぁっ！」

抵抗して逃れようとするエイリアを後ろからがっちりと抱え込み、右手の薬指を蜜の出る花びらの奥へと突っ込んでいく。

「んんっ！」

しっかり濡れているので痛くはないはずだが、だとすれば快楽か。

指を出し入れして内側を撫でてやるだけでエイリアは体の力を失い、なすがままになった。

「そんなに気持ちいいのか？」

俺は彼女の長い銀髪の間から覗く耳たぶに向かってイヤらしく囁いてやる。

「んっ！」

囁きの息だけでイってしまいそうな敏感さだ。

とんでもない女だな。

「まあ、せっかくだ、お前も楽しめば良いだろう」

「あっ」

今度はお淑《しと》やかな胸を後ろから攻める。白い柔肌を包むレースの下側に手の指を滑り込ませ、侵入する。

「はぁっ」

一段と甘ったるい吐息を漏らしたエイリアは、腹筋をビクビクと痙攣させ、肉体の方はとても喜んでいるようだ。

そのままわしづかみにして、形が崩れるほど強く揉み上げる。

「あああっ、あんっ、やぁっ、ふあっ……んんっ！」

連続する快楽の刺激の度に敏感に反応するエイリア。次第に潤んだ瞳が期待するような輝きに変わってくる。

「あの、お願いです、もう……これを」

俺の腰を真正面から愛おしそうに撫で始めたエイリアは、しかし羞恥心《しゅうち》は残っているようで声は小さい。

「いいぞ。ちょっと待ってろ」

俺は服を脱ぎ、エイリアの欲しがる物を望み通りに出してやる。

「ああ……」

突き出た俺の肉体の一部を見て、待ちわびたようにとろけた表情になるエイリアは、ぺろりと自分の薄い唇を舐めた。

「舐めろ」

「は、はい、では、失礼します」

両手で俺の物を優しく包んだエイリアはゆっくりと口の中に含んでいく。

「んっ、ちゅぽっ、んんっ、ちゅるっ、じゅぷっ」

男爵仕込みの高度な舌使いだ。柔らかでイヤらしい抱擁感に、俺もすぐにイキそうになってしまう。

「くっ！」

「あんっ」

それでは少し楽しくないので、エイリアの頭を掴んで一度外させ、もう一度その口に突っ込み直す。

「んっ、んっ、んっ、ちゅるっ、じゅぱっ」

エイリアはひたすら俺が気持ち良くなるように専念し、小さな舌と唇と喉を使いこなしてしゃぶりついてくる。

「そろそろだ。行くぞ」

「は、はい、んっ、んんーっ、ん！　んくっ、んっ、んっ、んっ」

俺が射った精を一滴たりとも余さず飲み込んでいくエイリア。

「よくできたな」

「はい……ふう」

「じゃ、ご褒美だ」

「あ……」

それを聞いて幸せそうな表情で微笑むエイリアはもう少女とは呼べまい。熟《う》れて熟し切った女だ。

「選ばせてやろう。好きな体位を言え」

「は、はい、では、騎乗位で」

「騎乗位？　いきなり最初がそれか。お前は本当にイヤらしい女だな」

別にどれでも良いのだが、わざとからかう。

「あっ、いえ、他の体位で」

「いいや、お前のご褒美なんだから、騎乗位でやるぞ。さあ、跨《また》がれ」

ソファーに横になり、エイリアを俺の体の上に乗せる。

「あ……あ……ああ……！」

ゆっくりと挿入していくエイリアは打ち震える声を出し、その快楽と期待を隠そうともしない。

「ほれ」

「ああんっ！」

下からちょっと突き上げてやっただけで、この反応だ。

遊ばずにはいられない。

「ほれほれ」

「ああんっ、ま、待って、あんっ、やぁっ、待ってください、んんっ！」

まるでロデオのように俺の体の上で跳ね回るエイリア。普通の女なら痛がるところだろうが、彼女は上手く腰の角度を自分で変え、きっちり俺に合わせて腰を下ろしてくる。

その巧みさに内心舌を巻きつつも、俺はエイリアを突きまくって弄《もてあそ》んでやった。

「もうだめ、もうだめ、お願いです、早く、イカせてくださいましっ、ああっ！」

すすり泣くように懇願してくるエイリアに、俺も鬼ではないので無言でうなずいてラストスパートに入る。

「あっ、あっ、あっ、あっ、あくっ、ああんっ、はっ、あっ！　イクッ！　イってしまいます、私はもう、イッ、あああ――――!!!」

ひときわ大きな絶頂の声を張り上げると、エイリアは望む物を得た。

「酷い人」

俺の胸に抱きついたまま、片手の人差し指で胸板をなぞるようにつついてくるエイリア。

「どうだ、夫の男爵よりは良かったか？」

「そ、それは……」

「んん？　何だ、正直に言ってみろ。別に怒ったりしないぞ」

「い、言えません」

「おい、それはあれか、俺より男爵の方が良かったって事か？」

「ち、違……ああっ、ま、待って、今はダメです！　今は、イったばかりで、はあんっ！」

あのちんちくりんな小太り男に負けたとあっては男が廃《すた》る。

俺はエイリアのケツを持ち上げ、後ろから乱暴に挿入した。

優しくなで回すより、少し乱暴なくらいがコイツは好きそうだからな。

「だっ、ダメ、ああーっ！　そんなに振り回さないで、ああっ、あんっ、はあっ、くうっ！」

「どうだ、アイツにこんな腰使いは無理だろう」

「それは、んんっ、んーっ、んーっ！」

「ほら、言えよ、正直に」

「い、言います、夫より、んっ、あんっ！　あなたの方が、アレックの方が気持ちいいですからっ、ああんっ、だから！　お願い！　もっと突いてぇー！」

お淑やかな顔をしてとんだ淫乱女だ。

俺は満足して彼女のお望み通りに奥まで突っ込んでやった。

「帰って下さい！」

エイリアは事を終えた後、機嫌を損ねてしまった。やれやれ、少し嫉妬して余計なプレイをしてしまったな。

次は優しく突っ込んでやるとしよう。

俺は足取りも軽く、鼻歌交じりで男爵の館を後にした。

その時の俺は正直、聖方教会を舐めていた。


——第1巻・完——

Now Loading……
第二巻　三章（裏）ルート　第一話
石を売る人々

Record of
Erotic
Warrior

Extra

書き下ろし短編1　白濁の狂宴

いつものように狩りを終え、ギルドでドロップアイテムを換金した後、俺達は宿屋に戻ってきた。

「ふうー」

一仕事終えたので、深いため息が俺の口から自然と漏れ出る。

「アレックったら、今日はそんなに動いてなかったでしょう？　何でそんなに疲れてるの？」

星里奈があきれた口調で言うが、ほっとけ。大人は疲れるんだ。

「今夜の夕食はうちで食べるかい？　それとも酒場に行くのか？」

宿の親父が確認してくる。

「今日は宿の飯でいいだろう」

「あいよ。今日はバルバル鳥のスープだ」

怪しげな名前が出てくるが、食えれば何でも良い。

「私、酒場の食事の方がいいんだけど」

星里奈が不満そうに言ったので俺は言う。

「じゃあ勝手にしろ。お前は酒場で食えばいいだろう」

「嫌よ、私一人だけでなんて」

まったくワガママで面倒な奴だ。

一発二発ヤったくらいで恋人面しやがって。

「あ、ちょっと、アレックったら！」

俺はうるさい女を無視して階段を上がる。星里奈は諦めたのか、階段まで追いかけてまではこなかった。

「ご主人様、装備を外します」

俺の部屋に入るとミーナが俺の鎧に手をかける。

「いい。自分で脱ぐぞ、それくらい」

「いいえ、これも奴隷の役目ですから。失礼します」

やや強引に鎧を持ち上げるミーナに、俺も抵抗するほどの事ではないと考え直して彼女に任せる。革の手袋も彼女に取られてしまい、まるで貴族様か王様にでもなった気分だ。

「よっこらしょっと」

装備を外し、身軽になったところでベッドに腰掛ける。

「お湯をもらってきますね」

「ああ」

今度は宿屋の奴隷男が運んできたたらいに座り、湯浴みの時間だ。

ミーナがかいがいしく俺の体を洗ってくれる。

「適当で良いぞ、ミーナ」

「駄目です。綺麗にしないと」

綺麗好きもちょっと面倒だが、ミーナが不機嫌になっても困るし、好きにさせておこう。

「終わりました」

別の布で水滴も綺麗さっぱり拭き取り、湯浴みも済んだ。

ちょうど奴隷男が新しいたらいを持ってきて、もう一人が桶でお湯を足していく。

「じゃ、ミーナ、次はお前の番だ」

「は、はい……」

ミーナは俺と同室である。

当然、彼女と俺は『奴隷とご主人様』の関係だから、俺が遠慮して外に出るなどということはあり得ない。

ミーナもそれを当たり前の事として受け入れている。

頬を紅潮させ、服を脱いでいく彼女は、俺から顔を背け、恥ずかしそうなそぶりをしている。

良いね。

女が恥じらいつつも自分で脱ぐという行為がまた良い。

無理矢理に服を剥ぎ取るのもそれはそれで興奮するものがあるが、戸惑いつつ服を脱いでいく様の方が視姦のしがいがある。

「あ、あまり、見ないで下さい……」

消え入るような声でミーナがつぶやくが、もちろん俺はベッドに腰掛けたまま正面から見据えて視線を固定したままだ。彼女がそのか細い指で隠そうとする桜色の突起物が、指の間からチラチラと覗き、体を動かす度にぷるんと小さく揺れる様は必見である。

ミーナは布で下だけは完璧に隠そうと必死だが、これは湯浴みである。

従って布は動かさなければならない。

「どうした。体を洗え」

「っ……はい……」

「どうしても嫌なら、そう言っていいんだぞ？」

いくら奴隷だからといって、決死の覚悟で反逆を起こすほどの反感を買っても困る。

「い、いえ、大丈夫ですっ！　これくらいは平気ですから、なんともありません」

やや慌てたようにミーナが答えた。俺に捨てられるのを心配したか。

少し可哀想な境遇だが、色白の少女の裸を見て合法なのだから、それをやらない手は無い。

その代わりにミーナには後で櫛でも買い与えて、ご機嫌を取っておく事としよう。

ミーナはようやく布をお湯につけて動かし、体を洗い始めた。こちらの世界の石鹸は泡立ちが悪いが、それでもミーナが体をこするとすぐに泡立ってきた。俺をこすった時と違うのが少し不思議だ。

「向きを変えるな。こちらを向け」

「それは……わ、分かりました」

ミーナがもじもじと体を少し揺すると、こちらに腰の向きを変える。

その瞬間、彼女の太ももの奥にチラリと女の秘所が見えた。

「ミーナ、もっと足を広げろ」

俺の要求はエスカレートしていく。今までは向きを変えろと何度も命じた事はあるが、自分から足を開けと命じた事はない。

「……っ！」

彼女も初めての命令に、緊張の色を隠さない。

このまま、俺はどこまで彼女に嗜虐《しぎゃく》の要求をしていくのか。

どこまでミーナがそれに耐えられるのか。

それはあまり良くない試しなのだが、ミーナの美しい体を前にして、そんな事をしては駄目だという理性など、俺に欠片も残っているはずもなかった。

何しろ、夜のタイムに彼女を真っ裸にして、すでにその乳房も乳首も、可愛いお尻もうなじも、すべて一度は触って隅々まで蹂躙《じゅうりん》し、我が物とした後だ。

今更、見るだけで我慢しろという方が酷であろう。

「あの、お許しを、ご主人様」

「駄目だ」

俺は冷たく言い放つ。

そこでミーナができませんと言って泣くなら、そこまででやめるつもりだったが、彼女は困った顔をしつつも、ゆっくりとその太ももの向きを変えて、俺にすべてをさらけ出してきた。

「もっと広げろ」

「は、はい……」

良いね。視線をそらしつつ、恥辱で己の唇を噛みながら、健気に耐える少女。

「よし、もう良いぞ。洗え」

「はい」

あまりいじめてばかりでも可哀想なので、今度は何も命じずに体を自由に洗わせてやる。

ミーナもそれを察したか、すぐに腰の向きを変えて彼女の秘所を隠してしまった。

ミーナがたらいの湯を桶ですくって頭から被るが、脇を上げたせいで両の乳房がバランス良く丸見えになり、俺の興奮を一段と刺激する。髪を洗っている彼女は、俺の下半身がどういう状態になっているかも見えてはいないだろう。

すでに臨戦態勢ではち切れんばかりとなっている俺の凶暴な部分は痛いほどだ。

今日はお風呂プレイをやってみるか？

だが、ミーナは綺麗好きなのだ。

湯浴みの時間まで邪魔してしまうと、どう心変わりするか分からない。

だが、奴は俺の奴隷だぞ？

命じれば良い。

待て、奴隷には違いないが、関係を悪化させてミーナが俺を嫌いになっては困る。

彼女は俺とのセックスすら無条件で受け入れているのだ。

こんな可愛くて従順な奴隷、他で探すのはきっと苦労する事だろう。

俺は悶々とした葛藤の中、ミーナをじっと目だけで犯し続ける。

すらりとした背中、綺麗にくびれたお腹、形の良いお尻など、見ていて飽きる事が無い。

じりじりと部屋の熱気があがっていく。

体をゆっくりと拭いていくミーナは時折、俺の視線を意識しつつも、その手は止めない。

左腕の肘、首筋、脇の下、脇腹、太もも、ふくらはぎと丁寧に水滴を拭き取っていくミーナ。

ただそれだけの事なのに、いつもより美しく見えてしまうのはなぜなのか。

彼女は俺を見て少し躊躇した様子を見せると、そのままたらいから出てベッドの側に置いている下着を取った。俺が手を伸ばせば、彼女を組み敷ける位置だ。

しかし俺はまだ手を出さない。

ミーナは少し身構え、俺がそうしても驚かないようにしているようだった。

全裸のミーナが俺から離れ、下着を穿《は》く。

こちらに背を向けているため、細い足首と形の良いお尻が良い眺めだ。

とうとう彼女は服を全部着てしまった。

少し惜しい事をしたが、なあに、まだ夜はこれからだ。

俺が焦る必要はどこにもないのだ。

するとノックがあり、ほぼ同時にドアが開いた。

「アレック！　ミーナ！　夕飯ができたそうよ」

なんでそんなに素早く乱暴にドアを開けるのか、俺には理解不能だが、部屋に入ってきた星里奈は眉をひそめた。

「なぁんだ、普通にしてたのね」

「どういう意味だ」

「別に」

「ふふっ、では、お二人とも夕食に行きましょう」

ミーナはクスリと笑うと、軽い足取りで一足先にと階段を下りていった。

◇◆◇◆◇

夕食が終わると、ミーナはわざわざ皿を片付けていく。そんなのは宿屋の仕事だからしなくていいと俺は言ったのだが、性分《しょうぶん》らしい。

「アレック、ミーナには優しくしてあげないと駄目よ」

星里奈が、ミーナのケツを追っていた俺の視線をわざわざ手で塞いでから言う。

俺はその手を乱暴にはねのけた。

「してるだろう。何度も同じ事を言うな。あいつがメソメソ一人で泣いていたり、お前に愚痴を言ってきた事があるのか？」

「それは無いけど……」

「じゃ、濡れ衣だ」

「ええ？　絶対、何か変な事をしてるでしょう」

「お前な……」

俺がどう言い返してやろうと思っていたら、皿を片付けたミーナが戻って来た。

「大丈夫ですよ、星里奈さん。私はここで本当に良くしてもらっていますから」

「それならいいけど……」

「どけ、邪魔だ」

「あんっ♪」

星里奈がビクッとして自分のお尻を慌てて両手で隠した。胸が良い感じに両方揺れたが、相変わらずエロい体の女だ。一瞬、掴まれただけで喘ぎやがって。

「ちょっと、なんでお尻を下から掴むのよ！　このエロ親父！」

「お前が邪魔してるからに決まってるだろう」

「そんなの、理由になってない！」

キーキー叫く星里奈を無視し、俺はミーナと一緒に部屋に戻った。

「あの、ご主人様、もう少し、星里奈さんに優しくしてあげた方が……」

「いいんだよ、あの女は。放っておくと何でもかんでも文句を付けてくるからな。本当に嫌なら、金はあるんだ、別の宿にするだろ」

「それは……そうですね」

「それよりも」

俺は俺の隣をぽんぽんと叩いて、ベッドに座る事をミーナに要求する。

ハッとした顔のミーナは落ち着きを無くし、きょろきょろと床を見回したが、これからする事は彼女も分かっているようだ。

待ちきれなくなっていた俺は、やや強引に彼女の頭を掴んで、無理矢理にキスする。

「んっ」

ミーナは首を縮めて初めは少しだけ抵抗したが、すぐに力を抜いて唇を俺に合わせてきた。

舌を忍び込ませると、自分から少し口を開いて、それを受け入れる。

だいぶ行為に慣れてきたようで、緊張で体をガチガチに硬くしていた頃とはもう違う。

「あっ」

俺は服も強引に脱がせていくが、ミーナはそれには両手で押さえて抵抗のそぶりを見せた。

「だ、駄目、恥ずかしいです、ご主人様……！」

「うるさい。ヤるぞ」

「うう……は、はい」

すぐに抵抗をやめてしまったミーナはチョロい。

服を取り上げると、下から色白の艶めかしい肢《し》体《たい》が現れた。

俺は獣のようにそれに覆い被さり、口で胸を覆っている最後の一枚をどかせ、乳首に吸い付いた。

「あっ」

舌の上で転がしてやると、それまで小さな声しか出さなかったミーナが、激しく喘ぐ。

「ああっ！　ご、ご主人様、ああんっ！」

「そんなに気持ちいいのか？　なら、もっとやってやる」

「ひっ、あ、ああーっ！　あふっ、ああんっ、だ、だめぇっ」

狂ったようにミーナが首を振り乱し、彼女の白い髪が生き物のように揺れ動く。

こいつ、だんだんと感度が上がってきてないか？

まあいい、ただのセックスだ。普通にやってる限り、壊れたりはしないだろう。

それに俺にはもうミーナが痛がっているかどうかの区別はつくようになっていた。

さらに腰を激しく動かすと、ニチャニチャと蜜をたたえたミーナの花弁が音を立てる。

「ミーナ、イクぞ！」

「は、はい、ご主人様、いつでも！」

俺とミーナは息を合わせ、お互いの快楽の波長が絶頂のところでかち合うようにタイミングを合わせた。

「あくっ、あんっ！　ご主人様っ――――！　あああああ――――――！」

一際大きな声で叫んだミーナは全身を弓なりに反り返らせ、ベッドのシーツを掴むとそこで果てた。

「ふうっ」

俺も油断してしまったが、二度三度と快楽がほとばしり、ミーナの顔まで俺の白い欲望で汚してしまった。


これで彼女はまた湯浴みをしなくてはいけない。ま、その分の特別料金は払ってやってるんだ、宿屋の親父も文句は言わないだろう。

「んん？」

たまたまドアに目が行ったが、そこに双眸《ぼう》が光り、誰かが潜んでいた。

俺は警戒せず無造作にそちらに向かい、ドアを大きく開け放ってやる。

「きゃっ！　ち、違うの、これは、お、お腹が痛くて」

おかしな姿勢でそこにしゃがみ込んでいた星里奈が、狼狽《うろた》えたように言い訳を始めた。

「ふん、下着の中に手を突っ込んだまま、そんな下らない言い訳をするな。来い、お前の相手もしてやろう、変態覗き魔め」

「きゃっ」

力を込めるとあっさりと星里奈が持ち上がってしまったが、これも異世界勇者の99ポイントボーナスで筋力が上がっているせいか。

そのまま星里奈をベッドに放り投げる。

「あうっ、ちょっとぉ」

まだ自分に手を突っ込んでいた星里奈は、少し痛かったようだが、ま、この様子なら怪我はしていないだろう。

「いいから脱げ」

「だ、駄目」

結構な力で抵抗してくる星里奈だが、その奔放でワガママな胸を掴んでやると、途端に力が抜けて彼女は抵抗できなくなる。

「ああんっ♪」

「なんだ、もうすっかりできあがってたみたいだな。なら今日は焦らさずにいきなり突っ込んでやろう」

「ええ？　あっ、あんっ！　くっ、アレック、あっ！　あんっ♪」

何か文句を言おうとした星里奈だったが、いったん俺の一物を下の口がくわえこむと今度は離さない。

星里奈の方から腰を動かして俺に抱きついてくる。

「お前、本当にそれで女子校生かよ。淫売でもやってたんじゃないのか」

「してないっ！　誰がこんな体にしたのよ」

「お前だろ。オナニーの回数だって百回や二百回じゃきかないだろう」

「し、知らないっ」

図星だったようで、エロい女だ。

それでもリズム良く動いていると、星里奈も堪らなくなってきたようで、普段は見せない乱れた表情で舌なめずりしながら喘いでいる。そのくせ、時々俺を睨んで、からかったり挑発するかのような動きを見せるから、こちらもムキになって乱暴に犯す。

「ちょっと、乳首、そんなに引っ張らないで、痛いの」

　両方の乳首を引っ張ってやると、少し苦痛に顔を歪めた星里奈だったが、下の締まりの方は逆に良くなって気持ちが良い。

「少し我慢してろ」

　俺はそのまま引っ張ったままで体を揺らすが、釣り鐘型の乳房がこちらに大きく揺れたときには乳首が潰れ、向こう側に揺れたときは逆にゴムのように伸びてちょっと面白い。

「だっ、いっ、あああああ――っ！」

　大きな声を上げて星里奈が軽く痙攣し、達したようだ。

　と、彼女が睨んできた。平手打ちを俺は警戒したが、意外にも星里奈は泣き出してしまった。

「なんでミーナには普通にするのに、私にはこんな意地悪するのよ、もう嫌、酷い」

「分かった分かった。じゃあ、これでいいか」

　頬を優しく撫でてやり、キスをしてやる。星里奈は初め嫌がったが、粘り強く何度かしていると彼女も応じてくれた。

「こんな時だけ、優しくするんだから……」

「たまに優しくしてやるだけでもありがたく思え。ほれ、うつぶせになれ。お前の大好きな後背位だ」

「ええ？　私、そんなに大好きなんかじゃ、あんっ♪」

「それだけ良い声で喘いで、嘘は良くないな」

「くっ、ああっ、そんな風に突かれたら、私、私、もう、イッちゃううう――――！」

　あきれた早さで絶頂を迎えた星里奈は、やはりイヤらしい女だ。


　さて、どうするか。

　ベッドの隣で寝ているミーナはまだ気絶しているし、頬を叩いて第二ラウンドを早めるよりは少し休ませてやりたい。

「ねえ、まだできるんでしょう？　アレック」

星里奈の方が体を起こしてきたので、俺はうなずいて、今度は彼女を俺の上にまたがらせて騎乗位でする。

「ふふ、こうやって見下ろすと、なんだか良い気分ね」

「生意気な女だ」

「あんっ」

下から突き上げてやったが、ニヤリと笑った星里奈は余裕の表情まで見せてきやがった。

彼女が自分から腰を動かし、乳房がぶるんぶるんと激しく上下に跳ねているが、くそ、今度は俺の方が先にイキそうだ。

「いいのか？　星里奈、このままだと俺の子供を孕《はら》むかもしれないぞ」

「それは嫌だけど、んっ、避妊の実を飲んでるから平気なはずよ。ほら、もっと奥まで突いて。でも、外に出してね」

「どっちなんだよ」

「どっちでもいいから、くっ」

余裕が無くなってきた星里奈。俺も今にもイキそうだ。

ここで女に先にイカされたとあっては、この女がさらに図に乗るだろうからな。

ここは——そう、アレしかない。

【マシンガンバイブ　レベル1】

「なあっ⁉　アレック、スキルをををを！　あああああ！　あうっ——————！」

素早く連打した俺の腰使いによって、あっと言う間に星里奈が果てた。

フッ、俺にエロで勝とうなんざ、百年早いぜ。

「あ、あの、ご主人様、そのぅ」

「いいぞ、ミーナ、来い」

目覚めたミーナも騎乗位がやりたかったのか、

俺にまたがってきたので、彼女の好きにさせてやる。

「くうっ、こんな格好で、ああっ、ご主人様ぁっ」

ほとんど自分で動けないミーナは身をよじるだけだが、それが体の向きを変えて思わぬ刺激を生み出してくる。

「くっ、ミーナ！」

「ご主人様っ！」

震えたミーナに俺はありったけの愛情を注いでやった。

そのまま心地よい気分になった俺は、少女二人を左右に抱き寄せて横になる。

ミーナも星里奈も俺に身を寄せてきた。

両手に花というのもなかなか良い。

さて明日はどんなプレイをやってみようか？

俺はそんな事を考えつつ、眠りについた。

書き下ろし短編2　内緒のおねしょ

酒場で夕食を終えた俺は、ほろ酔い気分で宿に戻ってきた。

「ふう、少し飲み過ぎたか」

「あの、ご主人様、今夜は……」

ミーナが控えめに聞いてくる。

「そうだな、リリィとヤる」

堂々と言う俺。何もやましい事などないからだ。

「わかりました。では、私は向こうの部屋で休みますので、御用があれば呼んで下さい」

「ああ」

ミーナも俺が自分を捨てないと分かってから、他の女にあからさまに嫉妬するという事は少なくなってきた。

良い感じだ。

やっぱりハーレムはこう仲良くやらなくっちゃな。

「アレックー、呼んだ？」

少ししてリリィがやってきた。

「おう。ま、座れ」

ベッドに呼ぶ。

「じゃ、何をくれるの？」

リリィはドアの側で立ち止まったまま対価を要求してきた。

「お前な、それくらいは何も無しでいいだろう」

「エー？」

「良いから座れ。ほれ、チーズをやろう」

「私は果物がいいんだけど」

リリィが要求したが、生憎と今は果物を持っていない。

「じゃあ、明日、宿の主人に果物があるかどうか聞いてやる」

「今じゃないとヤダ」

「ああ？」

だんだんコイツ、ワガママになってきてるよな。

「じゃ、話がそれだけなら、リリィは部屋に戻るから」

「待て」

本当に部屋から出て行こうとするので、俺は立ち上がって追いかけ、リリィの細腕を掴んだ。

「やっ、放してよ」

「いいから来い」

「きゃっ」

リリィの腰を掴んで持ち上げるが、軽く持ち上がる。ま、小柄だからな。

「ちょっとぉ、放せってば！」

ピンクの髪を振り乱してリリィが暴れた。

「暴れるんじゃない。いい事してやるぞ」

「どーせセックスでしょ？」

「分かってるじゃないか」

ニヤリと笑って俺は言う。

「このスケベ親父！」

俺のヒザを足で蹴ったリリィだが、大して痛くはない。

そのまま俺がベッドに座ると、彼女も諦めたようで大人しくなる。

「じゃ、天国に連れてってやる」

ヒザの上に座らせたリリィの体を俺は優しく撫でていく。

「んもぅ、リリィ、もう眠いし、今日はセックスしたくない」

「ああ？　明日二度寝すればいいだろうが」

「ヤダ」

ワガママな奴だ。だが、こうして太ももをさすってやれば……。

「んっ、放せっての！」

「ぐおっ⁉」

偶然か狙ったのか、リリィのグーパンチが俺の股間に直撃した。

ぐぅ、死ぬ……！

「ん？　アハハ、なんか効いちゃったみたい」

「お前……お仕置きだ」

「きゃあっ、あはっ！」

あと少しのところで俺の手が空を切り、素早く身を躱《かわ》したリリィを逃してしまった。

「待て、この」

よたよたと追いかけるが、まだ痛いので俺はまともに走れない。

「アハハハハハ！」

リリィは何が楽しいのか、やたら興奮して笑いながら部屋の中を逃げ回る。

「くそっ」

「鬼さんこっちー！」

ひらりと俺を躱したリリィがベッドの上でお尻ペンペンの格好で俺を小馬鹿にした。

チッ、舐めやがって。ガキが。大人を怒らせた事を後悔させてやる。

俺も本気になってリリィを捕まえにかかる。

「おっとぉ！」

リリィは少しよろけたが、意外にすばしっこい。スキルのせいか？

回避系を優先で育てさせているからな、コイツは。

そのままドアに向かうリリィに俺は怒鳴った。

「おい、部屋から出たら罰金だぞ！」

「し～らないっと！」

リリィはお構いなしに走って部屋から出て行ってしまった。

大人を馬鹿にした上でパーティーリーダーの命令が聞けんとは、どうやらこれはキツいお灸《きゅう》が必要だな。

「ミーナ！」

「はい、ご主人様！」

「リリィを捕まえてこい」

「分かりました」

「あっ、ずるい！」

リリィが不平を言って抗議するが、何と言おうがこれで俺の勝ちだ。パーティーリーダーの特権であり、これがあくどい大人のやり方というものだ。

すぐにあっさりとミーナに捕まったリリィが俺の部屋に連れてこられた。

「放してよ！　ミーナ」

「駄目です。ご主人様が私を呼んだからには、リリィも何かしたのでしょう？」

「そ、それは」

言い淀んだリリィも俺に地獄の痛みを与えたのは多少の罪悪感があったようだ。

俺は言う。

「人を殴って謝りもせず、パーティーリーダーの命令にも背いた。そうだな、リリィ」

「わざとじゃないもん。それに、アレックが」

「俺も少し強引だったかもしれないが、それだけで人を殴って良いのか？」

「むう……ごめんなさい」

「よし。じゃあ、もういいぞ、ミーナ。助かった」

「いえ、いつでもお呼び下さい」

「イーだ！」

リリィがミーナに悪態をついたが、ミーナは気にもとめずに部屋を出て行った。

「じゃ、リリィ、来い」

「な、何するつもりなのよ……」

「いいから」

「きゃっ」

警戒するリリィを俺はひょいと片手で持ち上げ、彼女を逆さにして脇に抱える。それからまず彼女の下着をずらす。

桃の形をした小ぶりな肉の果実がぷるんと揺れた。

「ちょっと、何するのよ！」

「お仕置きだ、リリィ。いいから黙ってろ。すぐに済む」

「い、いや」

また暴れるが、今度はきっちり捕まえているので、リリィも逃げられない。

そして、ここでスキル【スパンキング　レベル2】だ。

二つの可愛いお尻を、ペチン！

「きゃん！　いったーい」

「まだだぞ」

もう一度、ペチン！

「あうっ！　くぅ～！」

結構痛かったようで、唇を噛みしめて苦悶の声を出すリリィ。

ちょっとやり過ぎてしまったか。まあいい。

「どうだ、これで他人の痛みが少しは分かっただろう」

「わざとじゃないのに……」

「なら、逃げずに謝ったらどうだ」

「そんなの納得いかない！」

「ガキが。大人の言う事くらい素直に聞いとけ」

「イ！　ヤ！」

「仕方ない、どうしてもと言うのなら、好きにしろ。お前みたいな悪い子はもううちのパーティーには要らないな」

「えっ！　う、嘘」

「本当だ。他人に謝れない奴は、ろくな大人になりゃしない。いいか、俺はお前が憎いから叩いたんじゃないぞ？　お前にまともな大人になって欲しいから、心を鬼にして叩いたんだ」

と、もっともらしい事を言っておく。

「……ご、ごめんなさい」

「よし、いい子だ。ご褒美をやろう」

「きゃっ、あんっ、だから、セックスとか要らないってばぁ」

「嘘つけ、こうして撫でていれば……」

すべすべのお尻をこねくり回すように触っていくと、次第にリリィの反応も変わってきた。

「あっ、んんっ、撫でなくていいから、あんっ！」

「気持ちいいんだろうが」

「そ、それはいいけど、ああんっ、やだ、なんかこういうの、はぁん～」

抱え直して俺に体を向けさせたが、リリィはしっかりメスの顔になっていた。

「どうだ、もう一度聞くぞ？　リリィ、俺とセックスしたいか？」

「う、うん」

「よし、じゃあ、ご褒美だ」

上も脱がせて、まだ熟《う》れていないつぼみのような小さな胸を出させる。羞恥心《しゅうち》もそれなりに育っているのか、リリィは顔を赤らめ、その華奢な腕で自分の胸を隠そうとした。

「隠すな」

「だ、だって……あんっ」

桜色の小さな突起をつまんでやると、良い声で喘ぐ。俺の手の上から押さえてくるリリィの指は短くてちっちゃい。

あばらの筋に沿って指をなぞらせていくと、ビクリと感度良く痙攣するお腹。

未熟に見えたその小柄な肉体も、オスを受け入れる準備はしっかりとできているようだ。

「あっ」

今度はリリィをベッドに放りだし、俺はその短い足首を掴んで仰向けにし、無理矢理に広げさせてやった。

「や、やだ、こんな格好」

「いいから我慢してろ。もっと気持ち良くしてやる」

「ゴクリ……も、もっと？」

「ああ、もっとだ。こういうときに俺が一度でも嘘を吐いた事があるか？」

ふるふると首を横に振ったリリィは、全身を縮めて、次に襲いかかるであろう快楽を震えながら待ち構えた。

その真ん中、彼女の小さな谷間に向かって、俺の口から這い出た赤い蛇が巧みな動きで薄い粘膜をこすり上げていく。

「ああっ、あああああっ、いいっ、いいよぅ、アレック！　それがいいの！」

「よし、じゃあ、もっとしてやろう」

リリィの両足を押さえつけて逃げられないように固定し、その小さな肉の花びらを舌でめくるように舐め上げてやる。

「いっ！　かはっ、ああっ、きゃううっ！」

ビクビクと痙攣するリリィだが、その小柄な身をいくらよじろうとも、覆い被さった俺からは逃れられない。快楽の激流は彼女の中心を貫き、脳天まで直撃していく。すぐに彼女はぐったりしてしまった。

「おい、リリィ、しっかりしろ」

軽く頬を叩いて、気を失ったリリィを起こす。

まだ本番はこれからだからな。先に自分だけイってもらっては困る。

お前は俺の可愛い可愛い玩具なのだから。

「ふぇ……」

けだるそうに目を開けたリリィだが、快楽の余韻にどっぷりつかっているようでまだ反応が鈍い。

「舐めろ」

彼女を抱え上げて俺の凶悪にそそり立っている部分へと誘導してやる。

「あむっ、レロレロ」

素直にリリィは俺の体にしゃぶりついた。まだ稚拙《ちせつ》だが、だいぶフェラチオも上手くなってきたな。

　育て甲斐のあるガキだ。

　ギリギリ入るか入らないかの口で健気に頑張って飲み込んでくれる。

「いてて、歯を当てるな」

　くそ、やっぱり下手だ。

「ごめん」

「まあいい。じゃ、騎乗位でやってやろう」

「うん！　んしょっ……と」

　乗り気で俺の体に這い上がってきたリリィだが、いざ俺が腰を動かし始めると、なぜか嫌がり始めた。

「ま、待って、アレック」

「後にしろ、俺も早くイキたいんだ。もうこなれてるから、痛くはないだろ？」

　しっかり濡れているし、処女じゃないんだから何も問題はない。

「そうじゃなくて、今は、ちょっと、あうっ、ダメダメダメ、もうだめぇーっ！」

　ぶるぶると震えたリリィはぷしゃっと彼女の股間から生温かい液体を漏らした。

　その黄金の小さな噴水がアーチを描いて俺の体の上にかかってくる。

「うえ」

「あああ～だから言ったのにぃ！」

　顔を真っ赤にしたリリィは泣きそうな顔で怒った。

「お前、何やってるんだ。寝る前にはトイレに行けと」

「むぅー、だってぇ」

「とにかく拭くぞ。布を貸せ」

「あっ、それ、リリィの服！」

「他のがあるだろ。どうせ後で洗えば一緒だ。ほれ、続きだ」

「ええ？　まあいいけど……」

　もう一度リリィがまたがり、俺は彼女を下から突き上げていく。

「あうっ、うあっ、くぅっ、おほぅっ、ううっ」

突き上げられる度に、リリィが嗚咽のような喘ぎ声を漏らす。

リズミカルに彼女の小さく幼い体を揺らし、そろそろだ。

「ああっ！　アレック、凄いの来ちゃうよ！　来ちゃう！　来ちゃうからぁ！　リリィはもう、もう、あああああ――――！」

「くっ」

上手くリリィとタイミングを合わせ、彼女の腹の中に俺の欲望をすべて注ぎ込んでいく。リリィの中はすぐに一杯になって、受け止めきれずにあふれ、ぼたぼたと漏れ出てしまった。

「はふぅ……最高……」

リリィは満足したようだが、ちょっと失敗だ。

「やれやれ、朝一でミーナにシーツを替えてもらわないとな」

濡れて多少不快感があるが、自分で替えるのは面倒なので、リリィを抱きつかせたまま俺も眠る。

「おはようございます、ご主人様」

「おお、ミーナか、ふぁ……」

「昨日はお楽しみでしたね。あっ……」

ミーナがシーツの濡れに気がついたようだ。俺の周りがびっしょりしていて、冷たい。

「悪いが、シーツを替えてくれるか、ミーナ」

大人の俺は冷静に言う。

「はい、すぐに。ほら、リリィ、起きて。あなた、寝る前にはトイレに行かないとダメよ？」

「んぁ……あっ！　ち、違うもん、これは違う！」

「はいはい。分かってますよ。洗いますからね」

ミーナが優しく微笑んでうなずくが、リリィは必死だ。

「だから、それは違うのぉー！　私じゃないっての！」
半分はリリィのものだが……そうだな、それは彼女のおねしょではない。
俺のおねしょだ！

アレック

ステータス

〈レベル〉25 〈クラス〉勇者/剣士
〈種族〉ヒューマン 〈性別〉男 〈年齢〉42
〈HP〉273/273 〈MP〉122/122
〈TP〉232/232 〈状態〉通常
〈EXP〉61776 〈NEXT〉2054
〈所持金〉18439

基本能力値

〈筋力〉24 〈俊敏〉23 〈体力〉24
〈魔力〉23 〈器用〉23 〈運〉23

スキル 現在のスキルポイント:4

【ナンパ Lv2】【レイプ Lv1】【脅し Lv1】【覗き見 Lv1】【言葉責め Lv1】【絶倫 Lv1】【セクハラ Lv1】【言いくるめる Lv1】【スパンキング Lv2】【器用さUP Lv2】【幸運 Lv5】【根性 Lv2】【状況判断 Lv2】【解説 Lv1】【時計 LvMax】【スキルコピー Lv1】【スキルリセット Lv1】【クラスチェンジ レベル1】【魅了☆ Lv3】【薬草識別 Lv2】【薬草採取 Lv1】【気配探知 Lv2】【お買い得 Lv1】【ジャンプ Lv1】【アイテムストレージ Lv1】【撫でる Lv1】【奴隷使い Lv4】【カウンセリング Lv1】【スキルのパーティー共有化 Lv1】【パーティーのステータス閲覧 LvMax】【剣術 Lv1】【スる Lv1】【マシンガンバイブ Lv1】【おべっか Lv1】【ストーカー Lv1】【鑑定 Lv4】【松葉崩し Lv1】【パーティーのスキルリセット Lv2】【ローションプレイ Lv1】【打撃耐性 Lv1】【ロウソクプレイ Lv1】【亀甲縛り Lv5】【素早さUP Lv3】【運動神経 Lv3】【動体視力 Lv3】【スキル隠蔽 Lv2】【予感 Lv2】【チョークスリーパー Lv1】【忍び足 Lv1】【鎧取り Lv1】【小銭感覚 Lv1】

パーティー共通スキル

【獲得スキルポイント上昇 Lv5】
【獲得経験値上昇 Lv2】
【レアアイテム確率アップ Lv4】

ミーナ

ステータス

〈レベル〉25 〈クラス〉剣士
〈種族〉犬耳族 〈性別〉女 〈年齢〉18
〈HP〉298/298 〈MP〉54/54
〈TP〉133/133 〈状態〉通常
〈EXP〉59274 〈NEXT〉3726
〈所持金〉2011

基本能力値

〈筋力〉12+20 〈俊敏〉14 〈体力〉10
〈魔力〉2 〈器用〉7 〈運〉34

スキル 現在のスキルポイント:10

【飲み干す Lv1】【おねだり Lv1】【鋭い嗅覚☆ Lv4】【忍耐 Lv4】【時計 LvMax】【綺麗好き Lv4】【献身的 Lv3】【物静か Lv3】【度胸 Lv2】【直感 Lv3】【運動神経 Lv4】【動体視力 Lv3】【気配探知 Lv3】【アイテムストレージ Lv1】【薬草識別 Lv1】【薬草採取 Lv1】【差し入れ Lv1】【剣術 Lv3】【状況判断 Lv3】【素早さUP Lv3】【幸運 Lv5】【かばう Lv3】【フェラチオ Lv3】【パーティーのステータス閲覧 LvMax】【罠の嗅覚 Lv3】【毒針避け Lv3】【罠外し Lv3】【ジャンプ Lv1】

Hステータス

〈H回数〉12 〈オナニー回数〉26 〈感度〉77 〈淫乱指数〉10
〈好きな体位〉正常位
〈プレイ内容〉ノーマル、フェラチオ、見せっこプレイ

星里奈

ステータス

〈レベル〉26　〈クラス〉勇者/剣士
〈種族〉ヒューマン　〈性別〉女　〈年齢〉18
〈HP〉316/316　〈MP〉154/154
〈TP〉268/268　〈状態〉通常
〈EXP〉63055　〈NEXT〉5045
〈所持金 〉21180

基本能力値

〈筋力〉26　〈俊敏〉26　〈体力〉26
〈魔力〉25　〈器用〉25　〈運〉25

スキル 現在のスキルポイント:?

Caution!
スキルにより閲覧が妨害されました

Hステータス

〈H回数〉6　〈オナニー回数〉2556　〈感度〉97　〈淫乱指数〉78
〈好きな体位〉後背位
〈プレイ内容〉ノーマル、レイプレイ、フェラチオ、ぶっかけ、スパンキング、見せっこプレイ

リリィ

ステータス

〈レベル〉24 〈クラス〉王族/シーフ
〈種族〉ヒューマン 〈性別〉女 〈年齢〉**
〈HP〉108/108 〈MP〉62/62
〈TP〉51/51 〈状態〉通常
〈EXP〉60226 〈NEXT〉4774
〈所持金〉2180

基本能力値

〈筋力〉6 〈俊敏〉8 〈体力〉3
〈魔力〉4 〈器用〉3 〈運〉5

スキル 現在のスキルポイント:2

【高貴な血筋☆ Lv5】【ワガママ Lv3】【マナー Lv1】【ゴミ漁り Lv2】【スる Lv2】【逃げる Lv2】【スリング Lv3】【アイテムストレージ Lv1】【回避 Lv2】【ヘイト減少 Lv5】【体力上昇 Lv5】【サボる Lv3】【遊ぶ Lv3】

Hステータス

〈H回数〉5 〈オナニー回数〉0 〈感度〉75 〈淫乱指数〉32
〈好きな体位〉???
〈プレイ内容〉ノーマル、フェラチオ、スパンキング、お漏らし

イオーネ

ステータス

〈レベル〉26　〈クラス〉水鳥剣士
〈種族〉ヒューマン　〈性別〉女　〈年齢〉20
〈HP〉258/258　〈MP〉102/102
〈TP〉254/254　〈状態〉通常
〈EXP〉61322　〈NEXT〉3678
〈所持金〉11790

基本能力値

〈筋力〉17　〈俊敏〉17　〈体力〉14
〈魔力〉8　〈器用〉19　〈運〉18

スキル 現在のスキルポイント:4

【角オナニー Lv4】【素早さUP Lv3】【心配り Lv4】【優しさ Lv4】【理性 Lv2】【正義の心 Lv2】【直感 Lv3】【反射神経 Lv4】【運動神経 Lv3】【気配探知 Lv3】【水鳥剣術 Lv4】【差し入れ Lv3】【見切り Lv3】【カウンター Lv3】【アイテムストレージ Lv1】【幸運 Lv5】【冒険の心得 Lv1】【女の魅力 Lv1】【心眼 Lv1】【誘惑 Lv5】

Hステータス

〈H回数〉3　〈オナニー回数〉56　〈感度〉72　〈淫乱指数〉12
〈好きな体位〉正常位
〈プレイ内容〉ノーマル、パイズリ

あとがき

いかがでしたでしょうか？

アレックのちょっとエロい冒険を楽しんでいただけたなら、著者としてもこれほど嬉しいことはありません。

お口に合わなかった方にはタイトル詐欺になってしまったようで本当に申し訳なかったです。クソゲーでも泣かない！　きっと話題のネタになる！

申し遅れましたが、本書でリンクスタートの皆様、初めまして、『まさなん』と申します。おはこんばんにちにゃんぱすー。

なろうでごひいきにしてくださっている皆様、やったよ！　ついにやったよ！　書籍化だよ！　こちらでもご挨拶できて何よりです。応援ありがとうございます。こちらでも引き続きよろしくお願い致します（以下、ストーリーのネタバレを含みます。ご新規や後書きからスタートしたプレイヤーは次の◆マークまでスキップ推奨です）。

Ｗｅｂ原作の感想など読者の反応を見る限りでは、四章のグランソードの大迷宮からが好評なのですが、この一巻の三章にしても紙面容量ギリギリで上下二段組みに分けないと文字数が入りきらないという感じで、改行を減らしまくって段落やステータスの記述を一万字以上ちまちま詰めたりと、色々工夫はしてみたのですが無理でした。ちょっと残念ですが担当様と相談して諦めました。

一巻は三章完が敵勇者と決戦やって終わる感じでシナリオとしては区切りが一番良いんですよね。

そして皆様お待ちかねの（待ってなかったらなぜ買った？　ああ、イラスト買いがありますねー）本書書き下ろしの新作部分！　番外編の短編も本書の読者のためにもうちょっとふんだんに盛り付けたかったのですが、担当編集様の「こんなおっきいのはもう入らないの、もうらめぇー！」というニュアンスを感じ取ったので増量10％くらいにとどまっております。サービス回っぽいものをという編集様からのリクエストで、なんか凄いことに……

◆

ただし、プロの編集者さんによる監修の手が入り、まさなんも「これで俺もプロ作家の仲間入り、声優Aと結婚するためにはプロとしての自覚を持って、上質な味わいの中にもキラリと光る硬派な文章力をしたためて格調高い文芸作品を生み出していかねば……！」という決意（よくある勘違いワナビーの諸症状）を持ち、変なやる気スイッチが入っているので、品質は向上していると思います、たぶん（※当社比。プロの自覚を持つのは誰でもできます。私、収入からしてその辺の毛が抜けかかってる素人です）

そんな私の妄想上のキャラクターに真面目に息を吹き込み、美麗で可愛いイラストに仕上げて下さったB－銀河様、ネットの闇に埋もれまくっていた私を見つけて優しくチャンスを与えてくださった編集担当K様、20万字を超えるチェックをしていただいた校正担当様、誰でも簡単に挑戦できて公開できる素晴らしいシステムを作って下さったナイトランタン様、印刷してくださったり書店に並べてもらったりと、その他様々なご支援を頂いたたくさんの関係者の皆様、そしてそして感想や評価ポイントを入れてくださり私に書く勇気を与えてくださったユーザーの皆様、最初にレビューをしていただいたとしりりん様、こうして本作品を手に取って読んでいただいた読者の皆様、本当にありがとうございます。この場を借りて謝辞とさせていただきます。

GC NOVELS

エロいスキルで異世界無双 1

Record of Erotic Warrior

2020年5月4日初版発行

著者 まさなん

イラスト B-銀河

発行人 武内静夫

編集 川口祐清

装丁 森昌史

印刷所 株式会社エデュプレス

発行 株式会社マイクロマガジン社
〒104-0041 東京都中央区新富1-3-7 ヨドコウビル
［販売部］TEL 03-3206-1641／FAX 03-3551-1208
［編集部］TEL 03-3551-9563／FAX 03-3297-0180
http://micromagazine.net/

ISBN978-4-86716-007-7 C0093

本書は小説投稿サイト「ミッドナイトノベルズ」（https://mid.syosetu.com/）に掲載されていたものを、
加筆の上書籍化したものです。

ファンレター、作品のご感想をお待ちしています！

宛先 〒104-0041 東京都中央区新富1-3-7 ヨドコウビル
株式会社マイクロマガジン社 GCノベルズ編集部「まさなん先生」係「B-銀河先生」係

右の二次元コードまたはURL（http://micromagazine.net/me/）を
ご利用の上、本書に関するアンケートにご協力ください。

■ご協力いただいた方全員に、書き下ろし特典をプレゼント！
■スマートフォンにも対応しています（一部対応していない機種もあります）。
■サイトへのアクセス、登録・メール送信時の際にかかる通信費はご負担ください。